Any Rogue Will Do
by Bethany Bennett

復縁は甘くひそやかに

ベサニー・ベネット
緒川久美子[訳]

ライムブックス

ANY ROGUE WILL DO
by Bethany Bennett

This edition published by arrangement with Forever, New York, USA
through The English Agency (Japan) Ltd.

復縁は甘くひそやかに

主要登場人物

シャーロット（ロッティ）・ウェントワース……ブリンクリー伯爵家の令嬢
イーサン・リドリー……………………………エイムズベリー子爵。愛称マック
ルシア・ダーリン……………………………シャーロットのメイド
パトリック……………………………………シャーロットの御者
レディ・アガサ・ダルリンプル……………シャーロットの名付け親
ジェームズ・モンタギュー…………………ダンビー侯爵の末息子
カルヴィン（カル）…………………………カーライル伯爵。イーサンの友人
コナー…………………………………………イーサンの友人

1

一八一九年の夏の終わり　ウォリックシャーのとある場所

友人にはマック、それ以外にはエイムズベリー卿《きょう》と呼ばれているイーサン・リドリーは、〈熊と猟犬亭〉の外にゆったりとたたずんでいた。顔を上に向けて目をつぶり、なじんだ馬のにおいと宿から漂ってくる朝食の香りを吸い込む。完璧な焼きかげんのソーセージとあたたかいパンの香りに食欲をそそられ、もう少し食べ足そうかと思い悩んだ。

まもなく八月の日差しであたりがすっきり晴れるだろうが、いまはまだ朝もやが木々のあいだを幽霊のように漂っている。ひんやりとした風がかすかに吹きつけると、首筋に鳥肌が立った。その下に結んでいる首巻き《クラヴァット》は昨日と同じものをそのまま使っているので、生地に張りがなくなり、くたりとしている。だが身につけるものなどたいして気にならない。荷造りをするときに替えを入れ忘れたものの、読みかけの本さえ持ってきていれば充分だ。

イーサンは片足にかけていた体重を反対の足に移し、カルヴィンを置いて出発してしまおうかとふたたび考えた。カルヴィンとともにロンドンからやってきたのは、新しく始める事業に技術を取り入れるため、評判の高いこの地の醸造所を見学させてもらうためだった。だが今朝、待ち合わせの時間を三〇分以上過ぎても彼は現れない。おそらくあと一五分以上経《た》ってから、たっぷり寝たあとのいまいましいほどさわやかな顔でおりてくるだろう。

イーサンはたこのできた指で髪をかきあげた。もつれた部分に引っかかり、顔をしかめる。手に負えない癖毛がいつもどおり広がっているとわかり、帽子を深くかぶって押さえた。そのうち髪を切りに行かなければならないが、今日は無理だ。明日も難しいだろう。

そのとき地面を打つひづめの音とともに、何かあったとひと目でわかる女性を乗せた馬が中庭に駆け込んできた。「馬車が引っくり返ったの！　誰か、お医者さまをお願い！」

イーサンはすぐに彼女のほうに向かおうとしたが、ものすごい量の血を見て足を止めた。旅行用のドレスの上半身も顔も血まみれだ。女性はスカート部分をたくしあげて馬にまたがり、男の顔でしか見たことがないような猛々《たけだけ》しい表情を浮かべている。自分の前を横切る者がいれば容赦しないとばかりに強い眼光を放っている戦いの女神は、猛然と駆け込んでいった彼にぶつかる直前で馬を止めた。

イーサンは恐怖で固まっていた脚を動かすと、宿の入り口に頭を入れて叫んだ。「おい、手を貸してくれ！」中にいる人々が振り向くのを待たずに、女性のもとに引き返す。額に噴きだしていた冷や汗をぬぐったあと、激しく上下する馬の胸に手を当てて落ち着かせた。一瞬、五年前の別の事故の記憶がよみがえる。血の染みた道端で友を抱えて座り込み、声がかれるまで助けを呼び続けた記憶が。だがいまは、暗い過去の記憶にとらわれている場合ではない。

「馬車の御者が脚を折ってしまって」女性が馬の背から滑りおりた。額に触れた指先が赤く濡《ぬ》れたのを見ると、顔をしかめつつドレスで拭いた。片方の目は腫れてふさがり、額の生え際に切り傷ができている。血まみれなのはこの傷のせいだろう。「置いてきたときは意識がなかったわ。いまはメイドがつき添っているの」

「事故はどこで起きたんだ？」宿から出てきた男は、女性が手綱代わりに使っていた長い革《かわ》紐《ひも》を受け取りながら訊《き》いた。男たちが宿から次々に出てくるあいだ、馬番は救出に向かうための馬と荷馬車の用意をしていた。

「はっきりわからないけれど、五キロくらい行ったところよ。この道沿いだから、見逃すことはないわ」女性は自分が来た方向を指さした。

イーサンは手を振って、地元の住民と朝食をとっているのを見かけた男の注意を引いた。

「医者が必要なんだ。どこに行けば見つかるかわかるか？」

「ああ。行って連れてくるよ」男は帽子をかぶり、村に続く道へと急いだ。

女性はふらついていて、もはや戦いの女神どころか、失血のせいで気絶しそうになっているか弱い乙女に見えた。だがイーサンが声をかける前に、ちょうど外に出てきたカルヴィンが彼女を宿へとエスコートした。それゆえ、イーサンはほっとした。自分が手を貸したかったと思わないでもないが、カルヴィンのほうが困っている乙女を助ける役に向いている。ありがたそうについていった彼女も、明らかにカルヴィンの魅力の虜《とりこ》になっていた。そういう魅力のないイーサンは、みんなが円滑に救助に向かえるよう中庭で指示を出す役に徹したほうがいいだろう。

後光のように淡く輝く髪の紳士がロッティの肘を取って、穏やかな声で話しかけてきた。彼女がおびえた馬に話しかけるときと同じ声だ。「座ったほうがいい。頭の傷からまだ出血している。率直に言って、御者だけでなくあなたにも手当てが必要だ」食堂の椅子を勧められたロッティは、打ち身を慎重に避けて腰をおろした。

馬車の残骸からなんとか這《は》いだして馬の背によじのぼったあとは、医師を見つけるまで落ちないようにしがみついていることしか考えられなかった。その責任を果たしたら、急に脚が震え始めた。このままでは張っていた気がゆるんで、震えが全身に広がって動けなくなってしまうかもしれない。両手を握り合わせて集中すると少し落ち着いたので、かすむ目を凝らした。なんということだろう。片目が見えない。道理で顔が痛むはずだ。

手を貸してくれた男に目を向けると、はっとするほどの容貌も完璧な装いも、ウォリックシャーの田舎宿ではなくロンドンの洗練された屋敷の客間にふさわしい人物に思えた。「あなたみたいに魅力的な男性が、どうしてこんな田舎にいるのかしら」耳と口がうまくつながっていないかのようで、舌がもつれる。頭が割れるように痛んだ。

ロッティが男の視線を追って光を反射して輝いている窓の外に目をやると、中庭に大柄でたくましい男の姿が見えた。彼女が着いたときからそこにいた男は、命令をくだし慣れている人間に特有の自信に満ちた態度でその場を仕切り、助力を申しでた人々にてきぱきと役目を割り振っている。おそらくいま彼女のそばにいる男は、中庭でたぐいまれな存在感を発揮している男の連れだろう。中庭の男は有能な雰囲気を崩すことなく、自信を持って緊急事態をさばいている。

まつげの隙間からさらに血が垂れてきたので、ロッティは窓から視線を外し、血だらけの手で目をぬぐった。

そこへ宿の女主人が水と布を運んできた。「ミセス・プリングルといいます。頭の傷の手当てをしますね」

ロッティは手を振ってしりぞけた。「大丈夫よ。たいした傷ではないから。入浴して休めば元気になるわ。お医者さまが必要なのは、わたしじゃなくて御者なの」

清潔に整えられたテーブルや焼きたてのパンの香りにぬくもりのある雰囲気を感じて、ロッティの緊張は少しゆるんだ。客室もこの雰囲気を裏切らないものであってほしいと願いながら、早く状況がはっきりして部屋に引き取りたいと考える。湯に浸《つ》かったら、きっと天国のような心地だろう。

優雅な物腰の男がロッティを軽く押した。「さあ、血をぬぐってもらうだけでも――」

そのとき庭で指揮をとっていた男が室内に入ってきたので、冷たい外気がロッティの頰を撫《な》でた。「ぼくに布をくれ」ぶっきらぼうな命令とともにここでも彼が主導権を握り、ミセス・プリングルから布を受け取った。

ロッティのかたわらの魅力的な男がぐるりと目をまわした。「わかったよ、マック。交代しよう。ぼくは外に行って、何かできることがないか見てくる」

大柄な男がわかったというようになったので、ちゃんとしゃべれないのだろうかとロッティは呆《あき》れた。先ほどまでは親切そうに見えたが、いまはいらだたしげな気配がうかがえる。ロッティは彼の体の大きさに圧倒された。彼女も父親から〝頑丈〟と言われるくらいの体格なので、こんなことは珍しい。しかし男は座っていても、室内の誰よりも大きいのがひと目でわかる。これまで男性といて自分を華奢《きゃしゃ》だと感じたのは一度だけで、それもかなり昔のことだ。

男が帽子を取ってテーブルの上に放ったので、黒っぽい色の豊かな癖毛があらわになった。それを見たロッティはふたたびめまいの波に襲われる。まさか、ありえない。気を失いそうになって神に祈った。この場をなんとか乗りきれたら、次に教会の前を通ったときに一〇分の一税を二倍おさめます。

耳鳴りがするのは頭の傷のせいで、この男とのあいだにあったずいぶん昔のできごとが関係しているはずがない。でも、そうなのだ。七年経っても、エイムズベリー卿には気持ちをかき乱される。かつて彼はロッティを助け、そのあと冷酷にも彼女を破滅させた。その男がふたたび助けの手を差し伸べようとしているなら、過去に何をされたかもう一度肝に銘じなければならない。

エイムズベリー卿が身を乗りだしてくると、ロッティがずっと忘れていた熱が体の奥にともった。不機嫌そうにきつく寄せた黒っぽい眉の上の額に癖毛が垂れ、好き勝手にはねている。そこは彼の顔の中で唯一柔らかさを感じる部分だ。頬骨の下のくぼんだ部分に伸びている一日分の髭《ひげ》のせいで、いかにも放蕩《ほうとう》者らしく見える。実際そうであることを、彼女はよく知っていた。

「御者を心配しているのはわかるし、それは感心なことだ。だが、まずは自分の体をいたわらなくては意味がない」エイムズベリー卿の軽快なアイルランド訛《なま》りを聞いていると、なぜかロッティの胸は震えた。どうしてそうなるのかは考えたくもない。「さあ、これ以上、宿の床を汚してしまわないようにじっとして」

ミセス・プリングルはとどまるべきか去るべきか判断がつきかねているようだった。身の置きどころがないとばかりに床を見つめている。ロッティにはその気持ちがよくわかった。

エイムズベリー卿のいらいらした声にむっとしつつも、ロッティは傷を調べるのを許した。とはいえ、よりによってこの男に弱っているところを見られていると思うと、怒りと当惑で頬が熱くなる。気まぐれで意地悪な運命によって、いつも彼の行く先に投げだされるのだ。しかも最悪の状態のときに。そしてエイムズベリー卿は英雄の役を割り当てられる。彼はロッティの顎を持ちあげ、窓越しに入ってくる朝の光にかざして傷を調べ始めた。血で濡れた髪を額からどけて生え際の痛む部分を調べる手つきは、言葉とは裏腹にやさしかった。

ロッティが着実に年を重ねている一方、どうしてエイムズベリー卿の魅力は増しているのだろう。毎日馬に乗って領地を駆けめぐっているのに、彼女の体は年とともに張りがなくなり、肉がついてきている。それに対して彼の目尻にできたかすかな笑いじわや、以前よりも鋭さを増した顎の線を魅力的に感じているのは、胸の中を蝶《ちょう》が飛びまわっているようなくすぐったい感覚からも明らかだ。なんて不公平なのだろう。

何年ものあいだ、もっと別の形での再会を空想していた。豪華なドレスを身にまとい、圧倒的に魅力的な女性としてエイムズベリー卿の前に登場する。すると彼は即座にロッティだと悟って、雷に打たれたように立ち止まるのだ。最初は驚きだけをたたえていた顔にやがて後悔の表情が浮かぶのを見て、彼女はほんの一瞬、憐《あわ》れみを覚える。けれども濃い紅茶を一杯飲んで気を取り直すと、二度と振り返らずにその場をあとにする……。

何通りもの再会の場面を空想したが、その中でロッティは必ずこのうえない美しさと生き生きとした魅力にあふれ、エイムズベリー卿は彼女を捨てたことを一生後悔する。そんなふうに思い知らせてやりたいと考えるのは、心が狭いせいだろうか。その空想の中で、彼女はすてきな公爵と結婚する。現実には、ひとり身の若い公爵はそれほど多くないし、オールドミスを相手にしてくれる公爵となるとさらに希少なのは承知しているけれど。

空想の世界やおとぎ話は、現世の理《ことわり》とは別の次元にあるのだ。

現実はきびしい。旅行用のドレスで体を覆っているという意味ではかろうじて慎みを保っているものの、ついさっきもエイムズベリー卿のブーツの上に血を垂らしてしまった。それに、どんなに鈍い人間が見ても、彼がロッティのことを覚えていないのは明らかだ。

もっと違う状況で顔を合わせたかったと望むのは大人げないのかもしれないが、こんなふうにふたたびエイムズベリー卿の助けを借りなければならないというばつの悪い状況で再会し、しかも彼はロッティを覚えていないなんてひどすぎる。彼女は気持ちを落ち着けようと大きく息を吸ったものの、代わりに彼のにおいが胸いっぱいに入ってきて、賢明な行動ではなかったと後悔した。それが男性用の香水や整髪料、あるいはよどんだ水と腐った玉ねぎが入りまじった波止場のようなにおいだったらよかったのに、彼はさっと入浴したことをうかがわせる清潔で男らしい香りがする。連想するのはさわやかな戸外の空気、革、そこはかとないぬくもりといったもので、彼女の心臓は先ほどまでとは違う理由でどきどきと打ち始めた。

かつて求婚者から敵へと姿を変えた男は、つねにロッティの心をかき乱す。昔もいまも。七年経っても、変わらないことはあるのだ。ロッティは大きく息を吐き、もつれた感情をエイムズベリー卿のにおいと一緒に体の外へ押しだした。これほど憎い男がこれほどいい香りがするなんてやるせない。

2

「ところで、頭をいったい何にぶつけたんだ？　それとも向こうからぶつかってきたのか？」エイムズベリー卿が訊いた。

「壁よ。それから床。あとはたぶん天井にも一度か二度。事故のあとしばらくして、目が覚めたの」ロッティは心臓が一拍するあいだ彼と見つめ合い、テーブルに視線を落とした。

「その傷は縫わなくてはならないだろう」エイムズベリー卿が彼女の手を取って持ちあげた。

「この布を傷口に当てておくといい。そう、そんなふうに。血を止めるんだ」

ロッティは押しつけられた布の圧力にひるんだものの、おとなしく従った。エイムズベリー卿はまた有能な指揮官といった雰囲気になっている。この調子でまわりに言うことを聞かせてしまうのだ。とはいえ、自分も怪《け》我《が》人《にん》を前にすればきっと同じことを口にするだろうと思い直し、ロッティは文句を言わずに布を押し当てる手に力を込めた。

あとは医師が来るまで、できることはたいしてない。つまり、またしても窮地に陥った乙女を助ける騎士よろしく振る舞っているこの男と、これ以上一緒にいる必要はないわけだ。込みあげた怒りが、体のあちこちに広がる痛みをうわまわった。「手を貸してくれてありがとう。でも、もう失礼するわ。馬の様子を見たあと、連れの者たちの部屋を手配しなくては」ロッティは震える脚を無視して立ちあがると、傷や打ち身などないかのように歩きだした。

すれ違いざまに、エイムズベリー卿の肩にわざと腰をぶつける。すると彼はテーブルの端をつかんで体を支えた。大柄な自分がこんなふうに女性に押しのけられるなんて思ってもいなかったのだろう。一度しか使えない手だが、ロッティは興奮でぞくぞくした。

思ったとおり、エイムズベリー卿は反対した。「いや、座って休んでいなければ。医者を待つんだ。大変な目に遭ったんだから」苦虫を嚙《か》みつぶしたような顔をしている。それとも、もともとこんな顔なのだろうか。

「お医者さまがいらしたら見てもらうわ」ロッティはドレスの裾を翻してエイムズベリー卿から離れ、ふたりのやりとりを見守っていたミセス・プリングルに笑いかけた。「では、やらなければならないことがいろいろあるので。ミセス・プリングル、少ししたら話をしに行くわね」

先ほど室内までエスコートしてくれた男性が戻ってきて、ふたりのいるテーブルに来た。巨人のような友人と比べると洗練されていて威圧感をあまり覚えさせないこの男性は、カーライル伯爵に違いない。若い娘たちに教会の祭壇に向かう通路を夢見させるきらびやかな紳士の記憶が、ロッティの脳裏にうっすらとよみがえった。どうやらエイムズベリー卿を取り巻く友人は変わっていないらしい。

カーライル卿は目を見開き、ロッティがいまにも引っくり返りそうだと心配するかのようにあわてて支えた。「顔色がよくない。座って医者を待ったほうがいい」

「ありがとう。でも大丈夫。エイムズベリー卿と充分すぎるほどゆっくりさせてもらったので」

カーライル卿が友人のほうに向き直った。「さっきからまだ五分しか経っていないんだぞ、マック。そのあいだにいったい何をしでかしたんだ」

そうだ、彼はマックと呼ばれているのだ。スコットランド人であることを軽くばかにするような呼び方だが、かつて彼がロッティに与えた呼び名はそれよりもずっとひどい。

本当なら、ロッティは見るからに当惑しているエイムズベリー卿の様子をもっと楽しめただろう。しかし、この男が彼女の顔を覚えてもいないとわかって、腹が立ってしかたがなかった。

七年前、自宅の客間でなかなか現れないエイムズベリー卿を待っていたロッティのもとに、笑いを抑えきれないといった様子の客が訪れ、待ち人は彼女を貶《おとし》め、最新の醜聞の的にしたという衝撃的な知らせをもたらした。ハンサムで魅力的なロッティの騎士は、求婚する代わりに彼女を破滅させた。評判を落とすのがあれほど簡単だとは信じられなかった。

七年前のロッティなら、淑女らしくないと思われるのを恐れ、心の内を明かすくらいなら舌を嚙んだだろう。でも、いまは鋭い言葉がするすると出てくる。その言葉がエイムズベリー卿を切り裂けばいいと思った。「どうしたの、エイムズベリー卿？　助けてもらって、わたしが感謝の涙をこぼすとでも思った？　覚えていないようだけれど、前にも同じような状況になったことがあるのよ。あなたは英雄になるのが好きなのね。たしかにうまく演じていると思うわ。とはいえ、いまのわたしはへらへら笑うばかりの若い娘じゃないし、あなたは紳士じゃない」

ロッティはカーライル卿に向き直った。「手を貸していただいて本当に助かったわ。でも、もう大丈夫なので、通してください」

そのときパズルのすべてのピースがようやくぴたりとおさまったとばかりに、エイムズベリー卿が目を見張った。「レディ・シャーロット」

ロッティはつんと鼻をあげた。「あなたには〝王女殿下〟と敬称をつけて呼んでほしいわ。そもそもあなたがわたしを王族の一員にしたんじゃない。紙人形のお姫さまと呼んで。本当にうまい呼び名を思いついたものね。耳にこびりついてずっと忘れられなかった。あなたを友人と思ってしまった自分のばかさかげんも」ロッティは皮肉を込めて言い終えると、傷に布を押し当てたまま、わざとらしく淑女の礼をした。「あなたなんか地獄に落ちるといいわ」

顎をあげて部屋から出ると、カーライル卿の笑い声が背後から聞こえてきた。「これが拳闘の試合の一ラウンド目なら、ぼくはレディ・シャーロットの勝ちに五ポンド賭けるよ」

ロッティが憤然として外に出ると、手の空いている者はみんな、すでに救助に向かったせいで、中庭はどことなくがらんとしていた。「何かまだやることはないかしら」ひとりだけ残って馬の糞《ふん》をシャベルで集めていた宿の使用人に、ロッティは訊いた。

「ありません。大きなだんなが全部取り仕切ってくださったんで。もう少ししたら、様子を知らせに誰かが戻ってくると思います。医者もすぐに到着するはずですよ」男は帽子のつばをつまんで挨拶をすると、仕事に戻った。

ロッティは当てが外れた。ただ待っていることほどいやなものはない。救助隊のみんなと一緒に、怪我をした御者たちを助けに戻りたかった。そうすれば、少なくとも何かをしているという気持ちになれただろう。ひんやりと涼しく暗い厩《うまや》に入ると、サムソンはすぐに見つかった。がんばって務めを果たしてくれた馬車馬は、馬房で休息を取っている。首とき甲（馬や犬などの肩甲骨のあいだの高くなっている部分）のあいだを撫でてやり、干し草をひとつかみ取って食べさせると、鼻面に生えている柔らかい毛が指先をくすぐって、背中を愛撫《あいぶ》されたかのようにぞくりとする。

ロッティは意識して緊張をゆるめ、馬房に寄りかかって厩のにおいと音が体内に流れ込んでくるのに身をまかせていると、ぐっと気分がよくなった。ここにはたゆまぬ労働による充実した生活の気配が満ちていて、故郷の家を思いだす。何年ものあいだ、舞踏室よりも厩にいることに安らぎを感じる生活を送ってきた。馬はロッティの失敗を笑ったりしない。流行遅れのドレスを着ても、女だてらに膝丈ズボン《ブリーチズ》をはいても、羊は気にしない。

今回ロンドンに行くことにしたのは無鉄砲だったかもしれないが、自分の未来を自分で決めるためにはどうしても必要だった。父の思いどおりにさせれば、ダンビー侯爵の末息子であるジェームズ・モンタギューとすぐにも結婚予告をすることになる。彼には会ったこともないし会いたいとも思わないのではっきり断ったけれど、父の思惑は違った。妻と長男を埋葬したあとの長い無気力状態からようやく少し浮上した父は、未婚の娘を結婚させなくてはと思いたったのだ。父の望みに従うほうが楽なのはわかっているものの、ロッティの気持ちを顧みないやり方には腹が立つ。どうしても結婚しなければならないのなら、自分のやり方でするから口を出さないでもらいたい。

そして父と対決した結果、ロッティはここにいる。夫を見つけるためにロンドンへ行くのだ。父が定めた期限は社交シーズンが始まるまで。一般的には夏のロンドンは夫探しに適しているとは言えないが、領地で過ごす妻と離れて一年じゅうロンドンで過ごしたいと望む夫を求めているなら理想的だ。彼女は街の生活を好む男性を求めている。結婚の誓いを交わして持参金で銀行口座が潤ったら、彼女を放っておいてくれる男性がいい。一一月の終わりの貴族院議会の開幕までに婚約者を見つけられなかったら、モンタギューと結婚する。それが父親の出した条件だった。

どちらにしても、社交シーズンには参加しない。若いとは言えない年齢とひどい結果に終わったデビューの年のことを考えると、それだけが救いだ。

ロッティがデビューしたのは一八一二年。首相であるスペンサー・パーシヴァルが暗殺されてロンドンじゅうが衝撃に揺れていた一八一二年の春の終わりに、社交界の人々は気晴らしになる格好のゴシップの種を手に入れた。それがロッティだ。けれども彼らはそのときの事情を半分も知らなかった。

首相が撃たれたという噂《うわさ》が広まって街では不穏な空気が高まっていた中、ロッティは通りで騒いでいる人の群れに巻き込まれてしまった。見たこともないほど大勢の人間が男の捨て身の行動を称《たた》えながらひしめき合い、何が起こってもおかしくない状況だった。従僕とはぐれてしまった彼女は人波をかき分けて懸命に人の少ない通りに向かおうとしたものの、あたりの熱気は増すばかり。とうとうパニックに陥りかけたとき、力強い手に肘をつかまれた。そしてパーティで何度も一緒に踊り、彼女の屋敷を訪れては客間の小さな椅子に身を縮めて座っていた並外れて大きな男性が、安全な場所へと導いてくれた。たくましい腕でがっちりと彼女を抱え込んだエイムズベリー卿は、いまと同じ揺るぎのない自信に満ちていた。

彼と視線を合わせると、世界が完全に動きを止めた。玄関の前で彼が手にキスをして明日また訪ねてくると約束したとき、そこには言葉以上の意味が込められている気がした。

それなのに、いくら待ってもエイムズベリー卿は来なかった。その翌日の新聞は、暗殺犯ジョン・ベリンガムとともに、紙人形のお姫さまの記事で埋め尽くされていた。つまり、いっときとはいえ、ロッティは暗殺犯と悪評を分け合ったのだ。

大きな馬が手に顔をすりつけてきて、そのシルクのような前髪の感触が恥辱に満ちた過去の記憶を押しやった。「去年の春、あなたに鞍《くら》をつける練習をしておいてよかった。本当にありがとう」鹿毛の馬がふっと息を吐いたので、ロッティは微笑《ほほえ》んだ。「特別にオーツ麦をあげる。糖蜜もかけてあげようかしら。それだけの働きをしてくれたもの」

粗挽《あらび》きした木でつくられた窓から外に目を向けると、できれば顔を合わせたくない男たちの姿が見えた。ふたりは中庭を横切って、馬番の少年と一緒に立っている馬たちのほうに向かっている。室内に戻っても彼らと会う心配がないとわかったので、ロッティはミセス・プリングルと話をしに戻ることにした。部屋の手配をしたあと、顔と手を洗って医師の到着を待とう。

べたつく髪を耳にかけ、鼻にしわを寄せる。生きていくために空気が必要なように、いまのロッティには風呂に入ることが必要だ。ミセス・プリングルはきっと、悲鳴のような馬のいななきと血の記憶を忘れさせてくれるいい香りの石鹸《せっけん》を持っているだろう。とにかく、いままとわりついているにおいよりはましな香りがするものを。〝悲劇の香り〟は大衆に人気がない。吐いた息が震え、すすり泣きになりかけたものの、汚れたこぶしを口に当てて押し戻した。

いまはだめだ。もうしばらく、自分が大丈夫だというふりをしなければならない。泣くのはひとりになってから。あちこちに残る痛みが、猛烈な速さで道を外れて木立に突っ込んでいった馬車の中でどれだけ体をぶつけたかを物語っている。それだけでは足りないとでもいうように、エイムズベリー卿と再会したことで心の奥に押し込めていた感情がよみがえった。でも少なくとも今回は、思っていることを彼に言ってやれた。そう考えると、少しだけ心が慰められた。

涙がこぼれそうになり、感情に身をまかせて泣きわめきたいという気持ちがふくれあがった。デビューした年に信じられないほど冷酷な仕打ちをした男に対する恨みを、ひとりで思なりたい。いまはただ、自分を抑えなくてすむようにひとりになりたい。

ロッティはだらりと垂れた髪を顔の前から吹き飛ばすと、自制心を取り戻すため、無事なほうの目を閉じて、数を数えながら息をした。一、二、三と息を吸い、一、二、三と息を吐く。やがて重しがのせられているようだった胸の緊張がゆるみ、心の内を隠す自制心の仮面がするりと戻ってきた。どうしてロンドンに向かっているのかを忘れないようにしなくては。デビューした年のような醜聞に二度と巻き込まれるつもりはない。今回は自分のルールに従って、社交界のゲームに参加するのだ。

3

その医師が傷を縫う手際のよさといったら、裁縫師のようだった。まだ最後まで処置を終えていないが、それでも手鏡に映る細かい縫い目を見れば、傷跡がそのうち生え際の線と同化して見えなくなることがわかる。

「針の扱いがとてもお上手ね、先生。家でも奥さまに繕いものを頼まれるんじゃないかしら。あっという間にきれいな縫い目で仕上げてしまうから」こうして軽い冗談を言ってみても、ロッティの痛みは紛れなかった。医師がまったく表情を変えないので、なおさらそう感じる。この男は問題のある性格を技術で補っているとしか思えない。だが何が入っているのかわからない怪しげな薬や悪臭のする川の泥で治療を行う魅力的な藪《やぶ》医者と比べれば、彼のほうがましだ。

もはや、針が刺さるたびに痛むことはなくなっていた。痛覚の容量が限界を超え、脳がひとつひとつの痛みを区別できなくなっているかのようだ。ロッティは口をつぐみ、じっと動かないでいることに集中した。

こんなところで足止めを食いたくなかったのにと考えつつ目をつぶり、自宅にいる自分を思い浮かべる。格子窓から光が差し込んでいる居間で机の前に座り、その週にやるべき仕事の一覧表をつくっているところを。小作人に必要なものを洗いだしたり、畑ごとの種蒔《ま》きや収穫の計画を立てたりしていると、いつだって心が落ち着く。しかし頭に短剣を突き刺されたようなひときわ強い痛みが走って、ロッティは現実に引き戻された。

ようやく医師が処置を終えて道具をかばんにしまっているときに、宿のメイドがやってきた。馬車の残骸から救出されたダーリンとパトリックが連れられてくるのを待つために医師が立ち去ると、ロッティはメイドを部屋に入れた。しばらくすると、使用人がバケツで運んできた湯を注ぎ入れた浴槽から湯気があがり、狭い室内に広がった。

若いメイドが訊いた。「入浴する前に、ほかに必要なものはありませんか？」

湯に浸かることを考えただけで、ロッティは顔をほころばせた。「ないと思うわ。いまはとにかく体をきれいにしたくてしようがないの」ベッドの端に座っていると、このまま身を横たえて柔らかい枕に頭を預けたくなるが、これほど汚れていては無理だと気持ちを抑える。まずは体を洗って、寝るのはそれからだ。「やっぱり、あの小さなテーブルを浴槽の横に運んでもらえないかしら。浴槽と暖炉のあいだにお湯の入った水差しと石鹸を置いておけば、お湯が冷めにくいと思うから。それだけお願いね」

ロッティの体に疲労感が広がった。事故の様子から考えると、馬が何かに驚いて飛びのいた拍子に革紐が切れ、馬車が大きく揺れたのだろう。そして車体が傾いた状態で速度が落ちないまま、車輪が轍《わだち》にはまった。要するに不幸な偶然が重なったのだ。タイミングが悪かった。馬車の壁はがたがたと揺れながら裂けたり割れたりした。汚れた床が上になったり下になったりめまぐるしく入れ替わった。恐慌をきたした馬のいななきと、それをなだめるパトリックの声。突然響いた苦痛に満ちた叫び。彼の脚の恐ろしいありさま。パトリックを見たダーリンの灰のように白い顔と大きく見開かれた目。ロッティは意識を失い、しばらくして目が覚めた。

ロッティは目をつぶったまま、耳を澄ました。ぱちゃぱちゃと音をたてながらバケツが近づいてきて、暖炉のそばに置かれた大きな浴槽にざざっと湯が注がれる。バケツを運んでくる使用人の足音を頭の中で数えてみると、一三〇。一〇個のバケツを運ぶのにそれだけの歩数が必要なのだ。これだけいろいろあったのに、まだ昼にもなっていないことにロッティは驚いた。メイドが最後のバケツを空けて出ていったあと、ロッティはしばらくそのままたたずんで静けさを味わった。

静けさといっても、先ほどまでと比べたらにすぎない。〈熊と猟犬亭〉は喧騒《けんそう》に満ち、人々がしゃべる声や出入りする物音が二階まで聞こえてくる。けれども部屋を囲む四方の壁がそれらを遮断してくれていた。さらに、浴槽のそばの暖炉で気持ちのいい音をたてて燃える火が影を追い払ってくれている。

厩で込みあげた涙が、ふたたびわきあがった。長年の経験から、感情を長く抑えすぎるのはよくないとわかっている。今朝からいろいろあったせいで、吐き気を伴う激しい頭痛と、光や音に対する過敏な反応が我慢できないほどになっていた。

迫り来る痛みを防ぐことはできないまでも、せめて体をきれいにしておきたい。いま自分にできることがそれしかないなら、そうするまでだ。気持ちが定まると汚れたドレスを一刻も早く脱ぎたくなり、もつれた感情をひととき頭から追いだすことができた。馬車のあちこちにぶつかって腫れている指はぎこちなくしか動かなかったものの、なんとか誰の助けも借りずにホックや紐を外せた。田舎暮らし向けの簡素なドレスを着ていてよかった。

ようやく暖炉の火のあたたかさを素肌で感じられた。扉のそばのフックに脱いだドレスをかけたほうがいいのはわかっていたが、これほど汚れたものにさわるのは気が進まず、ロッティは鼻にしわを寄せた末、床の上に放置することにした。湯に入れるオイルの小瓶を開けた瞬間につんとするレモンの香りが広がり、いまの自分とは正反対の清潔でさわやかな香りにうっとりした。湯に身を沈めると、全身の筋肉が一瞬かたくなったあと、気持ちのいいあたたかさにほっとゆるんだ。あちこちにすり傷や赤青のあざができている肌に水が染みた。これから数日は、地図のように体じゅうが色鮮やかな状態が続くに違いない。まったく、なんというひどい日になってしまったのだろう。

自己憐憫《れんびん》に浸っていると、まだたいして時間が経っていないのに扉を叩《たた》く音がして、ロッティのメイドであるルシア・ダーリンが入り口から顔をのぞかせた。「いまこちらに着きました」中に入って扉を閉め、浴槽の横に来て膝をつく。それからロッティの顎をそっと持ちあげ、縫った傷を明るいほうに向けた。「目のまわりの腫れが引いたら、もとどおりおきれいになりますよ」

「わたしは大丈夫。あなたはどうなの？　パトリックは目を覚ました？」ロッティは濡れてカーテンのように重く垂れた髪を片方の肩に寄せ、石鹸に手を伸ばした。

「こぶがふたつ三つできただけで、それも明日になったらさわれるようになると思います。パトリックの脚と比べたら、どうってことないですよ。彼は救助の人たちが着く少し前に目を覚ましたんですが、荷馬車に乗せられるときにまた気絶してしまって。いまはベッドでお医者さまに診てもらっています」ダーリンは説明した。

「あのお医者さまは縫うのが本当に上手なのよ」ロッティは額の傷を示した。「折れた骨も同じくらいうまく治してくださるように祈りましょう」

「はい」ダーリンが脱ぎ捨てられた服を拾ってフックにかけたあと、オイルの小瓶を開けて中身をさらに湯に注いだ。

「座ったら、ダーリン？　あなただってあざやこぶができているでしょう？」

ダーリンはその提案を無視して、にらめばもとどおりのきれいな状態に戻るとばかりに、吊《つ》るされた旅行用のドレスをきびしい目で眺めている。「宿の主人夫婦はいい人たちのようだし、部屋は清潔です。あとは救助の人たちが荷物を運んできてくれたら、快適に過ごせると思います」

「ひとつだけ問題なのは、エイムズベリー卿が近くにいるってことね」ロッティは悪臭をかいだかのように鼻にしわを寄せた。「階下《した》で彼と話したの。二度と顔を合わせなくてすむといいけれど」

「エイムズベリー卿が？　この宿に？　なんて日なんでしょう。こんなふうに次から次にいやなことが起きるなんて」ダーリンは浴槽のそばの椅子にぐったりと座り込んだ。

ロッティが黙って手を振ってエイムズベリー卿の話題を終わらせると、レモンの香りのしずくが飛び散った。「彼の話はあとにしましょう。それよりパトリックとあなたのことが気がかりよ。その表情を見れば、彼を心配しているのは一目瞭然よ。そばに行きたい？」

ダーリンは迷わず首を横に振ったが、そのぎこちなさがかえって彼女の不安を表していた。

「ここにいるのがわたしの務めですから」

ダーリンならもちろんそう言うだろう。「パトリックについていたいなら、行っていいのよ。彼のために必要なものがあったら、知らせてちょうだい」

ダーリンは腰をかがめて小さくお辞儀をすると、急いで部屋から出ていった。

ふたたびひとりになったロッティは、頭を後ろに倒し、水差しですくった湯をかけた。縫ったところをよけたつもりだったのに濡れてしまい、思わず顔をゆがめる。それでも顔と髪をきれいにするためなら、痛みを我慢する価値はある。

やがて湯が冷めたので浴槽から出たとき、問題に気づいた。着替えは馬車から投げだされ、道端に転がっている。ロッティは扉のそばに吊るされた血まみれのドレスに目を向け、ありえないと却下した。あれを着るのだけは絶対にいやだ。

けれども体を拭いた布を豊かな曲線を描く体に巻いてみると、十数センチも隙間が空いてしまって顔をしかめた。代わりになるものといえば、ベッドカバーくらいだ。

ロッティは洗濯を重ねて柔らかい肌ざわりになったパッチワークのベッドカバーをまとって、父親に――というより家令のロジャーズに――報告の手紙を書いた。今朝起こったできごとを文字にしても胸の重苦しさは楽にならなかったが、続けて名付け親であるレディ・アガサ・ダルリンプルへの手紙もしたためた。ロンドンではレディ・アガサの屋敷に滞在させてもらう予定で、名付け親は今週じゅうにロッティが到着すると思っている。だがこうなっては、予定どおりに着くのは無理だろう。

パトリックの脚の骨の手当てがうまくいき、ロンドンへの旅を続けられることになったとしても、代わりの馬車と使用人が到着するまでに数日はかかる。パトリックひとりをここに残して出発するつもりはないので、きちんと治療を終えた御者がスタンウィック館《マナー》への帰途につくのを見届けてから、ロッティとダーリンはロンドンに向かう。使用人のために予定を遅らせる必要はないと父は言うだろうが、いまはまだ決定をくだすのはロッティだ。父ではなく。

事故がもっと深刻な結果になっていた可能性を考えれば、予定が少し遅れるくらいどうということはない。最悪、複数の命が失われていたのだ。小さくなった蠟燭《ろうそく》がふっと消えるように、あっけなく。骨折どころか、死んでいたかもしれない。ロッティは気づくと眉根を思いきり寄せていたせいで、眉間に痛みが走った。そこを撫でながら、書き終えた手紙を入り口の横にあるテーブルに置いた。

扉を叩く音がして、ロッティはわれに返った。ダーリンが部屋に入って閉めた扉にもたれ、しばらくぼうっと空中を見つめたあと、顔にかかった髪を息で吹き飛ばした。

パトリックの脚はうまく治療できたのだろうか。それとも切らなくてはならなかったのだろうか。結果はいずれかのはずだが、ダーリンの様子からは判断がつかない。ロッティはベッドカバーの端を握った手の関節が白くなるまで力を込め、最悪の事態に備えた。「パトリックはどうだった？」

ダーリンの両目から涙があふれだした。「いまのところ切らないですんでいます。このまま化膿《かのう》しなければ大丈夫だとお医者さまは言っていました」

「ああ、よかった。足を引きずるようになっても、失うよりはましだもの」ロッティは力が抜けて、ベッドの上に座り込んだ。

「お医者さまから、痛み止めとしてヤナギの樹皮をいただきました。お茶に加えて飲ませるつもりです。アヘンチンキもくださったのに、あの頑固者は絶対に口にしないと言うんですよ。気持ちが変わるかもしれないので、取っておきますけど」

「パトリックにとっても、あなたにとっても、本当につらい事態になってしまったわね」ふたりの関係がこの数週間で深まり、真剣なものへと変わりつつあるのをロッティは感じていた。

「お医者さまが骨を接いでくださっているとき、パトリックは気絶しちゃったんです」ダーリンは手のひらの下のほうで鼻の下をぬぐい、濡れた手をスカートで拭いた。「ミセス・プリングルからは荷物についてまだ何も聞かされていません。お嬢さまには着るものが必要ですね」自分の服の状態に初めて気づいたように身を震わせた。

「早く荷物が到着するといいんだけれど。あなたも入浴して、着替えたいでしょう」

「荷物が届くまで、パトリックのそばについていてもいいでしょうか」

「もちろんよ。あなたがついてあげられてよかったわ。わたしではお医者さまに止められてしまうもの。特にこんな格好では」ロッティは体に巻きつけたベッドカバーを示した。

「荷物がどうなっているか、すぐに訊いてきます。それからこの手紙は、宿の主人に頼んで出しておいてもらいますね」ダーリンはテーブルの上の手紙をつかんだ。

ロッティはベッドカバーを巻きつけたまま、ベッドに寝そべった。目をつぶるたび、事故の記憶が断片的によみがえる。体じゅうの鋭い痛みは、すべてを悪い夢として片づけたい彼女に事故を忘れさせまいとさせているかのようだ。

頭の下のほうが痛むのは本格的な頭痛が始まる兆しで、怪我によるものではない。ロッティは毛布を顎まで引きあげ、痛みに身をゆだねた。こうしてじっとしていれば、今回は吐かないですむかもしれない。

言うことを聞かない子がさわってはいけないものを棒の先でつつくように、ロッティはふたたびエイムズベリー卿のことを考えていた。今朝の彼は誰よりも背が高く、たくましさとあふれでる自信をまとって、ひときわ目を引いた。普通の体格の男性が彼のそばに立って目を合わせようとすれば、首の筋を違えてしまうだろう。

ロッティはエイムズベリー卿の目をよく覚えていた。初めて会ったときにあの目を見て、子どもの頃に海辺の家で過ごした楽しい日々が急になつかしくなった。空と同じ青色の海がどこまでも広がり、陽光を受けてきらきら輝いているさまを思いだして。それから何カ月かして道を埋め尽くす群衆の中から助けてもらったときは、陽光のような金の筋が入った青い目を見て、これほど美しいものはないと思った。別れ際に翌日必ず会いに来ると約束した彼の目には、やさしい光が浮かんでいた。

ロッティは痛む体で苦労して寝返りを打った。おかげで寝心地はぐっとよくなった。

ロンドンを離れると、エイムズベリー卿について耳にすることはほとんどなくなった。ロンドンのゴシップの主な情報源は以前と変わらず、名付け親のアガサだった。とはいえ、アガサはロッティを傷つけた男に対して当然ながら反感を抱いていたので、主観がまじるのは無理もなかった。しかし、アガサからの手紙に綴《つづ》られている情報は『タイムズ』紙の記事よりも信憑性《しんぴょうせい》が高いうえ、たいていの場合、新聞よりも面白かった。アガサならもちろん、エイムズベリー卿が結婚したなら、それを伝えてくれただろう。でも、伝える価値もないと見なした可能性もある。そして、後者の可能性がかなり高いと言わざるをえない。

なんということだろう。エイムズベリー卿には妻がいるかもしれない。そう考えると、なんとなくもやもやする。ロッティではない別の女性が、いまも彼のために自分がいちばん美しく見えるドレスを選んでいるかもしれない。帰宅した彼を居間で迎えるとき、どんなソファに座っていれば天使のように美しく見せることができるか熟考しているかもしれない。ロッティははなをすすった。本当にばかだ。されるはずのない求婚をずっと待っていたなんて。

「そのかわいそうな女性の幸運を祈るわ。エイムズベリー卿と過ごすなら幸運が必要だもの」自分の言葉がむなしく響き、懸命に保っていた自制心がとうとう崩壊した。次々に涙がこぼれて毛布が濡れ、顔を囲む細かい巻き毛に染み込んでいく。

涙とともに、抑えてきた思いが堰《せき》を切ってあふれでた。

ロッティはあのあとふたたび社交界に戻る予定だったが、母がいなくなるとちっとも気が乗らなくなった。両親は子どもへの興味が希薄で、約束しても忘れるのはしょっちゅうだった。お茶の時間にも姿を見せてはくれなかった。次々に変わる女家庭教師だけが印象に残っている子ども時代を過ごして、自分はその程度の存在なのだとロッティはいやおうなく理解させられた。両親の互いへの情熱はあまりにも大きく、ほかのすべてに勝った。わずかに残った愛情は跡継ぎである兄に向けられた。ところがロッティが社交界にデビューするためにもろもろの準備や礼儀作法の授業が始まると、そのときだけは状況が一変した。生まれて初めて、母と過ごす時間を無制限に持てたのだ。そしてデビューが失敗に終わると、二、三年後にふたたび社交界に参加してシャーロット・ウェントワースの価値を認めさせる計画を母とともに立てた。

ところが兄のマイケルがニューオーリンズの戦いで死に、その翌年に彼の喪が明けたとたん、母が病に倒れた。そのあとロッティはロンドンとその悪名高い結婚市場に二度と戻らなかった。母が一緒でないロンドンには、なんの魅力もなかった。

父に領地をまかせて結婚しろという取りつく島もない最後通告を思いだすと、怒りが込みあげて涙があふれでた。たしかに父は母の死の直後の落ち込みからは脱したように見える。けれども、明日の朝目覚めた父がやっぱり気が変わったと責任を果たすことを拒否したら、どうなるのだろう。書斎から出ようとしない領主のもとで、どれだけの小作人がふたたび苦しむのか。

妻を亡くしたあと、父は何週間もベッドから出なかった。そのあとようやく起きて書斎で過ごすようになると、ロッティは状況が改善したことにほっとして、父は書斎でひとり静かに責務を果たすのだと考えた。だが違った。父にとって書斎は、世間と関わらずに過ごせる繭のような場所だったのだ。領主の庇護《ひご》を受けられなくなった領地は破綻へと向かい始めたが、見るに見かねたロッティが介入して、父の代わりに手綱を握った。最初は領地経営について何も知らなかったが、徐々に学んでいまはうまく切りまわせるようになっていた。父が急に手綱を取り返そうと決めるまでは。

父は自分の代わりに何年ものあいだ領地の運営を引き受けていた娘にねぎらいの言葉をかけるどころか、今年じゅうにモンタギューかあるいはほかのふさわしい男と結婚しろと高圧的に命じた。意義を見いだして全力で取り組んでいた責務を簡単に奪われることがあまりに理不尽で、自らを憐れむ涙が次々にわきあがった。

ロッティにとっては、事故に遭ったこともつらかった。それによってパトリックはとてつもない苦痛を味わったのだ。馬車から投げだされた彼が壊れた人形のように道に倒れ、その脚がありえない方向に曲がっていた光景が、ロッティの脳裏に焼きついている。

それでもなお、ロンドンに行って社交界の人々に立ち向かわなければならない。支えといえば、付き添い役《シャペロン》である名付け親のアガサだけ。いまほど友人が必要なときはないが、同年代の友人はいない。かつての知り合いはみな結婚して子どもがいる。彼女たちから来る手紙は上流社会のゴシップと赤ん坊や買い物の話ばかりで、ロッティが書き送るのは失ったものと身内の死と小作人の窮状ばかり。そんなやりとりがやがて途絶えたのも無理のないことだ。つまり、ロッティはかつてないほど孤独な状況にいる。

胸の奥にたまっていた感情があふれてしばらく泣き続けたものの、やがて激しい頭痛は引き、とりあえず涙が止まった。暖炉の炎がぱちぱちと爆《は》ぜる音と自分の髪から漂う清潔な柑《かん》橘《きつ》系の香りのおかげで心が静まり、震える息を吐くたびに不安が消えていく。ロッティが上掛けをめくって脚をあらわにしたとき、おなかが鳴った。医師に診てもらったあと入浴し、服が届くのを待っているうちに感情の嵐にのみ込まれたせいで、昼食を食べ損なってしまった。窓の外に目を向けると空が暗くなっていて、降りはじめの雨粒が窓ガラスを打つ音が響いた。素晴らしい。天気が彼女の心を代弁している。

4

ウォリックシャーの小さな宿屋で雨に降り込められたイーサンは、憂鬱な気分で手に持ったカードを眺めた。午後に地元の醸造所の責任者を訪ねて戻ってくると、すぐに激しい雨が降りだして出発するどころではなくなってしまった。ほかにもそういう男たちが何人かいて、彼らと酒を仲立ちにして食堂でカードゲームに興じている。

イーサンはカルヴィンを促した。「おまえの番だぞ」

クイーンが二枚、テーブルの上にはらりと落ちる。カルヴィンは手持ちのカードをにらんだあと顔をしかめてクイーンを見おろしたが、拾おうとはしなかった。どうやら勝負は決まったらしい。

「ぼくたちはもう抜けるよ」イーサンはほかの男たちからあがった抗議のうめきを無視した。いまの状態では、カルヴィンは簡単にカモになってしまう。「さあ行こう、カルヴィン。ぼくたちより椅子に負担をかけない男たちに席を譲ろう」

「大丈夫だよ、マック。ピケットなら目をつぶってでもできる」カルヴィンは誰かに奪われることを恐れるように、ウイスキーの瓶を胸に抱え込んだ。

イーサンは友人をつかんで椅子から引きあげると、窓辺のテーブルに連れていった。「いまやっていたのはブラックジャックだぞ」

「そうか、それなら話は違う」カルヴィンが崩れ落ちるように座り込むと、座面にかろうじて尻が引っかかった。「愛らしいレディ・シャーロットのその後の情報はないのか？」シャーロットの〝L〟をゆっくり強調して発音したことから、面白がっているのがわかる。

「地獄に落ちろと言われたあと、姿を見ていない」探さなかったわけではない。宿内を移動するたび、レディ・シャーロットの黒っぽい巻き毛を探した。醸造所の責任者と会っているあいだは、成功している醸造所のやり方から少しでも有益な情報を得たいと必死だったが、それでも彼女のことはずっと頭の片隅にあった。そして土砂降りの雨で道が水浸しになり、ロンドンに出発できなくなってここに閉じ込められている。彼女とともに。

「で、おまえはどうするつもりなんだ？」カルヴィンがいつもどおりの快活な口調で訊く。

「ひれ伏して謝るいい機会かもしれないぞ。どうせなら、とことんやれよ。人間でも動物でもこれほど平べったくなったところは見たことがないってくらい這いつくばるんだ。あれほど見事な胸にはそれだけの価値がある」

「少なくとも、謝罪はしなければならないだろうな」イーサンは希望がわきあがるのを感じた。爵位を継いでから数年間の自分の行いは最悪で、謝罪すべき人間は何人もいる。もしレディ・シャーロットが許してくれたら、そうした人々への償いの道のりをまた一歩進むことができるだろう。少なくとも自分の罪を認めて謝れば、ずっと引きずっているつらい記憶が少しやわらぐ。

「おまえは幸運だな。自分は酔っ払いの間抜けでしたと女性に伝えられる機会があるんだから」カルヴィンがしゃっくりをしながらからかった。

「あの頃のぼくは、しょっちゅう酔っ払ってはばかなまねをしていた」

「いまはちっとも飲まなくなったな。ぼくはともかくおまえは。昔はふたりともいつも飲んだくれていた」カルヴィンは強調するようにウイスキーの瓶を掲げた。「こんなふうに酔っ払うのはずいぶん久しぶりだ」

そのとおりだ。カルヴィンがこんなふうになっているところは、もうずいぶん見ていない。

「なんとか機会を見つけて謝るよ」そう言うと、イーサンは酒瓶に手を伸ばした。「もう充分だろう？　明日の朝、割れそうな頭を抱えて後悔するぞ」

カルヴィンはため息をつき、指先でウイスキーの瓶をイーサンのほうに押しやった。「無理やりつかまえなけりゃ、機会なんかないかもしれないぞ。おまえにはそこまでする責任がある。レディ・シャーロットをロンドンじゅうの笑いものにしたんだからな。つまらない女だと公然と女性を貶めるようなことを言えば、どんな扱いを受けても文句は言えない」

「つまらない女だなんて言っていない。ただ――」

カルヴィンはグラスを掲げ、シェイクスピアを暗唱するように言った。「〝そこそこの顔と持参金以外に取り柄のない、頭の鈍い女。要するに、紙人形のお姫さまさ。着飾らせて、ポケットに入れて持ち歩けばいい――退屈な人生と引き換えに手に入れた財産と一緒に〟」琥《こ》琥珀《はく》色の液体があふれてテーブルにこぼれるのを見ると、顔をしかめてグラスを脇にどけた。「はっきり言って、かなりひどい台詞《せりふ》だったな」

イーサンは暗い表情で、前に伸ばした長い脚と泥まみれのブーツを見つめた。「ああ、そのとおりだ」レディ・シャーロットを貶める言葉を口にしたとたん、彼は後悔のあまり胃がよじれ、飲んだ酒を戻しそうになった。だが一度言ったことを撤回しようとしても、あの頃に友と呼び肩を並べたくてしかたのなかった男たちは、嬉々《きき》として彼の言葉を広め続けた。やがて噂好きの人々がその残酷な言葉に飛びつき、〝紙人形のお姫さま〟という呼び名は信じられない速さで広まった。あちこちの店の窓にペン画の挿絵つきで事件の詳細を記した紙が貼られ、毎朝新聞にはわざと不細工に描かれたレディ・シャーロットの風刺画が載り、社交界の人々は紅茶を飲みトーストを食べながらスキャンダルを堪能した。一方イーサンはどうなったかというと、彼の毒舌を称賛した男たちからさらに辛辣な言葉を求められた。あの晩のイーサンの行動が、レディ・シャーロットと彼の評判を決定づけたのだ。ふたりとも新たに得たそれぞれの評判を気に入ったわけではなかったが。

皮肉なことに、社交界にデビューしたてだったレディ・シャーロットは非の打ちどころのない令嬢だった。貴族の娘として期待されることを正確に理解し、それに応えようとしていた。つまり、家族への義務を果たすとともに、王を頂点とする大英帝国の高貴な血筋の価値をさらに高めるために夫探しに邁進《まいしん》していたわけだ。

そしてイーサンにはレディ・シャーロットの金が必要だった。爵位を継いだとき、大きな借金も受け継いだからだ。何も考えていない青二才だった彼は、レディ・シャーロットを手っ取り早く領地を救う手段と見なした。最終的にはそういう安易な手段を選ばなかったのが、せめてもの救いだ。持参金があるというだけでなく、心から好きになった女性を妻にしたかった。何もかも思いどおりになる世界なら、両親のように愛し合って結婚した相手に莫大《ばくだい》な持参金もついてきたのだろうが。

イーサンは口からこぼれたエールのしずくを舌で舐《な》め取って天井を見あげた。階上のどこかに怪我をしたレディ・シャーロットがいる。だが様子を見に行ったら、濡れた猫のように怒り狂うに違いない。医師の手当てはうまくいったのだろうか。腕のある医師が縫わなければ、ぎざぎざした銀白色の線が傷跡として残ってしまう。イーサンの肩の傷のように。御者のほうは、腕のいい医師がよほどがんばらないと脚の切断をまぬがれないだろう。昔イーサンの馬車が事故を起こしたとき、現場に来た酔っ払いの医師はがんばってなどくれなかった。あの老いぼれは、一緒に馬車に乗っていた友人コナーの脚を、クリスマスのハムでも切るようにあっさりと切り落とした。

現場から回収されたレディ・シャーロットの荷物を必ず部屋まで届けるように手配はしたが、もっと何かできることがあるのではないかと思えてならない。というかそもそも、いまイーサンの頭はレディ・シャーロット・ウエントワースのことでいっぱいだ。

初めて会ったときの記憶はいまも鮮明だ。あの黒っぽい目を舞踏室の反対側から見た瞬間に惹《ひ》かれ、あちこちで会うたびにレディ・シャーロットのダンスカードに名前を書き入れた。

誇らしい思いで、新たに得た爵位を。それから正当な求愛の手順を踏み、昼間に花を持って何度も家を訪問した。だがワルツを踊る舞踏室以外の場所では、いくら話をしても今日目にしたような生き生きとした部分はまったく感じられなかった。それでイーサンの気持ちは徐々に勢いを失い、幻滅だけが残った。

首相が暗殺された翌日、路上で群衆に取り巻かれてしまったレディ・シャーロットをたまたま助けだして、感謝された。あのときの彼女は暴徒の中でも冷静さを失わず、イーサンの指示に従って無事に抜けだした。それまでの彼女は話していてもおとなしい一方だったので、恐怖で何もできないのではないかと危惧したものの、いい意味で予想を裏切られた。それで彼女に惹かれる気持ちが息を吹き返した。もっとよく知り合い、本当の彼女を見つけたいという気になった。

だが翌朝訪ねていくと、レディ・シャーロットの父親にそんな思いをすっぱり断ち切られた。伯爵の言葉は容赦なかった。イーサンは彼女のような女性にはふさわしくないので、親子ともども彼の求愛を歓迎しないと言われた。財産狙いだと罵倒され、反論できなかった。レディ・シャーロットのために持っていった花束は、街角の果物売りに渡して感謝された。

いまだって彼女に花を持っていったら、拒否されたうえに口にでも突っ込まれるのが落ちだろう。

「レディ・シャーロットのことを考えているんだろう？　全部顔に出ている。自分の顔を見たら、きっと笑うぞ」酔っ払いのカルヴィンにすら見透かされている。彼女との再会をきっかけに、過去のできごとがよみがえった。

イーサンは友人と呼んでいた男たちから次々と愚行に誘われ、それはあの最悪のできごとが起こった夜まで続いた。訪ねてきた同郷のコナーの注目を引きたくて、馬車で競走しようという誘いに乗った。だがいつものごとくみんな酔っ払っていたために事故が起こり、コナーは危うく命を落とすところだった。すべてはイーサンの浅はかさが原因だ。同じく彼の浅はかさがレディ・シャーロットの社交シーズンを台なしにした。彼は恥ずかしさに襲われ、ため息をついて自業自得のその感情を受け止めた。いまはただ静かな部屋でひとりになり、本でも読みたい。「今日はいつもよりだいぶ酒がまわっているみたいだな。夕食前に部屋で少し休んだほうがいいんじゃないか?」

「ああ、ぼくは酔っ払いだ。頭のてっぺんから爪先まで酒浸りさ。だが少なくとも、女のことを考えて不機嫌な顔はしていない」カルヴィンは口にこぶしを当ててげっぷを抑えると、おならをしてくすくす笑った。まったく、しようのない酔っ払いだ。

だが酔っ払いのカルヴィンが言ったことは真実だ。

当時のイーサンは底の浅いろくでなしで、レディ・シャーロットの知性ではなく魅力的な胸に目を奪われ、落ち着いた外見の下の本当の彼女を知ることを怠った。それなのに、つい先ほども彼女の胸を話題にした友人の言葉を咎《とが》めもしなかったなんて、人間として欠陥があると言わざるをえない。この五年間は修道僧のような暮らしを続けてきたが、ちっとも変わっていないのだろう。人間性が少しも改善していないのだから。

イーサンは両手でごしごしと顔をこすり、ため息をついた。「さあ行くぞ、カル。ベッドまで送ってやる。少し寝るんだ。もしかしたら夕食までに酒が抜けるかもしれない」

パトリックがしばらく目を覚ましていたので、ダーリンは医師が置いていった薬をなんとかのませたが、彼はすぐにまた意識を失った。

あたたかい部屋が心地よく感じられたのは荷物が届いたあとしばらくのあいだだけで、ダーリンがパトリックにつき添うために立ち去ると、ロッティはひとりきりでいるのが寂しくてたまらなくなった。それゆえ、見知らぬ人々でいっぱいのにぎやかな場所に身を置けば、少しは気が紛れるかもしれないと思いたつ。

けれども今夜の幸運の女神は、ロッティに微笑んではくれなかった。食堂に集まっていたのは見知らぬ人々だけではなかったのだ。グラスを口元に持ちあげたエイムズベリー卿とすぐに目が合い、どちらが先に目をそらすかという無言の戦いになった。ロッティは顔に血がのぼるのを感じながらも決して目をそらさずに小さなテーブルまで行くと、そのまま彼に背を向けて腰をおろした。この行動が彼を無視したと言えるかどうかは、相手が判断すればいい。はっきり言うと、そうなのだが。

視界の端で何かが動くのが見え、ロッティは窓に映る光景に目を凝らした。個人宅の客間だろうと宿屋の食堂だろうと目立ってしまう並外れて大きな姿は、見間違いようがない。どちらかといえば客間にいるほうがその大きさが際立つけれど、黒っぽい木の厚板の壁と床に囲まれたこの部屋でも、おとぎ話に出てくる洞窟に住む巨人のように見える。あるいは人食い鬼か。その男が彼女に近づいてきた。

初めて会ったとき、エイムズベリー卿はロッティに対する好意を隠さず親しげに振る舞い、誘惑するようなそぶりさえあった。初めて一緒にワルツを踊ったときの熱のこもった視線を見て、父はその年若い子爵についてロッティに警告した。いまこうして、うなじがちりちりするほど強いまなざしを感じると、忘れかけていたエイムズベリー卿とのダンスの記憶がよみがえった。腰と手に置かれた彼の手の感触をぼんやりと思いだす。当時の彼は、適切とされるよりほんの少しだけ強くロッティを抱き寄せていた。父に非常識な求愛を受け入れていると叱責され、夫にふさわしい男性の注意を引くように高圧的に命じられたのは、屈辱的な経験だった。

ワルツを踊るあいだ、ロッティはエイムズベリー卿の興味を失うのを恐れて体を引かなかった。でももう、臆病風に吹かれて言いたいことをのみ込む日々は終わったのだ。いまは自分の意志できっぱりと彼を無視する。

その思いとは裏腹に、エイムズベリー卿は裏窓から入ってくる弱々しい夕暮れの光をさえぎって、断りもなくテーブルの向かい側に座ってしまった。「気分はどうかな?」

ミセス・プリングルがせわしない足取りでやってきて、大きな深皿をロッティの前に置いた。中身はスープで、たっぷり汁を吸った大きなパンのかたまりが浮かんでいる。ミセス・プリングルはエールの入ったジョッキを音をたてて置くと、せかせかとうなずいて次の客のもとに向かった。

「あなたを誘った覚えはないけれど」

紳士なら、歓迎されない場所でぐずぐずしたりしない。だがエイムズベリー卿はにやりとしただけで動こうとしなかったので、そもそもこんな男に紳士らしい行動を期待するのが間違いだとロッティは悟った。彼がテーブルに肘をついた。「きみは変わったね。いいほうに」

「隠しきれない憎しみで、頬が赤くなっているからかしら」

ロッティににらみつけられても、エイムズベリー卿は恥じ入る様子もなく笑った。「ほらね。そういう態度だよ。前よりずっと気概がある。間違いなくね」

「あなたが気を持たせたあと貶めたのと同じ女よ。まあ、どうでもいいけれど。あなたにどう思われようと、わたしには関係ないから」ロッティはおいしそうなにおいを漂わせているパンをすくって口に入れ、思わず喜びの声をあげた。たっぷりバターが塗られたイースト発酵のパンは、スープを吸ってもなおぱりぱりした食感を失っておらず、至福の味わいだ。

エイムズベリー卿が目を合わせたまま彼女の前にあるジョッキを奪い、ごくごくと飲んでテーブルに戻した。

ロッティは顔をしかめて彼をにらんだ。「無作法ね。たった五分も紳士のふりができないの？」

「そんなふうに思っているのはきみだけじゃない。ぼくは完全な野蛮人にかぎりなく近い存在と見なされている。少なくとも以前はそうだった」エイムズベリー卿は肩をすくめた。

「祖先であるピクト族みたいに、顔を青く塗って社交クラブへ行こうかとも思ったよ。陰でいろいろ言っているやつらを満足させるために。だが残念ながら、染料を切らしていた」ポケットを叩いてみせる。

顔を青く塗ったエイムズベリー卿を想像して、ロッティはこの不愉快きわまりない男に危うく笑いかけてしまいそうになった。主導権を取り戻さねばと気を引き締める。

「わたしはいま食事中なの。そこに座らずにいられないなら、せめて話題は消化に差し障りのないものにして。いまのこのすてきな天気のこととか」ロッティは食堂の両側にある雨が激しく打ちつけている窓をスプーンで示した。「それとも口をつぐんだまま食事を終え、もう二度と顔を合わせないというのでもいいわ。わたしがどちらを希望するかはわかるわよね」

間抜けだ。自分はどうしようもない間抜けだ。これ見よがしに無視されて、真摯に謝罪しようという殊勝な気持ちが頭から吹き飛んでしまった。昔は本当のレディ・シャーロットを知らずに終わってしまったが、それでも当時の彼女なら決してこんなまねはしなかったとわかる。そう思うと、彼女に惹かれる気持ちがさらに勢いを増した。以前と変わったように見えると伝えたところ、きつい口調で言い返され、率直で辛辣な態度にかえって喜びを感じてしまった。そろそろ彼女に近づいた目的に立ち戻るべきだとわかっていたものの、天気に関する皮肉な物言いに思わず顔がにやけた。

イーサンはレディ・シャーロットの肩越しに見える大きなダイヤ格子の窓に目をやった。天気は最悪だ。彼女がからかうように眉をあげたので、イーサンも同じようにした。「これでずぶ濡れの羊でも見えれば、故郷を思いだすところだな」たいして面白い返しではない。レディ・シャーロットがイーサンをちらりと見て、すぐに目をそらした。こうして彼女に見られるたびに気持ちをかき乱され、一瞬思考が止まってしまう。オリーブ色に日焼けした頬に伏せられた濃いまつげの繊細な曲線を描く先端が、ちらちらと揺れるランプの光を受けて影を落としている。ふっくらとした唇がすがすがしいほど大胆な言葉を放つと、イーサンの胸は高鳴った。

もしレディ・シャーロットの肌が見た目どおりなめらかで柔らかいなら、指先ですっと撫でるくらいではとうていやめられないだろう。イーサンは咳払《せきばら》いをして、頭に浮かんだ光景を振り払った。こういうことを考えるのは、向こう見ずな若い頃以来、我慢できていたはずなのに。人目のある宿の食堂で女性に欲望を抱くなんて、いかにもかつてのイーサンらしい。昔だったら、欲望のままその女性を手に入れていただろう。ひと晩だけだとしても。だがいまは何年も女性なしで過ごし、ひたすら帳簿との格闘に精力を注いでいる。かつての彼はレディ・シャーロットのきちんとした行儀作法をばかにしていた。いまは彼女と同じくらい洗練された紳士になるべく日々努力している。

だが結局、失敗した。

レディ・シャーロットの深くくれた胸元の肌が色づいている。夕食のテーブルに押しかけた最低男に対する殺意を抑えなければならないという怒りやいらだちのためだろう。ピンク色に染まった肌が途方もなく美しい。イーサンは咳払いをした。そうだ。彼はものの見事に失敗した。

「明日も同じような天気になるかもしれないわね」レディ・シャーロットがそう言ったので、イーサンは物思いから引き戻された。

これ以上ばかなまねをしてしまう前に、さっさと謝って彼女から離れるべきだ。「ぼくたちには天気以外に話すべきことがあるんじゃないかな」

レディ・シャーロットがなんのことやらとばかりに挑発的に首をかしげた。「あら、ほかに話すことなんてあったかしら。ご存じのとおり、礼儀や育ちのよさを持ち合わせている真の淑女は話題がおのずとかぎられてくるものなのよ。どちらも持ち合わせていないあなたには関係ないとしても」

イーサンの育ちのことか、ふたりの醜聞のことか、どちらについて当てこすられたのかわからなかったものの、彼はたじろいだ。昔、レディ・シャーロットを愚鈍な女呼ばわりして世間の笑いものにしてしまった。完璧な淑女で、理想的な貴族の令嬢であるにもかかわらず――リボン飾りやレースがふんだんに使われたドレスをまとった頭のてっぺんから爪先まで。そして美しいが退屈だった。だが、いまの彼女は違う。簡素なドレス姿で目の前に座っている彼女は、片目が腫れてふさがっているうえ、イーサンが同席したことに怒り狂っている。それなのに、いまの彼女を以前より好ましく思ってしまう彼は、どうかしているに違いない。

「出会った当時、問題があったのはきみではなかった。そのことをわかってほしい。ぼくが悪かったんだ。何もかもすべて。きみと出会う一年前にいきなり弁護士が訪ねてこなかったら、ぼくはまだ羊を飼って暮らしていただろう。子どもの頃に上流社会で生きていくための教育は受けていない。だから上流階級の一員としてどんな振る舞いを期待されているのか、何をすべきなのか、まったくわからなかった。いまでもわかっていないと見なす人たちもいるだろう」

レディ・シャーロットが眉間にかわいらしいしわを寄せた。「続けて。そんなふうに低姿勢なあなたを見るのは愉快だわ」

「本当に申し訳なかった」レディ・シャーロットの父親も悪かったのだと糾弾する言葉がいまにも出かかった。伯爵がイーサンと娘の交際に賛成だったら、違う結果になっていただろう。いったん衰えたあと息を吹き返した愛情は、彼女の父親にあっという間に息の根を止められてしまった。伯爵はこれ以上ないほどはっきりと、娘のような淑女にイーサンはふさわしくないと言い渡した。そのせいで彼はやけになり、あの晩〝友人〟たちと酒を飲んで騒いだのだ。だが、そこで彼女を貶める暴言を吐いてしまったのはイーサンの未熟さゆえで、すべては彼の責任だ。そもそもイーサンが伯爵の娘にふさわしい男だったら、こんな会話をする必要はなかった。伯爵家の書斎で受けた何年も昔の屈辱をいまさら持ちだしても、何も解決はしない。

レディ・シャーロットは目を合わせたままジョッキを口に運んだ。「謝罪をどうも」

イーサンはふっくらとした唇の曲線に目を奪われた。エールで濡れた下唇を見ていると、彼女から口移しで飲むエールはこのうえない味わいだろうという思いで頭がいっぱいになる。

こんなことばかり考えていてはいけないと、イーサンは自分を戒めた。このままでは必ず厄介なことになる。ずっと気になっていた謝罪は果たせたのだ。それを受けてレディ・シャーロットがこれからどうするかは、彼女の決めることだ。イーサンがそう思って立ちあがると、さわやかな柑橘系の香りが鼻をくすぐった。その源は彼女以外に考えられない。彼の好物であるレモンアイスやレモンタルトのような香り。レディ・シャーロットはそれらを思わせる魅惑的な香りを漂わせている。

さっさと立ち去るのだ。そうしないと、さらに間抜けなまねをしてしまう。

「でも、なんでいまさら謝ろうなんて思ったの？　わたしのことなんか気にかけてもいないくせに」レディ・シャーロットが急に思いついたかのように尋ねた。

「あのあと会いに行ったんだ。だが、きみはもうロンドンを去っていた。以来、直接謝罪する機会がないまま、今日まで来てしまった」かつてのイーサンはレディ・シャーロットを深く知ろうともせず、ひとりよがりに愚鈍だと決めつけた。ところが何年も経ってふたたび出会った彼女に、あっという間に心惹かれた。この気持ちは、追い求める価値のある関係へとつながる可能性があるのだろうか。そもそも彼女がイーサンへの憎しみを乗り越えてくれなければ、何も始まらないのだが。

イーサンは衝動的に手を伸ばして、レディ・シャーロットの頬にそっと指先を滑らせた。

ほんの少しでいいから、触れずにはいられなかった。昔も彼女に触れずにはいられなかったが、いまもそれは変わっていない。だがレディ・シャーロットはびくりとして顔を引いた。

なんてばかなまねをしたのだろう。「昔のことはぼくが悪かった。とはいえ、思っていたよりもきみが素晴らしい女性だったとわかってうれしいよ、お姫さま」

翌朝ロッティが目を覚ますと、なぜかあたりは静まり返っていた。屋根や窓ガラスを打つ雨音もせず、ものすごい勢いでぶつかってきて隙間から室内に侵入する突風の気配もない。遅くまで眠れずにいた昨夜は、激しい暴風雨のせいで不安だったのに。しょぼしょぼする目をこすりながら、今日もこの宿で過ごさなければならないのだと考えて沈む気持ちを懸命に引きあげた。パトリックを乗せて戻るための馬車が屋敷から到着するまで、旅を再開するわけにはいかない。御者をひとりきりで残していくつもりはないし、そうしようと決めたとしてもダーリンが抵抗するだろう。幸い天気が回復したので、馬車もこちらへ向かっているはずだ。すでにだいぶ遅れてしまっているので、気休めにしかならないが。

ロッティは起きあがろうとして、思わずうめき声を漏らした。普段から朝は苦手で、そうでない人間は頭がどうかしていると思っている。事故の翌日である今朝は、一歩一歩足を運ぶのがまるで拷問だった。顔を洗い身支度を整えながら、簡素な服を愛用していてこれほど感謝の念を覚えたことはなかった。ストッキング、肌着、紐が前についているコルセット、それにペチコートと実用的なドレス。すべてひとりで身につけられる。

パトリックの部屋は三部屋向こうで、廊下のいちばん奥にある。ロッティが扉を叩いてみても反応はなかったが、まだ早朝だ。ほんの少しだけ扉を開けてみると、ダーリンの姿が見えた。ダーリンは思ったとおりベッドの横に置いた椅子でうたた寝をしている。メイドと御者が手を握り合っているのを見て、ロッティは微笑んだ。ダーリンにならまかせても大丈夫。看病という意味でも、それ以外の意味でも、ダーリンの手にゆだねるのがパトリックにとって最善だ。

かつて社会ののけ者だったふたりがこうして心を通わせている様子を見ると、ロッティの胸はあたたかくなった。ダーリンは夫が亡くなったあと生きていくために街で春をひさいでいたし、パトリックは酒浸りで生きていた。だが、いまここにいるふたりはまっとうな仕事に就き、素面《しらふ》で幸せだ。彼らを雇うときに過去を父に知られていたら、大騒ぎになっただろう。父が世間から引きこもってしまったことがロッティの有利に働く場面がこれまでに何度かあったが、ふたりのことはそのひとつだ。父に事実を知られてしまったときは、ダーリンもパトリックも仕事ぶりで自らの価値を証明していた。

ロッティは静かに扉を閉めると、自分の部屋の前を通り過ぎて階段に向かった。込みあげたあくびを手で隠し、どうしてこんなに早く目が覚めてしまったのかと考える。

そのときエイムズベリー卿が廊下に出てきて、ふたりは見つめ合った。彼は廊下をはさんだ向かいの部屋でひと晩じゅう眠っていたのに、まったく気づかなかったのが不思議だ。

「おはよう。道の状態を調べてから朝食をとりに行くところなんだ」彼が早朝にしては少しばかり元気すぎる声で言った。

ロッティは目をしばたたいた。エイムズベリー卿がすることにまったく興味はなく、いまは紅茶と食べものが欲しいだけだ。その順番で。そもそも昨日の夜なかなか眠れなかったのはエイムズベリー卿と話をしたためで、こんなふうに疲れが残っているのは彼のせいだ。けれども、そんなことを口にすれば見当違いにうぬぼれさせてしまうかもしれないから、余計なことは言わないにかぎる。彼にどう対応するかは、紅茶を飲んですっきり目が覚めてから考えても遅くない。

狭い階段で、エイムズベリー卿の広い肩が大幅に場所を取っている。「もう、場所を取りすぎよ」ロッティが文句を言うと、彼が音をたてずに息だけで笑い、その振動が伝わってきた。彼が朝から機嫌のいいありえない人間のひとりであることを、幸運だと思わなければならないのだろうか。まったく驚きだ。

大食堂はすでに朝食をとりに来た常連客や地元の人々でいっぱいだった。ロッティは窓から外を見たが、ぬかるんでいても馬が進めないほどではなさそうだ。視線をあげると、晴れ渡る美しい青空が大半を占めていて、しょぼくれた雲はどんどん遠くに押しやられている。彼女はかたわらにいる不愉快なほど快活な男を無視しようとしながら、空いているテーブルを探して部屋を見渡した。彼は鼻歌を歌い、常連客に挨拶までしている。こんなに機嫌がいいなんて不自然きわまりない。

「ちょっと待っていてくれ、レディ・シャーロット」エイムズベリー卿が壁際の小さなテーブルの上の汚れた皿をまとめてカウンターに運んだ。それからテーブルの上を手でさっと払ってパンくずを落とし、椅子を引いて笑顔を向ける。

ロッティはかいがいしい行動に虚をつかれて首をかしげた。この部屋でもっとも身分の高い男性が、使用人がするべき仕事をして彼女の席を用意したのだ。エイムズベリー卿の行動は明らかに普通の貴族とは違う。だが考えてみれば、それは当然かもしれない。昨日の夕食のとき、彼は爵位を継ぐ前は羊飼いだったと言っていた。そういえばロンドンで出会った頃はエイムズベリー卿が爵位を継ぐことになった状況にまったく興味がなかったが、彼に対して微妙な態度を取る人々がいた。

両手に何枚も皿をのせたメイドが急ぎ足で通りかかった。「お茶をお願い」ロッティはメイドに声をかけ、明るい笑みが返ってきたのを確認して腰をおろした。エイムズベリー卿はその動きに合わせて晩餐会《ばんさん》のときの従僕のように椅子を押し込んだあと、自分も向かいの席に座った。

エイムズベリー卿の髪は朝に洗ったのか濡れていて、縮れた髪がひと房垂れて目に入りそうになっている。ロッティはその髪を撫でつけたくなるのを、手を握ってこらえた。彼女と違って彼は、額に落ちかかっている髪をまったく気にしていない。乱れた髪を直そうとしない彼へのいらだちを抑え、ロッティはじりじりしながら紅茶を待った。こんなに朝早く人と話さなければならないなんて、紅茶がなければ無理な話だ。

メイドがうっとりするほど濃い紅茶の入ったポットを持って戻ってくると、ロッティは感謝のあまり涙が出そうになった。紅茶を磁器のカップに注《つ》いだあと砂糖を加え、息を吹きかけて冷ましながらすする。

「かまわなければ、ぼくもお茶が欲しいんだが――」

ロッティは指を一本立てて、エイムズベリー卿の言葉をさえぎった。無言でもうひとつのカップに紅茶を注ぎ、彼のほうに押しやる。それからもう一度指を立てて、黙っているよう合図した。

紅茶。いまは紅茶のぬくもりだけを感じていたい。

エイムズベリー卿が笑った。腹の底からの大笑いではなく、くぐもった笑い声を隠そうともせずに漏らしている。

ロッティが二杯目の紅茶に砂糖を入れていると、彼が訊いた。「もうしゃべってもいいかい?」

「どうかしら。さっきみたいにとんでもなく快活にしゃべるのでなければ」エイムズベリー卿がにやりとしただけで何も言わなかったので、ロッティは彼を無視してふたたび紅茶に口をつけた。

いつも二杯目のほうがおいしく感じる。ほどよく温度がさがっているから、冷ます手間をかけずに飲めるからだ。一杯目は自分を生き返らせるためのものだが、二杯目は純粋に味と香りを楽しむためのものだ。エイムズベリー卿に謝罪されたせいで夜の眠りを妨げられたものの、紅茶を飲む楽しみまで台なしにされるわけにはいかない。

ミセス・プリングルが料理をのせた大皿と取り分け用の小皿を二枚運んできて、ロッティににこやかに話しかけた。「おはようございます。今朝の気分はどうですか？」

「ご機嫌斜めだ」エイムズベリー卿が代わりに答えた。

ロッティは彼をにらんだが、その動きであざができているほうの目に痛みが走ってうめき声を漏らしてしまった。「すごくいいわ。ところで、あとで村に行ってみようと思っているんだけれど、昨日入浴のときに用意してくれたレモンのバスオイルはどこで買えるのかしら」

ミセス・プリングルがうれしそうな顔をした。「あのオイルは妹がつくっているんですよ。ほかにもいろいろありますから、ハイストリート沿いにある青い扉の店を探してください」

「じゃあ、朝食を終えたらハイストリートに行ってみるわ。ありがとう」

エイムズベリー卿が料理を皿に取って一枚をロッティに渡していると、カーライル卿がのんびりとした足取りでやってきた。「ここはなかなかくつろげる宿だな。レディ・シャーロット、思ったよりも調子がよさそうだね」エイムズベリー卿の椅子の後ろの壁にゆったりともたれ、友人の皿からソーセージをくすねる。

「自分の分の朝食を頼めばいいだろう、盗人《ぬすびと》め。それからレディ・シャーロットにかまうな。朝はおしゃべりをしたくないそうだ」エイムズベリー卿はふたたび伸びてきたカーライル卿の手にフォークを突き刺そうとしたが、二本目のソーセージは守りきれなかった。

カーライル卿はくすねた食べもので口をいっぱいにして、ロッティに笑いかけた。「当ててみようか。ずだ袋に入れられてクリケットのバットで殴られたみたいな気分だろう」

ロッティは思わず笑ってしまった。「たしかにそんな感じ。でも、よくなるわ。ありがたいことにわたしの御者も」

「脚は切らないですみそうなのか？」エイムズベリー卿が訊いた。

「ええ。本当に幸運だったわ。ミセス・プリングルが言っていたとおりのすごく腕のいいお医者さまで」カーライル卿がテーブルの真ん中に置いてある空っぽの大皿を見つめているのに目を留めて、ロッティは自分の皿を彼のほうに押しやった。「誰からくすねるか特にこだわりがなければ、わたしのをどうぞ」体のあちこちに感じる痛みのせいで食欲はないが、目の前で繰り広げられる友人同士のやりとりを見るのは楽しい。気兼ねなく振る舞うエイムズベリー卿を初めて見た。昨日見た自信を持ってことに当たる様子、夕食の席での謝罪、そしてこのふざけ合うような友人との会話からさまざまな顔が浮かびあがり、エイムズベリー卿は彼女の記憶にあるひとつの顔しか持たないろくでなしではないと実感する。

カーライル卿がにっこりした。「そいつはありがたいな、レディ・シャーロット。マック、ぼくは彼女が好きだ」

これほど早朝にもかかわらず、カーライル卿はエイムズベリー卿以上に快活だが、彼を好きにならずにいるのは難しい。エイムズベリー卿がぐるりと目をまわすのを見て、ロッティはこっそり笑わずにはいられなかった。

こんなふうに三人でいて険悪にならないどころか、なごやかとも言える雰囲気でいられるなんて、奇妙なこともあるものだとロッティは驚いた。昨日の夜に謝罪されたことで、横になっているあいだに長年の憎しみがやわらいだに違いない。今朝は以前のような怒りにとらわれず、エイムズベリー卿との朝食を楽しんでいる。認めるのは癪《しゃく》だけれど、本当は彼のことをそれほど憎んでいないのかもしれない。信頼できるかと問われればできないし、彼という人間の価値を認めて心からの好意を感じているかと問われれば、否と答えざるをえない。でも地獄に落ちてほしいとは思っていない気がする。

言い訳をするとすれば、昨日の謝罪が真摯なものだったからだ。

「カル、さっさと食べろ。もう出発しなければ。レディ・シャーロット、今朝は一緒に朝食をとれて楽しかった。御者がすっかり回復して、きみが早く戦闘態勢に戻れるように願っている。おそらくロンドンでまた会えるだろう」

エイムズベリー卿が小さく会釈をしているあいだに、カーライル卿はロッティの皿の上の料理を食べきり、彼女の手を取ってお辞儀をした。「レディ・シャーロット、あなたは素晴らしい女性だ。朝食をありがとう。ところで、ひとつお願いがあるんだ。友人のことをあまりすぐに許さないでくれないか？　神妙な彼を見るのは実に楽しい」

5

ロッティは父親が所有する長距離用の馬車の古いほうの一台に乗って、ロンドンの街に入った。馬車が揺れるので歯がちがち鳴り、砂利敷きの道に開いた穴の上を車輪が通過するたびに舌の先を嚙んでしまった。

天井からさがっている吊り革にしがみついているダーリンは、顔色がいいとはとても言えない。「わたしたちでもこんなにつらいのに、パトリックは大丈夫でしょうか」

「スプリングがきいているほうの馬車に乗せたけれど、それでもつらいでしょうね。でも屋敷に戻ったら回復も早まると思うわ。アヘンチンキは渡したの？」

「はい。飲んでくれるとはかぎりませんが、もしかしたらと思って」ダーリンは首を伸ばして、土埃《つちぼこり》で汚れた窓の外を見た。「レディ・アガサのお屋敷はもうすぐですか？」

「そうだと思うわ。といっても、あれだけ宿に足止めされたあとだと、ロンドンの街中のどこにだろうと、もうすぐだと思えるわね」宿での一週間は一年にも思えた。屋敷から代わりの馬車が来るまでのあいだ、ロッティとダーリンはパトリックのそばについて、懸命に彼の気持ちを引き立てていた。怪我の深刻さから、臨時雇いの馬車に乗せて見知らぬ人間の手にまかせる危険は冒せなかったし、彼の心配をしていればエイムズベリー卿との再会やロンドンに戻ることへの漠然とした恐れを忘れられた。

ロンドンは息苦しい街だ。いまのロッティはさまざまな制約に従う生活に慣れていない。田舎ではメイドさえ連れていれば、礼儀作法を重視する人々にも何も言われなかった。だがロンドンの上流社会では、すべての行動が監視され裁かれる。人々は鳥の皮でつくられた扇（実際は非常に若い羊や山羊や牛の革でつくられていた）の陰で噂をささやき、紅茶を飲みながら若い世代をこきおろす。誰もが不運なできごとを最初に聞きつけて人に語る人間になろうと競争しているのだ――その不運なできごとが自分の身に降りかからないかぎり。

ロッティが自分の足で立つ有能な成人として自由に振る舞える日々は過ぎ去った。これからはレディ・アガサがシャペロンを務め、社交界の荒波をともに渡ってくれる。そしてメアリー・ウォールストーンクラフトの作品について語り合うなどといった不適切な行動を取ったときに、人に気づかれないようこっそり警告してくれる。

ロッティが窓の外に目をやると、少し前まではまばらだった建物が重なり合っているのかと思うほど密集していた。自立していようがいまいが、ロンドンの街をうろつくようなまねはしないほうがいいかもしれない。こういう通りをひとりでうろつくのは間抜けな人間だけだ。

「バークレー・スクエアのタウンハウスはいま改装中で、アガサおばさまはそこからあまり離れていないハイストリート沿いに屋敷を借りたのよ。建築家には冬前に完成すると言われているそうだけれど、実際にそうなるまでたしかなことは言えないわ」

ようやく馬車がアガサの直近の手紙に記されていた住所に到着した。歩く死体かと思うほど年老いて痩せた男が玄関の扉を開け、ロッティが名刺を渡すまでまばたきもせずにじっと彼女を見つめた。

執事が客を迎え入れてお辞儀をする動作には、まったく無駄がない。「ドーソンと申します。レディ・ダルリンプルは正面側の客間でお待ちです」

「ありがとう、ドーソン」玄関広間のタイル敷きの床を進む足音が広い空間に響き渡り、漆《しっ》喰《くい》仕上げの天井に吸い込まれる。ロッティが居心地のよさそうな客間に入ると、散歩用のブーツが毛足の長い絨毯《じゅうたん》に埋もれた。

「放蕩娘がやっと帰ってきたのね」窓辺の椅子からアガサが声をかけた。

「夕食によく太った仔牛《こうし》をつぶして丸焼きにしてくれなかったら、歓迎されていないと思ってがっかりしますからね」ロッティはおしろいをはたいてある名付け親の頬にキスをした。

アガサはいまでも際立って印象的な女性だが、年とともに顔のしわは深くなっている。古典的な美人とは言えないものの、ロッティはそこが好きだった。一般的な美人像と比べてあまりにも背が高くあまりにも痩せているけれど、年を重ねてもなお社交界で影響力を保ち、流行の先端にいる。アガサは個性的で人の記憶に残る。それはただ美人というよりも素晴らしいとロッティは思った。

「よく太った仔牛ですって？」何を言っているのかとばかりに、アガサが片眉をあげた。

「今日到着するとわかっていたら、歓迎の宴《うたげ》のためにそれくらい用意できていたでしょうね。だいたい、もう何日も前に着いているはずだったでしょう？　それなのに、なんの連絡もよこさずにこんなに遅れるなんて」

「そうよね。わたしが旅の途中で死んだと思って、おばさまが絶望の淵《ふち》に沈んでいたのがよくわかるわ。わたしもそういうときにはビスケットが食べたくなるもの」ロッティは椅子のすぐそばに置いてある菓子の缶を示した。

「そんな嫌味でごまかそうとしてもだめよ。どこにいたのかちゃんと説明しなさい」アガサがふかふかの絨毯に杖《つえ》を二度打ちつけた。

ロッティは名付け親の向かいに腰をおろした。窓からの日光が、名付け親の黒いレースのキャップの下からのぞく銀色の巻き毛を輝かせている。「事故に遭ったことを知らせたあと、もう一通手紙を送ったのよ。でもそういえば、ひどい雨で出発を遅らせた人たちが何人もいたわ。きっと郵便も遅れたのね」

「全能の神は辺鄙《へんぴ》な田舎で怒りを放つことが多いの。わたしがロンドンにいたいと思うのも、それが理由のひとつよ。とにかく、ようやく会えてうれしいわ。着いたときにドーソンには会ったでしょう？」

「ええ。ここでは夜に墓荒らしを追い払うための警備者を雇っているのかしら。死体泥棒が絶対にドーソンを狙っているはずよ。彼は長命者《メトセラ》と同じくらい年を取っているもの」

アガサがしゃがれた声で噴きだした。「好きなだけばかにすればいいけれど、ドーソンはて、ほとんどないに違いないわ。何百年も経験を積んでいるんだから。新たな事態に動じることなんとても有能な執事なのよ」

「当然そうでしょうね。

以外の男がおばさまにお茶の給仕をしていることを知っているの？」

アガサはロッティと目を合わせた。「使用人を全員この屋敷に連れていくと言ったら、ステムソンは引っくり返りそうになったわ。建設作業員なんて追いはぎや盗賊ばかりだと言わんばかりに騒ぎ立てて、怪しげなまねをしないか見張るためにあの屋敷に残るって聞かなかったの。最高の推薦状つきで紹介された建設会社だというのに」ビスケットの缶を差しだし、ロッティが手に取るのを確認してから続ける。「ドーソンには満足しているわ。ここは使用人ごと借りているの。人材派遣会社が吟味した人間ばかりよ。あの手の会社がどういう理由で存在しているか、あなたも知っているでしょう？　わたしは貧民街に自ら出向いて使用人を探したりしないの」

ロッティはアガサのいつもの台詞に目をぐるりとまわした。領地には善良な人間が大勢いるが、中には二度目の機会を必要としている者もいる。ロッティはパトリックやダーリンだけでなく、何人ものそういう人間と雇用契約を結び、彼らが自分自身や世間に自らの価値を証明する機会を与えていた。人間というのはときに、ちょっとした導きを必要としているのだ。ささいな手助けを。「新しい使用人を雇ったと書いて送るたびにおばさまとは議論になるけれど、うちの使用人は正直な暮らしをする機会を与えられたことに感謝して、忠実に働いてくれているわ。全員わたしの期待にそむかずに、立派にやってくれている」

アガサが不満げに咳払いをした。

それが合図だったかのごとく、メイドが紅茶とたっぷりの菓子をのせたワゴンを押して入ってきた。ロッティはメイドに感謝の笑みを向けたあと、アガサがうなずいたのを確認してカップに紅茶を注いだ。

「もう一度詳しく教えてちょうだい。あなたは事故に遭ったの？　それとも追いはぎに襲われたの？」

「手紙で知らせたとおり、馬車が引っくり返ったのよ。追いはぎはまったく関係ないわ」ロッティは優美なカップと受け皿を名付け親に渡したあと、ぶつけた目が気になって指でさわった。今朝もあざは完全には消えておらず、緑と黄色の縁取りが残っていた。

アガサはかたわらの小さなテーブルにカップを置くと、杖の真鍮《しんちゅう》製の握りに両手を置いて身を乗りだし、ロッティを頭のてっぺんから爪先までじろじろと眺めた。「追いはぎに遭ったのでなければ、そんなひどいドレスを着ている説明がつかないと思ったのよ。それは宿のメイドに借りたのかしら。そのメイドも雇ったの？」

ロッティは笑いをこらえたが、肩が震えてカップの中の紅茶が揺れた。「もう五年近く、このドレスでなんの問題もなくやっているわ。これを着て牛の出産に立ち会ったこともあるのよ」

「まあ、なんてこと」アガサは何十センチも離れているにもかかわらず、ロッティのドレスの裾をよけるようにスカートを引き寄せた。

ロッティは滑稽な仕草を見て、やれやれとばかりに頭を振りながら、名付け親と過ごす心地よさに浸った。顔を見れば年を感じさせるものの、いまでもアガサは感情を素直に表に出す素直さを失っていない。雷とハリケーンとレディ・アガサは人間がどうにかできるものではないと、ロッティの母はよく言っていた。

「屋敷の改装は予定どおりに進んでいるの？」

「訊く相手や日によって、答えがばらばらなのよ。クリスマスまでには自分のベッドで眠りたいけれど、もう九月だからねえ。あなたが今年ロンドンに来てくれるとわかっていたら、延期したのに」

こんなときに滞在させてもらって負担をかけることに、ロッティは罪悪感を覚えた。「今年来ることになったのは、わたしのせいじゃないのよ。父が勝手にダンビー侯爵の息子と結婚させようとしたからなの。拒否したら、自分で夫を探す時間を一一月まで与えてもらえることになったとはいえ、見つけられなければミスター・モンタギューと結婚させられるわ」

父は小作人の家の屋根を直すためにも、そのほかに山ほどある問題を解決するためにも、書斎から出てこない。それなのに突然、娘が未婚でいることに耐えられなくなったのだ。ロッティは眉間に指を二本当ててこすり、腹立たしい気持ちでしわを伸ばした。しわを寄せてばかりいたら消えなくなってしまうと、昔母親によく言われた。

「ダンビー侯爵の末の息子？　とてもハンサムらしいけれど、よくない噂があるから気をつけたほうがいいわ。もっといい男性を見つけましょう。ロンドンに来て正解よ」

「そうだといいけれど。父は限嗣《げんし》相続でない領地も持参金につけると約束したの。それが過去の醜聞を補ってくれることを祈るしかないわ」自分の領地なら自由に采配を振るい、さまざまな改良や近代化を施してロッティの小作人の生活を向上させられる。そうして目に見える結果を出せば、退屈な紙人形のお姫さまなどではないとはっきり証明できるのだ。

「たしかにあなたはスキャンダルの的になった。でも脳みそが詰まっていない頭の鈍いほかの娘たちと違って、何も悪いことはしていないのよ。それにあれから七年経つあいだに、数えきれない数のスキャンダルが起こっては忘れられていったわ」

「好意的に迎えられるにしろ、悪意をぶつけられるにしろ、もう一度社交界の人たちと向き合う覚悟はできているの」

「お母さまはきっと誇りに思ったでしょうね」ふたりはアガサが娘のように思っていた女性の記憶に、しばらく黙って浸った。名付け親はため息をつくと、暗い雰囲気を追い払うように大きく一度手を叩いた。「あとの話はあなたの部屋に向かいながら聞くわ。いまにも倒れそうじゃないの」

縦長の優美で狭いタウンハウスは、通りに立ち並ぶほかの屋敷と同様、前世紀に建てられたものだ。そうした屋敷が一列に並んでいるさまは、美しく着飾って王の視察を待つおもちゃの兵隊のようだ。

屋敷内は彫刻を施した木の縁取りがある壁に、部屋ごとに色の異なる贅沢《ぜいたく》なシルクの壁紙が貼られている。ロッティが案内されたのも、壁際に天蓋つきのベッドが置いてある文句のつけようのない美しい部屋だった。

「窓から見えるのが向かいの家の石壁だけでごめんなさいね。でも、いいところもたくさんあるのよ。ここは角地だし、ロンドンでは空いている屋敷を見つけるのが本当に大変なの」

アガサがカーテンを開けると、太陽の光がふんだんに入ってきた。

「この目隠しのための薄いカーテンはいいわね。通り抜けた光で青い壁がきれいに見えるのがすてき」ロッティは繊細なクリーム色の生地に触れた。

アガサは微笑み、杖にぐっと体重をかけた。「この薄いカーテンがなかったら、向かいの屋敷が丸見えですもの。カーライル卿の屋敷の窓なんかのぞいたら、何が見えるかわかったものじゃないわ。彼のことは覚えている？ 父親の評判はひどかったけれど、息子はとてもおしゃれで人気があるのよ」

「ああいう独身男性が何をしているかなんて、想像することしかできないわ」何か目を引くものがあるかもしれないと思って、ロッティは窓の外をのぞいた。暗い窓がいくつか見え、そこにアガサの屋敷の石壁が映っている。「カーライル卿も同じ宿にいたの。事故のあといろいろ気遣ってくれて、なかなかいい人みたいだったわ」

「まあ、驚いた。ご近所に住むすてきな独身男性と、悲惨な旅の途中で出会っていたなんて」アガサが眉をあげた。

ロッティは魅力的な隣人について考える代わりに、その友人である黒っぽい髪の男性のことを思い浮かべていた。エイムズベリー卿はどんな心境の変化か、夕食のときに巧みに謝罪し、彼女の頰に触れた。そのことを思いだすと、触れられた部分にちりちりとした感覚が走る。

本当は、彼の指に嚙みついてやるべきだった。

「カーライル卿はだめ。自分よりもきれいな男性なんていやだもの。女として耐えられないわ」ロッティは無理に笑みをつくった。カーライル卿が魅力的なのは疑問の余地がない。あれくらい快活な男性なら、誰と結婚しても仲よくやっていけるだろう。壁とでも友情を結べそうだ。でもロッティは結婚相手に愛情を求めているわけではないし、人柄のよさそうなカーライル卿には心の通じ合う本物の妻がふさわしい。

ロッティは詰め物をした座面の上に置いてあるクッションの厚みを確かめた。雨がしのつく秋の日に読書にふけるにはもってこいの椅子だ。秋の日々はすぐにやってきて、そのあとは冬の風が通りや建物のあいだを吹き抜ける。運がよければ、それよりも前にロンドンを出ていけるだろう。「本当にありがとう。アガサおばさまなしではとうていやり遂げられないわ」

アガサが杖にさらに体重をかけたので、もしや偉大な名付け親は顔に少ししわが増えただけでなく本格的に体が弱ってきているのだろうかと、ロッティは考えずにはいられなかった。

「正直に言うと、話し相手ができてとてもうれしいの。気の合う人がそばにいない人生は、ただ疲れるだけで楽しくないのよ。アルフレッドが恋しいわ」悲しげなため息が名付け親の気持ちを表していた。「あの人はいつだって笑っていた。四〇年間、最高の人と過ごせたわ。わたしはね、あなたにも愛に満ちた結婚生活を送ってほしいの。だからふさわしい男性を見つけられるように、一緒にがんばりましょう」

ロッティは身じろぎした。愛とは唯一の相手以外のすべての人間、すなわち自分の子どもすら目に入らないようにしてしまうものだと、経験上知っている。父がその証拠で、母が死んでもそれは変わらなかった。父は母が死んだあと何年経っても立ち直れず、その結果、父を頼っていた人々が損害を被っている。だからロッティは人間をそんなふうにしてしまう心の痛みは避けたいと思っていた。「わたしの場合、夫が欲しいのは現実的な理由からで、愛とは関係ないの」

アガサはいつも率直にものを言うが、ロッティの顔を見ていまは意見を押しつけないほうがいいと判断したらしく、話題を変えた。「とにかく、ようやく来てもらえてうれしいわ。会えない期間が長すぎたもの。社交界に参加しなくなっても、ちょくちょく会えると思っていたのよ。あなたの友人が結婚するときなんかに。でも、あなたは田舎から出てこなかった」

「友だちづきあいが途絶えてしまったから。今回ロンドンにいるあいだに昔の知り合いと顔を合わせることがあるかどうかわからないけれど、あったらきっとぎこちない雰囲気になるでしょうね。みんなは結婚しているのに、わたしはいまでも目的に合う夫を探しているんだから」同年齢の女性はほとんどがキャップをかぶり、猫を友に過ごす生活をしている。そういえば、ロッティは猫が好きだった。猫はいい友になる。夫には一緒にいて楽しませてほしいなどと期待していないので、なおさらだ。

「目的に合うって、どんな夫を求めているの？」黒いドレス姿で窓際の椅子に座っているアガサが、興味深げにロッティを見た。その様子はまるで、きらきら光るものを見つけた烏《からす》のようだ。

「紳士クラブのあるロンドンで友人と楽しく過ごせれば満足な人。領地の経営をわたしにまかせてほしいの。そうしてくれれば、持参金で自分の未来を築いていける。持参金はわたしのものだもの――法的にはそうでなくても。田舎で暮らしたいというわたしとは正反対の価値観を持つ夫を見つけるのは難しくないはずよ。それなりの持参金があれば」

しばらく沈黙が落ちたあと、アガサが口を開いた。「その計画がうまくいかないことをわたしが望んでも、気にしないでくれると信じているわ」いつもどおり率直なアガサが、ロッティは大好きだった。「愛に基づいた結婚ほど素晴らしい贈りものはないのよ。だからあなたが愛のある結婚ができるように、明日はまずマダム・ブーヴィエの店に行きましょう。いまはロンドンにいるのだから、牛が草を食《は》んでいる野原をうろつくためのドレスをなんとかしなくてはね」

6

それから一週間、ウッドレストを滞りなく運営するという義務と責任を果たすために、イーサンは領地で過ごしていた。帳簿には最新の数字を記入していかなければならないし、嵐が通り過ぎたあとなのでホップ畑の様子も見なければならない。新しく立ちあげる事業もだんだん形になりつつあった。

地元のパブを経営しているジョセフがウッドレスト産のホップを使ってビールをつくったらどうかと思いつき、そこからすべてが始まった。新しい醸造所は雇用をもたらし、ウッドレストの名前を広め、ロンドンや周辺の地域に販路を広げる役に立つ。そうすれば町に安定した収入源ができて、領主である子爵がどれだけ寛大かによって繁栄を左右されることがなくなるだろう。

ウッドレストとそこに住む小作人はいまでもきびしい暮らしを余儀なくされており、イーサンは一歩一歩改革を進めてなんとか領地の収支を黒字にするところまでこぎつけた。それには平民として畑で働き、家畜の世話をしていた経験が役立った。かつてと同じたゆまぬ労働と当時に培った技術が必要だったからだ。いまではウッドレストは少しずつ利益をあげ始めている。イーサンは貴重な資金をふたつに分け、片方はミダス王のようになんでも黄金に変えられるカルヴィンの助言に従って相場に投資し、もう片方は領地のために使っている。醸造所は有望な事業ではあるがリスクも高く、そこに自分の金のほとんどを注ぎ込んでいた。うまくいけば町は潤い、領地も恩恵を受ける。だから絶対に成功させなければならない。領地の運営はすでにいい方向に向かっているが、事業が失敗すれば……。そのことについてはいまは考えないほうがいいだろう。

醸造所には爵位を継いでから努力してきたすべてがかかっている。成功させるためには見ているだけで頭がくらくらする契約上の細かい点をすべて解決し、働き手を雇い、建設用の土地を整備するために背中が折れそうになるまで働かなくてはならない。

つまりイーサンには考えるべきこともやるべきことも山ほどあるのに、あの宿で別れてからレディ・シャーロットのことが絶えず脳裏に浮かんでくる。〈熊と猟犬亭〉の朝食のテーブルに置いてきたはずの彼女が、どこまでも追いかけてくるのだ。眠りの中までも。

五日続けて奇妙な夢を見たあと、ぐっすり眠るためなら醸造所を建てる作業をひとりでやってもいいと申しでたくなるほどイーサンは追いつめられた。毎晩の夢が官能的なものなら不満はなかったが、そんな幸運には恵まれなかった。

最初の夜に見たのはレディ・シャーロットの夢で、情熱に乱れた素晴らしい肢体を隅々まで堪能したあと彼女の名前をあえぐように呼びながら目を覚ましたとき、イーサンはかたく張りつめていた。次の夜の夢には、馬車の事故が繰り返し現れた。夢の中の彼はぐったりとしたコナーを道端で抱えていて、その様子を父が責めるように見つめ、母は空を仰ぎながら育て方を間違えたとすすり泣いていた。

このふたつのまったく異なる夢の光景が入りまじって、イーサンをひと晩じゅう悩ませるようになった。それが一週間続く頃には昼間も疲労で頭がぼんやりし、むっつりした顔で過ごすようになった。

夕食のあと、イーサンは暖炉のそばの椅子で膝の上に本を広げたまま眠ってしまった。すると、またしても夢の世界に入り、レディ・シャーロットの小麦色の首筋に軽く歯を立てたり、開いたままの唇をつけたりしながら繊細な肌を探っていた。細く吐きだされる息が耳に吹きかかり、彼女の手がせわしなく背中を動きまわる。欲望に目を閉じかけているレディ・シャーロットが見たくて、イーサンは顔をあげた。だが、代わりに彼女の頭の横にある夜会用の靴の黒い爪先が目に入る。靴の上には白いストッキングに包まれた脚とシルク製のブリーチズ。あたりを見まわすと、人々に取り巻かれているのがわかった。死んだ前子爵の仲間たちが、仮面舞踏会のときにつけるドミノマスクの後ろで笑っている。そのうちのひとりの仮面が冷笑を浮かべるレディ・シャーロットの父親の顔になった。濡れた羊のにおいがする成りあがりのスコットランド男と関わって自分を貶めたと、伯爵が娘を非難している。イーサンの腕の中で、レディ・シャーロットが父親と同じ表情を浮かべて身を引いた。

伯爵の横で人々の先頭に立ってふたりを嘲笑《あざわら》っている男の正体は明らかだ。ズボンの脚の片方はきれいだが、もう片方は血まみれで、中身がなくひらひらしているからだ。

「エイムズベリー卿。子爵閣下。目を覚ませ、イーサン。いびきでメイドたちを起こすつもりか？」

「コナー？」顔を照らすまぶしいランタンの光に、イーサンはひるんだ。

「そうだ。疲れているんだな。早く二階にあがって自分のベッドで休め」コナーが頭を傾けて、図書室の入り口とそこから続く薄暗い廊下を示した。

イーサンは首をこすった。もちろんコナーだ。事故のあと、この頑固な同郷の男は慰謝料を受け取ってソルウェー湾にある彼らの村に戻ることを拒否した。そしてここに残り、ウッドレストを管理する仕事を始めた。イーサンには自分の愚行のせいで死にかけた友人に仕事を提供するくらいしかできなかったし、ふたりで話し合った結果、平民の羊飼いだったイーサンが努力して立派な領主になれるのなら、コナーだって新たな仕事を学べるだろうということになったからだ。コナーの役割に名前をつけるのは難しい。執事であり、従僕頭であり、近侍であり、厄介な目の上のたんこぶでもある。幸いなことに、コナーは屋敷の采配だけでなく、イーサンは爵位を継いでもまだ羊飼いにすぎないと思いださせることにも長《た》けていた。いまのイーサンが以前よりもいい家に住み、より多くの羊を飼っているのは、単なる幸運でしかない。

イーサンはコナーの肩を叩き、しゃがれた声でおやすみと告げると、よろよろと寝室に向かった。

翌朝イーサンは三杯目の紅茶が入ったカップを手に窓の外を眺め、一日を始める活力がわいてくるのを待っていた。ウッドレストは木々が少しずつ秋のドレスをまとい始めるこの季節、ひときわ美しさを増す。二、三週間もすればすべての葉が秋の色に変わるだろうが、いまはまだ最初の変化が徐々に現れているところだ。

「もう慣れたか？」コナーに訊かれて、イーサンはわれに返った。いったいどれだけのあいだ窓の外を見つめていたのだろう。

頭をはっきりさせるために何度か振ったあと、イーサンは振り向いた。「何に慣れたって？景色にか？」

「さあ、このすべてにかな。村での暮らしとはまるで違うだろう？」机の横の床に向かって細長い円柱状のものを運ぶコナーの足取りは、いつもよりさらに不規則だ。

「そうだな」外に広がる景色は彼らが暮らしていたソルウェー湾の村と同じく緑で覆われているし、イーサンが子どもの頃に暮らしていた小さな家と同様、ウッドレストの屋敷も石でつくられている。だが共通しているのはそれだけで、こうして領主となり丘の上にそびえる屋敷の主人となっても、ときどきあの小さな家に戻りたくてたまらなくなった。そこはいまある家族に貸しているので、スコットランドの片隅のあの場所で幸せな暮らしが営まれていると思うと少し心が慰められた。

「こんなに広い領地を切りまわしている息子を見たら、おまえの両親は面白がっただろうな。想像してみたことはあるか？」コナーが訊いた。

イーサンは急にずっしりと重みを感じた肩をまわした。「もし父がここにいたら、ぼくじゃなくて父が子爵だったはずだ」そうだったら、イーサンはうれしかっただろう。選択できるのなら、子爵になるより子爵の息子でいるほうがずっといい。「父ならぼくよりうまくやったはずだ。ロンドンに一年もいれば、社交界のやつらをみんな手なずけたんじゃないかな。人たらしだったから」一方、イーサンは八年経ってもよそ者のままだ。息子か孫の代になってようやく、彼らの末席に受け入れてもらえるのだろう。

「そう自分を卑下するな。おまえの父親はたしかに口がうまかった。だが、おまえにはおまえのいいところがあるじゃないか。この領地にもいい変化をもたらしている」コナーはポケットから手紙の束を引っ張りだして、机の上に置いた。「三人の男が死に、おまえが爵位を継いで、ここの人々は幸運だったんだ。ここにいたおまえの親戚は、おまえみたいにがむしゃらに醸造所の建設に取り組まなかっただろうからな。やつらは金を使うことだけに忙しかった。だが、おまえは金を最大限に活用している」

イーサンはコナーにちらりと笑みを向けると、手紙の束を調べた。もしかしたら、爵位を商売に利用しているときびしく糾弾する手紙がまた来ているかもしれない。大衆相手の商売につながる事業に投資しているせいで、上流階級の人々から顰蹙《ひんしゅく》を買っていた。

イーサンは手紙を領地に関するもの、招待状、個人的な手紙の三つの山に分けた。個人的な手紙はカルヴィンから来た一通だけだ。

コナーの言葉には一箇所だけ訂正すべき点があった。「四人だ。四人死んだ。ふたりは父子で、聞いたことがないどころか存在することすら知らなかった親戚だ。それに祖父と父」

一族の家系図は横に広がらずに細長くなり、イーサンはその末端にぶらさがっていた。下には誰もおらず、彼が死んだら爵位を継ぐ者はいない。

コナーは話題を変え、運んできた長い巻物をイーサンに押しやった。「ところで、こいつはなんだ？」

「注文していた敷物だ。机の端から敷けば、入り口まで届くだろう」

コナーは一瞬黙り込んで敷物に目をやった。「おまえが留守のあいだにぼくが転んだことを告げ口したのはどの従僕だ？」

イーサンはコナーをにらんだ。「どの従僕だろうと関係ない。自分で言ってくれればよかったんだ。おまえの脚は堅木の床と相性がよくない」

「ぼくの脚は堅木の床と問題なくやっているさ。だめなのは脚の先にくっつけている木の杭《くい》だ」コナーは薄ら笑いを浮かべた。

「どうして義足にしないんだ。なぜどこかの海賊みたいに木の杭なんかつけている？」

イーサンはコナーが短く息を吐くのを聞いて、会話が考えていたような方向に進まないことを悟った。義足という単語が出たとたん、コナーの表情がこわばった。何度この話題を出してもコナーが耳を貸そうとしない理由が、イーサンにはまったくわからない。

「脚が二本あるふりをしても、それが現実になるわけじゃない。木の杭で充分だよ。とにかく松葉杖よりはましだろう？　屋敷に絨毯を敷きつめる必要はない。ぼくはそれほど無能じゃないさ、子爵閣下」コナーがイーサンを攻撃する武器のように爵位を投げつけた。

イーサンは首を横に振った。「ここはおまえの家だ。その家で転んでほしくない」

コナーはそれ以上何も言わずに部屋を出ていった。

イーサンはしくじったと思いながらため息をつき、カルヴィンからの手紙を開いた。

マックへ
今週レディ・バートルスビーが晩餐会を開く。おまえが出席するよう、ぼくからも頼んでほしいそうだ。おまえと彼女の夫との関係を考えると、いささか奇妙な感じもするが。バートルスビー卿は気が変わったのかもしれないな。とにかく、手紙を書くとだけ約束した。
ということで、見よ、ぼくの手紙を！
ロンドンに来い。ろくでなしのバートルスビー卿と晩餐をともにしろ。そして、ぼくの新しい隣人に会うがいい。

カルヴィン

イーサンは目をこすった。まだ朝だというのに、疲労で目が痛む。

〝悪魔の話をしていると悪魔が姿を現す〟というのは本当らしい。

子爵を継ぐはずだったイーサンの遠い親戚に当たるジェロームは、生前、妻と息子とともにロンドンに住み、多くの友人がいて社交界の人々に受け入れられていた。中でもバートルスビー卿とは仲がよかったので、ジェロームばかりか三カ月後にその息子まで死んでしまうと、バートルスビー卿は大きなショックを受けた。そのためイーサンがロンドンに出て彼と会ったときは、ぎくしゃくなどという言葉では片づけられないかたくなな応対をされた。そのあとたまたま会うことがあっても取りつく島もない冷淡な態度を取られ、ジェロームの未亡人がロンドンを去り大陸に渡ってしまうと、その態度はさらにあからさまになった。彼女がギリシアで何をしているのかイーサンにはわからないが、寡婦年金はそこに送っている。年金を気前のいい額に設定したあと、彼女からの連絡はいっさいない。

もしかしたら、カルヴィンが書いてきたとおりなのかもしれない。バートルスビー卿は以前の態度を後悔し、埋め合わせをしたいと考えているのだ。何年も経って悲しみが薄れ、仲のよかった友人の代わりにイーサンが爵位を継いだことを受け入れる気になった。だとしたら、上流階級に親しくしてくれる人間が増えるのは悪いことではない。新しい事業を始めようとしているいまは特にそうだ。ウッドレスト産のエールがロンドンの上流階級の家庭で消費されるようになれば、新しい醸造所が完成したときに売りあげが飛躍的に伸びるだろう。

少なくとも晩餐会ではカルヴィンが一緒だから、口さがない人々も少しは態度を控えるはずだ。カルヴィンの影響力と容姿のよさは、人々のいい面を引きだす。それに場所が変われば、毎晩悩まされている夢を見なくてすむようになるかもしれない。イーサンは部屋の入り口まで行って呼びかけた。「コナー」

同郷の友人がふたつ隣の部屋から顔を出した。「何かわめいたか?」皮肉っぽい物言いはコナーが怒りと折り合いをつけたか忘れたかした印なので、イーサンはにやりとした。

「カルヴィンが、バートルスビー家で開かれる謎めいた晩餐会に出席するため、ロンドンに来いと言ってきた」

「バートルスビー卿といえば、二年前におまえを家から蹴りだしたやつじゃなかったか？」

「翌月には紳士クラブからも放りだした。そう、なかなか魅力的な御仁だ。その奥方が招待状をよこした」

「そいつは興味深いな。近侍は必要ないか？」コナーはお仕着せを身につけるのを拒否しているが、つねにきちんとした格好をしている。いつ検査されても大丈夫なくらい隙がないとはいえ、もちろんそんな検査が行われることはない。とにかくカルヴィンと同じくコナーも、イーサンが服装にまったくかまわないことにつねづね不満を表明していた。

「いや、今回はいい。いつもどおり、こっちをまかせるよ。何か問題が起こったら、使いをよこしてほしい。一時間後に出発するから、馬番に言ってエズラに鞍をつけさせてくれ」

「わかった」コナーは大声で従僕を呼ぶと、馬番たちに主《あるじ》の出立を知らせるように言いつけた。「ああそれと、ロンドンで遊ぶ合間に醸造所の責任者を務められる人間を見つけてくれないか？　いまいましい。マーティンは別の場所の仕事を受けたと、さっき知らせが来た」

イーサンはひと口で紅茶を飲み干し、音をたててカップを置いた。マーティン・ピーターソンはこれまで見つけられた中で最高の人材だった。

それから何時間かして、カルヴィンの屋敷に着いたイーサンは執事のヒギンズに帽子を渡し、優雅にしつらえられた図書室にゆったりとした足取りで向かっていた。この図書室には半世紀のあいだ一度も開かれていない本がずらりと並んでいる。

「ぼくはおまえのために働く召使いじゃない。気軽に呼びつけるな。だがまあ、来てやったぞ。それで、これはどういうことなんだ？」イーサンは入り口の戸枠にもたれ、脱いだ手袋を腿に叩きつけながら訊いた。

机の前に座って手紙を書いていたカルヴィンが目をあげた。「頻繁に呼びだしすぎないよう気をつけるよ。座ってくれ」革の椅子を示す。

「なんで急にバートルスビー卿夫妻がぼくを招待する気になった？」

「わからないんだよ、マック。ただ仲立ちを頼まれただけだから。ぼくも招待状を受け取って――」

「ほほう。ロンドンは人材不足なんだな――」

「いや、ぼくが極上の美男子で、いるだけでその催しの華になるからさ」カルヴィンは飲みものの用意をしたワゴンを押してきた使用人に入るように合図し、自分用にコーヒーを注いだ。それを口に運びながらティーポットに向かって顎をしゃくり、勝手に飲むようにイーサンに促す。

イーサンはおかしくて鼻先で笑うと、メイドに礼を言ってカップに紅茶を注いだ。

カルヴィンはコーヒーをごくりと飲み、話を続けた。「この季節はロンドンの社交界に人が少ない。レディ・バートルスビーに公園でたまたま会って晩餐会の話をされた。おまえの居場所を知っているかと訊かれて、妙だとは思ったんだ」

イーサンは椅子にゆったりと座り、脚を前に伸ばした。「どうしてぼくを招きたがるんだろう。彼女の夫はぼくに対する態度をこれ以上ないほど明確にしているというのに」紅茶を飲みながら考えをめぐらせてみても見当がつかない。「まあ、行ってみればわかるだろう。ほかに変わったことはないのか?」

カルヴィンは肩をすくめた。「またエマから手紙が来た。学校がいやでしようがないらしい。社交界にデビューするのが待ちきれないって、まあいつもどおりの話さ」

「もうデビューか?　エマといえば、森の中を駆けまわっていた姿しか思い浮かばないな。もつれた髪のあちこちから小枝が突きだして、顔じゅうに泥が跳ねている姿しか」

「一八になったらデビューすると決まっているが、まるでぼくが邪魔をしているみたいに文句たらたらなんだ。今年はぼくが自由に楽しめる最後の年だっていうのに。来年になったら放蕩生活に別れを告げ、一族の中で大人としての責任を果たさなくてはならない。父はまったく役に立たないから」カルヴィンはため息をついて、コーヒーの入ったカップを手に取った。「レディ・ダルリンプルが通りの向かいの屋敷を借りたんだ。もとの屋敷は大々的に改装しているらしい。そのあいだ通りをひとつかふたつ隔てた近くの家から見守るのではなく、わが近所にいらしてくださった」

イーサンはにやりとした。「ああ、レディ・アガサか。話していて楽しい人だ。だが、あちらは好意を持ってくれているとは言いがたい。レディ・シャーロットを貶めてしまってから、一気に態度が冷たくなった。彼女の名付け親だって話だからな」

カルヴィンが眉を上下させてにやにやした。

「待て待て。つまりレディ・シャーロットはいま、あの屋敷にいるってことか？　おまえのすぐそばで暮らしているって？」イーサンの背筋を震えが駆けあがったが、それが興奮のせいか、これからすべてが変わるという本能からの警告のせいか、よくわからなかった。

「ほかに黒っぽい髪の豊満な女性を知っていて、しかもその女性が拳闘の試合を何ラウンドか戦ったあとみたいな顔をしているのでなければな」カルヴィンが得意げにふんぞり返った。

ふたりは窓の外に目をやり、通りの向こうの灰色の石造りの建物を見つめた。

「ロンドンが急に興味深い場所になったようだな」イーサンの頭の中に居座っている女性が、親友の家の向かいに滞在しているのだ。世間はなんて狭いのだろう。レディ・シャーロットにもう一度会えたら、最近悩まされている夢を見なくなるだろうか。もしかしたら、彼女とのあいだには未解決の問題が残っていると体が伝えているのかもしれない。「これを言うと、おまえに妙な勘ぐりをされるかもしれないが、これからシーズンが始まるまで、醸造所の件でもっと頻繁にロンドンに来ることになると思う。ここに来る直前にコナーから、新しい醸造所の責任者が必要だと言われた」

「いつもどおり好きなときにうちに泊まってくれていいし、いつまでいてくれてもかまわない。いてくれるとぼくは楽しいからね。毎朝、子犬《パピー》が来て、細長い廊下でフェンシングをしたあと、そこの机の上の書類をいじっていく。だがパピーが帰ると、話し相手はヒギンズしかいないんだ」

「ハードウィックを子犬呼ばわりするとは、信じられないやつだな。友だちだろう」

「ぴったりじゃないか。ひょろ長い脚とドタ足ばかりが目立つところが。ハードウィックは気にしていないぞ。それに給料を払っているんだから、好きに呼んでいいはずだ。パピーは青二才だがなかなか使える」カルヴィンがやりたくない仕事をまかされている若い家令が、給料と引き換えに常識外の呼び名を我慢しているのは明らかだ。「おまえたちふたりがいれば、シーズンが始まるまでのあいだ退屈で死なずにすみそうだ」

「つまり、このぼくを退屈しのぎにしようというのか？」

「まあ、そういうことだ」

7

「また会えて本当にうれしいわ、レディ・シャーロット」レディ・バートルスビーに長いあいだ行方の知れなかった親しい友人のように迎えられ、ロッティは懸命に目の前の女主人を思いだそうとした。「あなたが名付け親であるレディ・アガサとお買い物をしているところを見かけたという話を聞いて、ぜひわが家に来てもらわないと思ったのよ。直前だったのに、招待を受けてくれてありがとう。急に計画した晩餐会だけれど、あなたなしでは盛りあがらないもの」

ロッティはいやな予感がした。妙に親しげに振る舞う他人は、たいてい何か思惑を持っている。しかも、レディ・バートルスビーは過去に親しくしたこともない赤の他人だ。

「今晩は男性のほうがだいぶ多いのよ。わたしたち女性陣はロンドンでも選《よ》り抜きの男性に囲まれて、奮闘しなくてはならないというわけ」レディ・バートルスビーが片目をつぶってみせた。

「ロンドンにはいまあまり人がいないことを考えると、選り抜きといってもたいしたことはないわ。それでも、しっかり目は開いておくのよ。あなたの理想の怠け者が今晩いないともかぎらないんだから」アガサが小声でからかった。

レディ・バートルスビーは男女の釣り合いが取れていないと警告したが、女性がロッティとアガサのほかはレディ・バートルスビーと彼女の年頃の娘しかいないことは伝えなかった。当然ながらレディ・バートルスビーは、飢えた独身男性の群れにかわいい無垢《むく》な娘を獲物として放り込みたいのだ。ちなみに独身男性の群れといっても規模が小さいことに、ロッティは感謝した。アガサが知り合いを見つけて挨拶をしているうちに、レディ・バートルスビーがロッティを連れてどんどん進んでいく。

「もちろん、バートルスビー卿は覚えているでしょう？」レディ・バートルスビーが年配の紳士を示した。どことなく追いつめられた雰囲気を漂わせている男性は、普段から大量の酒を飲んで言いたいことを押し込めているようだ。ロッティは初めて会うが、彼のまわりをアルコールのにおいが不快な香水のごとく取り巻いている。

バートルスビー卿がかたわらの男性を示した。「ミスター・レオポルド・ラーチを紹介しよう。エラリー男爵の末息子だ」

ミスター・ラーチの目はきれいな青色で、どんな女性もうらやみそうな濃いまつげに縁取られている。けれども、つるつるにはげた頭頂部をもっと下に生えている長く伸ばした毛で渦巻き状に覆い、全体を整髪料で固めていた。しかも残念なことに、鼻先が上を向いているうえに鼻の穴が絶えず広がっているので、どことなく豚を思わせる。そのミスター・ラーチに値踏みするような鋭い視線を向けられると、ロッティは基準に満たないと判定されたように感じた。彼がお会いできてうれしいというようなことを言いながら彼女の手を取り、そこに唇をつけるまねをすると、強い玉ねぎのにおいが広がった。ロッティは夜会用の手袋をこれほどありがたいと思ったことはなかった。

夫たちに背を向けて離れながら、レディ・バートルスビーはロッティに顔を寄せた。「なかなかの相手よ。においを我慢できるならね。家柄がいいの」

先ほどのアガサの軽口は、辛辣だが真実をついていた。では、ミスター・ラーチを結婚相手として考えることに耐えられるだろうかと、ロッティは自問した。男性として惹かれる相手と結婚したいとは必ずしも思っていない。妻に田舎の領地で采配を振るうことを認めて自分はロンドンで暮らす夫が、家畜を思わせる顔をしていることは充分にありうる。エイムズベリー卿とは違い、ミスター・ラーチの上着に詰め物をしなければならないほどの撫で肩に魅力は感じないけれど、かえってそのほうがいいのかもしれない。

どうしてこんなときに、エイムズベリー卿を思いだしてしまうのだろう。男性と出会うたびに彼と比べるのはやめなければ。

背後で従僕が扉を開けたのを感じた瞬間、いやな予感が猛烈な勢いで戻ってきた。ロッティが振り向くと、思い浮かべたせいで呼び寄せてしまったかのように、夜会服に身を包んだエイムズベリー卿がカーライル卿と並んで入り口に立っていた。バートルスビー卿が歩み寄ってカーライル卿と握手をしたあと、エイムズベリー卿にぎこちなく会釈する。

レディ・バートルスビーがいそいそとそちらへ向かうのを見て、ロッティの不安はふくれあがった。レディ・バートルスビーがエイムズベリー卿とロッティをうれしそうな顔で眺めているのを見て理解した。ふたりは顔を合わせるように仕組まれたのだ。

こういう事態は当然予想しておくべきだった。

紙人形のお姫さまとエイムズベリー卿を同じ部屋でもてなす最初の女主人になる。自らの采配で再会させることで、レディ・バートルスビーはゴシップの切り札を握れるのだ。それゆえダイヤモンドのようにきらきら輝く冷たい笑みをロッティに向け、片目をつぶった。先ほどまでの親しげな様子はどこにもない。

その瞬間、ロッティは世間知らずだったデビュー当時に戻ったような錯覚に襲われた。笑いものにされていることが耐えられなくて、ロンドンを逃げだした若い娘に。まわりの客たちがどんな状況かを理解して固唾をのんで見守っているこの瞬間は、今後何週間も噂の種になるだろう。悪意でいっぱいの今夜の女主人のせいで。どう対応するべきか、ロッティの頭にさまざまな選択肢が浮かんだ。まず、いますぐ立ち去ってこのことについては何も語らない。あるいは、どんな状況か気づかないふりをしてやり過ごす手もあるが、臆病者のやり方だという気がする。それぞれの案を吟味しては却下すると、ひとつの道だけがくっきりと残った。今回はエイムズベリー卿も彼女と同じく犠牲者だ。つまり敵味方で言えば、ふたりは同じ側にいる。

エイムズベリー卿もアガサも、唇を引き結んで視線を険しくしている。子爵はロッティと会えて特にうれしそうにはしていないけれど、彼女としてはとにかく素早く行動して、あとは彼がうまく合わせてくれることを祈るしかない。

いやおうなく襲ってきたパニックは、訪れたときと同じくらいあっという間に消えた。大丈夫。うまくやれる。もっとひどい状況にも対処してきたのだ。レディ・バートルスビーが劇的な反応を期待していたのなら、エイムズベリー卿とふたりで失望させてやるまでだ。

ロッティはうれしそうな笑みをつくると、あたたかい反応が返ってくることをまったく疑っていない態度で彼らに両手を差し伸べた。「まあ、なんてうれしいんでしょう。あなた方にこんなにすぐまた会えるなんて、思っていなかったわ」

カーライル卿が先に会釈をした。「レディ・シャーロット、いつもながらお美しい。あのあとロンドンへの旅路は何事もありませんでしたか？」

「ええ、ありがたいことに。何年分かの興奮を一度に味わったので、当分は平穏な日々が続くと信じていますわ」ロッティは眉をあげ、意味ありげにふたりを見つめた。親しげな表情を向けながら三まで数えつつ息を吸い、同じようにゆっくりと息を吐きながら作戦に協力してもらえるのを待つ。ふたりが親しい友人のふりをしてくれれば、ゴシップの種にされることはないはずだ。彼女とエイムズベリー卿が反目しているから、まわりは面白がって噂をする。ロッティは絶対に、レディ・バートルスビーに明日のお茶会での噂話の種を提供するつもりはなかった。そのためなら、英雄とろくでなしのあいだを行ったり来たりする男と一時的に手を組むのだっていとわない。

みんなの視線がこちらに集中している。エイムズベリー卿は舞台の上で台詞を忘れたかのように焦った表情を浮かべ、明らかに時間稼ぎのために、手袋に包まれたロッティの手を取ってキスをした。実際には唇をつけない上品なまねごとではなく、しっかりと手の甲に唇を押しつける本物のキスだ。「こちらこそお会いできてうれしいです。怪我のほうは順調に治っているようですね、レディ・シャーロット。あのときの御者の具合はどうですか？」

「ウェストモーランドの屋敷で回復に努めています。気にかけてくださってありがとうございます」親しげなやりとりが心からのものだと見せかける必要がある。エイムズベリー卿に完全に気を許しているとみんなに思わせられなければ、うまくいかない。そこでロッティは子爵の肘の内側にするりと手をかけた。彼は一瞬身をかたくしたものの、すぐにロッティを脇に引き寄せた。そばに立ってみて、彼の体の大きさに感嘆する。上着の襟が目の高さにあった。彼は気やすい笑みを浮かべて話しかけてくるが、体に力が入っている。でもこれならなんとか、ふたりが共同戦線を張っていると、まわりの人々に理解させられるだろう。

「ロンドンに来る途中でひどい事故に遭って、御者が大怪我をしてしまいましたの」ロッティは客たちに説明した。「そのときちょうどカーライル卿とエイムズベリー卿が近くの宿屋にいらして、力を貸してくださったんですよ」仲よく見えるよう念を入れて、エイムズベリー卿の腕をやさしく叩いた。夜会服の下の体はかたい筋肉に覆われ、そこから熱い体温が伝わってくる。ロッティは体じゅうがざわめくのを感じた。

もっと身を寄せれば、頭がエイムズベリー卿の顎の下にすっぽりおさまるだろう。子爵はどこもかしこもかたく、彼女は柔らかい。握りしめた指の下に感じる彼の腕の筋肉は、あたたかい鋼のようだ。ほかの誰とも違う彼の香りをかいで、ロッティは頭がくらくらした。彼女が使っている入浴用のオイルに似たレモンの香りがかすかにまじっている。

「レディ・シャーロットは控えめだ」エイムズベリー卿の特徴である喉の奥で発音する〝R〟の音が聞こえて、ロッティはわれに返った。「自分も怪我をしていながら、勇敢にも助けを求めに馬を走らせたというのに」彼が微笑むと鋭い顔の線がやわらぎ、口元に浅いえくぼが見え隠れした。ロッティはこれまで気づかなかったそのえくぼに目が吸い寄せられ、そらすことができなかった。

「あなた方が居合わせたなんて幸運でしたわね。長距離の移動は本当に厄介ですもの」レディ・バートルスビーのあからさまに戸惑っている表情を見て、ロッティの体を興奮が駆け抜けた。晩餐会の女主人は、期待していた劇的な場面を見られなくて間違いなく失望している。でも、そんなものを期待するほうが悪いのだ。

食事の用意ができたことを知らせる銅鑼《どら》の音が響いたので、ロッティはエイムズベリー卿にエスコートされて食堂に入った。ドレスの裾が彼のズボンと何度も触れ合い、シルクとウールがこすれる官能的な音が響く。

「よくやったわ」アガサがすれ違いざまにささやいた。

テーブルに着くと、ロッティとエイムズベリーの名前を記したカードが隣り合った席に置かれていたが、それを見ても誰も驚かなかった。しかもちょうど真ん中の席で、みんながふたりのやりとりに注目できるようになっている。つまり、ロッティと子爵は四方から監視されながらにこやかに会話を続け、悪い感情はかけらも残っていないとまわりに納得させなければならない。

レディ・バートルスビーの性格にどんな欠点があるにしろ、彼女が用意したテーブルは優雅で美しかった。蠟燭の光に照らされてテーブルクロスとナプキンはつややかに輝き、美しくカットされた脚つきのグラスや磨き抜かれた銀器はまぶしくきらめいている。

エイムズベリー卿はそばに控えている従僕を無視して、ロッティのために椅子を引いた。宿の朝食の席で、彼女のためにテーブルの上を払い、椅子を引いてくれたときと同じだ。あの宿でロッティは、彼女をまったく覚えていなかった子爵に地獄へ落ちろと言い放った。ロッティはため息を抑えた。ゴシップを防ぐため、今夜は彼との感情の行き違いを忘れなくてはならない。「ありがとう、エイムズベリー卿」

でもだからといって、そうしたいと望んでいるわけではない。

敵と晩餐をともにするのは、ダンテが描いている地獄のひとつではなかっただろうか。違うなら加えるべきだ。社交界の催しにはいろいろ出席してきたが、こんなに居心地の悪い晩餐会はそうはない。バートルスビー卿の挨拶はどんなによく見積もっても、冷淡きわまりなかった。彼に同情の余地があるとすれば、立っているのもやっとなくらい酔っ払っているということだろうか。

とにかく、バートルスビー卿に仲直りの印であるオリーブの小枝を差しだすつもりはないのはたしかだ。では、亡くなった前子爵の友人はどうしてイーサンを招待したのだろう。そんな戸惑いは女主人が近づいてくるまで続いたが、レディ・シャーロットの姿とらんらんと光るレディ・バートルスビーの目を見た瞬間、疑問が氷解した。レディ・バートルスビーは格好のゴシップの種を見つけて飛びついたのだ。バートルスビー卿は屋敷内のことに関してポートワイン以外のすべての采配を妻にゆだねているため、なんの反対もしなかった。

イーサンは仕事が終わったあとに男たちだけで酒を飲んで騒ぐ場に招かれることは多いが、こういうきちんとした晩餐会に招かれる機会は少ない。だからもし今日をきっかけにこういうたぐいの催しへの扉が開かれるのなら、ありがたいと思っていた。上流階級の人々のあいだに人脈を広げられるからだ。その人脈から、屋敷で消費する大量のウッドレストエールを買ってくれる顧客を開拓できる。イーサンにとって、この晩餐会の主催者と客は未来の顧客だ。うまく立ちまわれればの話だが。とにかく晩餐が終わって男たちがポートワインを手に別の部屋に移動したら、その見通しに実現性があるか、あるいはこの晩餐会に来たのは完全な時間の無駄だったか、見きわめられるだろう。

バートルスビー卿に肩を押しのけられ、イーサンはレディ・シャーロットにぶつかってしまった。バートルスビーが謝りもせず前を向いたまま歩き続け、いちばん奥の席まで行く。レディ・シャーロットが気づいて鋭い視線を向けてきたが、彼女が考えているとおり、この家の主人は酔っ払っているうえに無礼だ。今日の招待は仲直りをしたいからだという可能性がさらに低くなった。

初めてバートルスビー卿に会ったのは、ウッドレストで新たな人生と折り合いをつけるべく奮闘していたイーサンが、ロンドンに出てきて一カ月ほど経った頃だった。受け継いだ屋敷にあふれる魅力的でなじみのない品々を見ているうちに、そこで暮らしていた人間に興味がわいた。イーサンの曾《そう》祖父はスコットランドに行って家族をつくり、一族とは疎遠になってしまったが、そのあとも同じ血が流れる人々はウッドレストで暮らし続けていた。新たにイーサンの家となった屋敷で洗礼式や結婚式や葬式を行い、祭日を祝っていた。だが彼らについて知ろうにも誰も生きていないので、ジェロームと息子のジョージは誰と仲がよかったのか、イーサンはまわりに訊いてみた。

そうやって知り合ったジョージの友人たちは、喜んでイーサンと酒を酌み交わして思い出を語ってくれた。

だがジェロームのいちばん親しい友人だったバートルスビー卿は、話を始めて三分で思っていることを率直に吐きだした。イーサンはジェロームのことをまったく知らなかったのかもしれないが、ジェロームのほうはイーサンがどういう人間かよく知っていた。だから跡継ぎのジョージをもうけたことで〝雑種の羊飼い〟がエイムズベリーの名を継いで名誉ある爵位を失墜させる事態を防げてほっとしていた、と。そのあとバートルスビー卿との面会は悪化の一途をたどった。

いちばん奥の席でバートルスビー卿がワインのお代わりを求めて従僕に合図を送っていたが、レディ・バートルスビーはそんな夫に気づかないふりをしていた。このまま飲み続ければ、すぐに前後不覚になってしまうのは明らかだ。バートルスビー卿が従僕にお代わりを注いでもらいながら、血走った目をイーサンに向ける。その目を見れば、今夜の招待は和平の申し出などではないとどんなばかにでもわかるだろう。バートルスビー卿は眉をあげて嘲笑うような表情を一瞬浮かべると、目をそらして左側の客と話し始めた。

もし本当に彼からの招待がレディ・バートルスビーの裁縫仲間にゴシップの種を提供するためだったのなら、それを未然に防いだレディ・シャーロットの機転に感謝しなければならない。

とはいえレディ・シャーロットに惹かれているのは、冷静な行動力のためだけではない。隣に座っている女性は、記憶にある物静かな人物とは似ても似つかない。いまの彼女が昔の未熟なイーサンに会っても、振り向きもしなかっただろう。これが彼女の本来の性質で、父親からの圧力でおとなしくしていただけなのだろうか。もしそうなら、痛ましいとしか言いようがない。社交界にデビューしたときの彼女が黒一色のスケッチ画だとすると、いまはそこに機転や自分の意見や知性といった鮮やかな絵の具がのった油彩画だ。

「新聞各紙はマンチェスターでのできごとをピータールーの虐殺と呼んでいます。それなのに、その行きすぎた弾圧行為をわたしたちは誇るべきだとおっしゃるの？　頭がどうかしてしまわれたんじゃないですか？」レディ・シャーロットが右隣に座っているミスター・ラーチに言った。

「その呼び方は語呂合わせですよ。あなたのように繊細な感受性を持っている女性が、そこに込められた意味を理解できるとは思いませんが――」

「充分に理解していますわ、ミスター・ラーチ。読解能力に性別は関係ありませんから」レディ・シャーロットは目をきらめかせ、頬を薔薇《ばら》色に上気させている。柔らかく、あたたかそうなその様子は、母なる自然から獲物を引きつける擬態能力を与えられた肉食獣のようだ。イーサンはぐっとこぶしを握った。もしいま自分は味方だと伝えるために彼女の手を握っても、振り払われるだけだろう。

ふたりの議論が過熱していることに、まわりの人々が徐々に気づき始め、会話をやめて注目していた。

「新聞がウォータールーの戦いに引っかけてそう呼んでいることは知っています。この事件が起こるに至った問題に注目して、記事をずっと追いかけてきましたから。悲劇につながった対立の経過はすべて報道されていました」レディ・シャーロットが顎に力を入れたのを見て、イーサンは懸命に笑いをこらえた。彼女はなんとしてもミスター・ラーチをやり込めるつもりだ。怒りの矛先がイーサン以外に向けられているかぎり、その様子を見守るのは楽しかった。

「反体制的な扇動者やマンチェスターの工場労働者なんて、虫けらみたいなものだ。あなたが気にかけることはない」ミスター・ラーチは肩をすくめた。

「彼らだって国王の臣下なのに、公平に選挙権が与えられずに苦しんでいるのです。この前、大衆が選挙権を求めて立ちあがったときは、戦争になって新しい国が誕生しました。あなた方が大衆の声に耳を傾けないときにどうなるかを示しているのがアメリカなんですよ、ミスター・ラーチ」

ミスター・ラーチが口に入った食べものを噛みながらしゃべるので、ひとことごとにぐちゃぐちゃになった肉が見え隠れした。「政治は男たちにまかせておくことですよ、レディ・シャーロット。だが、この部屋の中であなたが風刺漫画のいちばんの権威であるのはたしかだから、クルックシャンクが描いたものに意見を表明したいと考えても無理はないのかもしれませんな」テーブルのまわりに忍び笑いが広がったので、イーサンはフォークを握る手に力を込めた。「少し冷静になられたほうがいいのでは？　そうでないと、あなたも革命論者だと思われてしまいますぞ。レディ・アガサはあなたが社交欄以外のページを読むことを禁じたほうがいい。若い女性の心は大変感じやすいものだから、多くの情報を与えすぎないようにして守るべきだ」自分がキリスト教世界最大のろくでなしだと気づいていないかのように、食事に戻った。

「あなたに感じやすい心を見分ける繊細さがあるかどうかは疑問ですがね」イーサンはわざと聞こえるように言ったが、ミスター・ラーチは振り向きもしなかった。バートルスビー卿に非難のまなざしでにらまれたものの、もともと好かれていないイーサンには痛くもかゆくもなかった。ふたたび叩きだされるかもしれないとはいえ、上流階級に人脈をつくることができなくなっても、こうやってささやかながらもレディ・シャーロットを守れるのならその価値はある。

バートルスビー卿は黙って座っているだけで、従僕を呼ぼうとはしなかった。どうやら、この晩餐会からまだ帰れないらしい。

次の料理が運ばれてきて、客たちは隣の席の相手に注意を戻した。レディ・シャーロットがイーサンのほうを向く。

「いまのやりとりのあとでは、ぼくが晩餐会における最高の話し相手だときみに納得させるのは難しくなさそうだ」

彼女は目をしばたたいて一瞬呆然《ぼうぜん》とイーサンを見つめたあと、はじかれたように笑いだした。

イーサンの心臓が動きを止めた。レディ・シャーロットがしわを気にせず、思いきり笑っている。幸せな暮らしを送るようになったら、彼女の顔には笑いじわが刻まれることになるだろう。そうなったところを想像すると、イーサンの顔もほころんだ。自分より恵まれない境遇にある人々に対する彼女の意見と、彼らをかばう姿勢は素晴らしい。そして彼――イーサン・リドリー――はその彼女を笑わせた。

レディ・シャーロットの笑い声は本物の魔法だ。

イーサンは彼女に魅入られてしまった。

ロッティはダーリンをさがらせ、部屋着の腰紐を締めた。化粧台の上の銀のトレイには、母のものだったブラシと櫛《くし》と手鏡、それにウォリックシャーで手に入れたレモンのオイルがのっている。彼女は長い巻き毛にブラシを通してもつれた部分を解きほぐしながら、鏡に映る自分の姿を見て顔をしかめた。目のまわりのあざは完全に消えたし、明日には医者に縫合跡の抜糸をしてもらえる。ロッティは首を傾けて、ため息をついた。絶世の美女とは言えないが、あざが消えたいまは、小さな子どもをおびえさせるほどの容貌ではない。傷跡が残らなかったのは幸いだ。

目のまわりにあざをつくったのは初めてではない。かなりのおてんばだったので、母は子ども部屋への短い訪問の折にその部分を矯正しようと骨を折ったものだった。今夜はいやおうなく引きずり込まれた状況の中で自分の立場を守るのに、母の教えが役立った。本当はエイムズベリー卿に気持ちをかき乱されていたのに、彼といて普通に振る舞えたのは母のおかげだ。ミスター・ラーチとの会話のせいで、目立たないようにしているという計画は台なしになったけれど。

でもまあ、しかたがない。もし明日、熱狂的な噂を立てられるとしたら、ロッティが昨今の政治情勢に通じているうえ、自分の意見をしっかり持っているからだ。頭が空っぽだと思われて笑われるよりはずっといい。

尊大きわまりないミスター・ラーチとの会話を終えて振り向いたときにエイムズベリー卿が浮かべていた表情を思いだすと、心臓がどきりとして、手足に震えが広がった。

エイムズベリー卿がロッティを擁護してくれた。ミスター・ラーチへの皮肉は短い言葉だったが、彼女の革新的な意見があっという間にまわりに伝わってしまったとわかってひるんていたときに、味方をしてくれたという事実がひどくうれしかった。みんなに見つめられていたたまれない思いをしながら横を向いたら、支持してくれる人がいた。それは思いもよらないほど心が慰められる経験だった。晩餐会で女性である彼女が政治を論じても、エイムズベリー卿は非難するどころか楽しんでいるようだった。

そのあと食事が終わるまで、ロッティはひと皿ごとに両側の男性と交互に話すという慣習を無視して、エイムズベリー卿とばかりしゃべっていた。ふたりともなんとか仲のいい友人のふりを続け、晩餐会が終わる頃には本当にそうなのだと錯覚しそうになるほどだった。ただし、ふたりの実際の関係がときどき脳裏をよぎり、彼はロッティに合わせているだけで、友人などではないと気づいて、ぎこちない間が空いた。

けれども余計なことを考えずにただ会話に身をまかせているあいだは、困惑するほど心地よく過ごせた。エイムズベリー卿がロッティだけに聞こえるようにささやいた言葉に笑っていると、肩から力が抜けて楽しかった。そんなふうに感じた自分に困惑した。そんなことはありえないはずだ。彼との過去のいきさつを考えれば。

ロッティの頭はずきずきと痛んだ。エイムズベリー卿との関係がさっぱり理解できない。一週間前にロンドンに来て以来さまざまな催しに参加したが、実際とは違う自分を演じているためにすでに疲れ果て、社交界のつきあいには向いていないのだと、あらためて痛感していた。

ロッティは物思いを断ち切って、化粧台の上にブラシを置いた。引きだしからリボンを取りだす。

ここでやめなければ、ひと晩じゅうぐずぐずと考え続けてしまう。

ロッティは髪を三つ編みにして端をリボンで結ぶと、真鍮の台に立てた蠟燭を消し、朝になったらやるべきことがはっきり理解できていることを願った。少なくとも、信頼できない男性と手を組まなくてもまわりの人々に対処できるようにならなくては。

翌朝、明るい日差しで目覚めたロッティは、うめきながら重いまぶたを持ちあげた。ちっとも休めた気がしないが、濃い紅茶を飲んでから外へ出て自然と触れ合えば、少しは気分が落ち着くだろう。大自然とはいかないまでも、ロンドンには公園がある。公園に行くしかない。

新しい乗馬服の上着はウエストが細く締まった体に沿うデザインで、何年も人気があるハイウエストのものとは違って砂時計形になっている。鏡の前でくるりとまわったロッティは、目の下にくまはできているが新しい乗馬服が体形を引き立てていることに満足した。仕立て屋で時間を費やしただけの価値は充分にある。

マダム・ブーヴィエの店で、女性たちは紅茶を飲みながら噂話に花を咲かせ、服の選択は仕立て屋にまかせる。いざマダム・ブーヴィエがデザインを決めたら、それを体に合わせてもらうために、友人たちの前で服を脱ぎ、体に当てた布地を他人にピンで留めてもらわなければならないのだ。けれども、そういう作業が行われる試着室以外の場所には、シャンティイレースや上質のモスリン地をあがめるための礼拝堂のような敬虔《けいけん》で静かな雰囲気が漂っていた。

ロッティは最後に帽子をおしゃれに見える角度にかぶると、乗馬用の革手袋を手に部屋を出て、馬番が二頭の馬とともに待っている場所に向かった。彼女のために用意された鹿毛の雌馬は脚の形が美しく知的な目をしている。柔らかい鼻先を撫でてやると、大きく息を吐いて彼女の手に顔を押しつけてきた。「この子の名前は？」

「ダンサーといいます」馬番は馬の腹帯をもう一度確認すると、ダンサーの脇腹を叩いた。

「こんにちは、ダンサー。一緒にちょっと探検に行きましょうね」馬が手袋に唇をつけたので、ロッティは承諾の印と受け取った。馬番の手を借りて馬に乗り、ヴェルヴェット地のスカートで脚を隠す。

ロッティはブリーチズをはいて馬に乗る自由が恋しかった。ウェストモーランドに戻ったら、最初の日は馬にまたがって思う存分に野原を駆けまわろう。でも、いまは自分の恵まれている点に感謝し、人工的に整えられた公園をできるかぎり楽しまなければならない。木々が秋の色をまとい始めているので、その美しさを堪能できるだろう。

ロッティは鞍の上に深く座り、揺れる馬の背中の上でおさまりのいい位置を見つけた。ひづめの音が石造りの家々に反射して大きく響く。緑色に広がる公園が見えてきたところでダンサーが横に一歩動いたが、ロッティはそれを熱意と受け止めることにした。後ろを振り返ると、彼女が窮屈な思いをしないよう馬番が少し離れてついてきてくれていた。ロッティは彼女に向かってうなずくと、ダンサーを走らせた。早朝の公園にはほとんど人がいないので、淑女らしくなく馬を疾走させていても誰にも見られる心配がない。

ダンサーの走りは夢のようだった。思いきり走る馬の背の上で気分が浮き立ち、もやもやしていた頭がすっきり晴れていく。そのすっきりした頭でロンドンにいることの意味を確認しながら、ロッティは最近の生活を振り返った。

マダム・ブーヴィエに注文した最初のドレスが届くと、すぐに社交界での活動を始めた。晩餐会、ゲームの会、親しい友人たちとの集まりなどあらゆる催しに出て、毎晩新しい顔に会う。つまり、毎晩新たな夫候補と会った。アガサのところにはとぎれることなく招待状が届き、この調子ではめまぐるしさがしばらくは続きそうだ。

とはいえ、こうして多くの男性と出会っていても、ロッティの頭を占めているのはただひとり、昨夜、隣に座って彼女の意見を擁護してくれたエイムズベリー卿だけだった。

ダンサーの速度をさらにあげると、まわりの景色がかすんだ。

箒《ほうき》に乗って飛んでいるようだと、ダーリンなら言うだろう。今回ロンドンに来たのは夫を見つけるためで、とうの昔に腐った性根をさらしているスコットランド人の大男には関係ない。再会してからはまだその性根を見せていないが、だまされてはならない。

気がつくと、すぐ前に別の馬と乗り手がたたずんでいて、ロッティとダンサーは危うく突っ込みそうになった。ダンサーが素早く脇によけ、まわり込むようにしてその馬を追い越す。ロッティはあわてて馬の速度をゆるめ、手綱を引いて向きを変えた。「大丈夫でしたか？すみません。考えごとをしていて気づきませんでした」

男はゆっくりと馬を近づけながら帽子に手をかけ、にっこりしてロッティと目を合わせた。太陽の光が横から彼を照らし、絵画の中の英雄のように輝かせている。ロッティは息をのんだ。こんなに美しい男性には会ったことがない。少々疲れている感じはするけれど。

「レディ・シャーロット、あなたの考えごとが楽しい内容ならいいのですが」

ロッティは不安がわきあがるのを感じて首を傾けた。「お会いしたことがあったかしら」

「そうとも言えますね。とはいえ、直接お目にかかるのは初めてです。今週ボンド・ストリートで、あなたを指さしてお名前を言っていた人がいたんですよ。ぼくの父親とあなたの父親は仲がよくて、ことに最近はその仲をもっと深めようと話し合っているらしい。ぼくはダンビー侯爵の息子のジェームズ・モンタギュー。あなたはぼくが結婚する予定の女性だ」

8

レディ・バートルスビーの晩餐会の二日後、紙人形のお姫さまと野蛮なマック《マック・ブルート》との関係を憶測するゴシップ記事が掲載された。狭い場所にびっしりと字が詰め込まれたその記事には、過去に因縁のあるふたりが晩餐会のあいだ熱心に話し込んでいたのは注目に値すると書かれていた。

どうやらふたりは仲よくしていても喧嘩《けんか》をしている猫のようにいがみ合っていても、非難の目を向けられるらしい。イーサンは朝食のテーブルに新聞をばさりと置いた。自分のあだ名と彼がレディ・シャーロットにつけたひどいあだ名が並んでいるのを見て、こめかみがずきりと痛んだ。食欲が失《う》せたので、皿を押しやる。

どちらのあだ名にもいまいましい思いしかない。イーサンはロンドンに出てきて、農場では素晴らしい財産だった体の大きさが、舞踏室では武骨な田舎者の印でしかないのだと悟った。それを揶揄《やゆ》するマック・ブルートというあだ名をつけられ、いまもコナー以外の人間は彼をマックと呼ぶ。いまではたいして気にならなくなったが、こんなふうに彼女のあだ名と並べて新聞に書かれているのを見ると口の中に酸っぱい味が広がった。

レディ・シャーロットの父親は特にこのあだ名を好み、そのほかにもいとこのジェロームのお気に入りだった〝雑種の羊飼い〟という呼び名でも攻撃してきて、イーサンなど価値のない人間だと知らしめた。

あのときイーサンは、なんとしても自分を認めてもらえるよう伯爵に訴えたかった。だが言いたいことをのみ込んだ。全力で求愛しようと思い定めたばかりの女性の父親が伯爵であることを考えると、この国の淑女たちは舞踏室では首が細く肩に詰め物をした男を好んでも、ふたりだけのときはたくましい男が好きなのだと言い返したところで、納得してもらえるとは思えなかったからだ。そこで何も言い返さずに伯爵の屋敷を出て、酒におぼれた。そしてあの夜、傷ついた自尊心と酔いに操られて、紙人形のお姫さまなどと口走ってしまったのだ。

いまのイーサンは無節操に女性とたわむれたり、やみくもに馬車を走らせたり、酒におぼれたりせず、品行方正に暮らしている。だが、そんなことは世間には関係ないらしい。晩餐会で普通に話していただけで、人々はふたたび彼らをゴシップの種にしようとしているのだから。

「大丈夫か？」カルヴィンがコーヒーをすすりながら訊いた。

「ああ。社交界に復帰したレディ・シャーロットがこの前の晩餐会でぼくと顔を合わせたことを、くず新聞がかぎつけたんだ。やつらはゴシップ記事でぼくたちのことを取りあげている。今日のは小さい記事だが、これだけですむはずがない」

「前と同じようにな」カルヴィンが考え込みながら返す。「で、おまえはどうするつもりだ?」

「レディ・シャーロットに求愛して、彼女の魅力をわかっていなかったぼくが間違っていたと世間に知らしめるのはどうだろう。何もしなければ、ばかげた〝紙人形のお姫さま〟というあだ名はこの先も彼女につきまとう。謝罪はしたが、ほかにもできることがないかと思わずにはいられないんだ」

「領地に逃げ帰って、醸造所の開設に集中することもできるぞ」

「自分の過ちを正さずに放っておくわけにはいかないし、醸造所の責任者を探すためにもロンドンにいる必要がある。誰か見つけられるといいんだが。昨日会ったふたりは経歴は申し分ないものの、ロンドンを離れることに乗り気じゃなかった」イーサンは新聞を取りあげて、もう一度短い記事を読んだ。バートルスビー卿の屋敷での出会いがゴシップの種にならないようレディ・シャーロットがあれほど心を砕いたのに、結局新聞に書かれてしまった。「頼みがある。従僕をレディ・アガサの屋敷の使用人用の裏口に行かせて、ぼくたちの隣人が今夜どこの催しに参加するのか探らせてほしい」

使用人はすべてを把握している。そうでないと考える人間は現実をわかっていない。レディ・シャーロットと話し合えば、彼女をゴシップから守るために何ができるかわかるかもしれない。こんなふうにすぐに新聞に書かれてしまうのだから、イーサンが与えた損害はまだ尾を引いているのだ。

その夜、イーサンは音楽会に向かった。開催される屋敷に着いて空いている席に座ろうとしたら、華奢な椅子がきしんで細い脚が折れてしまうのではないかとひやりとした。

二列向こうにレディ・アガサがいた。シルクと黒いレースに身を包み、背筋をぴんと伸ばした姿は堂々としていて、銀白色の頭には黒いダチョウの羽根が揺れている。その隣に座っているレディ・シャーロットは淡々と彼に会釈をすると、すっと前を向いた。

イーサンは演奏のあいだレディ・シャーロットのオリーブ色の首筋に惹かれて何度も見てしまったが、彼女は二度と振り返らなかった。

その集まりは洗練されたものではなかった。凡庸なソプラノがイタリア語で何かの曲を歌い終わり、ささやかな聴衆が熱のこもらない拍手をすると、女主人が立ちあがって休憩を告げた。

カルヴィンは今晩は別の場所に行く予定があるというので、イーサンはひとりで参加していた。カルヴィンとアダム・〝パピー〟・ハードウィックのふたりが何をしているにしろ、おそらくとても楽しい時を過ごしているだろう。

こんなふうに部屋じゅうの人間を頭ひとつ高いところから見おろしているとき、イーサンはロンドンで自分がどれだけ孤独なのかを痛感する。問いかけるような笑みを浮かべながら親しげに会釈してくる人間はいるが、離れたところから挨拶するだけでなく近くまで来て本格的に話そうとする者はいない。

八年も上流社会にいるのに、どうすればその一員になれるのかわからなかった。若い頃に一緒にばかをやった仲間たちは、いまでもきっと何も言わずにイーサンを受け入れてくれるだろう。その中のひとりは彼がロンドンに一日以上滞在すると必ず誘ってくれるが、彼らが一緒に酒を飲んで騒ぎたがっている男といまイーサンが自分で選んだ結果なっている男は同じ人間ではない。

イーサンは肩をまわして、自分に向けられている好奇心に満ちた視線をやり過ごした。夜会用の上着は評判の仕立て屋でつくっても、絶対に快適にはならない。体が締めつけられるので洗練されているというより動きが制限されていると感じるし、襟が高すぎてばかみたいに思える。適切とされるやり方で結んだクラヴァットは、彼をゆっくりと絞め殺すためのものだ。イーサンはクラヴァットを引っ張ってゆるめたいという何度目になるかわからない衝動と戦いながら部屋を見まわしたが、レディ・シャーロットの姿はどこにも見当たらなかった。しかたなくそばを通った従僕から明らかに水で薄められているパンチの入ったカップを受け取って、外の空気が吸える場所を探す。

すると大広間のいちばん奥にある両開きの扉の向こうに、バルコニーが見えた。期待したような無人ではなかったものの、文句を言う気にはなれない。なぜならそこにいるのは、エメラルド色のドレスをまとった目を見張るばかりに美しいレディ・シャーロットだったからだ。月の光とランタンの光がドレスに陰影をつくり、深くくれた胸元の肌を輝かせている。イーサンは今晩の最初のアリアが始まったときから、その部分に繰り返し目を引かれていた。彼女が屋敷に背を向けて手すりに寄りかかったので、顔が陰になって見えなくなった。静かにたたずんでいる様子から見て、おそらくレディ・シャーロットはイーサンと同じく新鮮な空気が吸いたくてバルコニーに出てきたのだろう。だが、そんな彼女を意識して、イーサンの全身はぴりぴりするほど敏感になっている。彼女の体を流れるように包むシルクのドレスは魅惑的で、まるでエデンの園でイヴの体を覆っていた木の葉のようだ。イーサンはいまほど蛇に親しみを覚えたことはなかった。イヴを誘惑した蛇のように彼もレディ・シャーロットにふさわしくないが、それでも彼女に見てもらいたいと焦がれずにはいられない。

イーサンが背後でカチリと音をたてて扉を閉めると、石造りの手すりにゆったりともたれていたレディ・シャーロットがびくりとして振り返った。バルコニーに進みでたイーサンは、彼女の緊張がかすかにゆるんだのを見て顔がほころびそうになった。これなら彼を見て逃げだすということはないだろう。

イーサンは何を言えばいいのかわからずにパンチを口に含み、危うく吐きだしそうになった。

レディ・シャーロットが手すりにもたれて腕組みをした。「好みの味じゃなかった?」

イーサンはグラスを窓台に置いて、鼻にしわを寄せた。「こいつは四分の三がブランデーで、残りはまるで小便だ。すまない。汚い言葉を使って」しまった。彼女に下品な間抜けだと思われた。だが、そう思われても当然だ。「強い酒は飲んでいないんだ。もう何年も」いまいましいクラヴァットがどんどんきつくなる。彼はクラヴァットと首のあいだに指を入れて引っ張り、結び目を少しだけゆるめた。

レディ・シャーロットはイーサンをしばらく見つめたあと、口を開いた。「あなたかわたし、どちらかが中に戻るべきだと思うわ。そうしないと噂になるから」

「新聞を見たんだね」彼女に一歩近寄ると、柑橘系の香りで頭がぼうっとした。「ところで、まだ礼を言っていなかった。バートルスビーの晩餐会でのきみの対応は素晴らしかったよ。それでもあれこれ言われるが、きみもぼくもわかっているとおり、もっとひどいことになる可能性も充分にあった」

「そうね、本当に」

かつてのイーサンの所業を思いださせるとは、なんて間抜けなのだろう。彼は手すりに体を預け、深呼吸をして会話を続けることにした。そもそも今夜はそのために来たのだ。レディ・シャーロットを見て楽しむだけでなく、話をするために。「これから先も、晩餐会のときのようにしたいのか？　人前ではぼくを憎んでいないふりをするのか？」まっすぐに見つめてくる視線から考え込んでいるのがわかるが、その表情に親しみは感じられない。「宿できみに謝ったが、本当に心から悪かったと思っている。できればきみとの関係を修復したい。いまロンドンに来ているのは事業のためとはいえ、この街にいるあいだに何かぼくにできることがあるなら、喜んでするよ」

レディ・シャーロットは首をかしげた。「事業って？」

訊き返されてイーサンは驚いた。「醸造所をつくっているんだ。いつかこの街のどの立派な家でも、うちの領地で獲《と》れたホップでつくったウッドレスト製のエールが飲まれるようになる」声に出して言うと、プライドがわきあがった。「バートルスビーの招待を受けたのは、人脈を広げて顧客を開拓できればと思ったからだ。だが、あの晩の雰囲気がそういう思惑とはどれほど遠いものだったか、きみも覚えているだろう?」

彼女の柔らかい笑い声を、イーサンは話を続けてもいいという合図だと受け止めた。「だが醸造所を始めるためには、まず有能な責任者を見つけなくてはならない。それが簡単にはいかなくてね」

レディ・シャーロットが唇を噛んだのを見て、イーサンは頭の中が真っ白になって何を話していたのか忘れてしまった。「いい人を紹介してあげられるかもしれないわ。ウェストモーランドにも結構有名な醸造所があったのよ。でも二、三年前にいろいろ変わって……責任者が出ていってしまったの」彼女の声はかすかに震えていて、なんらかの事情があるのが伝わってきた。「彼はロンドンに引っ越したと聞いているわ。よければ新しい仕事を探しているか訊いてみるけれど」

イーサンは目をしばたたいた。苦労していたことが、こんなに簡単に解決するものだろうか。「それはすごく寛大な申し出だ。彼がこの街を離れてもいいと言ってくれれば、ぼくの問題は解決する」イーサンはぎこちなく笑い、落ち着かない気分で姿勢を変えた。「それがきみの計画なのか? 恩を売って、ぼくたちの力関係を逆転させようっていうのが」口に出してしまってから顔をしかめる。「冗談のつもりだったが、単に最低男の台詞に聞こえるな」

レディ・シャーロットの手の指がぴくりと動いた。「ありがとうだけで充分だったのに」

「悪かった」イーサンは小さく頭をさげた。「きみの醸造所で働いていた責任者と連絡を取ってくれたら、心から感謝する」

レディ・シャーロットはぐるりと目をまわした。「ただのありがとうよりずいぶん大げさじゃない？」

からかうような彼女の声音で、ふたりのあいだの空気が変わった。イーサンの緊張していた肩から力が抜け、顔に笑みが浮かぶ。「代わりにしてあげられることはないかな？　きみがロンドンにいるあいだに。そもそも、どうしてロンドンに？」

「すぐに噂が広まると思うけれど」レディ・シャーロットが両手に視線を落とし、それから両脇でぎゅっとこぶしを握った。「結婚するつもりなの。適当な男性を見つけて来年の結婚式の日取りを決め、シーズンが始まる前には領地に戻る予定よ。うまくいったらの話だけれど」

これほど重要なことをさらりと口にするなんて、運命に向かって赤旗を振るようなものだ。イーサンは思わず噴きだした。「ずいぶん淡々と言うんだな。きみがどれだけロマンティックかよくわかるよ」

「ロマンティックも何も、ロマンスとはまったく関係ないわ」今度はレディ・シャーロットが笑ったが、そこには彼には理解できない緊張がひそんでいた。「愛なんていつまでも続くものじゃない。たとえ愛着みたいなものは続いたとしても、それすら必ず運命に引き裂かれる。わたしの両親がいい見本よ」

イーサンは首をかしげた。彼女の言葉は意外だった。「愛のためじゃないなら、なんのために結婚するんだい？　好意や連帯感……それとも欲望とか？」

レディ・シャーロットが黒っぽい目を見開いて息を止めた。

最後の〝欲望〟という言葉が、実体があるもののようにふたりのあいだに重たく横たわった。口にしたことで、いきなり息を吹き込まれたかのようだ。欲望。ふたりの過去よりも強いものがあるとしたら、おそらくこれだけだろう。

イーサンのすべての感覚がレディ・シャーロットに集中した。柔らかい肉体が描く曲線の上で光と影が踊るように動き、さわやかなレモンの香りが味わってみろと彼を誘惑する。彼女が音をたてて鋭く吐いた息が、ふたりの顔のあいだの空気をあたためた。彼女は長いあいだ息を詰めていたので頭がくらくらしているかもしれないが、それはイーサンに反応している証拠だ。そう思うと、胸に喜びが広がった。惹かれているのは彼だけではない。少なくとも、いまこの瞬間は。

「誰かに熱烈に求愛されたくないのか？　間抜け面でバイロンの詩を引用してほしくないのか？　〝歩くあなたはこのうえなく美しい〟とかなんとかいう言葉を。これは今夜のきみにぴったりな引用だ」イーサンは笑みを浮かべ、レディ・シャーロットに賛美の言葉を投げかけた。「きみは美しい。自分でもわかっているだろうが」

「わたしを誘惑しようとしているの、エイムズベリー卿？」張りつめた雰囲気をゆるめようとするかのように、彼女がふたたびからかうように訊いた。

イーサンは石造りの手すりの上についた肘に体重をかけ、レディ・シャーロットに身を寄せた。会話は予定とは違う方向に進んでいるが、修正するつもりはない。放蕩生活から足を洗い、何年も修道僧のような暮らしをしてきたので、ふたたびこんなふうに女性とたわむれるのは素晴らしい気分だ。しかも彼女とだからなおさら。「たとえぼくが誘惑を企てたとしても、きみに身のほどをわきまえさせられるだろうな」それを聞いて彼女が微笑む。「正直言って、結婚に対するきみの考え方に好奇心をそそられた。何か計画があるようだね」

レディ・シャーロットが赤くなりながらもしっかりと目を合わせてくれたので、イーサンはかっと体が熱くなった。彼女が片眉をあげる。「あなたは結婚の理由として好意と欲望をあげたけれど、両方とも必要ないわ」

「それは残念だ。ぼくはどっちも大切だと思っているから、きみがいらないというのはものすごくもったいないと思う」イーサンはなぜかこの話題をもっと話し合いたかった。おそらく、彼女がどこまで気を許してくれるか知りたいからだろう。

レディ・シャーロットの胸元がピンク色に染まった。この話題に平静でいられないのは彼だけではないという証拠だ。「わたしにはもっと重要だと考えていることがあるから」

「しっかりとした計画を持っている女性を尊敬はするが、感情が計画を超越してしまうこともあるんじゃないか？」

「わたしにはわからないわ」レディ・シャーロットは目の前の手すりを命綱のようにきつく握ったが、彼から目をそらさなかった。危険に満ちた会話に、背筋を伸ばして堂々と立ち向かっている。

イーサンはレディ・シャーロットにしてしまったことの償いをしたいと考えていたが、いまやそれだけではすまないかもしれないという予感がした。もしこのまま自分たちがこの張りつめた緊張をもたらしている原因に素直に従ったら、いったいどうなるのだろう。きっとさまざまな問題が降りかかるに違いない。結婚しようとしている彼女の意志もそのひとつだ。イーサンは彼女の夫には向いていない。たとえこちらに結婚する気があったとしても、彼女の父親にはすでに許さないという意向をこれ以上ないほどはっきり示されている。そして現実的に考えれば、結婚したいかどうかという気持ちとは関係なく、いまは新しく始める事業に集中しなければならない。ロンドンに必要以上に長く滞在し、女性に求愛している場合ではないのだ。

だが理性はたしかにそう警告しているのに、耳の奥で轟《とどろ》いている拍動とともに体じゅうを駆けめぐっている誘惑が、理性の声をかき消してしまう。

レディ・シャーロットが手すりに沿ってイーサンに近づいてきた。ドレスの柔らかいひだに脚を包まれると、彼はそのまま動きたくなくなった。彼女の豊かな胸が胸板と腕に押しつけられ、素肌を隔てている何層もの布地が恨めしい。口を開いたが、出てきた声はしわがれていた。「欲望はとらわれてみて初めてわかるものだ。そうなったら欲望は、周到に立てた計画など簡単に変えてしまう力を持っている」唇が彼女の肌をかすめると、震えるのがわかった。口を少し開いているので、その隙間から震えが伝わってくる。唇をほんの少しでも突きだせばキスになる。そうしたいという誘惑はあらがいがたかったが、鼻先を彼女の頬骨の上にほんの少し押し当てることだけを自分に許した。ただ鼻をこすりつけたわけだ。

そう、シャーロットに鼻をこすりつけたのだ。よりにもよって、ただ鼻をこすりつけたわけだ。しかも、ただそれだけのことが、この数年のあいだにイーサンが女性にしたもっとも官能的な行為だ。彼女は信じられないくらい柔らかい。口が開いて舌の先がのぞき、ふっくらとした下唇を湿らせるのが見える。その行為がもっと先へ進んでいいという誘いであると受け止めないよう、イーサンは全力で自分を抑えなくてはならなかった。

シャーロットが顔を動かして、鼻と鼻を触れ合わせた。あとほんの少しあいだを詰めればキスになると思うと、イーサンはそうしたくてたまらなかった。芳醇《ほうじゅん》なワインの香りがするあたたかい息が、彼の息とまじり合う、その香りをかいでいるうちに、すでに彼女を味わっているような錯覚に陥った。

だがシャーロットの許しを得ずに、境界線を越えるつもりはない。このままキスをするのはよくないという理由が山ほどあるうちは。いつなんどき彼女がわれに返って、イーサンのことは好きでもなんでもないと思いだすかもしれないのだ。「キスしてもいいかい?」

シャーロットは息を止め、答えを返さず黙って見つめ返した。しばらくして呼吸を再開したが、慎重に息をしているのがわかる。三まで数えるほどの時間をかけて息を吸い、同じだけの時間をかけて息を吐く。その規則正しい呼吸のおかげで、ランタンがまだらに光を落とすバルコニーは落ち着きを取り戻した。

おそらくシャーロットにもキスをしないほうがいい理由がいくつもあって、それらを考慮したのだろう。黙ったまま一度だけ首を横に振ったが、そのときイーサンの口の端にふっくらとした下唇が一瞬だけ押しつけられた。

イーサンは失望のあまり喉が締めつけられて言葉が出ず、黙ってうなずいた。シャーロットは正しい。暗いバルコニーで不埒《ふらち》な行為に及ぶのは未亡人やもっと世慣れた女性がするゲームで、彼を憎む正当な理由がある未婚女性がするようなことではない。ふたりのあいだに流れる感情が敵意とは対極にあるものだと感じられた瞬間が束《つか》の間あったのだとしても。

シャーロットの肩越しに音楽会が行われている建物を見ても、その窓辺に目を皿のようにしてこちらを観察している人影はなかった。だから彼女とここで話していたことは、誰にも気づかれていないはずだ。屋敷内と彼らを隔てている扉の内側からは、弦楽器の調べと、くぐもった人々の声が聞こえてくる。

イーサンは目をつぶって最後にもう一度レモンの香りを吸い込み、シャーロットから離れた。「中までエスコートさせてもらえるかな?」

キスをしたいというイーサンの望みを拒絶したというのに、シャーロットは彼を嫌っているようにも腹を立てているようにも見えなかった。だが、先ほどまでのような気を許してくれている感じ——さらに言うならば、彼に欲望を抱いている感じ——は消えていた。シャーロットは奇妙に親密な雰囲気が漂った一瞬から立ち直り、自制心を取り戻したようだ。唇を横に引き伸ばすだけの、感情のうかがえない上品な笑みを浮かべる。「いいえ、結構よ。ひとりで戻るわ」

そのほうがいいだろう。イーサンはもうずいぶん前に置いたように思えるカップを持ち、休憩時間になって人々がさざめいている明るい室内に向かった。

振り向くと、立っている彼女にはわずかな動揺もうかがえなかった。少なくとも、ふたりのうちひとりは冷静だということだ。

ダーリンが夜の挨拶をして部屋を出ていくと、ロッティはひとりになった。いつもどおり寝る支度をしながらも、もう少しでキスをするところだったという思いばかりが頭の中で渦巻いている。

バルコニーで、エイムズベリーとキスをしそうになった。頭に浮かぶその場面は、まるで見知らぬ人間が舞台で演じているようだ。同じゴシップの犠牲者としての連帯感からか、薄暗いあの場所で奇妙に親密な雰囲気が生まれた。同じ側にいることがなんとなく居心地が悪いが、彼とは協力する間柄になっている。

エイムズベリーにふたたび謝罪されると、一度目ではないためか、相手は後悔しているのだと素直に信じられた。それにバートルスビー卿の晩餐会で味方をしてくれたことや会話がはずんだことを思いだすと、気持ちがさらにやわらいだ。最初はレディ・バートルスビーの前で仲のいいふりをしているだけだったが、晩餐会が終わる頃には本当に友情が芽生えたように感じられた。

それからの二日間、エイムズベリーがカーライル卿の屋敷を出入りする姿を何度も見かけた。そんなときは互いに軽く会釈をしたり、小さく手を振って挨拶をしたり、天気のことなど礼儀正しく言葉を交わしたりした。

つまり、エイムズベリーは努力していた。そして今夜また謝罪し、ふたりのあいだの関係を修復したいと言った。

けれどもエイムズベリーを敵ではない別の存在として受け入れれば、事態がいろいろと複雑になるし、憎む以外の接し方がわからなかったので、よく知っている話題にあわてて逃げ込んでしまった。礼儀正しい会話を彼の事業の話に変えたのだ。すると、彼はロッティが情報を提供して助力を申しでても、腹を立てないどころか感謝してくれた。

男性と領地の運営について話すとしょっちゅう出くわす〝男の自尊心〟を、エイムズベリーは見せなかった。なだめるような言葉とともに、そういうことは男にまかせておけと見くだすように言ったりしなかった。いったいどんな資格があって人を紹介し、彼の貴重な時間を奪うのかと問いかけることもしなかった。

エイムズベリーを敵と見なすか友と見なすか選択を迫られ、どちらを選べばいいのかわからず途方に暮れている。彼はもはや敵とは言えないが、友人とも言えない。彼もまたロッティと同じように、自分が何をしているのかわかっていないのではないかという気がしてならなかった。

エイムズベリーとの会話で、女性としてのロッティに興味を持ってくれていると感じ、驚いたし、うれしかった。それに、この前の晩餐会のときと同じく、とても楽しかった——急にこれは現実なのだと意識するまでは。そして、もう少しで彼にキスをしてしまいそうになった。

でもしなかった。幸い、ぎりぎりのところで常識が勝ちをおさめた。正確には、常識だけでなく、傷ついた気持ちを抱えて何年も生きているうちに培った自制心のおかげだ。エイムズベリーに対する不信の念は簡単には消えない。気持ちをかき乱されはしたけれど。

おそらく、もうエイムズベリーのことは憎んではいないのだろう。少なくとも、いつもというわけではない。それどころかときどき、不倶戴天《ふぐたいてん》の敵とは思えないやり方で触れてほしいと願ってしまう。彼には、手近にある重いもので頭を殴ってやりたいという衝動を呼び起こされることがあるかもしれないとわかっているのに。

いまは急に接近してきたモンタギューに対処するのが最優先で、エイムズベリーのことなど考えている場合ではない。

今朝は訪ねてきたモンタギューに馬車で出かけようと誘われたが、頭痛がするし、父に手紙を書かなくてはならないからと断り、夜の予定について問われても口を濁した。なぜかはわからないが、彼には警戒心をかきたてられる。ただし明日ピクニックに行こうという誘いは断りきれなかった。でも、ピクニックならアガサにつき添ってもらえる。

一般的に見れば、モンタギューはとびぬけて美しい容貌の男性だ。エイムズベリーよりもずっと。エイムズベリーは美しいというより男性的で、気持ちをかき乱される。

モンタギューは魅力的な言葉をやすやすと紡ぐ。もしロッティが伝統的な意味での結婚を望んでいるのなら、これほど熱心に求婚されて気持ちをくすぐられただろう。けれども自分に興味のない夫を求めているので、お世辞や魅惑的な態度は尻込みする材料でしかない。それならエイムズベリーとのバルコニーでのできごとにも同じように感じるはずだが、そんなふうにはまったく思わなかった。いくら計画を立てても感情はそれを超越してしまうという彼の言葉は正しいのかもしれない。いまいましいけれど。

いちばん問題なのは、ロッティがすでにモンタギューとの結婚を拒否しているという事実を彼が知らないことだ。父は彼と結婚してほしいから、そんなことを伝えるはずがないし、すべての状況から、彼女の希望が隠されているのは明らかだ。そう思うと、モンタギューに会ってからずっと抑えてきた怒りがふくれあがった。しかし悪いのは父で、モンタギューではない。父がモンタギューに事実を伝えていない理由がわからないうちは、彼にはっきり断ることもできない。少なくともいますぐには。

ロッティは今日、スタンウィック・マナーに手紙を二通送った。一通は家令のロジャーズに、もう一通は父に。おそらくどちらの手紙もロジャーズが処理するだろうが、体裁を整える必要がある。ただし、こうして父に事実を問いただしてみても、返事が来るまで二週間かかるのだからあまり意味はない。

それにモンタギューにもチャンスを与えろと父が書いてよこすとわかっていたので、ロッティは何度かは彼と出かけることに決めた。もしかしたらモンタギューは目の前に転がってきた機会を活《い》かそうとしているだけで、彼女の計画を打ち明ければ賛成してくれるかもしれない。だが、それを確かめたくても、知り合って一日しか経っていない相手に直接訊くわけにはいかなかった。

とにかくエイムズベリーには夫を探していると伝えたし、それは本当のことだ。そして父には、モンタギューか同程度の条件の男を選べと言われている。

それなのにロッティは、よりによってエイムズベリーとキスをしそうになった。こんなふうに気持ちをかき乱されるのなら、彼を憎んでいるほうが楽だ。

彼女は疲労感に襲われたので、ショールを椅子にかけてランプを消し、月明かりに照らされた部屋を横切ってカーテンを閉めに行った。

通りの向こうに目を向けると、カーライルの屋敷にはまだ明かりがついている。二階の部屋の窓辺に歩み寄る男性の姿が見えて、ロッティは固まった。通りをはさんだ反対側に、彼女の心を占めている男性のうちのひとりが立っている。エイムズベリーは上着やベストやクラヴァットを取り去り、襟元の開いたシャツだけの姿になっていた。ロッティは広い胸に目が吸い寄せられた。息をのみ、のぞき見なんてするべきではないと思いつつあとずさったが、暗闇に紛れられるのならもう少し見ていたいという思いがわきあがる。

今夜バルコニーでもそうだったが、エイムズベリーの存在を感じ取ったかのように腕の毛が逆立った。まるでつねに北を指すコンパスだ。彼に対して複雑な感情があるものの、その姿には強く惹かれる。粗削りな魅力を持つ大きな体が圧倒的な威圧感を放つ一方、伸びすぎて好き放題にはねている癖毛がそれをやわらげている。モンタギューのように典型的な美男子というわけではない。でもロッティは、非の打ちどころのない容貌のモンタギューよりも武骨なエイムズベリーに心惹かれた。

火照った体が冷たい窓ガラスに触れてぶるりと震え、彼を見つめれば見つめるほどその震えが激しくなった。夜着の下の胸の頂がかたくなり、下腹部の奥にゆったりと細く渦を巻きながら熱がたまっていく。

通りの向こうの窓の内側では、エイムズベリーが二軒の屋敷のあいだの狭い空を見あげている。故郷の田舎で広がっているような美しい空は雲と煤《すす》でさえぎられてしまっているのに、彼は何を見ているのだろう。

エイムズベリーはおもむろにシャツをつかんでズボンの内側から裾を引きだし、暗い色のブリーチズの上の肌が三センチほどあらわになった。黒っぽくくぼんだへその両脇にV字状に筋肉の筋が走っているが、その先はロッティが本でしか見たことのない場所を指している。

そんな場所に見とれている自分に驚き、彼女はあわててカーテンを閉めようとしたけれど、結局そうしなかった。手首をさっと返せばいいだけだとわかっているのに、手が動かない。

ロッティは心臓が早鐘のように打っているのを感じながら、暗闇にひそんでのぞき見を続けた。

エイムズベリーはシャツも脱いで、上半身がすっかりあらわになっている。男性はみんなこんな体をしているのだろうか。いや、そんなはずはない。モンタギューはもっと細身であんなふうにがっしりしていないし、この前の晩餐会で会ったラーチははっきり言って貧弱だった。ラーチが上着の肩に詰め物をしていたことに一〇ポンド賭けてもいい。でもエイムズベリーにはいかなる詰め物も必要ない。引き締まった体や日焼けした肌からして、上半身裸で働いているのではないだろうか。頭に浮かんだ彼のそんな姿は魅力的だった。エイムズベリーが窓枠に腕をつくと筋肉がさざめいて形を変え、その様子はかなり官能的だった。片腕に体重をかけ、もう一方の手でシルクのブリーチズの前立てのボタンを外し始める。

「のぞき見はしない、絶対にしない」ロッティは視線をもぎ離して窓に背を向けると、命令に従順な兵士のようにベッドに向かった。上掛けをめくってベッドに入り、彼が窓の前から離れる前にどれだけ服を脱ぐのか見たいという誘惑を断ち切る。

本当に、エイムズベリーは窓の前でどれだけ服を脱ぐのだろう。ブリーチズがたっぷりと筋肉がついた脚を滑り落ちたあとの姿を思い浮かべるだけの想像力が、彼女にあるだろうか。今晩は長くてつらい夜になりそうだ。精神的に。

ロッティは顔の上に腕をのせて、うめき声を押し殺した。

イーサンは蠟燭の火を吹き消すと、最後にもう一度通りの向こうを見た。「いい夢を、レディ・シャーロット」ランプの光に目を引かれて通りの向こうの部屋を眺めたとき、ちらりと影が動くのが見えなければ、彼女に見られていると気づかなかったかもしれない。彼女の部屋には薄いカーテンがかかっているので、内側の詳しい様子はわからない。だが、こちらの窓には外からの視線をさえぎるものはなく、イーサンはその事実を利用した。

普段は理性を働かせて慎重に行動するようにしている。数年前、思慮のない行動がさまざまな結果を引き起こし、それを受け止めながら生きているうちにそうする習慣がついた。だが、どんな場合もリスクと利点を吟味してから行動に移すという習慣を、今夜あのバルコニーの上では忘れてしまった。しかもそれがいまも続いている。これまで自分の体を見せびらかしたことなどなかったのに、シャーロットに見られているとわかったとたんにバルコニーでの熱を帯びたひとときがよみがえって、彼女の注意をもうしばらく引きつけておきたくなった。

しかしその報いとして、高まった欲望を持てあましている。シャーロットが通りをはさんだ向かいの部屋のベッドで寝ていることを、自分の体は知っているのだ。ベッドに横たわると、先ほどまでは心地よかったマットレスが岩のようにかたく感じられた。

シャーロットは結婚するつもりだ。しかも上流階級特有の空虚な結びつきを求めている。今夜、落ち着き払った外見の下のシャーロットを垣間見て、かつて知っていた若い娘とは別人だとイーサンは確信した。変わったのは性格だけではない、彼女のすべてが深みと輝きを増している。時の流れは彼女にやさしかっただけでなく、磨きをかけて、愛らしい若い娘から自分なりの意見と皮肉っぽいユーモアのセンスを持つ女性に変えた。彼はその女性に完全に魅了されている。

今夜のシャーロットは美しかった。きれいに髪を結いあげ、洗練されていた。だが宿屋で会ったときの彼女が忘れられない。もつれた髪が腰まで流れ落ちていた姿が。そして彼女が事故に遭ったという衝撃が過ぎると、最初はよき隣人であろうとしたイーサンの心は別の方向にそれ始めた。あの豊かな髪に両手をうずめ、つややかに渦巻く巻き毛を指にからめて彼女をつかまえられるのなら、なんだってする。イーサンが彼女に身を沈めるとき、あの髪はこぼれたインクのように枕の上に広がるだろう。

今日はシャーロットともう少しで触れ合うぎりぎりのところまで近づいた。あのまま抱き寄せたら、ふたりの体は隙間なくぴたりと合わさったに違いない。曲線を描く体がエロティックなパズルのピースのようにイーサンと重なり、どこからどこまでが自分のものかわからなくなるくらい溶け合っただろう。

シャーロットの肌が赤く染まるさまはこのうえなく魅惑的で、彼はそこを指でなぞりたかった。紅潮はいつも同じ道筋で広がっていく。最初は頬。それから鎖骨の上が赤くなり、深くくれた胸元に到達する。ドレスに隠れた部分がどうなっているかは想像するしかない。

下腹部が上掛けを押しあげていた。寝室を誰かと共有していたら、きまり悪くてならなかっただろう。イーサンは毛布を持ちあげ、憤りを感じながらかたくなった自分のものを見おろした。

「おまえは本気なのか？　女なんていくらだっているのに、よりによってレディ・シャーロットがいいとは」イーサンはぐるりと目をまわすと、毛布をおろした。否定のしようがない。体が彼女を求めている。心も彼女に焦がれていた。

今夜はもう少しでキスをするところだった。そのことを思いだしているうちに、次々にシャーロットについて疑問がわきあがった。興奮が増すにつれて、息遣いは変わるのだろうか。絶頂を極めるとき、どんな声をあげるのだろう。乳房はずっしりと重く垂れているのか、椀形《わん》に引き締まっているのか。イーサンの上で体を揺らすとき、乳房ははずむように動くのか、ふたりで見つけたリズムで横に揺れるのか。シャーロットが歓《よろこ》びに体を震わせながら彼を締めつけるとき、情熱にとらわれたその姿はどんなに美しいだろう。

高まったものが毛布の下でぴくりと動いたが、イーサンはそこに手を差し入れる代わりに上の空で胸を撫でた。

今夜、キスしてもいいかと尋ね、シャーロットに拒否された。だから彼女がどんな味がするのか知ることはできなかったが、香りなら持っている。ウォリックシャーで宿の女主人が彼女のために用意したレモンの香りのオイルを、イーサンも購入したのだ。それ以来、自分でもどうかしていると思うくらい頻繁にその香りをかいでいる。まるでその瓶から精霊を呼びだそうとでもするかのように。いまも小瓶を手に取って、コルクの栓を抜いた。つんとする柑橘の香りを肌にのせると、彼女が通りの向こう側ではなく、ここにいるような気分になった。

そうしてからイーサンはようやく毛布の下に手を入れ、高まったものの先端ににじみでている液体をまわりに塗り広げた。それからオイルでなめらかになった手でかたくなった部分を撫でおろすと、気持ちよさに息が漏れた。一度、二度と屹立《きつりつ》したものをこする。シャーロットを思い浮かべながら、歓びが高まっていくのを感じた。

　こうしているのはシャーロットの手だと想像する。欲望が高まっていくにつれてきゅっと縮んだその部分を、小さな爪がこすった。イーサンは手に力を入れ、動かす速度をあげた。部屋があまりにも暑く感じられ、上掛けを蹴り飛ばす。

　もっとだ。イーサンは思い浮かべたシャーロットのあえぎ声と速くなった息遣いに、声をあげて応えた。喉の奥から込みあげたうなり声が、顔に腕を当てたおかげでくぐもる。絶頂の激しさに体が反り返ってベッドから浮き、分厚い上腕二頭筋に歯が食い込んだ。

　イーサンは胸を波打たせたまま、しばらくじっと横たわっていた。ふたつの香りが入りまじりながら漂っていて――その組み合わせに強い満足感を覚える。

　想像の中でのシャーロットとの行為は現実のように生々しかった。だがひとたび終わってしまうと、ひとりしかいない部屋は前にも増して空っぽに感じられた。

9

「ピクニックはどうでしたか？」ダーリンがロッティの真珠のネックレスとイヤリングをヴェルヴェットのケースにしまいながら訊いた。

ロッティは鼻の頭にしわを寄せた。「ミスター・モンタギューは結婚に向かって進みたくてしかたがないみたいだけれど、彼の熱意に流されてはいけないという気がして」

「外見はとてもすてきな方ですよね」

「ええ。魅力的な男性であることは間違いないわ。彼に触れられたときは、お父さまの計画に従ってもいいんじゃないかとほんの少し思ってしまったくらい。しゃべるのを聞いたら、そんな気はなくなったけれど」

「触れられた？」ダーリンが眉をあげた。「どういうピクニックですか！」

ロッティはくすくす笑った。「怒らないで。別に不適切なことはなかったわ。馬車からおろしてもらったとき、手首の内側にキスされたの。ほら、ここに」その部分をぼんやりと撫でる。「手袋の端のすぐ上。アガサおばさまが一緒だったから、それくらいしかできなかったわ。結局のところ彼は紳士だもの」求愛に必死になっている紳士ではあるけれど。ロッティはモンタギューが彼女の計画にかなう夫になるかどうか見きわめるために現実的な話し合いに持っていこうとしたが、恋愛遊戯の範疇《はんちゅう》を超える言葉が返ってくることは一度もなかった。モンタギューはまるで磁器の人形だ。飾っておくにはいいが、役には立たない。

「それくらいも何も、本物の紳士なら、まったく手を出さないはずです。わたしは男というものをよく知っています。男は簡単に触れられる女だと見て取ったら、二度とレディとして扱おうとしません」

「心から気にかけてくれる友人がいるって、うれしいものね」ロッティはからかった。「でも大丈夫。あなたの賢明な助言は必要ないわ。彼がこのままいくつかの簡単な質問に答えてくれないのなら、もう会うつもりはないから」

「では、あの方とは結婚しないと決めたんですか?」

ロッティは口をつぐみ、部屋着を羽織って腰紐を結んだ。「ミスター・モンタギューがわたしに領地の管理をまかせてくれるのなら、可能性はあるわ。彼にそういうことをこなす頭がないことは、神さまがご存じだもの」履き心地のいい室内履きに足を滑り込ませ、考えていることを言葉にした。「つまり、彼を好きになる必要はないのよ。ただ結婚すればいいだけだから。彼には表面的な魅力以外なんの能力も、打ち込んでいるものもないみたいだけれど、ハンサムなだけの夫も悪くないわ」ピクニックが終わる頃には、モンタギューの魅力は色あせていた。彼はピクニックのあいだ、持っていったシャンパンのほとんどをひとりで飲みながら、嫡男以外の息子の不遇について文句を垂れ続けた。

ダーリンはロッティが脱いだものを集めて抱えあげた。そのまま出口に向かって、扉の前で振り返る。「わたしが言うことじゃないかもしれませんが、お嬢さまはもっと多くを求めてもいいんじゃないでしょうか。いくらハンサムでも、一緒にいて楽しいと思えない男性はお嬢さまにはふさわしくないと思います」

ロッティは化粧台の前に座ってブラシを取りあげた。髪が乱れているからではなく手持ち無沙汰だったためで、髪を梳《と》かしながらその日のできごとを振り返った。

アガサが猫のようにひなたぼっこをしていると見せかけて近くの木の下で昼寝をしているとき、モンタギューは紙人形のお姫さまのスキャンダルの話題を持ちだした。そうなるのは当然だった。有名になりすぎたばかげたあだ名を避けて通ることはできない。ところが彼の話は予想外の方向に向かった。ロッティのあだ名をばかげているとしりぞけたあと、エイムズベリーこそ責められるべき人間だと糾弾したのだ。モンタギューによれば、エイムズベリーはシャンパンを数杯飲んだあと、人をひとり殺しかけたらしい。しかも自分の友人を。

おそらくモンタギューの話はゴシップと完全なつくり話の中間のようなもので、わずかな真実のかけらがまじっている可能性があるくらいだろう。エイムズベリーを思い浮かべると、モンタギューの非難はしっくりこない。

ロッティが七年前に学んだとおり、エイムズベリーにロマンティックな気持ちを抱くのは危険だ。窓の向こうに見える彼がどれだけ魅力的だろうと。それでも、彼が誰かの命を脅かすなんてありえない。そのことにロッティは自信があった。それならいったい、真実はどこにあるのだろう。

翌朝の濡れた砂利がきらきらと輝く夜明けに、運命の女神はイーサンに向かって微笑んでくれた。彼のためにエズラを引いて出てきた馬番のほんの一メートルほど後ろに、シャーロットが乗る馬を連れた馬番の姿が見えたのだ。イーサンとシャーロットは馬の背に乗ると、道のあちこちにたまる水をはねあげて公園に向かった。門を抜けると草地に延びる道沿いにはまだもやが残っていたので、彼はその敬虔な静けさを乱さないようにひっそりと馬を進めた。

ふたりは屋敷の前の通りで顔を合わせたあと、ほとんど言葉を交わさないまま、ぎこちない雰囲気で馬を同じ方向に歩かせていた。イーサンは宿で会ったときの様子から、シャーロットは朝はあまりしゃべりたくないのだと判断し、無理に話しかけようとはしなかった。けれども今日の彼女は普通に体を動かしているので、少なくとも紅茶を一杯は飲んできたのだろう。乗馬服が手袋のようにぴたりと彼女の体を包んでいて、そちらに目を向けるたびに理性が吹き飛び、まともに考えられなくなった。これをつくった仕立て屋を抱きしめ、感謝の言葉を浴びせたいと思うほど、体の曲線が余すところなくあらわになっている。

イーサンが体に斜めにかけている小さなかばんには、朝食用に持ってきたあたたかいマフインがふたつ入っていた。鞍の上でバランスが取れるぎりぎりのところまで体を傾け、無言でそのひとつをシャーロットに差しだした。

五分くらい経って、ようやく彼女が沈黙を破った。「ありがとう」

「どういたしまして」何を言えばいいのかわからずに咳払いをする。

イーサンが会話の糸口を見つける前に、シャーロットが先に口を開いた。「話したいことがふたつあるんだけれど、そのかばんに書くものはある？」

「ああ、ある」ふたりは馬を止め、彼は紙と鉛筆を取りだした。

「じゃあ、書き留めて。昨日問い合わせの手紙を持たせた使者を送って、その返事が来たわ。前に話した醸造所で責任者をしていたウォレス・マクドネルが、あなたからの連絡を待っているそうよ」

イーサンは顔がほころぶのを感じながら、シャーロットがすらすらと口にするその男の居場所などの詳細を書き留めた。彼女は力になるという言葉を守ってくれたのだ。しかもすぐに動いてくれたのがありがたい。いつ戻るのか、醸造所の責任者は見つかったのかという催促の手紙が、今朝コナーから届いたところだった。挫折のひとつひとつ、遅れの一日一日が、無駄に金が出ていくことを意味する。はっきり言って、イーサンにはそんな無駄金を費やす余裕はなかった。貴重な情報が記されている紙をしっかりと握る。「ありがとう。本当に助かった」

「まだ終わっていないわ。話はもうひとつあるのよ。もう少し個人的な話。昨日、あなたについてちょっと気になる噂を耳にしたの」

イーサンはいやな予感がした。「よくない話みたいだな。誰かからぼくのゴシップでも聞いたのかい？」

彼に向かって眉をあげたシャーロットは、昨日夢に出てきたときと同じく胸が痛くなるほど美しい。「あなたもわたしもゴシップが嫌いなのは同じだと思うけれど、その噂は聞き流すには深刻すぎる内容だったから、あなたの言い分を聞きたいと思って」

「深刻だって？　そんな噂を聞いたのにミスター・マクドネルを紹介してくれるなんて、感動したよ」イーサンは胸に手を当てた。

「そのゴシップを信じたとは言わなかったわ。ただあなたの言い分を聞きたいと言っただけ。実は求愛されている男性に、あなたは友人を殺そうとしたことがあると聞かされて」

シャーロットの耳に入らないはずがなかった。イーサンはそう考えてため息をつき、遅咲きの花が咲いている場所をエズラに迂回《うかい》させた。だが、これは進歩でもある。一カ月前だったら、彼女はゴシップをその場で信じていただろう。自分のいちばんの汚点を知られてしまったいまもやもやしているのは、彼女にそれを問いただされたせいなのか、あるいは別の男に求愛されているとさりげなく知らされたせいなのか、イーサンにはわからなかった。「その男はきみが社交界をしりぞいているあいだにあったことを、何もかも教えてくれているようだな」

「否定しないの？　人を殺そうとしたと言われているのに」シャーロットが悔しそうな表情をしたのはイーサンのために腹を立ててくれているからかもしれない。そう考えて、彼の胸の重しが少しだけ軽くなった。

「否定はしないが、ちょっと違う。殺そうとしたと言うと事前に計画していたみたいだが、そういうわけでは断じてない。はっきり言って、何も考えていなかった。ロンドンの街中で、馬車を猛スピードで走らせたのさ」もっと詳しく説明することも言い訳をすることもできるが、事実だけを伝えたほうがいい。ゆっくりと静かに進む馬の上で、イーサンは彼女にちらりと目を向けた。「コナーは入隊する予定だった。幼なじみでね。親友というわけではなかったが、同じ村で育った遊び仲間のひとりだった。コナーは入隊する前に一度ロンドンを見てみたいと考えた。故郷のみんなはぼくが爵位を継いだことを面白がっていたし、ぼくは新しい暮らしぶりを自慢していたから。あの頃のぼくは鼻持ちならない人間だったんだよ。きみも覚えているだろう?」

「そしてコナーは結局入隊することはなかったのね」レディ・シャーロットが言った。

イーサンはうなずいた。「そのとおり。ぼくたちは酒を飲んで賭け事に興じ、ばかみたいに騒ぎまくっていた。そんなときに誰かが馬車で競走しようと言いだした。ばかげた思いつきさ。だが、みんな酔っ払っていたからね。というよりぼくが酔っ払っていた。悪いのはぼくだ。そして事故が起こり、コナーは片脚を失った。ぼくの馬がたたずんでいるすぐ横の道端で、彼は危うく死ぬところだった」

レディ・シャーロットが手綱を引いて馬を止めた。「だからわたしの御者の脚をあんなに気にかけていたのね」

イーサンは馬の向きを変えて、彼女の横に戻った。「そうだ。あのときはいい医者が来てくれてよかったよ」彼女の額の生え際にある傷を隠している髪を、手を伸ばしてどけたいという衝動に駆られる。

シャーロットが眉根をきつく寄せて考え込んでいる様子はかわいらしかった。イーサンの言葉を聞いて彼女が真実を読み取ってくれることを、彼は祈った。「いまコナーはどこにいるの？」

「今日は石工たちを怒鳴っているんじゃないかな。醸造所の建設が予定どおりに進んでいないから」

シャーロットが首をかしげた。「あなたのところで働いているの？」

イーサンは肩をすくめた。「金を受け取ろうとしなかったから、仕事を与えるしかなかった。いまではコナーがウッドレストを切りまわしているよ」

彼女はあたりに漂うもやを消した太陽に負けない笑みを浮かべた。「ウッドレストってあなたの領地よね。それならすべて丸くおさまったのね」

イーサンは体が冷たくなるのを感じた。丸くおさまってなんかいない。自分はコナーの片脚だけでなく、軍での将来も奪ったのだ。むやみに広い領主屋敷の采配をまかせるくらいで、埋め合わせになるはずがない。だが、もっと悪い結果になることもありえた。イーサンは咳払いをして、込みあげた感情を押し戻した。そんな話を始めたら、せっかくの朝が台なしになってしまう。「コナーは生きているから、殺しかけたという噂ですんでいることが慰めだ。ところで好奇心から訊くんだが、きみにゴシップを教えたおしゃべりな男は誰なんだ？」

「ミスター・ジェームズ・モンタギュー。ダンビー侯爵の息子よ。父親同士が仲がいいの」

その男の噂は聞いたことがある。しかもよくない噂ばかり。イーサンは冷静な表情を保とうとしたが、おそらく不機嫌さがにじんでいただろう。

シャーロットの父親がダンビー侯爵と仲がいいなら、その息子との結婚に賛成しているはずだ。イーサンは嫉妬で胸が痛むのを感じた。イーサンは娘にふさわしくないと判定されたのに、悪名高いモンタギューが伯爵のお眼鏡にかなったのだ。

しかも、ほとんどの女性があの男を魅力的だと考えるのが解せない。ただしモンタギューはただの女たらしではなく、ものすごい美男子なので、シャーロットとはお似合いの美男美女だ。暗い色合いの髪と目を持つ彼女と黄金の色合いのパートナーは完璧に引き立て合う。モンタギューと比べれば、カルヴィンでさえ並の容貌に見える。それにしても、あの男はいつ彼女に求愛することを許されたのだろう。考える前に、イーサンの口から言葉が飛びだしていた。「モンタギューをきみの夫候補のリストには入れられないよ」

シャーロットが身をかたくしてにらみつけてきたので、イーサンは失敗したのがわかった。

「なんて厚かましくて失礼な……」彼女が口を開けたまま言葉を探している。

イーサンは心の中で悪態をつきながら、なんとか雰囲気を軽くしようとした。「失礼なんて言葉しか思いつかないのかい？　がっかりだな、レディ・シャーロット」

冗談でごまかそうとしたが、彼女の怒りはおさまらなかった。「わたしの〝夫候補のリスト〟に口を出す権利が、あなたにあるとでも思っているの？　ミスター・モンタギューはすでに申し込みをして、父の承認を受けているのよ」

「そうなのか？」イーサンは衝撃を受けた。

「わかっていないのね。あなたには関係ないって言っているの」

彼女は否定してくれなかった。「きみの言うとおりだ。ぼくはただ、モンタギューはきみが一生をともにしたいと思うような男ではないと伝えたかった。詳しいことを教えてきみにいやな思いをさせたくはないが――」せっかく先ほどまでいい雰囲気だったのに、急に険悪になってしまった。

シャーロットは短く笑ったが、楽しいからでないのは明らかだった。「あなたがそんなことを言うなんて。ついさっき、わたしたちがどんな話をしたか忘れたの？　もし彼の人間性に問題があるのなら、わたしには詳しいことを聞く権利があるわ」

「わかりやすく言うなら、あの男には借金がある。それから素面で朝を迎えることも、同じ女性と朝を迎えることもほとんどない。きみと会ったときも、素面ではなかったんじゃないかと思うくらいだ」

「噂じゃなくて事実だと言えるの？」

「彼の評判を聞けばわかる――」

「あなたの場合もそうなのかしら」シャーロットが言い返した。

イーサンはひるんだ。彼女の言い分はもっともだ。「きみにはもっといい男がふさわしい」

シャーロットは彼の頭のてっぺんから汚いブーツの先までわざとじっくり視線を這わせた

あと、ふたたび目を合わせた。「ええ、そのとおりよ」

彼女はイーサンの返事を待たずに、馬を駆って逆の方向に走り去った。すぐに馬番がいぶかしげな視線をイーサンに向けながら、追い越していった。

「くそっ！」彼は悪態をついた。

「あなた宛に手紙が届いているわ」アガサが言った。

ロッティは本から目をあげた。「お父さまがようやく手紙を書く時間を見つけてくれたのね」書斎でポートワインを飲んだり本を読んだりする忙しいスケジュールの合間に。

いや、そんなふうに考えるのは公平ではない。父はここ何カ月かは引きこもった状態から徐々に抜けだして、領地の管理に復帰しようとしている。だからこそ彼女は夫を見つけるため、ロンドンへと向かわなくてはならなくなったのだ。

モンタギューがまた詩を書いて送ってきたのかもしれないが、その可能性は低い。一緒に公園に行く約束をしているので、もういつなんどき現れてもおかしくなかった。ピクニックに行って以来、彼は毎日訪ねてくるものの、一緒に外出するのは今日まで引き延ばしていた。もしかしたら、今日は来られなくなったという手紙だろうか。にわかに希望がわきあがった。

昨日訪ねてきたモンタギューが、愛する人と結婚できるなんて幸運だなどと言いだしたので、ロッティは危うく息を詰まらせかけた。それで心が決まり、婚約は解消すると今日じゅうに伝えることにした。解消といっても、実際に婚約していたわけではないけれど。父はいい顔をしないだろうが、そんなにあの男が好きなら父が結婚すればいいのだ。

一週間前に公園で喧嘩別れをしてから、エイムズベリーはぱったりと姿を消した。別に通りの向かいの彼の部屋に明かりがともらないかと、毎晩期待しながら待っているわけではない。あれはただ観察しているだけだ。

「伯爵の筆跡ではないようよ」アガサが手紙を渡してきた。

その几帳面《きちょうめん》な筆跡には見覚えがある。「家令のロジャーズからだわ。ダーリンへの手紙が同封されていないかしら。あったら喜ぶんだけど」

「メイド宛に誰が手紙をよこすの？　街で男性相手の商売をしていたから、みんなにつまはじきにされているんだと思っていたけれど」

ロッティは歯を食いしばった。「そんな言い方はひどいわ、おばさま。ダーリンはパトリックが怪我をしてから、彼と手紙のやりとりをしているのよ。ふたりのあいだにはロマンスが芽生えかけているんじゃないかしら」

「使用人同士の恋愛を認めるつもり？　そういうものを認めると、仕事の場でいろいろと支障が出てくるものよ。その仕事の場があなたの家であることを考えると、わたしは賛成できないわね」

「ふたりはいい組み合わせだと思うわ。ダーリンの夫が死んでから、もう数年経つし」

「奇妙な組み合わせだと思う人もいると思うわよ。酒浸りだった男と売春婦だった女なんて」

「〝だった〟というところが重要なのよ」自分自身の家を持ち、好きに使用人を選べる自由を得られたら、どんなにいいだろう。とはいえ、それでもアガサは自分の意見を言うだろう。

名付け親はそういう人間で、変えることはできない。「もしかしたら、そういう過去があるってことが共通点なのかもしれないわ。ふたりの過去は秘密ではないし」ダーリンの過去は隠し通せるものではないし、教師だったパトリックが酒浸りで授業をしていたことは領地の誰もが知っている。「ふたりともそういう過去があっても素晴らしい人間よ。ふさわしい相手と一緒になれば、多くを与え合えると思うの」

アガサがそれ以上何も言わなかったので、ロッティは手紙を開けた。ロジャーズの優美な筆跡が友のように身近に感じられる。ロジャーズ自身は友と呼べる存在ではないが。ロッティは手紙を最後まで読んだあと、もう一度読み返した。「お父さまがわたしのための家を選んだみたい。海が見えて、薔薇の咲く庭があるんですって。すてきじゃない？」そこは完璧な場所に思えた。肥沃な土地といまよりも設備の整った屋敷。すぐ近くにはにぎやかな町もある。文句などあろうはずがない。

「あなたの父親は、それを餌にあなたを結婚させようとしているの？」アガサが紅茶を飲みながら眉をあげ、カップの縁越しにこちらをじっと見つめた。

ロッティはがっくりと椅子に沈み込んだ。海辺の家は無条件にもらえるわけではないのだと、忘れないようにしなければ。どれほど魅力的に思えても。

「さりげないやり方とは言えないわね」アガサが言った。

たしかにそうだ。しかし父のやり方に驚きはない。ロジャーズは父に言われてこのことを書いてきたのだろう。少なくとも、父がロッティとの取引で自分の条件を守るつもりであることはわかった。彼女も自分の条件を守らなければならない。でも、いまのところ夫候補がモンタギューと、あとはもしかしたら大男のスコットランド人しかいないことを考えると、見通しが明るいとは言えなかった。モンタギューには今日を最後に二度と会いたくないし、スコットランド人のほうはどうやらいまはロンドンにいないようだ。ロッティは手紙を丁寧にたたんで、もとの長方形に戻した。

ドーソンが部屋に入ってきた。「ミスター・モンタギューがレディ・シャーロットをお迎えにいらっしゃいました。ご自分の二頭立て四輪馬車《フェートン》でお待ちです」

「わたしが男性に求愛されていた頃は、紳士は屋敷の中まで迎えに来たものよ。通りで待っているとか、レディに自分のところまで来させるなんてことはしなかったわ」アガサが最近の風潮を嘆いた。

「時代は移り変わっていくのよ、アガサおばさま」ロッティはかがみ込んでアガサの頬にキスをした。「長くはかからないわ。戻ったら、普段より時間をかけて今晩のための着替えをするつもり。夫をつかまえるために最高のわたしを見せなくちゃならないから」

モンタギューはフェートンの高い座席からも身軽に飛びおりると、大きくお辞儀をしてロッティの手首の内側にキスをした。「レディ・シャーロット、いつもながら美しい」

「今日はずいぶんと機嫌がいいのね、ミスター・モンタギュー」彼がうれしそうに微笑むと、ロッティは気持ちをやわらげずにはいられなかった。ロンドンには悲しくなるほど友人がいないため、愛想のいい人間にはどうしても甘くなってしまう。別れるときには、彼に対する疑惑の数々に触れざるをえないだろうが、この男性はその気になれば極めて魅力的になれるのはたしかだ。今日で彼とのつきあいが終わってしまうのが残念だ。

「昨夜、カードテーブルで素晴らしくツキに恵まれたんだ。しかも、いまはロンドン一かわいらしい女性と一緒にいる」ロッティはモンタギューに助けられてフェートンにあがったが、座ると馬車の縁を握って下を見ないようにした。座席がひどく不安定に感じられる。

ロッティは急にからからになった喉からなんとか笑いを押しだした。「そんなふうに言ってくれるなんて、やさしいのね」

モンタギューが勢いをつけてあがってくると、座席が危険なほど揺れ動いた。彼が手綱を取り、帽子を手で押さえて粋なポーズを決める。「いや、まじめに言ったんだ。でも、かまわない。あなたにはぼく以上の男はいないと、そのうちわかってもらえるはずだから」

「どうか、お世辞はもうやめてちょうだい」本題はゆっくり切りだすつもりだったが、いますぐでも同じことだろう。もう家の外に出たのだから。「あなたとのことを考えてみたんだけれど――」

「あなたの気持ちをきっと変えてみせる」モンタギューが熱のこもった視線を向ける。「それまでは、こんなふうにときどき連れだすだけで我慢するよ」彼は舌を鳴らして、馬を出発させた。

ロッティは不快でたまらなかった。モンタギューは彼女が結婚相手に求める要望リストのすべての項目に当てはまるが、これほどあからさまに求められると、彼との結婚は不可能だと判断せざるをえない。彼がどんなに見目麗しくても、ふたりのあいだにできる子どもがどれほど美しい子になるかを考えても、そんな人生は欲しくなかった。モンタギューに求められたくないし、もっとはっきり言うなら彼との子どもは欲しくない。

公園に向かう馬車の上で、ロッティはもう一度説得を試みた。「ご存じのとおり、あなたの父親もわたしの父親もわたしたちの結婚を望んでいるわ。だからきちんと考えてみたけれど――」

「お父上である伯爵に手紙を送ったら、とても喜んでいただけた。ボンド・ストリートであなたを見かけたその日のうちに使いの者を送ったんだが、祝福してくださったよ」

「なんですって？」ロッティは彼の勝手な行動に愕然《がくぜん》とした。父にはモンタギューとの結婚をはっきり断ったのだから、彼女の意向を訊かずに結婚の許しを与えるなどということはいくらなんでもしないはずだ。モンタギューが彼女の言葉を無視してフェートンを進め、メイフェアの通りを駆け抜けていくので、ロッティの不安は募った。やがて前方にハイド・パークの緑の広がりが見えてきた。ところがモンタギューは馬を止めることなく門の前を通り過ぎ、オックスフォード・ストリートに向かった。

「ちょっと待って。公園に行くんじゃなかったの？」振り返ると、ハイド・パークはどんどん遠ざかっている。

「今日は別の場所に行こうと思っているんだ。まかせてくれ」モンタギューは速度をあげるよう馬に合図をした。

まかせる？　彼に？　ありえない。モンタギューについてのエイムズベリーの警告がロッティの頭によみがえった。「ミスター・モンタギュー、いますぐ家に引き返して。予定どおりに公園へ行くつもりがないなら、今日の外出は終わりにしましょう」商業地区を過ぎて住宅街に入った。遠くにところどころ生け垣が見えるが、馬車が引き返す様子はない。

「心配しすぎだ。もうすぐ着くから」モンタギューが言った。

「お願い、いますぐ引き返して」ロッティの声は震えてしまったが、とんでもない男に本来の目的地とは別の場所へ連れ去られようとしていても、助けてくれる者は誰もいないとわかっていた。

「心配しないで。評判が損なわれると思っているのかもしれないが、ぼくたちは婚約している。こうして屋根のない馬車で遠乗りを楽しんでも、なんの問題もない」モンタギューは手綱を馬の背にぴしゃりと打ちつけ、さらに速度をあげるように促した。

「郊外まで行くつもりはないわ！　それにわたしたちは婚約なんかしていない。これからすることもないわ。さっきからそう言おうとしているのに、あなたが言わせてくれなかったのよ！」ロッティはようやく口に出せて安堵《あんど》し、胸がへこむくらい長々と息を吐いた。もう少し言い方を考えればよかったのかもしれないが、モンタギューがかたくなすぎてこうせざるをえなかった。これでもう、彼女の意志を誤解する余地はなくなった。

「お父上はそんなふうには言っておられない。さあ、もっとくつろいで遠乗りを楽しんで。あなたが田舎のほうが好きだと言うから、今日の遠乗りを計画したんだ」モンタギューはそれまで走っていた道を外れて、わだち道に入った。

「あなたと結婚しなくてはならないのは父じゃないし、わたしの意志はいま言ったとおりよ。あなたとは結婚しません。絶対に」ロッティは言葉をぶつけながら、どうすればいいか必死に考えをめぐらせた。馬車は大きな街道を走っているわけではないから、少なくともロンドンから遠く離れることはないだろう。

フェートンはこういう道には向かない。馬車の設計者が草と地面がでこぼこになっている岩だらけの道を想定していたはずがないからだ。ロッティは馬車の端をつかむ手に関節が白くなるまで力を込め、数を数えながら息をした。一、二、三と数えるあいだ息を吸い、一、二、三と数えるあいだ息を吐く。どうすればいいのだろう。

いったいいつ公園への外出が誘拐劇になってしまったのか。家に帰してくれるよう説得できる方法があるはずだ。どれくらいの距離を走ったか推測はできるが、正確なところはわからない。馬車から飛びおりて逃げても、道沿いに行くしかないから簡単に追ってこられてしまう。なんとか最後まで調子を合わせて解放してもらえたら、モンタギューには二度と会いたくない。

馬が速度をゆるめ、木々に囲まれた草地で止まった。鮮やかな秋の色を映す澄みきった池が見える。モンタギューが軽やかに飛びおりてロッティに手を貸そうと振り返ったが、彼女は座席の縁をつかんで抵抗した。「ミスター・モンタギュー――」

「ジェームズ。ぼくの名前はジェームズだ。どうかそう呼んでほしい」彼がロッティの腰を両手でつかんで座席の端まで引き寄せたので、またしても馬車が大きく揺れた。

「ジェームズ」ロッティは歯を食いしばると、さらに強くしがみついた。「ここへは家に戻ってほしいという意志に反して連れてこられてしまったけれど、とにかくきれいな場所だということはわかったわ。だからもうロンドンに帰りましょう」

「あなたはそんなふうに振る舞うはずじゃなかったのに」モンタギューがこぼした。

「がっかりさせてごめんなさい」ロッティはかたい口調で言って彼を見おろし、馬車にのぼってくるのを待った。けれどもモンタギューはにらんだだけで、木々が密集しているところまで行って彼女に背を向け、足を開いた。ロッティは顔をしかめて目をそらした。

モンタギューが左側のいくらも離れていないところで用を足しているあいだ、ロッティはいらだちを鎮めようとのどかな景色を眺めた。ここにいたくはないが、美しい場所であるのはたしかだ。故郷とどこか似ている。そう考えると家令から届いた手紙が頭に浮かんだ。彼女が手に入れる新しい家は、窓の外から岩に打ちつける波の音が聞こえるはずだ。

モンタギューの求婚を受け入れれば、今夜にも父に手紙を送って海辺の家はロッティのものになる。彼女は頭を振り、この光景の静謐《せいひつ》さはあとで味わおうと心の隅にそっとしまった。

いつかあの家を手に入れる。でも、そのためにモンタギューと結婚するつもりはない。

馬が身じろぎをしてフェートンがまたしても揺れ、モンタギューが座席の上に置いていた手綱が滑り落ちた。ロッティはそれを手繰り寄せて拾うと、足元にある真鍮製の突起に引っかけた。

ロッティは馬に目をやったあと、ブリーチズの前立てのボタンを留めている男を見つめながら、どうすべきか考えた。故郷では自分で馬車を操縦しているが、一頭立ての二輪馬車《ギグ》だ。でもフェートンは二頭立てなうえ車体の安定性が低いし、道もよくない。

モンタギューが狭い座席にあがってきて、逃げる機会は失われた。「ミスター・モンタギュー、もう帰りたいわ。いますぐに」

「ジェームズと呼んでくれることになったはずだが」

「あなたがどうしてもと言うから折れただけで、喜んで同意したわけではないわ。だけどまあ、それならジェームズ」まるでふくれている子どもを相手にしているようだと考え、ロッティはぐるりと目をまわした。冷たい風が木々のあいだを吹き抜け、しっかりしたスペンサージャケットを着ているのに体が震える。ロッティは作戦を少し変更して、声をやわらげた。

「とてもきれいな池ね。わざわざ見せてくれてありがとう。でも少し寒いから、もう家に連れて帰ってもらえないかしら」

モンタギューは引っかけてあった手綱を外して手に持った。「帰る前に、ひとつやっておかなくてはならないことがある」そう言うなり、唇を彼女の唇に押しつけた。

ロッティは初めてのキスを奪われてショックを受けた。二六歳にもなって、まだ経験していなかったのだ。その感想は、あたたかくて濡れている。想像していた感じとは違った。とはいえ、ずっと想像していた初めてのキスは好きな人からされるもので、奪われるものではなかった。あわてて顔をそむけて、手袋に包まれた指先で唇をぬぐう。

「さあ、おいで、いとしい人」モンタギューがなめらかだが断固とした声で言った。「今度は若い娘みたいに恥ずかしがらないで。ちゃんとキスしてくれるまでは帰らないよ」

それまでロッティの目に映っていた魅力的な男性は姿を消した。目の前にいる男はハンサムな顔に仮面のような表情を浮かべ、感情のない目を向けている。その冷たい笑みは先ほどまでのにやにや笑いより本性を現している気がした。エイムズベリーが警告したことはすべて本当だった。モンタギューは人の弱みにつけ込む恥知らずで下劣な男だ。

パニックがわきあがった。比喩的にも文字どおりの意味でも、モンタギューが手綱を握っている。ちゃんとキスをしなければ帰るつもりはないと言ったことで、ロッティを追いつめたのだ。彼の意志に従うしかなくなり、胸に冷たい重しをのせられたように息が苦しい。

ロッティはどうすればいいのかわからず、首を横に振った。街を出て人里離れた場所に連れてこられ、戻るにはモンタギューに頼るしかなくなってしまったことを受け入れたくない。彼とはキスをしたくない。ふたたび唇を押しつけられたとき、彼女という領土に無理やり侵入されたように感じた。

これは愛とはまるで関係がない。ロッティみたいに恋愛とは縁のない生活をしてきた女にも、それはわかった。痛いほど強く腕をつかまれている。彼の舌を噛めば、キスよりひどいことをされるだろう。

もしかしたら、モンタギューに向かって吐いてやれば、この気持ちをわからせられるかもしれない。ロッティは喉の奥からうめき声が漏れるのを感じながら必死に顔をそむけ、彼とのあいだに肩を入れてわずかな隙間をつくった。

「お願いよ、ミスター・モンタギュー。気分がよくないの」本当に恐怖で胃が波打っている。

「またよそよそしくなっている。ジェームズと呼んでほしいと言ったのに」モンタギューが彼女の腕を握る手に力を込めた。きっと、今日の記念のような指の跡が腕に残ってしまうだろう。しかしその瞬間、ロッティの目があるものに吸い寄せられた。彼女を振り向かせようと腕をつかんだため、モンタギューは手綱を放している。

ロッティは手綱が御者席から落ちないようにブーツで踏んだ。この状況から抜けだすためには手綱が必要だ。子どもの頃は兄とよく喧嘩をしたものだ。あるとき厩でした取っ組み合いは特に記憶に残っていて、それがうろたえていた頭によみがえった。彼女だって何もできないわけではない。

ロッティは持てるかぎりの怒りと力をかき集めて頭と手を同時に動かし、モンタギューの顔に額をぶつけながら胸を全力で突いた。フェートンの座席は狭いうえ、つるつる滑る木の板でできている。彼は高い座席から、悲鳴とともに落ちた。奇妙な調べのようなその声に、馬が動揺する。ロッティが手綱を拾うまでしばらくかかり、なんとか目的の方向に馬車を出発させられたのは幸運としか言いようがなかった。乱暴だった兄に短く感謝の祈りを捧《ささ》げると、二頭並んだ馬の背を手綱で叩き、フェートンが揺れながら空き地の外へと走り始めると、勝利の歓声をあげた。

とりあえず道に出るまではひたすら馬を急がせたので、馬車は行きよりもはるかに激しく揺れた。振り返るとモンタギューが血だらけの鼻を押さえ、片脚を少し引きずりながら追いかけてくる。とはいえ御者が未経験の女性であることを差し引いても、激怒した色男が二頭の馬力にかなうはずがなかった。

道に出ると、モンタギューとの距離をさらに広げるため、馬たちを自由に走らせた。地平線に目を向けた瞬間、家々が見えた。つまり街からそれほど離れてはいなかったのだ。

それにしても、モンタギューを見くびっていたのは失敗だった。結婚はしないと彼に納得させることすらできなかった。遠くに見えていた建物がどんどん大きくなり、馬たちが速度を落とすと、ロッティは手綱を眺めてどちらがどちらの馬に指示を送るためのものか目でたどった。手綱をしっかりと握りながらほっと息をつき、体を締めつけていたパニックがようやくゆるむのを感じた。

すると入れ替わりに震えがやってきた。腿から始まり、腹部を通って腕まで広がる。震えを止めるために膝を押さえると、喉がせばまってすすり泣きが漏れた。感情が一気に込みあげて何も考えられなくなったので、馬車を走らせることに集中する。それ以外に何かしようとすれば、感情にのみ込まれてしまうだろう。タウンハウスに着くまでに普段の倍の手綱で馬を御すこつを覚えるのだ。いまはまだ泣くべきではない。

永遠とも思える長い時間をかけて、ロッティはようやく家に帰り着いた。本来行く予定だった公園は、家から通り二、三本分しか離れていない。モンタギューが門の前を通り過ぎたときにもっと騒いでいれば、初めてのキスは大切に取っておけたし、腕に指の形のあざをつけられることもなかっただろう。自己嫌悪に襲われる前に、彼女は声を出して言った。「そうよ。そうしていればあの男も歩いて帰るはめにならずにすんだはずだわ」

ロッティは不安定な座席から飛びおりると、馬車の横につかまって脚の震えがおさまるのを待った。

モンタギューには二度とさわらせない。

一歩一歩足を運んで階段をのぼるあいだ、ロッティの目に涙がわきあがった。気持ちを落ち着けるために歩数を数え、ようやく玄関の前に立つ。

ドーソンが扉を開けた。ロッティが震える息を吐きながら中に入ると、最初の涙がこぼれ、執事の心配そうな顔を見ると涙が止まらなくなった。

「ありがとう、ドーソン。馬車をミスター・モンタギューの家に戻しておいてくれる？」

「大丈夫ですか、お嬢さま？」

ロッティは頬を流れ落ちる涙を無視して、なんとか笑みを浮かべた。「すぐに落ち着くわ。ミスター・モンタギューとのおつきあいは終わったの。もう絶対に、彼をこの家に入れないでちょうだい」

ドーソンは背筋を伸ばした。「今後ミスター・モンタギューは絶対にお通ししません。みなにもそうするように伝えておきます」ドーソンはモーゼより年老いているかもしれないが、アガサが彼を重宝する理由をロッティは理解した。

「ありがとう。このまま部屋にあがるわ。ダーリンに来てくれるように伝えてちょうだい」

鳥籠の中のおびえた鳥のように胸の中で心臓が激しく打っていたが、ロッティは慎重にゆっくりと足を運んだ。残っている気力がどんどん漏れだしていく。震えている体が使いものにならなくなる前に、早く座らなくてはならない。

しっかりするのだ。

あともう少し。

ロッティの体を支えていた気力は、部屋に入って扉を閉めたとたんに消え失せた。手のひらに爪が食い込むまで両手を握り、頭の中でひたすら繰り返す。何を失ったにしろ、彼女は勝利したのだ。それを決して忘れてはならない。

10

イーサンは壁にもたれて脚を交差させた。目の前で繰り広げられている光景は、ロンドンに戻った最初の朝に紅茶を飲みながら眺めて楽しむのにぴったりだ。

「負けを認めろ、パピー。ぼくはおまえよりずっと長くこれをやっているんだ」カルヴィンが嘲りつつ、細長い廊下の赤い絨毯の上で相手に詰め寄った。

アダム・ハードウィックは剣の延長のように見える鞭《むち》のごとく細い腕を自在に操って相手の突きをすべて受け止め、その剣さばきと同じように素早く笑みを浮かべた。イーサンは最初、逆の事態になるのを恐れていた。アダムはカルヴィンを英雄のように崇拝している。そんなアダムの気持ちを無視して、カルヴィンが若者を完膚なきまでに負かしてしまうのではないかと。

だがカルヴィンのほうを心配すべきだった。カルヴィンは空威張りしているが、ここにいる誰の目にもアダムの優勢は明らかで、勝利は時間の問題だった。

「口を動かす元気を、大切に取っておいたほうがいいんじゃないですか？」アダムが返した。

窓から差し込む日の光を受けて、二本の剣が輝く。そばかすの散った細い体に赤い髪を短く刈り込んだ頭がのっているアダムの容姿は、火がついた蠟燭のようだ。堂々と戦い、俊敏な動きで輝く剣を何度もかわしている。技術が劣っている分を素早さと粘り強さで補い、加えて天性の勘のよさもあった。

「ぼくを年寄り扱いしているのか？」そう問いかけながらも、カルヴィンは息が切れていた。

「思い当たる節があるんでしょう？」快活に言い返すアダムはまったく息が乱れていない。

イーサンは頭を振りながら笑った。石工たちと議論するより、こちらのほうがずっと面白い。それからすぐにアダムは巧みに剣をさばいて相手の剣をはね飛ばした。カルヴィンが一・五メートルほど離れた場所に転がっている自分の剣を、胸を波打たせながら呆然と見つめている。

にやにやしている対戦相手に向かって、カルヴィンはお辞儀をした。「よくやったな、パピー。階下《した》に行ってコーヒーでも飲もう。昼までずっと勝ち誇った顔を見せつけられるのなら、コーヒーくらいないとやっていられない。おまえも来るか、マック？」

イーサンは首を横に振った。「向かいの屋敷に行って、レディ・シャーロットを乗馬に誘おうと思っているんだ。この前、ちょっと気まずい別れ方をしたから」

「レディ・シャーロットをですか？」アダムが声をあげた。

「マックはご近所のレディに言い寄って、笑いものになるつもりなのさ。またしてもね」カルヴィンは説明しながら剣を油布でくるんだ。

イーサンは目をぐるりとまわした。「過去を償おうとしているんだ。ぼくには、ひどいあだ名をつけて彼女のデビューシーズンを台なしにした責任がある」

「ああ、あの紙人形とかなんとかいうばかげたあだ名ですね。新聞で読みました。それで、どうやって償うつもりなんですか？」顔いっぱいにそばかすを散らしたアダムがやさしい目を向けた。その目には先入観ではなく好奇心だけが浮かんでいる。

どうしてカルヴィンがアダムを好きなのか、イーサンは理解した。「まだわからないが――」

カルヴィンが口をはさんだ。「この先、悲惨なことになる未来しか見えないな。だが、そいつを横で見ているのは楽しい。次に出かけるときは、なるべくおまえの分も招待状を手に入れるよ」

「その女性って、黒っぽい巻き毛のきれいな人ですか？」アダムが訊いた。

イーサンはうなずいた。

「ここに着いたとき、すれ違いましたよ。乗馬に出かけるところみたいでした」

イーサンは背中を起こした。「どっちに向かった？　追いかけたら、偶然会ったふりができる」モンタギューとの関係に干渉してしまったことを謝らなくてはならない。それに被虐趣味だと言われようと、彼女に会いたいのだ。

この周辺の出かけていく価値のある公園が集まっている方向を、アダムが頭で示した。グリーン・パーク、セントジェームズ・パーク、ハイド・パーク。そこには緑が何百エーカーも広がっている。ハイド・パークだけでも三〇〇エーカー以上はあるだろう。首尾よくシャーロットを見つけられたら、幸運という以外にない。

しばらくしてイーサンはグローヴナー門からハイド・パークに入った。すると彼の心が呼びだしたかのように、シャーロットが横顔を見せて美しい鹿毛の馬の背に座っている。数メートル先にいる彼女は自信に満ち完全にくつろいでいて、じっとたたずませた馬の上から公園の中を延びる小道を見つめていた。何を探しているのかイーサンにはわからないが、その姿は『馬上の貴婦人』という題がついた一幅の絵のようだ。後ろには馬番が静かに控えている。優雅に結いあげられた髪から巻き毛が幾筋も背中にこぼれているので、すでにかなり馬を走らせたあとなのかもしれない。

イーサンは手を振った。「レディ・シャーロット、ちょっと話をさせてもらえないか」

近づいていくと、彼女は昨晩よく眠れなかったのか目の下に黒いくまができていた。返事はないものの、イーサンを待ってくれているようだ。

「前に話したときに失礼な態度を取ってしまったことを謝りたい。ぼくには関係のないことだときみは言ったが、そのとおりだ。無礼なまねをしてきみを動揺させてしまい、申し訳なかった」

イーサンが何を言っているのかなかなか理解できなかったらしく、シャーロットはゆっくりとまばたきをした。「失礼だったかもしれないけれど、モンタギューに関してはあなたが正しかったわ」

シャーロットの目には打ちのめされたような暗い表情が浮かんでいて、憔悴《しょうすい》した雰囲気が漂っている。これまでの彼女からは想像できない様子を見て、モンタギューが本性をさらして何かしたのだろうかとイーサンは疑った。礼儀より彼女を心配する気持ちが勝って、思わず問いかける。「余計な干渉をしたと謝ったところだが、大丈夫かい？」

シャーロットは馬をゆったりとした足取りで進めた。「頭痛がして、ひと晩じゅう眠れなかったの。それで気分がすぐれなくて」

「それはいけない。その頭痛にはミスター・モンタギューが関係あるのかな？」近くの木から鳥の群れがいっせいに飛び立ち、その鳴き声が彼女の返事を待つ間を埋めた。必要なら、イーサンは一日じゅうでも待てる。ふたりは小道をたどって雑木林に向かった。

「あなたの言ったとおりだったのよ。〝だから言ったのに〟と返してくれていいわ。さあ、どうぞ」

「そんなことは言わないよ。彼がきみを傷つけたのなら、なおさらだ」何があったのだろう。いくつもの可能性が頭に浮かんで、どんどん気分が悪くなる。「ぼくたちが友人と言える関係でないことはわかっているが、きみが心配なんだ」

シャーロットが馬を止めて振り返った。「あなたにこんなことを言うなんて自分でも信じられないけれど、友だちになってくれたらうれしいわ。モンタギューについて警告するくらいわたしを気にかけてくれたのは、身内以外ではあなただけだもの」

「きみに一〇年近くもロンドンから離れていたいと思わせてしまった男と、本当に友だちになりたいのかい？」イーサンの胸は幸せではちきれんばかりにふくらんだが、友情の申し出が本気だとはとても信じられなかった。

「どうかお願い。あなたは自分のしたことを大げさに考えすぎよ」今朝初めて、シャーロットが笑いかけてくれた。すると陰鬱に曇った空から太陽が顔を出したように、あたりがぱっと明るくなった。「紙人形のお姫さまって言われたことは、たしかにショックだったわ。でも、しばらくして立ち直った。引きこもってさんざん泣いたあとは、どうやってあなたを殺してやろうかと――」

「まさかきみが？」イーサンがからかうと、彼女は笑った。

「でも結局、母が言ったことに納得したの。あなたを殺すより、素晴らしい結婚相手を見つけて見返してやるほうがいい復讐《ふくしゅう》になるって。あなたが間違っていたと、みんなに示してやればいいんだって」

「ぼくは間違っていたよ。それで、そのあと何があったんだ？」

シャーロットの笑みが苦いものに変わった。「兄のマイケルが死んだの。そのあとすぐ、母も熱病で死んだわ。父はふたりを失った悲しみから立ち直れずに書斎に引きこもり、わたしが代わりを務めるようになった」

イーサンはサーペンタイン池に映る空を見つめながら、シャーロットの言ったことを噛みしめた。彼女が一〇年近くロンドンを離れていたのは、イーサンのせいだけでなかったのだ。予想もしなかったできごとが続き、生き方を変えざるをえなかった。ゴシップの種にされたことが恥ずかしくて、ずっと立ち直れなかったわけではなかった。デビューしたときと別人になっているのも当然だ。そのあと大切な家族をふたり失ったのだから。彼にはシャーロットの気持ちがわかる。母と祖父を失い、面識のなかった遠い親戚も失った。彼だけがいまも生きている。「きみのご家族にとって、とてつもない悲しみだっただろう。残念だ」

　シャーロットがうなずくと、帽子についている黒い羽根飾りが揺れた。「ひとつだけよかったのは、自分が何をして生きるべきかわかったことよ。領地を運営し、近代化を取り入れ、小作人の面倒を見る――素晴らしい使命だわ。わたしにはそれをこなす能力もある。でも、もう過去の話。悲しみから抜けだした父が、その使命を取りあげてしまったから」

　馬が木々のあいだを進み、朝の光がシャーロットの頬をやさしく照らしている。イーサンは彼女の話にじっと耳を傾けた。明らかに彼女は胸の内を吐きだす必要がある。

「それでいまのこの状況になったというわけ。わたしがやりたいことをするためには、自分の家を手に入れるしかない。だからオールドミスなのに夫を探しているのよ」

「きみはオールドミスなんかじゃない。もちろん初々しいお嬢さまとは言えないが、キャップをかぶって編み物をするって年でもない」音楽会のときに聞いた彼女の求める結婚が、ようやく腑《ふ》に落ちた。「求めるものが自分の手で切りまわせる領地ということなら、たしかに結婚するのがいちばんいい方法だろうな」

　シャーロットは驚いた顔をした。「もちろんそうよ。そうでなければ、どうして夫なんか欲しがると思うの？」

　イーサンが噴きだすと、その笑い声は予想外に大きく響き、近くの木に止まっていた鳥が驚いて飛び立った。「ぼくには女性が考えていることはわからない。特にきみが考えていることは。きみの心はとんでもなく複雑怪奇なんだろうな」

「そうかもしれないわ」シャーロットが肩をすくめて微笑んだ。

イーサンの胸の中で渦巻いていた感情が、はっきりとしたひとつの思いにまとまった。

「きみの友だちになりたい。心から」

「よかった。だって、あなたといると憎み続けるのが大変なんだもの。離れているときは、もっと簡単だったのに。ところで、先週はどこにいたの？」

イーサンがいないことにどうして気づいたのかという質問が舌先まで出かかった。彼の部屋の窓を眺めていたのかと問いつめたい。イーサンは咳払いをした。「領地さ。ミスター・マクドネルが今週会うことに同意してくれたから、その準備のためにウッドレストに戻っていた」

「じゃあ、マクドネルと連絡を取ったのね。彼はいい人よ。あなたの領地のために働くことになったらうれしいわ」

「ぼくもそう願っている。明日の午後に会うんだ。話し合いがうまくいったら、きみには大きな借りができるな」

「わたしたちは友だちでしょう。その貸しはすぐに回収できると確信しているわ」

イーサンの意見では、ロンドンのいいところは書店が充実していることだった。さまざまな情報が詰まったあらゆる種類の本がところ狭しと置かれている書店は最高の場所だ。山ほどの本が悲惨な貧困やすすけた空気や下水でどろどろの川をなくしてくれるわけではないが、外の世界があまりにも希望のない場所に思えてならないときに、本は彼に逃げ込める場所を提供してくれる。イーサンがひいきにしているこの書店のあるじは、ある意味、社交界における彼の浮き沈みのひそかな目撃者とも言えた。

イーサンが店の扉を開けると、取りつけられたベルが鳴り、すぐにまた静まり返った。紙とインク、埃と革装のにおいに、いつもどおり心が落ち着く。

「いらっしゃいませ。ご注文の本は今朝届きましたよ。お送りする準備をしていたところです」店主のミスター・マシューズはイーサンが調べられるように重い百科事典を差しだした。領主屋敷の図書室の本が売りだされたものを店主が手に入れたので古本だが、綴《と》じはゆるんでいないし革装の端もすり切れていない。この本には家畜の病気や治療法が一般的なものから珍しいものまで、何百ページにもわたって記述されている。

「素晴らしいね、ミスター・マシューズ。このまま持って帰るよ」

イーサンは古い友人に挨拶をするように本の背に手を滑らせながら、慣れ親しんだ店内を歩きまわった。探していた本を見つけて、思わず笑みがこぼれる。濃い色の革装の表紙に映える金の文字が美しい。

記憶がたしかなら、シャーロットへの最後の贈りものは小さな芍薬《しゃくやく》の花束で、その当たりさわりのない花束には単なる好意以上のものは込められていなかった。薄い本を脇にはさんで奥から引き返すと、店主は百科事典を紙で包んで紐をかけていた。

昨日公園で会って以来、シャーロットとの関係は今後どうなっていくのだろうと気もそぞろになっている。しばらく前までの状況を考えると、友人になりたいと言われたのが奇跡のようだ。だが素直にうれしいと思えないのは、イーサンに原因がある。たしかにシャーロットとは友だちになりたいけれど、彼女にキスをしてうめくように名前を呼ばれたいとも思っているのだ。しかし、そういう種類の好意をシャーロットが求めているとは思えないので、純粋に友人としての関係を築きながら、どんどん大きくなる欲望を抑え、夫を探す彼女を見守らなければならない。

そんな状況に耐えていたら、頭がどうかしてしまうのではないだろうか。

それに万が一シャーロットがイーサンと同じ気持ちになったとしても、彼女の父親という障害は残る。伯爵がふたりの結婚に反対なのは明らかだ。イーサンが酔っ払ってばかなことを言ってしまう前に、伯爵の意志ははっきり伝えられている。だからもし彼女と気持ちが通じ合ったら、ふたりは困った状況に陥るだろう。伯爵は社交界での評判が高い、あなどりがたい力を持った人物だ。

イーサンは選んできた革装の本に手を滑らせ、それをカウンターの上に置いた。友人に贈りものをするのはよくあることだ。特にその友人が心に負担のかかる事情を抱えているときは。モンタギューと何があったにせよ、シャーロットはそのせいで眠れなかったのだ。この本が彼女を微笑ませてくれたらいい。

「ほかにもいい本がございましたか？　いつも何か見つけられますね」マシューズがにっこりすると、きれいに並んだ白い歯が日に焼けた肌に映えた。店主が計算した合計額を、イーサンはいつものようにその場で支払った。

「この店にはいつもぼくの興味をそそる本があるからね。奥方はどうしている？　娘たちは？　最近、どちらも店で見かけないが」

家族のことを訊かれてマシューズが顔を輝かせた。心からの喜びが伝わってきて、そんな家族のいる彼が少しうらやましくなる。「尻を叩かれてばかりですが、わたしにはもったいないほどの妻ですよ。娘たちはふたりとも結婚しました。ひとりは先月に。もうひとりは来年わたしをおじいちゃんにしてくれる予定で、本当に恵まれた人生だと思っています」

「そのようだな。おめでとう。家族によろしく伝えてくれ」イーサンは本の包みをふたつ抱えると、帽子をかぶった。「ではまた、ミスター・マシューズ。元気で」

外に出ると、人を乗せた馬が通り過ぎるのを待って、通りの反対側に素早く渡った。カルヴィン行きつけのボンド・ストリートの仕立て屋はほんの二ブロック南で、そこに馬を置いてきている。イーサンは懐中時計を出して時間を確かめた。一時間後に、近くのコーヒーハウスでマクドネルと会うことになっていた。

通りの角にいる菫《すみれ》売りの少女が振り向いて、大きな目で見つめてくる。イーサンはポケットを探り、買ったばかりの本を脇にはさんで少女に硬貨を放った。菫の花束には多すぎる額だったが、少女が隙間の空いた前歯を見せてうれしそうに笑ったので、ちっとも気にならなかった。身をかがめて菫を上着の襟に留めてもらったあと、帽子の縁に指をかけて大げさにお辞儀をすると、少女がくすくす笑った。

老舗であるカルヴィン行きつけの仕立て屋までずらりと店が並んだ通りは混み合っていて、イーサンは人混みを避けるために新しくできたバーリントン・アーケードに入った。こちらには空き店舗もあり、屋根のあるそのアーケードを行き交う人々はボンド・ストリートより少ない。しかもアーケードの警備員が熱心に職務を果たしているため、ごろつきがほとんど寄りつかなかった。高価な品を美しく飾ったショーウィンドウが連なっている前を買い物客のあいだを縫って進みながら、イーサンはピカデリー方面に向かった。

仕立て屋には〝この店は国王が生まれる前からここにある。心して靴底の泥を落とせ〟とでも言っているような雰囲気が漂っている。そのとおりに泥を落としたあと、店内に目を向けたイーサンは、貧相な顔に見覚えのある店員と目が合った。何年も前、まだ見習い助手だったこの店員は、カルヴィンと初めてこの店を訪れたイーサンの相手をするのを拒んだ。子爵になったばかりの親友だとカルヴィンは説明したが、この男が浮かべた信じられないという表情は、誰かほかの人間に向けられているのなら面白かっただろう。そのあと見習い助手は田舎者のイーサンを洗練された最新流行の姿に変身させようとしたが、新しいエイムズベリー子爵はクラヴァットにアイロンがかかっていようがいまいがまったく気にせず、ましてや滝のように流れ落ちる完璧な形に仕上げることになどまるで興味がないと悟り、以来ふたりは互いに関わらないようにしている。そんな間柄なので、いまもふたりは警戒するような視線を交わした。

イーサンが友人の声をたどって絨毯敷きの部屋に行くと、立っているカルヴィンの前に別の助手がひざまずいていた。ふたりとも服を着ていてよかったと、ほっとする。そうでなければ気まずい状況だっただろう。

「だめだ。ぼくはいつも左側におさめることにしている。もし縫い目の位置を間違って大事な部分がねじれるようなことになったら、きみとはじっくり話をさせてもらうよ。ふたりだけで」カルヴィンが言った。

いや、いまでも充分気まずい状況だ。

「カル、かわいそうに彼は耳を真っ赤にしているぞ。動揺させるようなことを言って悪かったと、謝ったほうがいい」イーサンは友人に声をかけると、椅子に座って脚を伸ばし、足首を交差させた。

カルヴィンは問題の左側にぶらさがっているものに巻き尺を当てている男を見おろした。

「大事な部分の話はきみを動揺させるのか？　それなら悪かった。でも、だとしたらきみは間違った職業を選んでいる。この先仕事を続けていけば、数えきれない数の大事な部分を扱うことになるんだからね」

イーサンは口に手を当てて笑いをこらえ、頭を横に振った。助手が口ごもりながらカルヴィンに言い訳をして、採寸とメモを取る作業に戻った。

「この店にはおまえの寸法がすべて記録されているんじゃないのか？　おしめをしている頃

から通っているんだろう？」

「今度つくるのは新しいスタイルのコサック風のズボンでね。パピーとフェンシングをするときのための、ゆとりがあって動きやすいものなんだよ」

「そんなズボンは間抜けに見えるだろうし、着るものを変えたって負けるかもしれないんだぞ。わかっているのか？」

「流行《はや》りのスタイルなんだ」

「それならいいが。まあ少なくともそのズボンなら、若くて元気なパピーにいいように動かされても、左側にさがっているものが窮屈な思いをすることはあるまい」

「ゆったりぶらぶらさせられることの大切さを見くびるんじゃないぞ。それに、おまえに流行を理解させるという望みはとっくに捨てた」

「ようやくか。ところで採寸は終わったのか？　それとも、もうしばらくかかるのか？　マクドネルと会う約束に遅れたくない」イーサンが助手に目を向けると、彼はカルヴィンが採寸台からおりられるよう素早く後ろにさがった。

「腹ぺこだから一緒に行くよ。コーヒーハウスで会うんだろう？」カルヴィンが助手に手伝ってもらって上着とブーツを身につけながら訊いた。

「そうだ。キドニーパイなんかいいな。先週いっぱいかけてマクドネルについて調べたんだが、レディ・シャーロットの褒め言葉は大げさじゃなかったよ。彼がウェストモーランドでつくっていたビールはすごく評判がよかった。だが聞いたところでは、彼の醸造方法はウォリックシャーで会った男のやり方とは違う。だからおまえにも彼の人となりを見てもらいたい。一緒にやっていける男かどうかを。とにかくさっさと醸造所の責任者を決めないと、まずいことになる」イーサンは書店で手に入れた包みを持った。「それに一杯やったあとでなら、そのズボンをつくることを思い直させられるかもしれないからな」

11

アガサは窓の前に立って、いらだたしげに杖を床に打ちつけていた。日の光に背後から照らされて浮かびあがった銀髪に黒いドレスの姿は、年老いた復讐の天使のようだ。杖の真鍮の握りを握りしめている様子からは、杖の中には剣が仕込まれていて、抜き放つと神の意による復讐の炎をまとった刀身が現れてもなんら不思議はないと思える。

神による復讐というものがあるなら、いまほどそれが役立つときはない。ロッティがモンタギューのフェートンを奪って彼を池のほとりに置き去りにしてから、なんらかの反応があることは予想していた。馬車はあとできちんと返したとはいえ、おそらく鼻が折れてプライドが傷ついたであろうモンタギューがそのまま黙っているはずがなかった。分別を取り戻した彼が、もといたところへひっそり帰ってくれればいいと願ってはいたけれど。それでも脅迫までは予想していなかった。ロッティは窓の前で折り返して、ソファまで歩いていった。

「いやな感じがしていたのよ。モンタギューにはどこかおかしいところがあったけど、お父さまが決めた人だから偏見を持たないで接しようと思ったの。夫にふさわしい男性ではないとアガサおばさまは言っていたし、ダーリンや――エイムズベリー卿が警告してくれたのに。

モンタギューは下劣でいかがわしいくずみたいな男だわ。ろくでなしよ」ロッティは手紙を握っていないほうの親指の爪を嚙んだ。不安なときに出てしまう子ども時代のこの癖は、いままですっかりやめられたと思っていた。

「あなたの言葉遣いを戒めるべきなんでしょうけれど、はっきり言ってそれでも足りないくらいだわ」アガサが言った。

ロッティは手紙をひらひらと振りながら嘆いた。「いったいどうしたらいいの？　モンタギューは婚約公告の掲載を『タイムズ』紙に依頼したのよ。彼と結婚するつもりはないとはっきり伝えたのに。でも、お父さまは彼に祝福を与えてしまった。しかも書面で。契約書まで作成している。ロジャーズが手紙に書いてきた家は、その契約に含まれているんだわ。モンタギューとお父さまに追いつめられてしまった。モンタギューは結婚式について話し合うために訪問したいんですって。ドーソンに何度も追い返されているのに、ちっとも応えていないんだわ」

「モンタギューの訪問を受け入れなさいなんて言わないわ。あなたたちのあいだに何があったのか知らないし、知る必要もない。求婚をはっきり断られたのに、彼が相手の気持ちを無視して露骨ないやがらせをしてくるなら、あなたが正しいということよ」

ロッティはぐったりとソファに沈み込み、うつむいた頭を手で支えて、この状況からどうすれば逃れられるのか考えようとした。しかし泣きわめきたいほど腹が立っている状態で、頭を働かせるのは難しい。父は彼女の気持ちを無視して婚約を進めるつもりでいる。モンタギューは思っていたより狡猾《こうかつ》で、どうすれば逃れられるのかわからない。手紙を受け取ってすぐに使いの者を送りだしたが、それでなんとかなるとはあまり期待していなかった。どんなに急いでも、使いの者がスタンウィック・マナーに着くまで数日はかかる。それなのに婚約の公告は金曜の『タイムズ』紙に載るのだ。

そのとき扉を叩く音がして、悪いほうへ悪いほうへと想像を走らせていたロッティはわれに返った。ドーソンが入ってくる。「失礼します。エイムズベリー卿がいらっしゃいました。別の日に出直していただきましょうか」

アガサが答える前に、ロッティは急いで言った。「お通しして、ドーソン」

アガサが心配そうな目を向けたので、ロッティは肩をすくめた。「わたしもおばさまも行きづまってしまったけれど、エイムズベリー卿なら何か思いつくかもしれないから」

「いつ彼と友だちになったの？」

「最近よ。いまはなるべくたくさん友だちが欲しくて。わたしには手に入るだけの助けが必要でしょう？」エイムズベリーに友情を差しだしたことを、ロッティは後悔していなかった。ただし彼を友だちと考えると、なぜかしっくりこない。

エイムズベリーがためらいがちに部屋に入ってきた。訪問の前にきちんと身なりを整えたのがわかって、ロッティはこんな状況にもかかわらず笑みがこぼれた。紺色の上着は体にぴったり合ったものだし、クラヴァットは結び方こそシンプルだが真っ白できちんと糊《のり》づけされている。顎は髭が伸びかけているが、それはきちんと剃《そ》っていないからではなく髭が濃いせいだろう。

アガサが彼のほうに向かった。「いらっしゃい、エイムズベリー卿。ロッティ、わたしはちょっと部屋を空けるけれど、すぐに戻ってくるわ。お茶よりも強い飲みものが欲しいのよ。ドーソンがブランデーのデカンターをまたどこかへやってしまったから」アガサは男女が同じ部屋にいても問題がないように、扉を開け放したまま出ていった。

エイムズベリーはアガサの背中を見送ってから、ロッティに向き直った。「お邪魔だったかな？　これをきみに持ってきたんだが、出直してもいい」彼は茶色い紙包みを掲げた。

ロッティは作法どおりにソファから立ちあがって客を迎える気力がわかず、最低限の慎みを保ったままぐったりとソファに座っていた。そのまま手紙を持ちあげて彼に見せる。「モンタギューに追い込まれてしまったの。もう負けを認めるしかないかもしれない」

エイムズベリーは眉をあげて彼女の隣に座り、包みを横に置いた。「負けを認める？　そんなことは信じられないな。いったい彼は何をしたんだ？」いまにも発火しそうな危険物か何かのように、くしゃくしゃの手紙を見つめる。

エイムズベリーが動じていないのを見て、ロッティは少し気持ちが落ち着いた。「何か方法を考えなくては。それも急いで」彼女は背筋を伸ばして髪を撫でつけると、後れ毛を耳にかけた。先ほどから歩きまわったりわめいたりしていたので、きっとひどい格好になっているだろう。「手紙を読むわね。〝あなたがなかなか会ってくれないので〟――モンタギューに会うことを拒否しているの。ドーソンもわたしの指示で、押しかけて来た彼を何度も追い返しているし――〝ぼくひとりでこれからのことを進めなければならなくなりました。婚約公告が金曜日の『タイムズ』紙に載ります。もし式にあなたの意見を取り入れたいなら、これからは会ってくださるほうがいいでしょう。あなたの未来の夫より〟――ジェームズという署名が入っているけれど、こんなまともな名前はあの男にはふさわしくないわ」

エイムズベリーは大きくため息をついて、ソファにもたれた。「最初に訊いておきたいんだが、きみたちは婚約しているのか？　彼に同意した？」

「前にも話したとおり、モンタギューの父親とわたしの父親は仲がいいのよ。それで子どもたちを結婚させようという話になったんだけれど、わたしは拒否したわ。ロンドンに来る前に」

メイドが紅茶をのせたワゴンを押してきたので、エイムズベリーはロッティに座っているよう合図すると、作法を無視して自分でふたり分の紅茶をカップに注いだ。「砂糖は二杯でいいかな？　宿ではそうしていたが」

ロッティは繊細なティーカップを両手で包み、紅茶を見つめた。エイムズベリーは彼女の好みを気に留め、覚えていてくれた。いまはそのことが何よりも心に染みる。「ありがとう。覚えていてくれたなんて信じられない」

エイムズベリーは紅茶を冷ますために息を吹きかけ、話を続けるよう促した。「続けてくれ。伯爵が勝手に決めた結婚を、きみは拒否したんだね」

「ええ。父とは喧嘩になったけれど、ロンドンに出て自分で夫を見つけることに、なんとか同意してもらったわ。期限は一一月に議会が開会するまで。そのときにまだふさわしい夫を見つけられていなかったら、モンタギューを受け入れるという条件よ」

エイムズベリーは眉間にしわを寄せて紅茶を飲んだ。「だがモンタギューは一一月までの猶予をないものとして行動している」

「そうなの。しかも彼には結婚しないとはっきり伝えたのに。明らかに父は、わたしが結婚を拒否したことを彼に伝えていないわ。それにロンドンから離れたところにいるから、モンタギューが強引なことをしても制止できない。最悪の状況よ」

「自分勝手なくそ野郎め」エイムズベリーは髪に手を差し入れてかきあげた。「汚い言葉を使って悪かった」

ロッティは肩をすくめた。「そんなのまったく気にならないわ。あと五分早く来ていたら、あなたはもっとひどい言葉を耳にしていたはずよ」

「つまりやつは伯爵の許しを得ている。それを盾にきみに言うことを聞かせられるのか?」

「父はきっと圧力をかけてくると思うけれど、わたしは成人しているわ。モンタギューとの結婚は絶対に拒否する。彼が現した本性はとうてい好きになれないから。まずは『タイムズ』に載る予定の婚約公告をなんとかしなくては。そのあと、わたしの父親と彼の父親がひそかに結んだ取引をなんとかするわ。条件を決めて約束を交わしたのに、父はモンタギューに結婚を認めたことでその約束を破ったのよ」

エイムズベリーはため息をついて頭を振った。「ぼくにできることは何かないかな?」

彼が協力を申しでてくれたことがうれしくて、ロッティは微笑んだ。「友人になると言ったときは、こういう状況に巻き込まれるなんて思っていなかったでしょう？　わたしにもどうすればいいのかわからないの。いくら考えても、恥辱にまみれて醜聞の的になるか、あの男と生涯をともにするか、どちらかの道しか残されていないのよ」

「きみはぼくより心がきれいなんだな。ぼくが思いついた道はすべて死体とともに終わる」

ロッティは噴きだしたが、朝から絶望に翻弄され続けたあと、こうやって笑えるのは気分がよかった。「スコットランド人って、みんなそんなに血に飢えているの？」

エイムズベリーがにやりとすると、ロッティの胸に希望の光が差し込んだ。この人並外れて大柄な男性は、味方にすると心強い。ただ元気づけてくれるだけだとしても。彼が真顔になり、考えをめぐらせているのがわかった。

「何か思いついたんでしょう？　教えてちょうだい」ロッティがエイムズベリーのほうに乗りだすと、彼も同時にそうしたのでふたりは急に接近した。

「モンタギューをしりぞけるために、どれだけやる覚悟がある？」エイムズベリーの低い声が愛撫のように響いた。

彼の目はなんて青いのだろう。一瞬見とれると、胸の中にこそばゆいような感覚が広がった。音楽会の夜のバルコニーでは、いまよりもほんのわずかに距離が近かった。そのときもう少しでキスしそうになったことや、そのあと家に戻って部屋の窓から服を脱ぐ彼を見つめたことを思いだすと、胸の中のざわざわした感覚が強くなり、下腹部の奥が熱くなった。友人に対してこんな気持ちを抱くものではないと思っても、これほど接近しているうえ、エイムズベリーを意識せざるをえない記憶が繰り返しよみがえり、不適切な感情を抑えるのが難しかった。「何を考えているの?」

「きみがすでに別の男と婚約していれば、モンタギューは婚約公告を出せない」エイムズベリーがにやりとすると、えくぼが現れた。

ロッティは目をしばたたき、彼の言ったことを考えた。「あなたと婚約するってこと? 結婚を申し込んでいるの?」たしかに友だちになろうと言いだしたのは自分だし、たったいま彼のえくぼに見とれていたが、結婚となると話は別だ。なぜかいやな気はしないけれど、それはロッティが求めていた答えではなかった。

「実際に結婚する必要はないんだよ。状況が落ち着いたら、婚約を解消すればいい。ひっそりそうするか、きちんと発表するかはきみにまかせる。ぼくを利用してかまわない。あるいはそのほうがいいと言うなら、期限を決めるのも手だ。たとえば一カ月とか。そのあと伯爵が認めてくれる男を自由に探せばいい」

ロッティは頭を傾けて、ソファの背もたれにのせた。「そんなことをしてくれるの?」

エイムズベリーが体を引き、鼻が触れ合いそうになって高まっていた奇妙な緊張感が破れた。彼は膝に肘をついて、神経質になっているのか両手の指を何度もからめたり離したりしている。「ああ。昔のぼくが間違っていたと社交界のやつらにわからせるのに、きみを求めていると示す以上の方法があると思うか?」両手を見おろし、しゃがれた声で言う。「モンタギューは婚約の公告を金曜の新聞に載せると言ったんだね？」

ロッティはエイムズベリーの計画を理解し、背筋を伸ばした。偽りの婚約ならうまくいくかもしれない。「わたしがあきらめて彼との結婚を受け入れるように、少し猶予を与えたんだと思うわ」

エイムズベリーはにやりと笑った。「ぼくはきみをよく知っているとは言えないが、それでもきみがこの件に関して絶対に気持ちを変えないだろうということはわかる」ベストのポケットから懐中時計を取りだし、蓋を開けて時間を見る。「印刷の締め切りにぎりぎり間に合うな。だが、ぼくたちの婚約公告を明日の新聞に載せる必要はない。木曜日までに載せればいいから、きみは明日のこの時間までに心を決めればいい」

ロッティはこれ以上にいい方法を思いつけないとわかっていたし、理由を突きつめたくはないけれど、エイムズベリーと婚約するのがちっともいやではなかった。父と対決しなければならないことに変わりはないが、対決しなければならない相手をひとりに絞れるのは好都合だし、この方法ならモンタギューの脅しをはねのけられる。「親しい友人には計画を打ち明けたいわ。アガサおばさまに嘘《うそ》をつくつもりはないから」

エイムズベリーはうなずいた。

「それから、この婚約が仮のものだとしても、求婚されるのは初めてだから――」

「モンタギューは求婚しなかったのか？」

「直接は。だから、あなたにはちゃんとしてほしいの。たとえ本心からでなくても」ロッティは姿勢を正して膝の上で両手を組み、じっと待った。

エイムズベリーが表情をやわらげる。「ぼくには偽りの求婚をやり通すだけの信念がないなんて、誰にも言わせないよ」ソファから立ちあがると、ロッティの足元に片膝をつき、手のひらを上に向けて片手を差しだした。

彼の少しざらついた親指の付け根に手をのせると、ロッティは期待がわきあがるのと同時にかすかな不安が込みあげるのを感じた。「本当にいいの？　あとから婚約を解消すれば、あなたはみんなに笑われることになるのよ」

「ぼくたちは友だちだ。友だちの数は多くないが、少ない友だちは大切にする」エイムズベリーは肩をすくめた。

「友だちになると決めたとき、あなたもわたしもこんな事態は想定していなかったんじゃないかしら」

エイムズベリーが手のひらにのった彼女の手を包み込み、しっかりと握った。「ぼくたちは対等な仲間としてこの婚約をやり遂げよう」咳払いをする。「ぼくは上品な紳士になるようには育てられなかった。それに一度きみを失望させている。だが二度と裏切らないよ」まじめな顔をしているものの、きらきら輝いている目がその効果を台なしにしていた。「レディ・シャーロット・ウェントワース、どうかぼくの偽りの婚約者になってくれますか？」

本当の求婚ではないとわかっているのに、ロッティはうれしくて笑いが込みあげた。ロマンスや真実の愛のない将来を選んだとはいえ、友情を差しだしてともに戦ってくれるエイムズベリーの存在はとても貴重で、感謝と喜びを感じた。「はい、エイムズベリー卿。喜んであなたの偽りの婚約者になります」

彼はうれしそうに笑うと、立ちあがってロッティのことも立たせた。「さっそくぼくたちの婚約公告を書いて、モンタギューの計画をつぶしてやろう」

エイムズベリーが『タイムズ』紙の事務所へ行ってしまうと、残されたロッティはソファの上にある包みに目を留めた。かけてある紐にはさまれた手紙をどけ、包みを開ける。出てきたものを見て、彼女は笑いだした。エイムズベリーは美しい装丁のフランシス・グロースの俗語辞典を持ってきてくれたのだ。ロッティはくすくす笑いながら、手紙を開いて走り書きの文章を読んだ。

きみの言葉も、きみの機知も、このうえなく鋭く研ぎ澄まされている。
また議論を戦わせられる日を楽しみにしている。

きみの友、イーサンより

12

『タイムズ』紙は水曜日にふたりの婚約を発表した。モンタギューが予告した日の二日前だ。はっきりと印刷されたふたりの婚約記事。見れば見るほど、ロッティは妙な気持ちになった。おかしなことに、その新聞はベッド脇の引きだしにしまってある。そもそも記事内容のどれひとつとして真実ではないのに。偽りの婚約を交わしてから七日目の朝、彼女はもう何千回も読んだ記事にまた目を通し、その日のゴシップ欄を読むために気を引き締めた。大衆の公正な情報源である三流紙は、ふたりの婚約話で持ちきりだ。

「今朝のゴシップはどのくらいひどい？」ロッティがダーリンに訊いた。

「新聞のことですか、それとも使用人たちのゴシップ連絡網のことですか？」ダーリンは午前用のドレスをきちんと置いてから、ロッティが手にした新聞を受け取って引きだしに戻した。

ロッティはげんなりして言った。「そうね、両方かしら。使用人たちは新聞よりひどい噂をしているの？」

子爵がかつて袖にした女性に求愛したという話は、大衆の大好物のゴシップだ。七年前の風刺漫画がまた持ちだされ、新しい漫画と並んで印刷された。文字を読めない人たちでさえ、ロッティのいわゆる恋愛事情を詳細に知っている。いちばん大衆受けした風刺画は、等身大の彼女の切り抜き絵をまるで新聞紙のように小脇に抱えて教会の祭壇に向かう感傷的な花婿を描いていた。重そうな足取りで歩く彼の先には、金の詰まった袋を差しだす司祭がいる。ふたりの長所をとらえてもいない――まあ、風刺漫画なんてそんなものだが。

「この話をロマンティックだと思う人たちもいるみたいですよ。男性が女性を破滅させ、その後、彼女の心を取り戻して、ふたりは恋に落ちたんだってね。あなたは心優しくて、聖人並みに忍耐強いって噂ですよ」

ロッティはふんと鼻で笑った。そういう解釈もできる。真実とはほど遠いけれど、想像力は豊かだ。「ひどいほうのゴシップは？」

「あなたは愛より地位を選んで、モンタギューを振ったという話ですね。そう噂している人たちは、あなたのことを恥知らずの守銭奴だと思っています。いけ好かない連中ですよね」

ダーリンはシュミーズを振り広げ、午後用のドレスと一緒にベッドに並べた。

「ええ、好きにはなれないわね。モンタギューはまだあちこちで話を広げているのかしら？」ロッティは笑い飛ばそうとしたが、赤の他人があらぬ噂を信じて彼女のことを批判していると思うと、胸がちくりと痛んだ。

「あの男は役者になるべきですね。愛に敗れた受難者をあれほど見事に演じる人間は見たことないですよ。風刺画家たちはさぞかし楽しんでいるでしょう。ここだけの話、あの男は賭博で負けた借金を返すために、新聞社に話を売っているんじゃないかと思いますね」ダーリンが言った。

「エイムズベリー卿よりもモンタギューのほうがよっぽど野蛮《ブルート》だって言い触らせないのが悔しいわ。ところで、あのちょっとした作戦についてパトリックから返事はあった？」エイムズベリーが『タイムズ』紙に婚約を知らせたその日、ダーリンはロッティに言われてパトリックに手紙を送ったのだ。うまくいけば、ふたりの婚約発表を載せた新聞がスタンウィックに届く前に、パトリックが使用人たちに彼女の指示を伝えているはずだ。使用人は普段、新聞をアイロンで伸ばし、父が朝食時に読めるようにしておく――もっとも、父は書斎の外で起こることに関してはほぼ無関心なので、いつも記事は読まないが。最終的に新聞紙は使用人用の食堂に渡り、焚《た》きつけになって燃やされる。しかし、念のためにパトリックに頼んで、その日の新聞が行方不明になるよう指示しておいたのだ。父がゴシップ欄を好むようになっていなければ、その耳に婚約の話が入らないまま、やがてモンタギューもあきらめて、彼女も次の策を考えることができるだろう。

「返事はまだですね。でもパトリックはうまく計らうでしょうから、大丈夫ですよ。お嬢さまとモンタギューのことについては口をつぐんでいます。黙っているのはつらいけれど」ダーリンが言った。

「ここの使用人はどちらの味方かしら？」ロッティはベッドカバーをめくり、ヘアブラシを取ろうと化粧台に向かった。噂になることは予想していたが、モンタギューが被害者を装ってゴシップをあおったので、噂話は想像以上にひどいものになった。

「ここの使用人はドーソンの逆鱗《げきりん》に触れるのを当然怖がっていますし、執事はあなたとレディ・アガサを気に入っていますからね。誰もあなたの悪口は言ってませんよ。だけど使用人は市場や裏口で世間話をするもんですし、恋人と会う場合もありますから」ダーリンは肩をすくめ、それ以上は言わなかった。人の口には戸が立てられないというわけだ。

ダーリンはその日の新聞紙をロッティに渡した。ロッティは家に届いた最新のつくり話、当てこすり、言いがかりを読もうと窓辺の椅子に座った。その日の囲み記事によると、目に見えて取り乱したモンタギューが目撃されたらしい。耳新しい話ではない。彼女は無作法に鼻で笑い、ページをめくった。

別の囲み記事には、モンタギューが友人たちと外出中に激怒しながら現状についてわめき散らしたと書かれている。まったく意外ではない。たしかに彼はひとり芝居が得意だ。彼がさめざめと泣きながら、耳を傾けてくれる者をつかまえては自分の失恋を打ち明けたという記事もある。まったく、またつくり話だ。「見てみたいものだわ」ロッティはつぶやいた。

三紙を読み終え、どれも同じ見解のようだと推察した――そのときの気分に差はあるものの、モンタギューはロッティに失恋《ロスト》した話ばかりしているらしい。彼女の持参金を逃《ロスト》した話というほうが真実に近いけれど、そうすると彼のほうが守銭奴みたいに思われてしまう。

マック・ブルートと彼の紙人形のお姫さまがモンタギューにした仕打ちはまさしく言語道断なものだ、と新聞は書き立てている。婚姻前の契約を誠実に交わしてから捨てられるのは言葉を失うほどの悲劇である、とも。「モンタギューは言葉を失うどころか、言葉を尽くしてこの話を言い触らしているのに、それはどうでもいいのね。毎日毎日、表現を変えただけで同じくだらない話を繰り返しているだけじゃない」ロッティはダーリンに向かって言った。「ねえ、こんなばかなことを書いているのよ。〝ダンビー侯爵の息子である完璧な美青年よりも、図体《ずうたい》のでかいスコットランド人のマック・ブルートを選ぶとは、問題の女性はどういうつもりなのか？〟ですって。言わせてもらうなら、エイムズベリー卿は上着に詰め物を入れてごまかさなくてもいいし、死にかけの魚みたいなキスはしないでしょうからね」

「一週間分のお給金を賭けてもいいですけれど、あの方がどんなキスをするか、そのうちわかると思いますよ。いまはお友だちかもしれませんが、エイムズベリー卿も男ですからね」

ダーリンがからかった。

ロッティは曖昧な相づちを打ったものの、ダーリンにコルセットを締めてもらっていたので動かずにじっとしていた。その日はロッティとアガサの在宅日で、午後には来客とのお茶が延々と続くはずだ。好奇心むきだしの顔、何気ない詮索、狡猾な質問の連続に耐えなければいけないのなら、せめてゆったりとした格好で迎え撃ちたい。午後用のドレスは流行のものだったが、外出用のドレスよりきつくない。訪問客に笑顔を振りまきながら、ゴシップ欄に関するダーリンの楽しげで辛辣な言葉を思い返すことになるだろう。

「ひとつお訊きしてもよろしいですか？」

「もちろんよ、ダーリン。どうしたの？」

「ロンドンを発《た》ったあと、パトリックをスタンウィックのお屋敷に残さず、次のお住まいに呼んでいただけるでしょうか？」

ロッティは鏡に映るメイドをじっと見つめた。「パトリックとはそういう方向で話が進んでいるの？　彼は思いを打ち明けてくれた？」

ダーリンは首を横に振った。「はっきりとは何も言われてません。顔を合わせてから話すつもりなんでしょう。わたしも彼がちゃんと考え抜いたか確かめたいですし。過去のある女と結婚するのは――特殊な男性でしょうからね」

ロッティは振り向いてダーリンの手をぎゅっと握った。「ふたりとも反省すべき過去があるわね。でもあなたの心を勝ち取れたら、パトリックは世界一幸せな男性になると思うわ。あなたが望むことなら、わたしは喜んで応援するわよ」後ろに向き直ってずっしりと重い髪を持ちあげ、ダーリンが一列に並んだ銀のボタンを留めやすいようにする。「さっきの質問のことだけれど――次にどこに住むにしても、彼の仕事は用意するわ。あなたたちを離れ離れにはしないから心配しないでね」

「それをお聞きして安心しました。ところで、今晩はどのドレスをお召しになりますか？　婚約後、エイムズベリー卿との外出は初めてでいらっしゃいますからね、特別に着飾らないと」

「緋《ひ》色《いろ》のシルクドレスはどうかしら？　どのみち噂になるんだったら、その種を与えてあげましょうよ」ロッティはウインクした。その緋色のドレスなら、彼女が新聞記事など気にしていないことを周囲に思い知らせてくれるだろう。たとえ彼女がそういったゴシップに対してまったく無関心ではないにしても。

その夜、タウンハウスから通りに漏れる明かりとざわめきが、列をなす馬車の案内役をしていた。ロッティはひと晩じゅう続く夜会を前にして一瞬目を閉じ、この場をやり過ごすために一杯の濃い紅茶が欲しいと切に願った。

今日の午後じゅう、予想どおり引きも切らず詰めかける訪問客に対応しながら、緋色のドレスをまとうのはうわべを装うようなものだと感じた——自ら悪評を招きながら、自分の恋愛事情が新聞で詳細に分析されるのを気にしていない別人格を装うようなものだと。

それもふたたび。

周囲からの詮索も不安だったが、モンタギューと顔を突き合わせることになるという心配事が頭から離れなかった。一連のゴシップに関して、彼が陰で糸を引いているのは間違いないので、公衆の面前で騒動を起こすチャンスを逃すとは思えなかった。彼との最後の対面を思いだすときは、御者席から転がり落ちた表情を思い描くよう努めた。ロッティにキスし、彼女を脅し、彼女に無力感を覚えさせた表情ではなく。あの池で起こったできごとをなかったことにはできないが、彼と戦って勝った自分を褒めることはできる。

今夜は何が起ころうとも、それに対処しなければいけない。もしかすると心配は杞憂《きゆう》に終わり、エイムズベリーとアガサとカーライルと楽しい晩を過ごせるかもしれない。

ロッティは深く息を吸うと、エイムズベリーの腕に手をかけた。手袋をはめた彼女の手にエイムズベリーが手を重ね、まるで彼女を横に従えるのは当然のように振る舞った。「今晩のきみはすてきだ」

ロッティはまつげの下から彼を見あげ、ふたりで階段をのぼった。「ありがとう、お世辞が言えるなんて感心な婚約者ね。その調子でどうぞ続けて」

彼がくすっと笑うと、あのえくぼがちらりと現れ、目尻にしわが寄った。

執事が扉を開けると、人の話し声がどっと流れてきて、まるで蜂の巣みたいにうるさかった——女王蜂、つまり女主人がいるところまでそっくりだ。ときおり、けたたましい笑い声が起こる。ロッティは自分もこの環境で心おもむくままに笑えるほどくつろげたらいいのにと思った。

ブランチャード家には舞踏室がなかったので、招待客は部屋から部屋へと流れ歩いた。いちばん大きな部屋をダンスができるようにしつらえてある。狭い空間に大勢がひしめいていたので、室温があがるごとに空気もよどんでいった。

レディ・ブランチャードが満面の笑みで彼らを迎え、ロッティの手がエイムズベリーの腕に組まれているのを素早く確認した。「お幸せなカップル！　今晩は楽しんでくださいね」

エイムズベリーがロッティを見おろして微笑んだ。幸せな婚約者を完璧に演じている。彼がウインクすると、その目の深い青に気を取られ、ロッティは先ほどの心配を忘れられた。

その晩、エイムズベリーが馬車に乗り込んだときから、彼女の下腹部はずっと震えている。

極めつけのウインクで、その小さな震えはハチドリの猛烈な羽ばたきくらい激しくなった。

エイムズベリーはロッティを女主人から遠ざけ、身をかがめて耳元でささやいた。「モンタギューが来ていたとしても、きみはひとりじゃないからね。ぼくたちはパートナーだ」彼のその表情でハチドリの羽ばたきはおさまり、彼女の内側は静かになった。一瞬視線がからみ合い、体じゅうがじんわり熱くなる。ほんのわずかな時間なのに……。長く感じた。

ロッティはその親密な瞬間から目をそらし、偽りの婚約者の困った魅力から気をそらしてくれる何かを探して室内を見まわした。ポマードで容赦なく押さえつけた金髪のつやつやした巻き毛にまず目を引かれ、次の瞬間、モンタギューのきつい視線を感じた。

「噂をすれば影ね」

エイムズベリーが彼女の横で動きを止めた。「ああ、いるな。きみは自分でもきちんとあの男に対処できるが、ぼくはそばを離れないよ」

ロッティは返事の代わりにエイムズベリーの腕をぎゅっとつかんだ。ふたりはモンタギューから離れつつ、知人たちと挨拶を交わし、シャンパンをすすり、無難なやりとりにひそむ相手の詮索をさばいていった。誰もが親しげに笑い、話しかけてきたが、その場を離れると部屋じゅうあちこちでひそひそ話を繰り広げた。

「モンタギューは彼女の父親と契約を交わしたと思っていたわ……」

「気の毒なミスター・モンタギュー。彼女がマック・ブルートを狙っていたことに気づいていたのかしら？」

何人かの女性が羨望のまなざしをロッティに向けた。無理もない。夜会服のシンプルでくっきりとしたシルエットは、彼女の同伴者の体格になじんでいる。太腿の筋肉の張りはズボンの生地越しにも目立っていた。男性の多くは体格をよく見せるために詰め物が必要なのだから、必要ない体を目の当たりにすると、目を奪われるものだ。

エイムズベリーがロッティの手を軽く叩き、部屋の出入り口を手で示した。モンタギューが近づいてくる。精巧に結ばれた真っ白いクラヴァットをハイカラーが囲み、そこに飾られた宝石が蠟燭の明かりできらめいた。彼女を襲った男はおとぎ話の王子を思わせたが、目の下にあるかすかな傷跡だけは王子らしくない。毎晩、遅くまで遊び歩いてできた傷なのか、ロッティの攻撃を受けてできた傷なのかはわからなかった。モンタギューが一歩近づいてくるたびに、彼女の頭は走って逃げろと訴えていたものの、足が根を生やしたかのように動かなかった。

「レディ・シャーロット」モンタギューがロッティの手を取ってお辞儀をした。いつもの挨拶のキスのために手首を返されたとき、彼女はその手をさっと引いた。

「ミスター・モンタギュー」その声の冷たさは、近くのシャンパングラスの中で氷の結晶ができるほどだった。

「以前はジェームズと呼んでくれていたのに。もう親しい呼び方はいけないようですね」彼の目がぼんやりし、いまにも涙が浮かびそうだ。即興で泣けるなんて器用な男だ。

エイムズベリーは彼女を支えようと静かな柱のように横に立っていた。

「あなたの幸福だけを願っていますよ、お嬢さん」モンタギューがまたロッティの手をつかんだ。彼女は手を引こうとしたが、しっかりと握られている。彼は残酷なほど手に力を込めながら、平然と会話を続けた。

「いますぐ放してください」ロッティの声の震えが内心の動揺を表していたものの、たぶん誰も気づかないだろう。エイムズベリーの腕にかけた指先に力を入れて、静かに助けを求めた。

モンタギューは彼女を無視して、エイムズベリーになれなれしく笑いかけた。「結婚後は彼女をなんとお呼びすればいい？　レディ・エイムズベリーか、それともレディ・マック・ブルートかな？」

エイムズベリーがモンタギューの手首をつかんだ。長い指が余裕で手首を囲み、腕まで覆っている。「ぼくのことは好きに呼んでいい。だが彼女の言うことを聞いただろう、いますぐその手を離せ」

モンタギューはとうとうロッティの手を放した。血液がどっと指先に流れ、彼女は息をのんだ。ひどく痛む。苦痛を相手に見せまいとして顎先をつんとあげ、母から叩き込まれた礼儀作法を総動員した。「さようなら、ミスター・モンタギュー。今後お話しすることはありません」

いまの場面を見ていた人たちがひそひそと話し込んでいたが、そんなものは気にならないとばかりにロッティとエイムズベリーは隣の部屋へ急いだ。

イーサンは一刻も早くシャーロットをあの鼻持ちならないうぬぼれ男から引き離そうとした。

「どこへ行くの？」シャーロットは大股で歩く彼に遅れまいと小走りした。

「ふたりきりになれるところを探そう。この家にそんな場所があればの話だが」裏窓近くの片隅がよさそうだ。壁つきの燭台《しょくだい》がその狭い避難場所を照らし、何かの鉢植えが人目からふたりを隠してくれる。「手袋を外してくれ、お願いだ」

〝お願い〟という言葉は形ばかりで、有無を言わさない口調だ。シャーロットは手袋をそっと外した。もう詮索好きな視線から逃れているので、顔をしかめても大丈夫だ。関節が腫れあがり、ところどころ変色している。イーサンは小声で毒づきながら、指に力を入れないよう気をつけて傷の具合を調べた。

「何について毒づいたのか半分もわからなかったわ。あなた、怒るとアクセントがきつくなるのに自分で気づいていた？　〝羊好きの最低野郎〟は説明されなくてもわかるけれど、〝フイアティ〟ってどういう意味？」

「スコットランド語で〝臆病者〟っていう意味だ。あいつに向けた言葉ではいちばん無難な呼び方だな。謝るよ、レディの前で口汚い言葉を遣うべきじゃなかった」

「あら、あなたの言葉遣いは少しも気にならないわ。それどころか、ひとつ賢くなったわけだし」シャーロットは冗談を言ったが、彼が指を伸ばそうとするとうめき声をあげた。

「きみを痛めつけたあいつを……ぶちのめしてやりたい」

「手を引こうとしたら、あの人がさらに力を入れたの。あいだに入ってくれて助かったわ」

ロッティはひどいあざに顔をしかめた。「とりあえず手袋であざは隠れるけれど」

「ふたりのあいだに何があったのか、いつか話してくれるかな。そうすれば、あいつがどの程度の罰を受けるべきか判断できる。誰であっても、女性を傷つけるべきではない。絶対に」

彼女の微笑みにはうれしさとほろ苦さがまざっていた。「そんなふうに思ってくれてありがとう、エイムズベリー卿。ねえ、敬称をつけずに呼んでもいいかしら？　婚約したわけだし……お友だちでもあるから。形式張った呼び方はそろそろ終わりにしてもいいんじゃないかしら」

「マックと呼んでくれ。みんなそう呼ぶから」

「それは絶対にだめよ」シャーロットの表情を見ただけで、彼はどうも間違いを犯したらしいとわかった。「〝上流社会の人たち〟は、あなたを正式な称号で呼ぶのがいやで、そのあだ名をつけたんでしょう。あなたの名前はマックでもマック・ブルートでも、それに類するものでもないわ」

イーサンも以前は自分のあだ名をそんなふうに感じていた。昔の気持ちが彼女の口から語られるのを聞いて、目をぱちくりさせる。いつの間にこの侮蔑的なあだ名を受け入れてしまったのだろう？「イーサンと呼んでくれるかな。ぼくの名前はイーサン・リドリーだ」

シャーロットは目を輝かせ、今度は心から微笑んだ。「イーサンね。わたしのことはロッティと呼んでくれるかしら」

ロッティが自分の名前を――本当の名前を――口にするのを聞くと、信じられないくらい貴重で親しげな気がした。「ありがとう、ロッティ」イーサンは彼女の傷ついた手を取ると、その関節ひとつひとつにやさしく口づけた。「モンタギューに決闘を申し込むべきだな。こんなことは許せない」

ロッティは片眉をあげ、手袋をはめ直してからイーサンと腕を組んだ。「紳士として約束してちょうだい、決闘はしないって。スキャンダルは困るし、あの人の血で手を汚す必要はないでしょう――あなたが勝つに決まっているから」

イーサンは不満げにうめいた。モンタギューはロッティを傷つけた。あの野郎はぶちのめされて、処刑されるべきだ。遺体は川に放り込んでやればいい。イーサンがぶちのめした残骸を、魚に始末させるのだ。レディ・シャーロット……ロッティがなだめようと彼の胸に手を当てると、うめき声はやがて満足げな声に聞こえなくもない音に変わった。

「本気で言っているのよ、イーサン。仕返しをして、わたしたちの人生を台なしにするほどの値打ちもない男なんだから。約束してちょうだい」

「わかった。決闘はしないと約束する」とはいえ、モンタギューを川に放り込むことは選択肢として残しておけばいい。

「ありがとう。ちょっと化粧を直してくるわ。そのあいだに誰も殺さないでね。あなた、獰《どう》猛《もう》な顔をしているわよ」ロッティは彼の胸を小突いてから、レモンの香りを残して立ち去った。

モンタギューは近くには見当たらなかったが、イーサンの心の中であらゆる保護本能が頭をもたげたので、念のために距離を保ちながらロッティのあとに続いて行く先にいる人々に目を配った。彼女は女王のような威厳を持って部屋を横切り、何人かの知人に微笑んで会釈しながら廊下に出た。

イーサンは出入り口から数メートル離れた壁にもたれ、ロッティが化粧室から出てくるのを待った。女性の声が扉に近づいてくる。どれもロッティの声ではない。

「お金のあるほうを選んで、あんな美男子をあきらめるなんて愚かよね。自分にもたっぷり持参金があるっていうのに」

「貧乏な男に娘を託すとしたら、父親が巨額の持参金を用意する必要があるわ。彼女の銀行残高はそれほどでもないから」

「エイムズベリー卿は誰かのお古と結婚するのを気にしないのかしら？　兄がしゃべっているのを漏れ聞いたんだけれど、モンタギューは彼女のあそこがどんな色か事細かに話していたらしいわよ――何が言いたいか理解できるでしょう？　要するに〝好色な女性〟だって何度も強調していたわ」

「かわいそうな紙人形のお姫さま。エイムズベリーなんて、そこまでいい相手ではないのにね。あんな過去が……」

イーサンは自分の紳士らしくない体格をありがたく思うことがある。壁に何気なくもたれていた体を伸ばすと、自分が紳士とはほど遠い気がした。そんな彼を目にして、女性たちはくすくす笑いをぴたりと止めた。

イーサンは嫌悪感に口をゆがめ、三人の女性を見おろした——悪意のある噂をあおり立てる恥知らずなおしゃべりを聞いたあとでは、彼女たちをレディと呼ぶことはできない。ひとり、またひとりと彼から目をそらし、三人はまるで地獄の番犬に追いかけられているがごとく急いでその場をあとにした。

一分。また一分。ようやくロッティが化粧室から出てきた。イーサンは彼女のウエストに腕をまわし、すぐそばの廊下にそっと引っ張っていった。廊下を進むと、狭い階段の近くにこぢんまりとした薄暗い空間があった。使用人用のスペースで、壁にひとつだけランプがかけてある。

「イーサン……」

彼はロッティをさらに物陰に引っ張り、自分の体で通行人の目から隠した。「ロッティ、ぼくを見て」いつもの生気を失ったうつろな目がイーサンのクラヴァットを見つめた。「いい子だから、ぼくを見て」愛情深い言葉が口をついて出たが、あまりにも当然に思えたので、彼は気にしなかった。

ロッティは強情そうに顎をぐいと引き、やがて彼を見あげた。イーサンは微笑みそうになるのを抑えたが無理だった。ロッティの頑固な性格がその細い顎先に表れていて、言葉にできないくらい愛らしい。彼の婚約者には強固な意志があるのに、本人はたまにそのことを忘れるらしい。

いつから彼女を自分のものと考えるようになったのだろう？

「どのくらい聞いたの？」ロッティが尋ねた。

「ぼくは人でなしだからね、言わなくても知っているだろうが。彼女たちはきみの美しさに関してとんでもなく間違った評価をしている。全員あの卑劣なモンタギューに言い寄られたらいいのに」

「じゃあ全部聞いたのね。少なくとも、おおかたの話を。あの人たちはわたしが化粧室にいたのを知らなかったんだと思うわ。まあ、わたしがいようがいまいが気にしないでしょうけれど」

「くだらない噂だ。どれひとつ真実じゃない」

「どうして真実でないと確信できるの？　モンタギューは言い触らしているのよ、わたしが——」ロッティは息を詰まらせた。かすかな明かりの中で涙が光っている。「彼はわたしのことを——」

イーサンはあの晩あの宿でしたみたいに、ロッティの頬をそっと撫でた。相変わらず、信じられないくらい柔らかい。「ぼくたちはわかっているだろう、きみがぼくの財産目当てでモンタギューを振ったわけじゃないってことを。きみの気持ちがころころ変わるからでもない。きみはぼくのことをようやく我慢している、ってところだからね」その冗談に、涙で濡れた目が笑った。「きみたちの仲がどのくらい進展していたかなんて、ぼくは気にしていない。どんな状況であれ、きみの噂をばらまくなんて、あいつはろくでもない男だ」薄明かりの中できらきら光る肌に誘われ、イーサンは半歩近づいた。

「信じてもらえるかわからないけれど、全部嘘よ。モンタギューはわたしにキスをしたの。いやだったわ。押し返そうとしたものの、彼はもう一度キスするまで家に帰さないって。女性を傷つけるのが好きなんだと思うわ。あざができたけれど、最後には彼も怪我をしたの。それ以来、会うのは断ったわ」

イーサンはロッティの頭上に片腕をつき、目を閉じて彼女のウエストにまわした手を引き寄せた。抱きしめたいわけではなく、慰めたかった。「ロッティ、かわいそうに。その記憶を消せるものなら消してあげたい」

ロッティが顔をあげて両手をイーサンの腰に置いたとき、抱擁が違うものに変わった。空気が薄くなったのは、彼が息をひそめたからだろう。彼女の表情はイーサンをあたたかく受け入れているように見えた。

「記憶を消すことはできないけれど、塗り替えることはできるわ。キスしてくれる?」

イーサンは首を傾け、ロッティの首と肩のあいだに沿って唇をかすめた。レディ・シャーロットからキスしてほしいと頼まれたことに驚いたし、そこが彼の唇にいちばん近い部分だったのだ。ロッティとの近い距離、ウエストの魅惑的なくびれ、彼女独特の香りが、もっと親密になるよう彼の体を促していた――へまをすれば、すべてが永遠に失われる。

モンタギューから受けた暴力の話を聞いているあいだ、イーサンは暴れまくって何かを殴りつけてやりたい、あの卑劣な男をとらえて二度と女性に触れられないようにしてやりたいと全身全霊で願った。そうしなかったのは、もっともな理由があったからだ――あたたかくイーサンを受け入れ、キスをねだるロッティが腕の中にいたから。彼は漆喰に手形がつかなかったのが不思議なくらいの強さで片手を壁につき、夢のような申し出を受けた男のごとくロッティに飛びかからないよう自制した。夢のような申し出というのは事実だったが。

ふたりの呼吸がその狭い空間を占め、招待客がひしめく遠くの部屋からくぐもった音楽が聞こえていた。イーサンはかすかに唇を開き、ロッティの肩をほんの少し味わってみた――塩気のあるその豊かな風味を今後、彼は渇望するだろう。首の曲線に沿って開いた唇をゆっくり這わせると、イーサンに預けられていた彼女の体から力が抜けた。耳の下にキスをすると、ロッティの息が震えた。気に入ったのだ。

イーサンがとうとう唇の端にたどり着くと、彼女は首を傾け、半ば迎えるように彼を待った。

今後のことはあとで考えればいい。将来の計画、夫に求める資質リスト――ロッティはそれらをすべて脇に置いた。いまはこのキスだけが大事だ。イーサンの体から熱が伝わってくると、肌の内側がうずくような感覚に襲われ、それが〝欲望〟だと気づいた。性的な欲望。

バルコニーでイーサンが話していた情欲、寝室の窓から彼を見たときにかきたてられた強い欲望だ。この仕立てのいい夜会服の下がどんなふうかを、彼女は知っている。

このキスは予定していた進路からふたりを外し、未知の領域に放り込むだろう。その未知なるものの危険性が、ロッティの中の何かを活気づかせた。

イーサンがとうとうロッティの唇に口づけた。ほかの考えすべてが止まる。いつもの彼女はあらゆる瞬間を見定め、状況に対処する方法を探し、最悪の結果から最良の結果まで、どんな結末に対しても準備をする。そうしたことすべてが停止した。ここにはイーサンとロッティしかいない。そしてふたりは互いのためにいる。

イーサンがロッティの口の中をまさぐり、彼女が発見したばかりの欲望、もっと彼が欲しいという欲望がさらに燃えあがった。敏感になった下唇を歯でやさしくこすられると、うめき声にもすすり泣きにも聞こえる音がどこからか漏れた。モンタギューと経験した顔がぶつかり合うようなキスとは全然違う。モンタギューは乱暴に奪ったのに対し、イーサンは求め、やさしくなだめるように快感を与えてくれる。

イーサンとのキスは新しい言語を学ぶのに似ていた。言葉ではなく呼吸と音を交わして求め、応じ合い、それがどういうわけか会話になる――ロッティの人生でいちばんエロティックな会話だった。

もしイーサンの手で愛撫されていたら、ロッティは喉を鳴らしただろう。しかし、彼は手のひらをロッティの腰にしっかりと当てたまま、上にも下にも動かさなかった。その接触は親密であると同時に物足りない。彼女はイーサンに体を寄せて、欲望を追求した。

キスが終わると、ロッティの小さなうめき声がイーサンの深い吐息と重なった。額を重ね、少しのあいだ息を交換する。唇が狂おしいほど近い。彼女は残っていた自制心を振り絞って、イーサンの上唇のくぼみを舐めるのをこらえた。

「きみはヒース蜂蜜みたいな味がする」

「褒めてるの？」ロッティは目の前が少し揺れているように感じたので、声が震えていても不思議ではなかった。

「ああ」イーサンは体を少しだけ離した。

彼女の手がイーサンの胸を下から上にかすめると、その青い目が震えるように閉じた。少しすると、彼は離れて手を差しだした。「お返しにダンスの相手をしてもらえるかな」

これでおしまい、ということだ。

ロッティは放心状態で、イーサンとともに人があふれる部屋に戻った。彼はロッティの髪を撫でたりドレスを乱したりしなかったので、外見からは彼女が体験したばかりの心境の変化はわからなかった。まだ体験していないことがたくさんある。からまった感情をほどく余裕はなかったが、心も頭もこの気持ちが重大だということで意見は一致している。この状況は事態を複雑にするだろう。でも、たぶんいい方向に。

ふたりは厄介なことなど何も起こっていないかのように、カントリーダンスの列に並んだ。イーサンはロッティの心を揺さぶり、彼女が完璧に計画していた未来のあらゆる合理的な条件を疑問視させたというのに。その計画には、ほかのことが入る余地などなかったのに。

音楽が始まると、ロッティはお辞儀をしてイーサンにまぶしい笑顔を向けた。彼がすべてを台なしにしたかもしれないという懸念を隠した笑顔を。

13

カルヴィンが新聞をイーサンの朝食の皿の横にばさりと置いた。「おまえはぼくが知らない別人の生活を送っているのか、それともゴシップ記者が必死で憶測を書き立てているのか？」

イーサンは卵にかかった新聞の端をひょいとどけた。「お次は何が書かれている？」

カルヴィンが指さした。その日の大きな見出しは〝愛と金のあいだで引き裂かれる紙人形〟だ。その下の挿絵には、綱引きの要領でふたりの男につかまれた紙人形のレディ・シャーロットが描かれている。英雄然としたモンタギューの美貌が光る一方で、大きな図体のイーサンは紙幣でできた不格好な上着を身につけていた。

「いいね。モンタギューが債務者監獄行きの一歩手前というところだけは正しいじゃないか」イーサンは挿絵が見えないように新聞をたたんだ。ひとつ笑える点は、彼が金でロッティを釣った金持ちな求婚者として描かれていることだ。どうやらゴシップ記者は彼の経済状況を知らないらしい。

カルヴィンがイーサンの横にどすんと座った。「世間はおまえのことを嘲笑っているぞ、マック。割に合わないいんじゃないか？　最終的にレディ・シャーロットとは結婚もできないんだから」

「彼女にはそれだけの価値がある」昨夜ふたりはキスをした。イーサンは自分の世界がすっかり変わりつつあるように思えてならなかった。ふたりは明確な境界を決めてこの婚約を交わした。誰に婚約の真相を打ち明け、いつまで婚約期間をもうけ、どちらが婚約を終わらせるかということを。

イーサンはいま婚約を終わらせたくなかった。実際に結婚を望んでいるのかどうかは自分でもわからない。だが、ロッティを求めていることだけはたしかだ。

キスのあと、最初に思ったことが口をついて出た。〝きみはヒース蜂蜜みたいな味がする〟――甘く、自然で、貴重な蜂蜜。ヒースの開花期間は短く、だからこそ蜂がその花から集める蜂蜜は珍重されている。彼女は極上の味がした。それを知ったせいで、昨晩は遅くまで眠れなかった。

この計画がうまくいくのか、大失敗に終わるのかはまだわからない。もし奇跡が起こって、ウェントワース伯爵の祝福を受けてふたりが本当に結婚することになれば、それはそれで大変だ。イーサンはその問題をひとまず脇に置いた。取り越し苦労はしないほうがいい。

「モンタギューをあきらめさせるのに、婚約するだけで充分だと思うか？」カルヴィンが訊いた。

昨夜以来、イーサンもその疑問を抱いている。あの男は大胆にも人前でロッティを傷つけ、そのあいだ笑顔で彼女にも笑顔を返すよう期待していたのだ――イーサンが思っていた以上にモンタギューはたちが悪い。「どうかな。ジェームズ・モンタギューは性格がいい、なんて話は聞かないからな」

「あいつがドブネズミみたいな男だってことは明白だ。偽りの婚約だけじゃなく、彼女を守る方法を考える必要があるな」カルヴィンが言った。

「いい考えがあるか？」

「あいつには弱みがあるだろう？」カルヴィンはコーヒーをすすった。

イーサンは新聞を開き、もう一度挿絵を見た。「金か。借金で首がまわらない状態だからな。あいつの経済状況を操れば、あいつのことも操れる。ダンビー侯爵に息子を田舎に連れ戻させることができるかもしれない」

カルヴィンが同意してうなずいた。「こちらであいつの借金を買い取るんだ。ぼくが賭博場を探って、あいつの借用証書を手に入れる。そして一気に取り立ててやればいい」

イーサンはため息をついた。その策略は高くつくだろう。醸造所の事業が不首尾に終わった場合に備えてためておいた資金を使うことになるが、それでロッティの安全を守れるなら、実行する価値がある。「数日ロッティをウッドレストに招待するつもりなんだ。新しい醸造所の責任者が来るんでね、現場で迎えないといけないから。そうすれば、しばらくロンドンから離れていられる。ぼくが留守にしているあいだ、あの男の動向を見張ってもらえるかな？」

「もちろんさ。パピーのいい勉強になる。『愚か者のためのロンドン暗部ガイド――避けるべきこと』と題して楽しむつもりだ」カルヴィンが答えた。

ふたりのあいだに沈黙が広がった。長年の友人関係を経て、イーサンは心地よい沈黙がどんなものかわかるようになっていた――いまの沈黙がそれではないことも。「カル、ほかに気がかりがあるのか？」

カルヴィンは返事をする前にしばらく間を置いた。とうとうため息をついて口を開く。

「家から逃げだしたいときというのがあるだろう。いまはその時期なんだ。まあ、逃げたところで問題が追いかけてくるだろうが」

「妹のことか？　それとも父上のことか？」

「両方だ」カルヴィンが真顔で答えた。「エマは手紙を送ってくるたびに、社交シーズンの計画をややこしく、しかも高額なものにしてくるんだ。学校を終えたら常識というものを学んで、予算というものを理解すると思っていたが、どうやら違うらしい」

「家のほうは財政難なのか？」イーサンは額にしわを寄せた。「そんなときに、ぼくはモンタギューを陥れるための高くつく策略を立てているわけか。いちおう言っておくが、費用はぼくが持つから、おまえに負担はかからない」

「いや、大丈夫だ。それにモンタギューを引きずりおろすためなら、喜んで協力するよ。そのうち返済してもらえるのはわかっているからね。気がかりなのは、父が起こした面倒事のお決まりの尻拭いのことなんだ――昨日もそれに追われてね」カルヴィンは快活な性格で、いつもは輝く笑みを浮かべているが、今日は疲労のせいか一〇歳年老いて見えた。

「父上のいつもの悪い癖か？」

「まいるよ。父はどんなことがあっても下半身を落ち着かせていられないらしい」

「なるほどね――また振られた愛人が騒ぎを？」振られた愛人に対処するほうが、妊娠した若い使用人との心苦しい面談よりはましだ。

「今回の相手はオペラ・ダンサーだ。父のいつものやり口で、安物の宝石で気を引いておいて、彼女を追いだしたんだ。そしていつものように、次に彼女からお声がかかった相手がぼくってわけさ。どうして父は再婚して忠実な夫になれないんだろう？　母が亡くなって一〇年経つんだ。それに父は母のことで嘆いているわけじゃない。ふたりは憎み合っていたからね」

「彼女はおまえを誘惑するまでに、どのくらい待ったんだ？」

「一五秒くらいだな」カルヴィンがふんと笑った。「父親のお古をぼくが引き受けるとでも思ったのかな。気色悪い」友人が身震いしたので、イーサンは笑った。このたぐいの会話は初めてではないし、きっと最後でもないだろう。年老いた放蕩者ほど憐れを誘うものはないが、侯爵に変われと期待するほうが愚かなのかもしれない。カルヴィンもそれはあきらめているとはいえ、父親の面倒事の尻拭いはしなければならない。使用人と侯爵のあいだにできた庶子のために慰謝料を払い、どこかに小別荘を買ってやることになるのか、あるいは怒った愛人と対峙《たいじ》することになるのかは場合によるが、ともかくカルヴィンが介入して割に合わない仕事を請け負うことになっている。

「おまえは侯爵にはもったいない息子だな」

「父親はひとりしかいないからね。父親業がとんでもなく下手だとしても」カルヴィンが答えた。

「それに比べてエマはきれいなドレスを欲しがっているだけだろう」

「二〇着ほどね。まあ、おまえの言うとおりだ。社交界デビューは一度しかない。デビューを終えたら、妹のクローゼットを埋めるのはほかの男の仕事になる」

イーサンはナプキンで口をぬぐうと、朝食と一緒にちびちび飲んでいた紅茶を飲み干した。

「ロッティに会いに行くが、一緒に来るか?」

「いや、ハードウィックが来るんだ。仕立て屋が新しい上着を届けてきたから、あいつに古いのを一着譲ろうと思って。〝もらってくれたら、すごく助かる〟という顔をしなければいけない」

「今度は衣装まで世話してやっているのか?」だから数日前に見かけたアダムの上着に見覚えがあったのか。

カルヴィンは肩をすくめた。「あいつはぎりぎりの生活をしているんだよ、万が一のために備えたいと主張してね。貧民みたいな生活をしなければならないほどの〝万が一〟なんて、いったい何が起こると思っているんだか。ぼくは譲れるものは譲って、これは慈善じゃないと言い聞かせることにしている。あいつはその服を仕立て直して着るんだ。たぶん半分に裁断して、縫い直しているんだろうね。気の毒なくらい細いから」

アダム・ハードウィックを庇護下に置いたカルヴィンを見ていると、数年前にイーサンの友人になると決めたカルヴィンのことを思いだす。「ぼくもアダムもおまえを友人に持てて幸運だよ。もしよければ、クラヴァットをいくつか寄付できるが」

「お気遣いありがとう、でも遠慮するよ。おまえのはぼろぼろだからな」カルヴィンはコーヒーのお代わりを注いだ。「すてきなレディ・シャーロットと楽しいひとときを。ぼくの代わりにレディ・アガサを魅了してきてくれ」

イーサンは外套《がいとう》を羽織りながら声をあげて笑った。「無理に決まっているだろう？」手袋をはめて間を置き、咳払いをする。「それはそうと、話しておきたいことがあるんだ。昨夜ロッティから、ぼくをマックと呼ぶことを断られた」

「でも、みんなマックと呼んできたじゃないか」カルヴィンはテーブルに肘をついて首をかしげ、聞く姿勢になった。

「忘れたか？　あの最初の年、ぼくのことをマック・ブルートと呼んだやつらがいた。それを短くしてマックになった。彼女はそのあだ名が失礼だと言ったんだ」

カルヴィンは深く座り直した。「なるほど。そんなふうに考えたことはなかったな。いつもただの冗談だと思っていたからね。でも言いたいことはわかるよ。ぼくはいつもマックと呼んでいるが悪気はないんだ」

イーサンは椅子の背もたれを指先でとんとんと叩いた。彼が正式な名前で呼んでほしいことを、カルヴィンなら誰よりもわかってくれるだろう。「悪気がないのはわかっている。ロッティに言われるまで、ぼくもそのあだ名を受け入れていたからね。でも彼女の言うとおりだ。彼らがマックと呼んだのは、ぼくが上流社会に属していないことを忘れさせないためだった。ただのスコットランド人がイングランドの良家から爵位を引き継いで気取っていると思い知らせたかったんだろう」

「ばかなこと言うなよ。おまえは高貴な生まれの若き小貴族一〇人分の値打ちがある男だ。おまえの親戚とその息子に起こったことは悲劇だが、おまえが次の後継者だったことを責められるやつなんていない。おまえは上流社会に属している。それを疑問に思う必要はない」カルヴィンが言った。

「ありがとう」その疑問はときどき忍び寄ってくる。ロンドン滞在が長引くと、特に気になった。ウッドレストの家が急になつかしくなる。ケント州のあの屋敷にロッティを連れていきたかった。ウッドレストと、イーサンがもっとも大切に思っている人たちを彼女が気に入るかどうか確かめたい。ふたりの関係は期間限定だから、そんなことをすれば心痛の種になるかもしれない。それにふたりが一緒になることを本気で考えてくれるようロッティを説得できたとしても、今度は彼女の父親を説得しなければならない。あの父親はイーサンを嫌っている。父親が噂を耳にすれば、最悪の事態が勃発するだろう。

「イーサン、いちおう言っておくが、ほとんどの場合、名前が変わるのは女性のほうだぞ」

両親がつけてくれた名前で呼ばれると、自分が完璧になったような奇妙な感覚が芽生えた。

名前には思っていたより深い意味があるのかもしれない。イーサンはにやりと笑うと、帽子の縁を小粋に傾け、カルヴィンの皿から最後のベーコンをさらって部屋を出た。

ドーソンが朝食室に入ってきた。「お嬢さま、エイムズベリー卿がお越しです。客間にお通ししましょうか？」

「こんなに早く？　いいえ、ドーソン。お茶を飲まなければ、あと一秒だって耐えられないわ。こちらに案内してもらえるかしら」朝食をともにするのは親密な気がするが、しきたりを破ることもできなければ、せっかく婚約者を装う隣人を持っていても楽しくない。

イーサンが上着に冷気をまとって入ってきた。その冷たさは、帽子を取りながらロッティに笑顔を向けた瞬間に消えていた。ああ、なんて青い瞳なのだろう。今朝は特に澄んで見える。彼女に向けた笑顔も親しげだ。友人としての親しみだけではなく、男女の親密さを感じさせる。その顔を見れば、イーサンが彼女の唇を味わい、あのできごとをもう一度経験したいと思っていることを誰も疑わないだろう。ロッテイの体が熱くなり、昨夜彼にかきたてられた炎がふたたび揺らめいた。

「おはよう」まさか、自分は赤面しているのだろうか？　キャップをかぶってたくさんの猫と過ごす年齢の女性ではなく、初々しい女学生みたいだ。

「朝食は召しあがった？　ホットチョコレートか紅茶はいかが？　ご遠慮なくどうぞ」

「紅茶をいただこうかな。きみは今朝もきれいだ」

そのちょっとした褒め言葉がどういうわけかロッティの体をさらに熱くした。「ありがとう。わたしも、あの、あなたをすてきだと思っていたのよ。まあ、言葉にしたら妙に子どもじみて聞こえるわね」ロッティは頰に両手を当てた。燃えるように熱い。気を取り直してほっと息をつくと、朝食に意識を向ける。「こんなふうにお迎えしてごめんなさい。でも朝のわたしの状態はもうご存じよね、食べるまで機嫌が悪いの」

ロッティはトーストに苺《いちご》のジャムを塗ってひと口かじった。アガサの料理人はジャムづくりの名人だ。苺は夏らしい味がして、ロッティは思わず満足げな声を小さく漏らした。イーサンがちらりと視線を向けたが、彼女は気にしなかった。新鮮なクリームバターと苺は、一日を始めるに当たって最高の組み合わせだ。イーサンは自分で紅茶を注ぐと、彼女の横に腰かけた。

「今朝はどういったお話かしら？」ロッティは紅茶をすすって待った。

「提案があるんだ。予想どおり、上流階級の連中はぼくたちの婚約の噂をやめそうにない。きみはどうかわからないが、ぼくはそういった噂から逃げてしまいたいんだ」

「逃げるのはいい考えね。逃亡先はどこを考えているの？　トリニダード島はきれいだって聞くわよ、どの季節でもね。島に渡って、帰ってくる頃には噂話も忘れられているかしら？」ロッティはトーストのふた口目をかじり、紅茶で流し込んだ。

イーサンが微笑んだときに寄る目尻のしわは、いつも彼女を魅了する。「そのあたりにはいつか行ってみたいと思っていた。でも今回はケント州はどうかな、ウッドレストのことを考えていたんだが」

「あなたのお屋敷に？」ロッティは今度はごくりと紅茶を飲んだ。まあ、屋敷に連れていきたいですって？　なんだか結婚予定の女性を招待する本物の婚約者みたいだ――期間限定の婚約相手ではなく。

「もちろんレディ・アガサも一緒に。社交上の常識は守らないと。ロンドンで出まわっている噂によると、ぼくたちはお互いに夢中で、今シーズンきってのカップルになるらしい」イーサンがカップの縁越しにウインクした。

「わたしはお金目当てであなたと結婚するためにモンタギューを振った策士家の尻軽女だって噂されているわ。人の話って信用できないわね」イーサンの低い笑い声がロッティに命中し、体が音叉《おんさ》のように振動した。

「たしかに。ぼくは危険な恋がお好みってことか。ちょっと動かないで」イーサンがロッティの顔を自分のほうに向けた。「ここに……ジャムがついている」ふたりの笑顔が触れ合い、イーサンが彼女の口の片端をそっとつついた――近いが、唇が重なるほどではない。彼が部屋に現れてからずっと感じていた衝動に負け、ロッティは首を傾けた。昨夜以来、彼とのキスが頭から離れず、ふたたびその唇を味わうのはおなじみであると同時に新鮮な気がした。

ふたりは少しのあいだ離れず、同じ空気を呼吸した。「ロッティ？」

「何？」爪先がくすぐったい。爪先とは、くすぐったくなるものだっただろうか？

「きみと同じくらいベーコンの香りにもそそられるな。やっぱり朝食をいただいてもいいかな？」

話題が変わったので、ロッテイは笑った。「もちろんよ。なんでも好きなだけどうぞ」

イーサンが誘うように眉を上下に動かした。

「ベーコンのことよ。ベーコンを好きなだけどうぞ」

彼が皿を取ろうと立ちあがった。「策士家の尻軽女から〝好きなだけどうぞ〟なんて言われたら、はっきり意思表示しないとね。おいしそうだな。きみのシェフと豚に賛辞を贈ろう。豚で思いだしたが、モンタギューのことをどうにかしないといけない」

ロッテイが呆れたように頭を振った。「あなたの中では話に脈絡があるようね」

「ぼくの中では気のきいた流れだったんだが」イーサンはまた彼女の横に座り、真顔になった。「ロッテイ、あいつはきみを傷つけたんだ。わざと、しかも人前で。きみにはあざができた。あいつが何をしでかすか予測できない。決闘は申し込まないときみに約束させられたから、あいつに重傷を負わすことも賛成してもらえないんだろう？　ああ、その表情を見れば、返事は聞かなくてもわかるよ」

ロッテイは片眉をあげ、小さい子をきびしく叱るように頭を振った。「それで、あなたの解決法は数日間ケント州を訪ねるってことなの？」

「カルとある計画を考えついたんだ、きみが同意してくれるならの話だが。ぼくたちはウッドレストに行って、きみが紹介してくれたウォレス・マクドネルを迎える――彼が新しい醸造所の責任者に決まったんだ、感謝するよ。彼が落ち着くまで、きみは好きなだけ田舎を散策できる。そのあいだカルがモンタギューのたまり場をいくつか訪ねて様子をうかがう。あいつを徹底的に見張ってもらい、何か企《たくら》んでいないか逐一ぼくたちに報告してもらうんだ。婚約期間は一カ月と決めている。どうせなら、そのあいだ田舎へ逃避行するのも悪くないだろう？」

ふたりは婚約期間を一カ月ということで同意した。つまり、彼らがただの友人に戻って、ロッティが計画を練り直すまであと三週間。海辺の家を想像しても、いつもの安らぎは訪れなかった。「ケント訪問のことは、アガサおばさまに話しておくわ。モンタギューは機嫌が直ったら、手に入りやすい次の標的に気持ちを移すでしょう。彼の遊び相手になってくれる見境のない女相続人が今シーズンにもひとりやふたりはいるはずだわ」

「見境のない女相続人なんて、びっくりするくらい見つからないだろう――ぼくが探しているというわけじゃないが。そんな女性が不格好な帽子と同じくらい世間にあふれているなら、誰もが手に入れているはずだ」

14

一〇月のケント州ほど輝かしい光景はない。ロッティはため息をつき、窓外の景色をさえぎらないように、詰め物をしたヴェルヴェット製の座席にもたれた。道はなだらかな丘を曲がりくねり、霧の合間から果樹園や田畑がちらちら見える。自然の恵みはもう収穫され、広大な土地が冬支度をしていた。その光景はいろいろな意味で彼女に故郷を思いださせた。ここには素朴な生活と農業の重労働がある。

「ウッドレストの女主人になれば立地条件に恵まれるわね、娯楽や仕立て屋や町いちばんの社交場にも近いんですもの。バークレー・スクエアの友人や家族を訪問するにも便利じゃないかしら」アガサは何気ない口調を心がけたが、目のきらめきがその内心を表していた。「流行に乗り遅れることもないでしょうし。名付け親の客間で家畜の出産用の服を見かけることもなくなるでしょうね。想像してごらんなさい」

「もしわたしがウッドレストの女主人になれば、おばさまは自主的にロンドンから離れてくださるとおっしゃっているの？」ロッティはからかった。

アガサは否定するように咳払いをしたが、目のきらめきはそのままだった。

「そうだと思ったわ。この一〇年でおばさまがロンドンから離れたのはほんの数回でしょう？　そのうちの二回はわたしの付き添いでしかたなくですものね」

「ほんの数回は言いすぎよ」アガサが答えた。

ロッティは指折り数えて言った。「一回は荒野でのピクニック。おばさまは風が強いだのシャンパンの気が抜けているだのとぼやいて――」

「でもプディングは悪くなかったわね」

「ええ、プディングはそこそこの味だったわ。それにいとわしき年間行事、クレメンスの屋敷でのクリスマス・パーティが一回。あとはお母さまのお葬式ね」

「それは行かないわけにはいかないものね」

ロッティはほろ苦い思い出に微笑んだ。「あの日はおばさまがいなければ耐えられなかったわ。おばさまは墓地でお母さまを咎めてらっしゃったけれど……こんなウェストモーランドの奥地で亡くなるなんて、もっと開けた場所もあるでしょうに、って」

ロッティが座っている側の窓の外では、イーサンがエズラに乗って走っていた。彼に表情で問いかけられ、ロッティは無言でうなずいた。ええ、すべて問題ない。彼は遠くのほうを指さした。

「もう近いらしいわ。イーサンが指さしている場所が領地だと思うの」

「よかった。馬車の揺れで骨まで悲鳴をあげているわ」

低く立ち込める湿った霧が石造りの屋敷の外観を覆い、まるで胸壁と屋根が忽然《こつぜん》と現れたかのようだった。

「アーサー王伝説の城さながらね」ロッティはその建築様式の滑稽さに微笑んだ。外壁はおかしな曲線を描き、銃眼とガーゴイルが霧の上に覆いかぶさって見える。

「あの屋敷を建てるときに、エイムズベリー卿の祖先が変わった創造性を発揮したんでしょうね」アガサが言った。「あなたに赤ん坊ができたら、わたしも観念してここに長期滞在するかもしれないわ」

ロッティは呆れて目をくるりとまわしてみせた。「この婚約は期間限定だと知っているでしょう」

「あのたくましい紳士が一も二もなくこの婚約を現実にしたがるだろうと、あなたもわかっているでしょう。もう何時間も雨に打たれてずぶ濡れになっているのよ、わたしたちが馬車で窮屈な思いをしないように。彼に決めるべきよ」アガサは痩せた指でイーサンを示した。帽子とケープつきの外套を身につけているが濡れネズミだ。

黒っぽい髪が濡れて巻き毛がきつくなっている。ロッティがその髪に指を通したら、カールが巻きつくに違いない。白いシャツは筋肉質の胴体にぴったり張りつき、外套がなければ透けて見えるだろう。運がよければ、外套を脱いだ姿を見るチャンスがもうすぐあるかもしれない。ロッティはゆっくりとため息をついた。イーサンのそういう姿を思い描いていると、コルセットが余計に窮屈に感じられる。

石段と巨大な木製扉の前で馬車が止まった。大きなノッカーは金属製の輪をくわえたドラゴンの歯に似せてつくられており、歓迎せざる訪問者に噛みつこうと待ち構えているみたいだ。風変わりな建築様式に合わせて玄関口まで大仰だ。

扉が静かに開き、身なりがよく細身の男性が片方が木の杭の脚で戸口に現れた。「おかえり、イーサン。おやおや、ロンドンの方々はずぶ濡れになるのがお好きなようだ」

イーサンは呆れたように頭を振ったが、その笑顔は相手の生意気な態度が予測どおりであることを物語っていた。「レディ・アガサ、レディ・シャーロット、こちらはコナー。彼はウッドレストを取り仕切っていて、ぼくをきりきり舞いさせるんだ。お気づきだと思うが、ここは格式張った家庭ではないのでね」

ロッティはコナーににっこり笑いかけた。「お会いできてうれしいわ、コナー。ここではあなたが欠かせない存在だとイーサンから聞いていたのよ」

コナーは少しよそよそしい態度でうなずいた。「用があれば申しつけてください。部屋に案内しましょう」

イーサンは彼女の手を取って階段をあがりながら訊いた。「屋敷のご感想は？　先祖たちの趣味があれこれ残っているから、少しごちゃごちゃしているだろう」

「ずんぐりした城とゴシック様式の大聖堂が異色の合体をしたら、こういう屋敷になるんじゃないかしら。なんとなく好きだわ」

イーサンが笑った。「ああ、言いえて妙だな」

中に入ると、曲線状の階段が広がっていた。ふたりは指をからめ、イーサンは黙ったまま階上に案内した。ロッティはいかに自分がそのささいな行為にときめくかを考えて、笑みをこらえようと唇を噛んだ。指が触れるだけで、何気ない愛情を示されるだけで、安全地帯から押しだされる。それなのに胸のざわめきに突き動かされ、その先をもっと知りたい、欲望がもたらすものを確かめたいという思いに駆られ、どこか触れられるたびに好奇心を刺激された。ダーリンにいろいろ聞いたほうがいいかもしれない。それもなるべく早く。男女の体の関係について、ダーリンは率直に本当のことを教えてくれるだろう。イーサンとのあいだに芽生えたこの感情について考えるには、ロンドンを離れたいまが最適かもしれない。その考えが浮かぶと、もう振り払えなかった。正直なところ、振り払いたくなかった。

イーサンが長い廊下を先に進んでいるので、ロッティはこれ幸いとその後ろ姿をじっくり堪能した。長くたくましい脚に、自信に満ちた歩調。濡れた濃い色の巻き毛の下に日焼けした首筋が見える。それに、なんてがっしりとした肩。ロッティは服の下の胴体がどんなふうかを知っている。いまはその感触も。彼女は火照りを増す下腹部を隠すように手のひらを押し当てた。

ロンドンから離れたこの時間を逃避行と考えたらどうだろう？　ここでなら、ふたりは自由に振る舞うことができる。心ゆくまで欲望に身をゆだね、それを解き放つのだ。数週間後、義務を果たして父が認める誰かと結婚することに同意するなら、せめて先に自分のしたいことをすればいい。いまは、人生を振り返ったときに心あたたまるような思い出をつくるチャンスだ。

イーサンは木製の厚い扉を押し、入り口に立った。ロッティはまとまらない考えを振り払い、案内された部屋に無理やり意識を向けた。厚い板張りの床は磨きあげられ、朝起きたときに爪先が凍えないよう、ベッドまわりには豪華なラグが敷かれている。金色と黄色の壁紙に、白い花柄のベッドカバーは女性らしく心地よい空間を演出していた。窓横にかけられたタペストリーは少しすり切れているが、年代もので上等だからだろう。

「明るいお部屋ね。外がじめじめと曇り空だなんてわからないくらい」

「ああ。少しばかり英国のお天気雨を浴びたから、階下《した》におりて着替えてくる。用があるときは、あの角のロープを引くといい。三〇分後に図書室で会おうか？」イーサンがそう言いながら外套のボタンを外し始めたので、ロッティは胸板から視線をそらせなかった。仕立てのいいローン生地のシャツが雨で透けて見える。触れられるくらい近くに立っていると、彼女は自分がしたいことを控えるべき理由をひとつも思いつかなかった。筋肉の割れ目に沿って濡れたシャツを撫でると、鼓動が高まった。

「キスしてほしいのなら、見事な誘い方だよ、ロッティ」イーサンの低い声が響いた。

ロッティに触れられてイーサンの体に震えが走ったので、彼女は微笑んだ。こんなにちょっとした触れ合いで、こんなに大きな男性が彼女の思うままにたやすく反応するのだ。開いたシャツの隙間、ぐしょぐしょに濡れたクラヴァットの下から、彼女は指を二本差し入れて縮れた胸毛に触れた。弾力はあるのになぜか柔らかい。とうとう肌と肌が触れ合う。

廊下でイーサンをあからさまに見つめたときから熱くなっていたロッティの芯がとろけた。

視線を合わせれば、彼によって起きた反応に気づかれるに違いない。誘うような笑顔で大胆に彼をさわった。イーサンがロッティのウエストをつかんで腰を引き寄せ、彼女の背中をやさしく壁に押しつけた。ロッティは唇をふさがれると、彼はちっとも思うままにならないと悟った。たぶんこうして対等な立場になるのだろう。

イーサンがキスをして安心したかのように唇を合わせながら吐息を漏らした。その気持ちがロッティにも理解できた。もどかしげに素早くクラヴァットをほどき、ようやくシャツがVの字に開く。ふたりのあえぎ声が重なり合い、彼の手がウエストから這いあがってきてロッティの片方の胸を包んだ。

イーサンが惜しむように彼女の下唇を吸いながら身を引いた。「頭がどうにかなりそうだ、ロッティ。ばかなまねをしてしまう前に階下《した》におりないと」ふたたび彼女の唇を奪う。「最高の味だ。三〇分後に図書室で」最後のキスでロッティはすすり泣くような声をあげた。彼は自分たちが課した震えが起こるような拷問から手を引いた。

ロッティは入り口にもたれ、必死で頭をはっきりさせようとした。いまはイーサンの屋敷にいる。ここにはロンドンの女性たちもゴシップ好きのスパイもいない。アガサは早くに就寝するだろう。このチャンスをものにしたいのなら、ぐずぐずしている暇はない。ダーリンに相談しなければ。

ありがたいことに、イーサンが去って少しするとダーリンが到着した。ロッティのトランクを持った屈強な従僕をふたりほど従えたダーリンは、怪訝《けげん》そうな視線を向けてきた。ロッティは笑みを浮かべた。彼らがあと三分早く着いていたら、興奮状態で入り口にもたれる困惑気味の女性どころではない、見ものとなる光景を目にしただろう。

従僕がさがってふたりきりになると、ダーリンとロッティはドレスや肌着をトランクから取りだす作業にかかった。ロッティは着替えるためにシンプルな室内用のドレスを選んで旅行着を脱ぎ、勇気を振り絞って訊いた。

「ダーリン、ちょっと相談したいことがあるの」

「なんでしょう、お嬢さま？」

「イーサンの……エイムズベリー卿のことなんだけれど。ロンドンから離れた今回の滞在は、お互いにもっと親密になれる機会じゃないかと思って」

「あの方が欲しいんですね」ダーリンはまるで天気のことを話すかのように軽い調子で言った。

声に出して言われると、体の緊張が解け、ロッティはしぼんだ風船のようにベッドの端に座り込んだ。「まあ、そうよ。だけど、どうしていいかさっぱりわからないの」ダーリンの表情を見て言い直す。「いいえ、さっぱりわからないわけではないわ。自分がどうしたいかはっきりわかっているの。でも妊娠は困るし」

「妊娠を避ける方法は教えてあげられますが、絶対の保証はありませんよ。本当にあの方と結婚なさるつもりなんですか？　どうやら心を奪われたようですね」

ロッティは首を横に振った。「誰にも心は奪われていないし、もとの計画はやり通すつもりよ。婚約期間はあと三週間だから、しばらくはこの人目につかないウッドレストにいられるというだけ」

ダーリンが着替えのドレスをロッティの頭からかぶせて、ブラシに手を伸ばした。ロッティはドレスの紐を留めた。「では、欲望を満たしたいということですか？」ダーリンが訊いた。

「露骨な言い方ね、まあ、そうだけれど。気づいたのよ、いずれ条件つきの結婚相手を探すんだったら、いまはこの状況に応じて好きにするべきじゃないかしらって。わたしの未来に愛のある結婚はないんだもの、だから夫のために処女を守る必要はないでしょう？　これは思いきり欲望を満たす一度だけのチャンスかもしれないし、逃したくないの」

ダーリンはロッティの髪を梳かし終えてシンプルに結うと、幾束かの巻き毛を前に垂らした。「海綿とフレンチレター（コンドームのこと）が必要ですよ。ロンドンから取り寄せます。届くまではほかの方法でお楽しみください」

ロッティは怪訝な視線を返した。ダーリンが注意するように指を振る。「男性に準備してもらおうなんて期待してはだめですよ。ルールその一は自分を守ることです、なんとしてでも」

「ほかの方法で楽しむって？」

ダーリンがにっこり笑った。「お嬢さま、ちょっとお話ししましょうか？」

三〇分後、ロッティの頭は新しい知識でくらくらしていたので、夕食まで休みたいから図書室では会えないとイーサン宛にお詫《わ》びの伝言を頼んだ。まったくの嘘ではない。ロッティは柔らかい花柄の毛布がかかった大きなベッドに誘われ、身をひそめるには絶好の場所とばかりに横になった。

ダーリンは詳しく教えてくれ（彼女に祝福あれ）、話し終えると、例の必要なものを取り寄せるために部屋をあとにした。ロッティはひとり残された。自分がしたいこととすべきことのあいだで考えがまとまらず、頭の中で論争が起こっている。

どうしても計画のことに思考が戻ってしまう。ウェストモーランドを発ったとき、前途ははっきりしていた。利点と欠点のリストを頭の中で整理し、結婚相手に選ぶ男性像もしっかり描いていた。まず、父がふさわしいと認める男性であること――そうでなければ、この計画自体が時間と資金の無駄になってしまう。

次に、ロンドン在住を好む男性であること。夫は夫で都会生活を送ればいいし、ロッティは田舎で家と領地を好きなように切り盛りさせてもらう。夏のロンドンでの生活がどんな具合かを知ったいま、夫の資質には無関心と愛嬌《あいきょう》という奇妙な組み合わせが必要になりそうだとロッティは実感した。

さらに、裕福でなくてもかまわないが、ロッティの資産を当てにするような相手は困る。彼女には領地を切り盛りするのに資金が必要だからだ。経済的苦境にある男性なら、小遣い制で満足して暮らしてもらうのが理想だが、そんな相手がいるだろうかと疑問に思い始めている。

最後に、自分の両親のような関係に陥るのはお断りだ。ふたりは幸せな結婚生活を送ったが、その幸福は子どもの犠牲の上に成り立っていた。やがては領民たちにも被害を及ぼした。母の死が父を打ちのめしたように、ロッティを打ちのめすような影響力を相手に持たせるのは賢い選択ではない。それをすでに二度も経験しているので、決してそのような選択をするつもりはなかった。一度目は子どもの頃、親の愛情から除外された。二度目は大人になってから、壊れた家庭を修復するはめになった。だめだ、やはり愛のある結婚には向いていない。愛のある結婚という罠《わな》には、誰かほかの愚か者が落ちればいい。

ロッティは子どもの頃からよくしていたようにウエストに両腕をまわして自分を抱きしめ、横向きに転がった。頭の下で枕が沈み、寝具用の戸棚に入れられていた新鮮なハーブのにおい袋の香りが漂う。窓の外に目を向け、木々やはるかに広がる野原に視線をさまよわせると、建造中の石材と木材の建物が遠くに見えた。マクドネルが到着してから訪ねる予定の新しい醸造所だろう。

自分の計画を見直し、リストをまとめるといつもは落ち着いた。けれども今日はリストが問題ではない。リストに抜かりはないのに、初めてそれが落ち着きをもたらさなかった。なぜなら、探そうとしていた男性ではなく、イーサンと出会ったからだ。裕福な点は除いて、リストのどれひとつとして当てはまらない婚約者に。

冷静に考えて、もとの計画に戻るにはその理由だけで充分だし、ダーリンにもそう話した。この期間限定の婚約を三週間後に破棄すればいい。

そうするのが賢明だとわかってはいても、ロッティはイーサンが欲しかった。彼女が探そうとしていた結婚相手とは正反対の男性だとしても。

無関心な男性が必要なのだが、イーサンは無関心どころではない。彼が部屋に入ってきたとたん気配を察して、ロッティの体はぞくぞくする。イーサンの姿が視界に入る頃には、彼はもうロッティを見つめている。彼にキスされたときの興奮はブランデーを飲んだときよりも激しかった。

それに忘れてならないのは、イーサンが父に決して認められないだろうということだ。イーサンを夫に決め、彼もロッティとの結婚を望んだとしても――ふたりが現在同意していることから大きく飛躍することになるが――父は許さないだろう。

それが現実だ。感情抜きの事実なのだ。

こうして気をもむだけ無駄かもしれない。そもそもイーサンが三週間後もロッティを欲しがるかどうかわからないではないか。彼女は起きあがると、顔にかかった巻き毛を払い、手のひらで目をこすった。

望んだ人生を築きたいのなら、リストの条件に当てはまる男性が必要だ。イーサンと楽しめる時間が三週間あり、そのあとで婚約を終わらせる。

もとの計画から外れて一カ月の寄り道をすることで、一月の終わりまでに適当な花婿候補を見つけられないかもしれないが、まあ、そのときが来てから対策を考えよう。父が納得する夫を探す努力をしたことだけは認めてほしい。もしかすると、その頃にはロッティが売れ残ったままでもいいと父に納得させ、彼女自身の家を持つために持参金を使わせてもらえるかもしれない。

どちらにせよ、うまくいくだろう。うまくいかせるのだ。

15

夕食後、ロッティは図書室の本棚を分野ごとに調べながら、ゆっくりとイーサンに近づいていった。地理学。詩集。農学——これは豊富にあるうえ、ふたりの共通の関心事だ。しばらくゆっくり調べたいところだが、目的は暖炉に近づくことだから、そうはしていられない。

暖炉脇の椅子にゆったり座ったイーサンの視線の重みを感じた。屋敷に着いて以来、彼はしげしげとロッティを見つめているのを隠そうともしない。興奮や好奇心に瞳がきらめくこともあれば、単純に見て楽しんでいることもあった。

しかも、ただ見るだけでなく、触れたがった。醸造所を見てまわり、従業員に話しかけ、マクドネルに挨拶するあいだも、四六時中ロッティのどこかに触れていた。指をそっとかすめたり、手を握ったり、誰も見ていないときに彼女にさわったりするのだ。おかげで彼女の体はいまにも欲望に燃えあがりそうな感覚でうずいていた。

「この椅子できみの夢を見たことがある」イーサンが言った。

「いい夢だった？」

「最初はね」

暖炉の火がイーサンの顔を照らし、えくぼに影を落としている。夜になって顎ひげが伸びてきたせいで悪魔のように見え、魔王ルシファーが最高の美を誇る堕天使であることを、ロッティは思いだした。下腹部のうずく感覚は揺るぎない炎となり、彼に触れずにいられなかった。

イーサンからキス以上のことをされたいという自覚がロッティを大胆にさせた。そんな自覚がなければ芽生えなかったであろう大胆さだ。彼女がイーサンの膝のあいだに来て髪に指をからめると、彼は目を見開いた。手をロッティのウエストにまわし、その視線を受け止めながら手のひらをヒップまで滑らせる。彼女の拒絶を待ったとしても、それは起こらなかっただろう。しばらくのあいだ、ロッティは彼に触れているだけで満足していた。男性を誘惑した経験はなかったものの、手始めに触れるのはいいやり方だろう。

イーサンの髪を撫で、頭皮をマッサージするように巻き毛を指にからめたり髪の束をやさしく引っ張ったりしていると、彼は目を閉じて満足げに低い声を漏らした。まとまりのない柔らかな巻き毛がロッティの手をくすぐり、彼のあたたかい体温が伝わってくる。ヒップに置かれた手に力が入って引き寄せられると、彼女はイーサンのほうによろめいた。

「髪を切ったほうがいいわよ」ロッティはつぶやいた。

イーサンが肩をすくめる。「ぼくの髪は長くても短くても好き勝手にはねて、まとまらないんだ。自由気ままに巻いてしまうしね。カルが従僕に切らせようとしたんだが、恐ろしくて」

彼女はくすくす笑った。「あなたみたいに大きな人が怖がるの？」

イーサンの手がウエストまで滑り、またヒップの下までくだっていきながらその曲線を存分に撫でた。「ああ。あの従僕はぼくの首まわりに布を巻いて、肩を締めつける上掛けをかぶせたがるんだ。カルみたいに結えば切る必要もないんだが」

「わたしは長いほうが好きよ。でも毛先をそろえたほうがいいところもあるわね。手入れをしていないみたいに見えるもの」ロッティはまた指にカールを巻きつけた。「切らせてくれる？」

ヒップに置かれた手が、彼女を心地よくさせていた愛撫をやめた。「男性の髪を切ったことがあるのかい？」

「羊の毛を刈ったことならあるわ。たいして違わないでしょ？」

一瞬、沈黙が広がり、イーサンがロッティをじっと見つめた。彼女はとうとうこらえられなくなり、くすくす笑いながら言った。「大丈夫よ、父の髪をよく切っていたの。母に教えてもらったのよ。父は従僕より母に切ってもらいたがったから」

イーサンは三秒ほど思案しているようだった。「わかった。切ってもらおう。ただし厨房《ちゅうぼう》でね。ラグに髪が散らかると、掃除が大変だとメイドが文句を言うだろうから」

「今夜切るの？　いま？」

「善は急げと言うからね。コナーのはさみを取ってくるから、厨房で待っててくれ」イーサンは最後にぎゅっと抱きしめてから彼女を放した。

厨房は——屋敷のほかの場所と同様に——居心地がよく、あたたかい雰囲気で、独特の秩序が保たれていた。ロッティが入っていくと、仕事を終えようとしていたメイドが驚いて言った。

「失礼いたしました、お嬢さま。何か必要でしょうか？」

「もうすぐエイムズベリー卿が来るわ。火を強くするから、そのあいだに椅子を用意してもらえるかしら？　髪を切ってあげるの」

メイドは不審そうに片眉をあげたが、椅子を準備した。「お手伝いいたしましょうか、お嬢さま？」

ロッティは首を横に振り、暖炉の横に火かき棒を置いた。「大丈夫よ、なんとかやれると思うわ」

メイドが軽くお辞儀して出ていった。開いた扉の向こうで廊下を歩く足音がする。ロッティは手汗をドレスの裾でぬぐい、火で指先をあたためた。緊張する必要はない。父の髪を何十回も切ってきたのだから。たぶん何百回も。けれども、緊張の理由は髪を切るからではなかった。

ロッティが求めれば、イーサンは今夜ベッドに迎えてくれるだろうか？　あっさり断られたらどうしよう？　彼にとっては名誉に関わる問題かもしれない。ロッティは緊張を解こうと呼吸に集中した。一、二、三と息を吸い、一、二、三と息を吐く。

石の床を椅子がこすった。イーサンが座り、シャツの裾を引っ張りだそうと体を傾ける。

待って、シャツを——まあ大変。どうしよう、脱ぐんだわ。シャツが木製の椅子の下にくしゃりと滑り落ちる。

ロッティはごくりとつばをのんだ。日焼けした肌を目の前にして、平静を保てる可能性は消えてしまった。

「大丈夫だよ、噛みついたりしないから。そんなにきつくはね」イーサンがウインクし、はさみと小さな櫛を手渡した。

「ちゃんと切れると信頼してくれてありがとう」ロッティは軽くキスをした……つもりだったが、唇がイーサンの濃厚であたたかな味を貪った。彼は夕食にワインを飲んだので、果実の味わいが舌に残っている。ロッティの腹部の興奮が渦巻くように下へおりていく。目の前の仕事に集中しようと身を引いてイーサンの髪に櫛を通した。つやつやした巻き毛が分かれ、櫛の下でもとの位置にはね返る。片方の耳の近くの巻き毛は間違いなく手強《てごわ》そうだ。暖炉の明かりが肩にある銀白色の傷跡を照らした。

「ひどい傷を負ったみたいね。どうしたの？」ロッティが傷跡を指でなぞった。そこに鳥肌が立つ。

「この傷は立派な人間になれと思いださせてくれるんだ。コナーは片脚と一生の仕事を失った。ぼくはこれだけですんだ。たいした傷じゃない」

たいした傷じゃないですって？　「これは大怪我だわ、イーサン。あなたも無傷ではなかったのよ」彼が肩をすくめると筋肉が盛りあがり、ロッティの思考が一瞬停止した。ああ、この肉体には聖人だって気持ちをかき乱されるだろう。「ここ数日コナーの仕事ぶりを見ているけれど、見事にこの環境に適応していると思うわ。王室部隊所属とは言えないまでも、この屋敷の司令官みたいよ」

「司令官にはぼくがなるべきでは?」イーサンが軽く笑った。

ロッティは梳かしたばかりの髪の束を引っ張った。「現実を直視しましょうよ、ここを指揮しているのはコナーだわ。彼は失礼なくらい型破りで遠慮がないかもしれないけれど、ウッドレストを完全に管理していることはたしかよ」

「ごもっとも。それより、ひと晩じゅうぼくの髪で遊ぶつもりかい? 切るんじゃなかったかな?」

「急《せ》かして痛い目に遭うのはあなたの頭よ」ロッティはひと握りの髪を取り、中央に大きくはさみを入れた。さあ、もう引き返せない。厨房でしばらくのあいだ聞こえるのは、はさみを入れる音と暖炉の火がぱちぱち燃える音だけだった。「コナーはあなたを許してくれたの? あの……脚のことだけれど」

「許せるわけないさ。簡単にあきらめられることじゃないからね」イーサンの静かだが断固とした口調は、許してもらうのは無理だとすでに確信していることを物語っていた。まるで一生許してもらえないと信じているかのように。

「でも、みじめさに浸っているようには思えないわ。見たところ、コナーはあなたのことを主人であり友人だと思っているんじゃないかしら」

「何が言いたいんだい、ロッティ?」

彼女はうなじに取りかかろうと、イーサンの頭を少し押してうつむかせた。「コナーが自分の人生に嫌気が差していて、あなたを恨んでいるなら、そう口にしたはずだわ。なんでも単刀直入に言う印象があるもの」

「あの事故はぼくのせいだ」

強情な人。「そうね。それに異論はないわ」ロッティは肩から髪を払い落とし、ここまでの自分の仕事ぶりを眺めた。

「何をしているのか聞いておくべきかしら？」アガサが入り口に現れた。

ロッティは首をかしげ、指を広げて巻き毛を伸ばしながら長さがそろっているか確かめた。

「髪を切ってあげているのよ。貞操は守っているから大丈夫。はさみで武装しているから」

「はさみより鋭い意見でも武装しているしね」イーサンが付け加えた。

「おばさまはどうしたの？」

「おなかがすいたのよ。エイムズベリー卿――半裸でいるところ申し訳ないけれど、何か甘いものはないかしら。どこにしまわれているかご存じ？」アガサは棚に向かい、壺《つぼ》や缶を開け始めた。

「右奥にある青い蓋の瓶にショートブレッドが入っているはずですよ」イーサンが立ちあがった。「お取りしましょう」長い腕は高い棚に簡単に届く。ロッティは彼の背後でアガサと視線を交わした。名付け親がウインクを返す。

「ありがとう」アガサはショートブレッドをかじり、目を閉じてほっとため息をついた。「おいしい。あなたの料理人に賛辞を贈るわ。最高の味ね。あの、ふたりとも、シャペロンとして、この状況に卒倒すべきなんでしょうけれど」イーサンのむきだしの胸を示すようにショートブレッドを振る。「でも、ふたりは婚約しているんですものね」彼女はあといくつかショートブレッドを瓶から取りだし、肩のあたりで手をひらひら振りながら出ていった。「続けていいわよ」

「レディ・アガサはぼくのことを気に入ってくれているみたいだな」イーサンが言った。

「そうみたいね。さあ座って。もう少しで終わるから」ロッティが暖炉前に置いた椅子に座るようそっと促すと、手に触れたイーサンの肌のあたたかさが伝わった。手を離したくなくなる。彼に触れる快楽にふけるのは簡単だ。ロッティは筋肉が盛りあがった肩から首筋に手を滑らせ、背中のくぼみをたどった。名称もわからない筋肉の線を撫でる。甘美で屈強な名称がついているに違いない。

ロッティに触れられ、イーサンの肌に鳥肌が立った。甘えたがる大きな猫みたいに、彼女に応えて筋肉が隆起し、彼はその手に寄りかかった。

イーサンを照らす暖炉の火にいったいどんな魔力があって、ロッティを混乱させるのだろう？　今晩のことはあらかじめ計画していたのに――台詞まで練習して、イーサンがふたりのあいだの情熱を探求して彼女を欲しいままにすべき理由まで用意した。それなのに、頭で入念に思い描いていた台詞を無視して、彼の肌に可能なかぎり触れることを選んでいる。この状況を利用して彼に触れることに罪悪感さえ覚えなかった。まともなシャペロンならこの状況に激怒するだろうとわかっていたし、良家の子女ならそもそもこんな状況にならないということもわかっていたが、後ろめたい気持ちもわいてこなかった。それにロッティがここでこうしているのはシャペロンも了承済みだ——もっとも、ケントに滞在しているあいだは、自分のことは自分で決めるつもりだから、了承があってもなくても関係ないが。

櫛で梳かす一定のリズムを取り戻し、ロッティは指で髪の長さを測って毛先をそろえた。燃えあがった感覚に揺り動かされながらも、入念に考えた台詞を思いだそうとする。「アガサおばさまは何か勘づいていらっしゃるのかも。わたしたち、この時間を楽しむべきじゃないかしら」首をかしげ、毛先がそろったことに満足する。横と後ろをすっきりさせたものの、頭頂部の髪をばっさり切る勇気はなかった。柔らかい巻き毛に平常心を乱されたらしく、その髪が広がるのを見たい唯一の場所は枕の上だと、彼女は思った——床に散らばった状態ではなく。

「どういう意味だい、ロッティ？」イーサンが振り返って視線を合わせ、図書室でしたように彼女を脚のあいだに立たせた。彼の手がロッティのヒップに置かれる。イーサンが思いきって自分を味わってくれたらいいのにと彼女は思った——自分が彼を味わっているように。ヒップの曲線を探られるのを感じ、イーサンがその手に込めた力と同じくらい強く自制心にすがろうとしているのがわかった。

ロッティははさみを置き、肩に落ちた髪を払った。「あなたを誘っているのよ。わたしが愛のある結婚を望んでいないのは知っているでしょう？　でも便宜上の結婚をする前に、ふたりのあいだにある何かを体験してみたいの。ダーリンに相談したら、フレンチレターを取り寄せる手配をしてくれたわ。届くまでにあと一日、二日はかかりそうだけれど、それなしでも楽しむ方法がたくさんあると教えてくれたのよ。あなたがフレンチレターを持っているなら話は別よ」予想外に度胸を発揮して、饒舌《じょうぜつ》になっている。ああ、用意していた台詞を思いだせたらいいのに。練習していた誘惑の台詞にもフレンチレターや避妊という単語が出てきたが、もっと世慣れた言い方だったはずだ。

イーサンの目が楽しそうにきらめいた。「申し訳ないが手元にはない。そういうものを必要としたのはずいぶん前のことだから。きみとダーリンの会話をぜひ聞いてみたかったな」

そのからかいの言葉になぜかほっとして、ロッティはため息をついて認めた。「ダーリンはわたしを座らせて三〇分の講義をしてくれたわ。性教育を受ける教室みたいだったわよ」

イーサンの胸から低い笑い声が響いた。誓ってもいいが、ロッティはその声が自分の芯まで振動させるのを感じた。「ノートは取ったかい？　図解の説明もあった？」

ロッティはおどけてイーサンの肩をぴしゃりと叩き、首を横に振った。「いいえ、参考になる図解があるの？　そういったたぐいのものを図書室で探さないといけないわね。ちゃんと調べたら何か見つかるでしょうし」彼の首筋に軽くキスをし、精悍《せいかん》な頬を開いた唇でたどることになんの抵抗も感じなかった。

イーサンが彼女のウエストに手をまわして引き寄せた。「きみはさっき、その分野の棚の前にいたよ。窓側のいちばん奥だ。三段目——いや、四段目だったかな。好きなだけ調べるといい。実践レッスンのほうがよければ協力するが」

ロッティは子どもの頃、川で拾った色とりどりの石を缶に集め、水と砂利と砂を入れてまぜて遊んだ。互いがこすれ合うと、色とりどりの石がぴかぴかになり、当時はそれが宝石だと信じていた。イーサンの声はあのときの砂利みたいにざらついていたが、相手を包み込むような響きがあり、かつて大切にしていた宝石みたいにいとしく思えた。

ロッティは筋骨隆々の太腿の片側に座り、驚嘆してイーサンの様子を見つめた。彼の何もかもがたくましく大きい。それに比べて自分をか弱く感じた——初めての感覚だ。ロッティは彼のうなじに手をまわして引き寄せ、唇の端につつくようなキスをした。「手取り足取りのレッスンが必要みたい。学習意欲は満々よ」彼女は下唇を吸われて柔らかな声を漏らした。イーサンが敏感な肌を歯でかすめる。ロッティはふたりのあいだにある情熱に身をまかせ、彼の表情を確かめながら、ざらつく無精髭を指先に感じた。

イーサンはうめきながら主導権を握り、飢えた男よろしく、ロッティをごちそうであるかのごとく味わった。ドレスの裾を探り、大きな手で脚を撫であげてヒップの曲線をつかむ。ロッティの体を欲望が熱とともにおりていき、腿のあいだでとどまって、そこに触れてほしいと求めた。ドレスをたくしあげられて自由になった脚でイーサンの腿にまたがると、体を密着させて痛いほどの欲望をなだめようとした。その動きに促され、彼はロッティのヒップを手で支えた。喉から快楽の吐息が漏れる。それに応えて彼女はイーサンの唇を吸い、手が届く範囲の日焼けした肌をまさぐった。イーサンに触れるだけでも楽しかったが、触れられて彼も楽しんでいることがわかると、好奇心が情熱に変わった。

ロッティは腿の付け根をイーサンのふくらみに押しつけた。息をのみながら、唇を少し離して尋ねる。「これは誘いに応じてくれているってこと?」

イーサンのかたくなった部分に引き寄せられると、ロッティはまた息を切らした。彼がかすれた声で応じる。「きみがしたいことだけをしよう。いいかい? フレンチレターがなくてもできることはたくさんある」

脚のあいだの執拗《しつよう》な摩擦にロッティはあえいだ。彼の肩をつかんで体を支える。「ええ、いいわ。でもきっとフレンチレターが必要になるわ。ああ、すごく気持ちいい。やめないで」

イーサンはロッティの熱くなった芯を一定のリズムで引き寄せ、胴着《ボディス》の襟を歯で横に引っ張った。鎖骨にかかる熱い吐息が彼女を震わせる。彼は卑猥《ひわい》な言葉をつぶやきながらロッティの肌を貪るように味わった。その感触に鳥肌が立ち、ロッティの興奮は爆発しそうなほど高まった。「一回目のレッスンだ。さあ、おいで」

16

翌日の朝食時は、視線が合うのを避け、赤面しないようにするのがひと苦労だった。次にイーサンと顔を合わせるときは気まずいだろうと、ロッティはずっと心配していた。昨晩、彼は絶頂をもたらしてくれ、ロッティもお返しにブリーチズの前を開いて手で処理した。彼女はその大きさに一瞬動きを止め、フレンチレターが必要になるくらい関係が深まったときに自分の中に入るだろうかと思った。それでも長々と動きを止めなかったのは、彼がたてる音に励まされて興奮をかきたてられたからだ。

全体的に見て、快楽の追求は成功に終わった――予行練習だけで完全な満足は得ていないように感じながら就寝したのは残念ではあるが。絶頂を経験すれば、体も満足して、正気に戻ると思っていた。ところがそうではないらしい。ロッティはその事実を昨夜学んだことのリストに加えた。

では、その相手と翌朝ソーセージと卵をはさんで対面するときはどうすればいいのだろう？　ロッティは片手で椅子の座面をつかんで自分をじっと座らせ、朝食室で昨夜の情事を繰り返したいという衝動を抑えた。どうやら自分は性的欲求が強いらしいことが判明し、快楽にふけることが選択肢にないときにはどうすればいいのかわからなかった。いまはイーサンとロッティだけだが、使用人が出入りするので、ふたりきりの時間は長く続かないだろう。

ロッティはカップに砂糖を入れ、濃い紅茶をかきまぜながら息を吹きかけた。テーブルクロスの細かい模様を観察する。上等の品だ。地元の織工の手によるものだろうか？

イーサンはこの青い壁紙をすごく気に入っているのだろうか、それとも春キャベツみたいな明るい緑に張り替えてもいいと思うだろうか。そんなことを考えながら数分が過ぎた。ローズマリー色ならきっと朝日に映えるだろう。この小さな部屋に青色は暗すぎる。

「ロッティ、大丈夫かい？」

「えっ？　ええ、大丈夫よ。どうして？」

イーサンは首をかしげて訊いた。「もう三杯目の紅茶を飲んでいるのに、何も話そうとしないし、こっちを見ようともしないじゃないか」

彼女はほっと息をついてカップをおろした。「ごめんなさい、本当に大丈夫よ」

「昨晩のことを後悔しているのなら、気持ちは尊重するよ。もう二度とする必要はない」

「いいえ」ロッティは声をあげた。目を閉じて三秒数え、今度は落ち着いて言い直す。「いいえ、後悔はしてないわ。むしろその反対よ。でも、いまにも誰か入ってくるんじゃないかと気になって。アガサおばさまがおりてくるかもしれないし、従僕がティーポットのお湯を替えに来たり、メイドが火をかきたてに来たりするかもしれないでしょう。だから、愚かな娘みたいにここの領主を見つめてぼんやりしないよう気をつけているのよ」

イーサンの片頬にえくぼが現れ、気持ちを打ち明けたことでただでさえ高ぶっていた彼女の神経がさらにざわついた。「じゃあ、別のことを話そうか。今日は領民を訪ねる予定なんだ。サッチャー家にもうすぐ赤ん坊が生まれそうだから、様子を見たくてね。一緒に来るかい？」

領地の問題なら集中して考えられる。ロッティはその日の予定を聞いて落ち着いた――すべて彼女の守備範囲だ。「ええ、ご一緒したいわ、ありがとう。ところで、この部屋の壁紙を緑にするのはどうかしら？」

「お嬢さまはもう模様替えの計画を立てているのですか？　まずは結婚が先だと思いますが」コナーが入り口に現れて言った。声音は軽く何気ないものだったが、その笑顔はこわばっていたので、ロッティは気まずい思いをした。

彼女はぎこちなく笑った。「ただの日常会話よ」

「どうしたんだい、コナー？」イーサンが訊いた。

「今日、醸造所を訪ねる予定は？　従業員から聞いたんだが、ミスター・マクドネルが建物の変更したい点について提案リストをよこしたらしい」コナーが言った。

イーサンが紅茶を飲み干してナプキンで口を拭いた。「ああ、今日立ち寄るつもりだ。マクドネルのことは心配無用だ。そのために早々と彼を呼び寄せたんだからね。彼の思うように建物が整っていないなら、修復可能なうちに何が必要かわかったほうがいいだろう？」立ちあがってロッティの頬にキスをする。「ちょっと取ってくるものがあるから出発は急がなくていい。図書室で会おう」

ロッティとコナーはイーサンを見送った。イーサンは出ていく直前に振り返って言った。

「それと、壁紙を緑にするのはいい案だ」

ロッティはくすっと笑い、朝食を続けようとして、コナーがまだ部屋にとどまっていることに気づいた。「もう朝食は召しあがった？ ポットのお湯がまだ熱いから、紅茶でもいかが？」

コナーは腕を組んで彼女をじっと観察した。「結構です、お嬢さま」

彼女はじろじろ見られて居心地が悪く、フォークを皿に置いてナプキンで口を拭いた。

「エイムズベリー卿に合流したほうがよさそうだわ」

「こちらにはいつまで滞在予定ですか、お嬢さま？」

ロッティは顔にかかった巻き毛を撫でつけ、どう対応すべきか考えた。コナーとイーサンの関係は特別で複雑なものだが、彼女にはコナーとの接し方がわからなかった――特に、失礼な物言いをされたときは。「わたしたち、ロンドンに戻る日はまだ決めていないの。決まったらエイムズベリー卿から知らせると思うわ」

コナーはこくりとうなずき、出口に向かいかけた。「予定をお尋ねしたのは、醸造所が大切だからです。こちらで子爵が必要なときに、ロンドンで遊びまわられているようでは困るので。あなたがいると子爵の気が散るし、彼は以前も傷つけられましたしね」

ふたりの過去を取り違えているようだが、コナーのその言葉でロッティがどう思われているかはっきりした。コナーが出ていって扉が閉まると、彼女はひとり残された。テーブル脇に立ち、皿から最後のソーセージをつまんで紅茶を飲み干し、ナプキンで手を拭く。そして部屋を見まわして言った。「本当に気が滅入《めい》る青色だわ」

ロッティに仕事を見学させて、彼女がここウッドレストに溶け込めそうか見てもらうのもイーサンの計画だったが、その日は彼女を連れて歩くのに最高の日ではなかった。コナーが不機嫌なうえ、マクドネルの着任によって石工も大工も大混乱に陥っていたのだ。ロッティはイーサンの横で馬を走らせながら、ここ一時間ほど不自然なくらいおとなしくしていた。

「何か考えごとかい？」

「コナーはわたしのことが嫌いなのね？」

イーサンは眉根を寄せた。「今日のコナーは機嫌が悪いんだ。きみのせいじゃない。何か失礼なことをしたかい？　きみに居心地の悪い思いをさせないよう注意しておくよ、ロッティ」コナーとロッティがうまくやっていけないなら、先が思いやられる――ふたりが一緒になる将来を彼女に考えてもらえるならの話だが。

ロッティは微笑んだが、目は笑っていなかった。「そうだといいんだけれど。考えすぎかもしれないわね」

ふたりはサッチャー家の訪問を終えたところで――ミセス・サッチャーはいまにも産気づきそうな状態だったが、赤ん坊が協力をしぶっている様子だった――ロッティがまた口を開いた。「地元の産婆は信頼できる人なの？　お産に誰か手伝いを呼ぶべきかしら？　ミセス・サッチャーと計算してみたんだけれど、もう予定日を過ぎているわ。大きな赤ん坊だから、合併症が起こる可能性もあるし」

「村の産婆は経験豊富だし、ミセス・サッチャーを安心してまかせられる」ロッティが建築現場の職人や領民とやりとりする様子を見て、彼女の新しい一面を知ることができた。思慮深く、細かい点まで考えが行き届いているのは一目瞭然で――世話焼きな面があることもわかった。まあ、たいていは世話が必要な者たちなので、彼女を咎めるつもりはない。

イーサンは木陰にエズラの手綱を結んだ。馬からおり、ロッティを受け止めようと腕を広げると、彼女は素直に馬から滑りおりた。そのウエストのくびれはあつらえたかのように彼の腕にぴったりだ。その日はずっとそうだったが、昨夜の記憶がまた脳裏をよぎった。腕の中で乱れていたロッティ――嬌声をあげながら空気を求めるほっそりした喉元は、イーサンの唇の下で振動していた。お返しに彼を絶頂へ導いたときの彼女の満足げな表情――官能的な媚態《びたい》と行為への好奇心が入りまじった様子が愛らしかった。「昨晩きみが言ったことを考えていたんだ。愛人関係について」

「その声の調子からするといい話じゃなさそうね」

一日じゅうその問題が頭の中をめぐっていたが、まだ混乱していて言葉にするのは難しい。「きみが欲しい。それだけは信じてくれ。絶対に、絶対に疑わないでほしい。こんなことを話している自分が信じられないくらいだ。でも、この偽りの婚約が有効で、三週間後に終わらせるものなら、フレンチレターは必要にならないと思うんだ」イーサンはウエストにまわした手に力を入れて自分のほうに引き寄せた。「以前のきみが知っていた恥ずべき愚か者になりたくてたまらない。もしそうなら、いまここできみを草むらに押し倒して、ずっと脚のあいだから離れないだろうからね」

ロッティは黙ったままだったが、動きを止めることはめったにない。いまも彼のクラヴァットに手が伸び、話を聞いているあいだ結び目をいじっている。

「ぼくは良心の呵責《かしやく》をなだめるために屁理屈《へりくつ》を並べているだけかもしれない。でも代わりの提案があるんだ。お互いの快楽を追求するほかの方法を試そう。きみが楽しむために、ぼくの体を使ってかまわない。だが子どもができるような危険は冒さないつもりだ」ロッティが妊娠すればふたりは結婚するしかなくなるが、彼女に無理強いすることだけはしたくない。たとえそれが過去最高に心地よいものだとしても――それなのに、また興奮の渦に急降下しようとしている。

ロッティの吐息が胸にかかる。「それがあなたが出した答えなの？　フレンチレターを必要としないくらい自制できるということ？」

イーサンは自嘲的な笑いを漏らした。「自分でもわからないが、挑戦してみる」

ロッティの瞳が小悪魔のように光り、気分が変わったことを感じさせた。「あなたが自制心を失うまでにどこまでできると思う？」彼女が木にもたれた。イーサンは上着の襟を引っ張られるがままに近寄った。

「それは危険な質問だな」イーサンは体を押しつけながら、ロッティが官能的な気分になって彼の手にヒップをつかませるのを楽しんだ。彼女に押しつけた部分がかたくなっているのを隠しようがない。ロッティはいたずらっぽく片足を彼の膝の後ろにまわし、ふたりのあいだに隙間ひとつなくなるくらいぴったりと引き寄せた。イーサンは彼女の片脚を持ちあげるとドレスの中に手を入れ、ふくらはぎをかすめながらガーターの上の素肌を愛撫した。一線を越えずにどこまで楽しめるだろう？　眠っていた情熱が目覚め、ロッティはいまや愛欲むきだしの女性だ。ふたりが共有する欲望を無視するならば、彼は愚か者だ――ふたりが一緒になる将来を彼女に考えさせるきっかけになるかもしれないと考えるとなおさら、この欲望を抑えるわけにはいかない。

ロッティは興奮で胸元までピンク色に染めながらも、イーサンを試すように片眉をあげた。「昨晩みたいに触れてほしいの。でも今日は服越しはいやよ。中に入れてくれないのなら、感じさせて」その言葉に、彼の欲望は別次元まで跳ねあがった。どうしてもロッティの中に入りたい。イーサンの欲望を察したように、彼女は首をかしげた。「わたしが思ったことを口にするのが好きなのね」

「ああ」イーサンはうめくように応じた。「どうしてほしいか言ってくれ」かたい指の腹で触れた腿はなめらかで、禁断の行為を思わせる。まるで希少価値のある大理石像を愛撫しているようだ。ただ大理石と違い、彼がかき分けた巻き毛の奥はとろけて濡れている。ロッティはまぶたを震わせるように目を閉じて木に頭をもたせかけ、首をあらわにした。イーサンはその脈打つ首筋に唇を当て、レモンのような香りを吸った。彼の指がロッティの熱い部分に入ると、彼女はあえいだ。イーサンは笑みを漏らした。

ロッティは一瞬だけ服従したが、すぐにイーサンの唇を求めた。彼はブリーチズのボタンが外されているのを感じた。「もっと触れたいの。お願い、イーサン。ひとりでいかせないで」ロッティは彼のものを手で包み込み、背伸びして自分の脚のあいだにそれを押し当てた。

ふたりは動きを止めた。肌と肌が触れ合い、花弁の柔らかさとかたいものが重なる。イーサンは息を切らし、ロッティの見開いた目を見つめ返した。木にもたれた彼女をさらに持ちあげ、かたくなったものを熱い部分に添わせる。ロッティは本能のままにヒップを傾け、彼を迎え入れようとした。イーサンは彼女を持ちあげたまま、下腹部を前後に滑らせた。おかしくなりそうだが、彼女の中に入るわけにはいかない。

「びっしょり濡れている。ああ、ロッティ、最高だ」イーサンは彼女のあえぎ声を味わいながら、自分のすべすべしたものを割れ目の先端のいちばん感じやすい部分にこすりつけ、その敏感な部分を何度も往復させた。片手でロッティの腿を支え、もう一方を首の後ろにまわして木のごつごつした幹から彼女を守りつつ、腰を押し当てて相手の動きを封じる。ふたりは額を重ね、見つめ合いながら息を切らした。ぴたりと密着し、彼女の濡れた部分がイーサンのものを中に入れないまま包み込んでいる。彼はかたくなったものの先端が侵入してしまわないよう全力でこらえた。

ロッティが彼の心を読んだかのように懇願した。「中でひと突きするだけでいいの。一度でいいから、お願い」切羽つまった〝お願い〟の言葉が口をつくと、彼女は絶頂に襲われた。あと一度だけ突いて――残念なことに彼女の外側でだが――イーサンもクライマックスに達した。

自制心のおかげか、タイミングに助けられたのか、ふたりのあいだの地面に欲望の結果がこぼれた。ロッティがあと三〇秒持ちこたえていれば、誘惑に負けて中に入れてしまったかもしれない。彼はそう思わずにいられなかった。

イーサンはロッティの顎にやさしく口づけ、唇に近づいていきながら現実が押し寄せてくる前の短い時間を味わった。ほんの数秒前は彼女が懇願していたのに、今度はイーサンのほうがもっと欲しいと求めそうになっている。ロッティは歓びを分かち合いたがっていたのに、イーサンは放出させて身震いしながら、自分が本当に欲しいのは彼女の心ではないかと感じていた。

17

その日ロッティが選んだ去勢馬が、そよ風に揺れる草むらを避けようと驚いて横に跳びはねた。彼女はその馬を落ち着け、なだめるように声をかけながら制御した。馬の扱い方に余裕がある。田舎暮らしは彼女にとってなじみあるものだ。ロッティがこの地になじんでいたので、イーサンは彼女がまもなく去ってしまうことを考えたくなかった。

その午後ふたりは建築現場を訪れ、マクドネルに彼の住居となるコテージを案内した。吹きさらしの中で一日じゅう馬に乗っていたロッティは疲れ果ててぼんやりしている。イーサンはすでに石塀の後ろに二度、木陰に一度、彼女を引きずり込んで唇を奪った。そのたびに彼女は喜んで応じた。イーサンはキスより先には進むまいと必死で我慢した。昨日の木陰での接触はスリルがあったが、もう少しで引き返せなくなるところだった。ふたりでウッドレストに戻る帰り道、彼は満足感を覚えていた。

「あなたの領地はどこまで続いているの？」

「あそこが見えるかな、水面に太陽が反射しているだろう？　ウッドレストはテムズ川とクレイ川が合流するところから始まって、ここから南に三〇分ほど馬を走らせたあたりまで続くんだ」イーサンは目印を指さした。

「スコットランドとはずいぶん違うんでしょう？　領地管理の教育も受けずに小さな農家からここに越してくるのは大変だったと思うわ……圧倒されたでしょうね」

圧倒されたどころの騒ぎではない。「事務弁護士が家を訪ねてきて、ぼくがここをすべて所有するイングランドの貴族だと言われたときは、何をどう考えていいかわからなかった。ぼくの家族は――イングランド家系ではないほうの家族は全員、牧羊に従事していたからね。それもやり手だったんだ。牧羊以外の仕事なんて何も知らなかった」

「描いていた将来とは違ったでしょうね」ロッティが言った。

小作人たちの家の暖炉から立ちのぼる泥炭の煙がそよ風に乗り、昨夜の雨で広がった新鮮な大地のにおいに消されることなく漂ってくる。「神と英国王は共謀して、計画を立てる者を妨害するらしい」イーサンは頭を振りながら軽く笑った。「初めてウッドレストを見たときはパニックに陥った。スコットランドで順調な人生を送っていると思っていたから。両親が残してくれた土地で妻を養うこともできただろう。それにしても、生まれ育った家はここの客間のひとつにすっぽり入ってしまうくらいの大きさだった」

「逃げださなかったのが不思議なくらいね」

正直、イーサンも不思議に思っていた。すべてを放りだして、スコットランドの静かな片田舎に戻りたいという衝動にまだ駆られることがある。ふたりは小川を越えた道に馬を向け、岩を避けながらでこぼこ道を進ませた。「逃げそうになった。使用人と弁護士を残して席を立って、いちばん小さな収納室を探して床に座り込んだんだ。心臓が飛びだすんじゃないかと思いながら、その狭い場所にいたら空気が足りなくなると考えたことを覚えている」

「何歳のときだったの？」

「若かった。二二歳のときだ。流し場の収納室に座り込んで、子どもみたいにパニックを起こした」ふたりは小さな丘の頂上に達し、広がる草原を前にしていた。イーサンは誇らしさを覚えた。収穫を終えた土地とよく管理された数々の建物が領地の成功を証明している。右手にはこぢんまりとした感じのいい領民用コテージが見えた。西風からいちばん遠い片側に小さな家庭菜園があり、重厚な木製の扉は何十年にもわたる人の出入りで削られ、なめらかになっている。イーサンはちらりと目をやり、ロッティがその光景に見とれている様子に安堵した。

「わたしでもパニックを起こしたかもしれないわ。当時ご両親はどこにいたの？　相続する可能性をどうして知らなかったの？」

その疑問はイーサン自身もよく感じていた。当初、父がその可能性を教えてくれていなかったことへの腹立ちで悩んだものだ。だが、男性の相続人が次々と死んでしまうとは誰も予測していなかった。ひょっとすると父はイーサンがもう少し大人になってから話すつもりだったのかもしれない。「ぼくたちは一族の厄介者だったんだ、数世代にわたって。ぼくたちがあの片田舎で暮らしていることを誰も気にしていなかったし、あの村では英国貴族の称号なんて重要視していなかったからね。ぼくが相続したとき、両親はすでに他界していたんだ」

「じゃあ、あの頃ロンドンにいた元気な若者は、新生活に適応するのに内心では必死だったのね」

その指摘にイーサンの心は重くなった。ふたりがどれだけ親しくなろうと、彼の過去の言動が必ずついてまわる。「ああ。うまく適応できないときもあったが」

「そのことなんだけれど。ひとつ訊いてもいいかしら。個人的なことだし、わたしが首を突っ込む問題じゃないのはわかっているんだけれど」ロッティが言った。

イーサンは片眉をあげて質問を待った。「いまとなっては、どんな個人的なことでも話題にできると思っているよ」

彼女はほっとため息をついた。「そうね、じゃあ言ってしまうわ。あなたが建てている醸造所のことよ――心配にならないの？」

「心配？　現場で何かおかしなことに気づいたのかい？」イーサンはすべて順調だと思っていたし、マクドネルも同意見だった。何か見落としていたのだろうか？

ロッティは気まずそうにしていたが、そこは彼女らしく話を続けた。「あなたは蒸留酒《スピリッツ》を避けているでしょう。うちの御者のパトリックもアルコールを飲みたい衝動と戦っているわ。彼は毎日その衝動に打ち勝っているし、あなたもそうなんでしょうね。あなたがエールかワインをグラスに一杯以上飲むのを見たこともないし」

「そのことか」イーサンは地平線を眺めた。視線の先にはおかしなガーゴイルと傾斜した屋根を備えた母屋があり、中では使用人たちがふたりの帰りを待っている。ロッティには正直な答えを知る権利がある。その答えによって、彼女に批判されることになっても。「ぼくはきみの御者みたいなアルコールへの衝動や渇望はない。思い知ったんだ、飲んだくれたときの自分が嫌いだってことをね。たまに飲むエールや一杯のグラスワインくらいなら大丈夫なんだ。夜は一、二杯しか飲まないことにしている。ウイスキーは飲まない。この五年で酔っ払ったことはない」

ロッティは額にしわを寄せてその言葉をじっくり考えた。「パトリックみたいな問題を抱えていないのなら、ウイスキー一杯ぐらいなら大丈夫でしょう？　エールやワインを飲むみたいに、一杯でやめられるんじゃないかしら」

そうしないのはイーサンが臆病だからだ。ロッティにそのことを知られれば、彼女の心を勝ち取れなくなるかもしれない。彼は顎の無精髭を手でこすりながら、なんと言うべきか言葉を探した。「怖いんだ、ロッティ。自分が信用できないんだよ。きみを傷つけたときも、ぼくは酔っていた。コナーに怪我をさせたときも、ぼくは酔っていた。もう間違いを犯したくないし、人を傷つけたくもない」

彼女はうなずいたが、それからは家に着くまで口を開かなかった。馬番が急いで手綱を受け取りに来ると、イーサンはその機会に乗じてロッティが馬からおりるのを助けた。

「少しでもわたしを抱く言い訳を探していたんでしょう？」ロッティが彼の腕の中でささやいた。

イーサンはウインクした。「図星だよ、お嬢さま。誰もいなければキスするんだが」

「誰もいなければ、させてあげるんだけれど」ロッティは離れて帽子をかぶり直した。「料理人のところに行って、新しい醸造所の責任者に食事を届けてもらおうと思うの。ミスター・マクドネルは厨房からバスケットが届いたら喜ぶんじゃないかしら。到着して初めての晩だから。いいでしょう？」

「もちろんさ。気遣ってくれてありがとう」イーサンはその後ろ姿を見送りながら、扉に向かって階段をあがるロッティの揺れるヒップに恥ずかしげもなく見とれた。曲線美と機転を備えた彼女から目が離せない。

夕食後、ふたりはまたいつものように図書室にいた。すでに日々の習慣ができあがっている。

イーサンは一日じゅう、石工や大工からいい花嫁を選んだと称賛された。複雑な思いだった。彼はロッティがお返しに差しだす以上のものを求めているので、その思いを分析することから目をそむけていた。

図書室のいちばん奥の壁際に並ぶ本の背表紙を、ロッティが指でなぞっている。何を探しているのかわからなかったが、イーサンはその沈黙が心地よかったので尋ねなかった。

手をあたためるブランデーのグラスがあっても悪くない。アルコールを欲するのは珍しいことだが、正確に言えば渇望しているわけではない。だがこれが絵画なら、領主は片手にブランデーを持ち、足元には犬が寝ていて、美しい妻は好奇心旺盛で成熟した頭脳を満たそうと図書室の本棚を調べているだろう。

イーサンはそんな自分たちを想像できた。ふたりの計画的婚約について考えると、ロッティとの未来をそれほどはっきり描けることに不安を感じてもおかしくない。ふたりはともに未来を歩むことはないのだから――婚約期間はあと三週間で終わる。

だが悪くない空想だ。「探しものは見つかったかい？」イーサンの視界からロッティが消えていた。

「もう少しよ」

数分経ち、ロッティが本を片手に近づいてきた。隣には座らず、彼の足元に膝をついて目をいたずらっぽく光らせる。

「何を企んでいるんだ？」

「自習してきたのよ」ロッティがウインクした。「参考書を見つけたの」そう言って本を示す。イーサンは題名を見て椅子の肘掛けをぎゅっとつかんだ。やはりあの分野の本を見つけたのだ。ロッティはいま彼の足元にひざまずいている。どうか神さま、お助けを。

「ここにはこう書いてあるのよ……うん。そんなに難しそうではないわね。むしろ楽しそう」

ロッティはイーサンに話しかけているわけではなかったが、彼はこの先のことを思って好奇心をかきたてられた。本の題名とイーサンの膝のあいだにいる彼女の姿勢から察して、体がさまざまな空想をめぐらせる。

ロッティがブリーチズのいちばん上のボタンを外すと、イーサンは卑猥な言葉をつぶやいた。彼女が動きを止める。「どうかしたの、イーサン？」

　彼は首を横に振り、ロッティが続けてくれることを祈った。開けられたブリーチズの中のものが半分起きあがって彼女の前に現れようとしている。それが愛らしい口に含まれるところを想像するだけで、呼吸困難になった。彼女にこんなことをさせていることに言葉を失う――少なくとも、上品な言葉は出てこない。ロッティはイーサンのかたくなった先端に軽くキスをし、ゆっくりと口に含んで彼の表情をうかがった。もう上品であろうという思いは消えた。「ちくしょう、最高だ」彼はささやいた。

　ロッティは独学で学んだことを実演するという楽しい役割にのめり込み、かかとに腰をおろした。片手で本のページを調べながら、もう片方の手でゆっくりと拷問のようなリズムで撫でてかたくさせる。イーサンはのけぞって快楽に浸りたかったが、ロッティを一瞬でも見逃したくなかった。自分でするよりも彼女にしてもらったほうが一〇〇〇倍も快感を覚える。彼が最近それを握って快楽にふけることに膨大な時間を費やしてきた事実は神だけがご存じだ。

「ここからは自分でできそうだわ」ロッティは本を脇に置き、小悪魔的な笑みを浮かべてイーサンを見あげた。見せつけるように、付け根からふくらんだ先まで舌を這わせる。途中で止まって吸うのも忘れない。彼は快感のあまり脚まで振動が押し寄せるように感じた。「イーサン、どうしてレモンの香りがするの？」

ああ、気づかれると思った――ロッティは何事も見逃さない。彼は照れくさそうにふっと笑って、手のひらで顔を撫でた。「あの宿の女主人とバスオイルの話をしていただろう？ぼくもひと瓶買って……その、自分の手でするときに使っていたんだ。きみのことを思いだせるから」

ロッティはイーサンの腿に頬をのせ、まつげのあいだから彼を見あげた。片手はゆっくり彼のものを撫でている。「そんなに前からわたしが欲しかったの？　わたしがあなたを憎んでいたときから？」

イーサンは何度も想像してきたようにロッティの髪に指をうずめ、その頬を親指で愛撫した。「ああ、ずっと欲しかった。ずっと前から」声がかすれているのは興奮のせいかもしれないが、この告白は別の感情に促されたものだ――声に出してしまえば、彼女をおびえさせてしまう感情に。彼女に完全に心を奪われたことに、自分でも少しおびえている。

ロッティはイーサンのシャツの縁をいじり、腹部に手を滑らせた。「わたしにも告白することがあるの。音楽会の夜、窓辺であなたが服を脱ぐのを見ていたの」

彼はにやりと笑った。「気づいていたよ」

ロッティは笑い、もう一度膝をつくと、イーサンの頭を引き寄せてキスをした。ふたりの味が溶け合う。もし下腹部をくわえられたままだったなら、イーサンはひと晩じゅう彼女の中で自分を見失っていただろう。ロッティはイーサンの体を手と唇で撫でおろし、とうとう――ついに――また彼のものをくわえた。イーサンは冷静さを失った。

この女性は夢のようだ。官能的で、濡れていて、楽しげで、絶対に手を休めようとしない。握って上下させながら唇で吸うロッティのリズムに応じて、イーサンの喉から漏れる声が大きくなる。

イーサンはロッティの髪をつかんでいた手を握りしめた。引っ張るほど強くではないが、それにつかまらなければ、悪魔のような唇のせいで吹き飛ばされていただろう。完全に自制心を失う寸前だった。彼女の爪が敏感な部分をかすめて、とどめを刺す。「ロッティ、ああ、もういきそうだ」意識が飛びそうになる前になんとか息を吸った。快感が血管をめぐり、息もつけない。

ロッティはもう一度それをくわえたまま引っ張り、最後は手で処理した。イーサンが意識を取り戻すにつれ、手の力を弱める。彼がようやく目を開くと、ロッティはとても満足そうに見えた。

「ね、言ったでしょ？　学習意欲は満々だって」

イーサンは笑って頭をのけぞらせた。「読書好きの女性は大好きだ」

18

「あなたの偽りの婚約者があそこにいるわよ」アガサが窓辺で言った。

ロッティの飢えた視線が荷馬車を引くイーサンのたくましい姿を追う。ここ数日で、彼を見るだけで五感を刺激されるようになっていた。屋外労働によって日焼けした肌がどんな感触かを知っている。塩気のある味も、香りも。彼は越えるべきではない一線をはっきり主張したが、なめらかであたたかい筋骨隆々の肩にもっと触れたくて、ロッティの手はむずむずしていた。

イーサンに対する飽くなき欲望を思うと、ロッティは自分がどうかしているのではないかと心配になるほどだった。昨日の午後、図書室に本を探しに行ったときも、気がつくとイーサンの机の上で脚を広げ、彼の唇を迎え入れていた。思いだすとかっと熱くなり、両腿がぎゅっと締めつけられる。

イーサンと一日離れて過ごすのはいいことかもしれない。その状態で、結婚の計画と相手に求めるリスト、父がイーサンを憎んでいるという克服しがたい問題について思いだすのだ。帳簿の上でロッティにオーガズムをもたらした――それも二度も――男に対する父の憎しみについて。

「サッチャー家を訪ねるところだわ。今朝、産婆が知らせをよこしたのよ、昨晩遅くに赤ん坊が誕生したんですって。健康な女の子よ」ロッティは思わず笑みをこぼした。順調な出産の話を聞くと幸せな気分になる。「一家に届けるバスケットを料理人と用意したの。朝食後はリネン用の棚を整理するのをイーサンに手伝ってもらったわ。彼がサッチャー家とほかの家族にもあたたかい毛布を届けることになっているの。小作人たちが、今年は極寒になりそうだと言っていたから」

アガサが小首をかしげて言った。「あなたは領地内のことをすべて把握しているようね。彼になびいているの？　エイムズベリー卿は夫として悪くないと思うわよ」

ロッティは本を置き、去っていくイーサンの後ろ姿を〝見るまい〟としてまた本を取りあげた。「彼はわたしが結婚相手に描いている男性とは全然違うわ」最近のふたりの親密さを思うと、そんなことを言うのは不誠実な気がした。

アガサの小さな笑いがほのかな冷笑に変わる。「男性はあなたが思い描いているようには決していかないのよ、お嬢さん。彼は有能だし、簡単にあなたに服従したり管理されたりしないから結婚相手には不向きだと言いたいんでしょう。あなたは人生のすべてを管理しているものね」

「まあ、おばさまったら！」

「ふふん。わたしは年寄りだけれど、盲目ではないし、頭が鈍くなってもいませんよ」アガサはおどけたように目をくるりとまわした。「あなたみたいに頭のいい女性には対等な男性がふさわしいわ。あなたが選ぼうと心に決めているような男性ではなくてね」

そんなふうに言われると、自分が意気地なしのように思えた。

イーサンの髪を切った夜以来、ロッティの親密さに関する考えに変化が起きていた。長いあいだ欲望は理論上のものでしかなかったが、いまやそれが心の中で待ち構え、イーサンがそばにいるとつねに動きだす。ふたりで親密なときを過ごすたびに、情熱など感じなかった年月が空虚で味気ない日々として浮かびあがり、数週間後にこの婚約を終わらせれば、ふたたびその日々に戻ることを意味している。その考えが頭をもたげるたび、それを脇に置いて目の前のことに集中しようとしていたので、いまもまたそうしようとした。

ロッティは本を置き、イーサンが角を曲がって木々に隠れる前にもうひと目見ようと首を伸ばした。彼に目を向けたり触れたりすることで、安らぎを感じるようになっている。必要としたくはないのに、彼がお守りのような存在になっていた。

一方で、イーサンに対する欲望も大きくなっている。この欲望は肉体的なものでしかないはずだ。ところがロッティはいま、ほんのささいなことをつねに欲するようになっていた。日常的なこと——たとえば、夜に一緒に読書をすることや、日中に領地を見てまわることなど。

ロッティははっきりとした未来像を描いていた。ロマンス小説の女主人公みたいに計画やリストをすべて破棄したとしても、父を納得させなくてはならない。

「エイムズベリー卿はあなたのよき伴侶になると思うわ」アガサが言った。

〝伴侶〟——ロッティは鼻にしわを寄せた。なんて迷惑な言葉。もうすぐ自分の不動産を持つことになっている。それを誰かと共有する必要などない。彼女の計画ではそう決まっている。

アガサは返事をしないロッティを無視して、ひとりで話し続けた。「あなたの性格を考えると、伴侶としてやっていくことを学ぶのは生涯学習になるんじゃないかしら。自分でも気づいているでしょうけれど、あなたは管理したがる性分だから」ロッティはアガサをちらりと見てから、また本を取りあげて読むふりをした。「エイムズベリー卿は管理されることを気にしないんじゃないかしら。彼とだったら本物の関係を築けると思うわ。あなたのご両親や、わたしとアルフレッドのようにね。あなたのお母さまもそれを望んでいたのよ」

ロッティは怒りと悔しさの冷たいかたまりを胸のあたりに感じ、体がひんやりした。いま抱えている問題に簡単な解決法はない——もう何日もそのことばかり考えてきたから、それは承知している。イーサンが伴侶として最適だというアガサの指摘は、いまの時点で解決には役立たない。ロッティは音をたてて本を閉じ、ぴしゃりと言った。「お母さまが何を望んでいたかは知っているわ。自分も従順な娘だったものね。でも、いつでも望むものが手に入るわけではないのよ。違う？」涙が出そうだったが、怒りで押しとどめた。「お母さまとお父さまは特別な関係を築いたかもしれないけれど、子どもたちはその幸福から除外されたの。しかもお母さまが亡くなってからは、お父さまは書物以外に愛情を注ぐこともなかったのよ

――嘆き悲しむ娘に対する愛情も残していなかったわ」鼓動がどくどくと耳に響いたものの、涙はなんとかこらえた。

アガサはため息をついた。「ロッティ、もう二度とひとりになる必要はないのよ。結婚しないことを選んだとしても、わたしの家にはあなたの居場所があるわ。お父さまは全身全霊でお母さまを愛していたけれど、あなたへの関心がつねにあったわけではないこともわかっているわ。強制するつもりも詮索するつもりもないのよ」ロッティがふんと鼻を鳴らすと、アガサは言葉を訂正した。「つまりね、いまみたいに強制したり詮索したりしないよう気をつけるわ。でも、これだけは言わせて――あなたが決してエイムズベリー卿を愛するようにならないとしても、彼は夫として悪くないはずよ」

それには答えようがなかった。

木々を彩る秋の色が、イーサンが去っていった道に影を落としている。ロッティもサッチャー家の赤ん坊を見に行きたかったが、彼の大きな手が赤ん坊を抱く様子を思うと感傷に襲われ、パニックを起こして誘いを断った。アガサに用事を頼まれているから、と嘘をついて自分を守った。イーサンが赤ん坊に寄り添う記憶を脳裏に焼きつけないためなら、なんでもする。

彼はいい父親になるだろう。忍耐強く、やさしく、子どもを溺愛する父親に。いつか。

誰かほかの女性が産んだ赤ん坊の父親に。

それはロッティには関係のないことだ。彼とは結婚しないのだから――たとえ、あのしわがれた声のスコットランド訛りを聞くと膝からとろけそうになるとしても。

「レディ・アガサ、郵便が届いてますよ。手紙をよこす愛人がいるんですか？」コナーが部屋に入ってきて、手のひらで封筒をぱたぱたはたきながら言った。

「ロンドンで問題でもあったのかしら？」アガサが封を切った。「まあ、ステムソンからだわ。業者が清掃段階に入ったんですって。今週末にはバークレー・スクエアの家に戻れるわ。うれしい知らせね」アガサは喜びで顔を輝かせた。

アガサの屋敷に戻るということは、カーライルの――ひいてはイーサンの――隣人ではなくなるということだ。こっそり窓辺をのぞき見たり、約束なしの訪問を受けたりすることもなくなる。アガサの本宅もそこまで離れているわけではないが、向かいの家に住むという親密さはなくなってしまう。

そもそもウッドレストに来たのは、モンタギューの中傷作戦から逃れるためだった。ここにいるあいだも、ロンドンから届く新聞のゴシップ欄は無視するようにしてきた。彼らがロンドンから離れているあいだに噂話が下火になっていればありがたいのだが。町でのロッティの悪評から逃れるために、アガサの帰宅を遅らせるわけにはいかない。

ロッティはコナーに話しかけた。「この前のあなたの質問にお答えできるわね。できるだけ早くロンドンに戻ることになるわ。子爵の気を散らす女性はいなくなるわよ」皮肉を込めてそう言うと、忘れていた本を膝から取って立ちあがり、ドレスを整えてアガサのほうを向いた。「ダーリンに荷造りをさせてくるわ」

「ああ、そうね、準備することがたくさんあるわ。エイムズベリー卿が戻ったら、おいとますることを伝えましょう。明日、出発よ」

「もちろんよ、おばさま」アガサが従僕にペンと紙を用意させているあいだに、ロッティは部屋を出た。リストをつくらないといけない。ウッドレストを去ることはイーサンとここで分かち合ってきた自由を失うことだという考えから、気をそらすために。今夜はイーサンとの〝レッスン〟の最後の夜になる。

コナーが戸口でイーサンを出迎えた。「お嬢さんと老婦人がロンドンに戻るそうだ」

「何があった？　ふたりは無事か？」イーサンは心臓をぎゅっとつかまれた気がした。毛布を届けたりサッチャー家を訪問したりするのに時間がかかり、夕食もとれなかったというのに、今度は客人が帰ろうとしているのだ。

「ああ、元気そのものだ。ロンドンから連絡があって、少しばかり興奮しているがね。レディ・アガサの家が準備できたらしい。どういうことかよくわからんが、荷造りしている」

「レディ・アガサの本宅が改装中だったんだ。それで、カルの向かいの家を借りていたんだよ。どうやらバークレー・スクエアに戻ることになったんだな」もうロッティは向かいの家にいなくなる。窓越しに見ることもなくなるのだ。とはいえ、ふたりの日課になっている朝の乗馬をやめたりはしないだろう。毎日、一日の始まりに彼女の不機嫌な顔を見るのが楽しみになっていた。

コナーがイーサンの上着を脱がせ、帽子を取りあげた。「彼女はいま図書室にいるぞ」

イーサンは礼を言うようにコナーの肩をつかむと、廊下を急いだ。

今夜のドレスは残り火のごとく柔らかい輝きを放ち、またたく炎がロッティの黄褐色の肌とインク色の髪を引き立てているように見えた。イーサンの椅子で読書をしている彼女は自宅でくつろいでいるみたいだ。図書室でのひとときは現実から離れてひと息つく時間になっていた。あるべき人生の一幕だ――状況が違えばの話だが。「ロンドンに戻るそうだね」

ロッティが驚いて本から顔をあげた。「入ってきたのに気づかなかったわ。夕食をご一緒できなくて寂しかったのよ」本を置いて彼のほうに近づく。「サッチャー家の様子はどうだった?」

「まずキスしてくれるかい。もう何時間もきみを味わっていない」イーサンが唇を重ねたとき、ロッティは笑っていた。ふたたび、この瞬間をあるべき当然のものに感じて彼は驚いた。まだ彼女を放したくなくて、額に軽くキスをする。「サッチャー家はみんな疲れていたが、小さな赤ん坊を迎えてその虜になっていたよ」

「なんて名前にしたの?」ロッティは後ろに彼を従えて椅子に戻った。

「ベアトリスだ」イーサンがため息をつき、彼女の横の椅子に身を沈めた。外で濡れそぼったあとなので、暖炉のあたたかさが天国みたいに感じる。「ロッティ、きみにも見てもらいたかったな。とっても小さくてね。頭がぼくの手のひらにおさまるんだから。身長もぼくの前腕くらいしかない。おなかがすいているときしか泣かなかったな。ミセス・サッチャーがバスケットのお礼を言っていたよ」

「気に入ってもらえてよかったわ。ベアトリスはかわいらしいんでしょうね」

「ああ、とても。ところで、きみたちが明日帰るとコナーから聞いたんだが？」

ロッティは手にしていた本に視線を移した。長い指で本の背を撫でるのは、この一週間でイーサンが見慣れるようになった彼女の癖だ。彼がその指をつかんで動きを止めると、ロッティは手を返して指をからめた。この数日ではなく、もう何年もそうしてきたみたいに。

「コナーから聞いたとおりよ。アガサおばさまの屋敷に今週末には戻れることになったの。引っ越しの前にいろいろと片づけることがあるから、明朝ロンドンへ発つわ。ダーリンが荷造り中よ」

「ウッドレストにも現実世界が割り込んできたってことか」イーサンは背もたれに頭を預けたが、視線も手も彼女にとどめたままでいた。「短い期間でも、ここに滞在してくれてありがとう」

ロッティもイーサンと同じ姿勢で、彼と同じ疲れたような笑みを浮かべた。「楽しかったわ。とりわけ毎日の仕事や事業の話にも参加させてもらえたことが。居間で座って編み物でもするんだろう、なんて期待されなくてよかった」

「おいおい、お嬢さん。きみのことは、もっとよくわかっているよ。もう何年もスタンウィックを切り盛りしてきたんだ。参加してもらうに決まってるじゃないか」

「ずっと考えていたの、わたしの計画をあなたが――あの、ふたりで一緒に実行する方法があるかしらって。あなたが本当にわたしと結婚することを期待しているわけじゃないのよ――つまり、それは図々しい言い分ですもの。でも、ここに滞在したことで、いろいろなことを疑問視するようになって――わたしの計画さえも。計画はどう考えても納得いくものなのに」ロッティは混乱しているようだ。自分の言ったことを否定するように首を振っている。

「気にしないで。いま言ったことは忘れて」

ロッティが自分の判断に迷っているのを見て、イーサンはほろ苦い思いに襲われた。「ぼくもふたりで過ごす時間を終わらせたくない。ぼくがきみを欲していることは知っているはずだ。でも、ぼくはきみの計画にふさわしい男ではない。結婚したら、毎晩同じベッドで過ごしたいからね。そばにいてほしいんだ、どこか遠く離れた領地ではなく。きみが望む未来と、ぼくがここで築いている人生は一致しない。どちらかがすべてを変更しなければならない」

「仮にわたしたちが結婚した場合について考えてみましょう」ロッティの表情は真剣そのものので、考えをまとめて問題を解決しようとしているのがイーサンには手に取るようにわかった。彼は妥協点を見つけられる可能性が低いことを承知していたが、希望が芽生えてきた。

「わたしをいまと変わらず扱ってくれる？　領地の問題に関わらせてくれるかしら？」

イーサンは彼女の手を握りしめた。「きみはその経験を積んでいるからね」

ロッティは彼をじっと見た。「そんなにあっさり認めてくれるの？　話し合おうとか、それは男の仕事だとか言ったりもしないの？」

「ぼくの生まれ故郷では女性も男性と同じくらいきつい仕事をこなしている。きみが望むなら別だが、一日座ってのんびりしてくれなんて思わない。きみはそんなタイプじゃないからね。でも、もしきみの計画にぼくを参入させてもらえるとしても――本当にもしもの話だが――伯爵はぼくを憎んでいる」

ロッティはがっくりと椅子にもたれた。「ええ、そうね」

イーサンは唇を引き結んでうなずいた。もう言うべきことはない。伯爵はロッティの唯一の肉親だ。ふたりをもめさせるようなことはしたくない。家族のいないイーサンには、彼女を家族から引き離すことはできなかった。

外の薄明かりは図書室の壁には届かず、暗がりの中、ふたりの椅子の近くで炎が音をたてている。火にあたためられた薄暗い空間は、誘惑に最高の環境だ。もし今夜ふたりが結ばれれば、先が見えない現状を考えると、絶望しか残らないだろう。それでも最後にもう一度ロッティを味わいたいという誘惑にはあらがえなかった。イーサンは椅子から立ちあがると、別れが近づいているのを知りつつ彼女に手を伸ばした。「ロッティ、今夜が最後の――」

ロッティがキスを受け入れるために顎をあげたそのとき、アガサが部屋に入ってきた。

「舞踏会を開くわよ――ふたりの婚約と屋敷の改装を盛大に祝いましょう。夏のあいだロンドンから離れている人たちが参加できないのを悔しがるくらい盛大なパーティよ。今週末までに招待状が発送されれば、何組かの家族は予定より早くロンドンに戻るかもしれないわね。それでなくても、議会が始まるまでもう数週間しかないもの」

ロッティはアガサに向かって呆れたように頭を振り、イーサンをちらりと見た。「婚約パーティだなんて人をだますみたいじゃないかしら？　費用もかかるし」

イーサンにはその舞踏会が、打ち砕かれるとわかっている期待を無駄に高める大騒ぎとしか思えなかった——期待とともに、ふたりが将来一緒になれるかもしれないという愚かな願望も打ち砕かれるだろう。けれどもアガサが開きたいというなら、舞踏会は催されるのだ。この女性は誰にも止められない。

「ロッティ、男性の前で費用の話をするものじゃないわ。みっともない。あなたがロンドンにいるあいだはわたしがシャペロンなんだから、婚約を祝えば、家族がこの取り決めを応援していると周囲に知らせることができるでしょう」

「でも、お父さまは絶対に——」

アガサは入ってきたときと同じくらい素早く部屋から出ていき、ロッティとイーサンはその後ろ姿をただ見つめるしかなかった。ほんの少し前まで可能性に満ちた雰囲気が漂っていたのに、きびしい現実にあおられる。いまやふたりは沈黙に包まれ、それぞれが自分の考えにふけっていた——互いが追うことのできない思考の世界で。

ロッティがこわばった笑顔で彼の手をほどいた。「おやすみなさい、イーサン」

本が椅子に残されたままだった。イーサンはそれを手に取って題名を見た。『ファニー・ヒル』だ。彼の好奇心旺盛な生徒が官能小説を見つけたのは、まったく不思議ではない。

暖炉の火が音をたてる。イーサンの呼吸以外の唯一の音だ。図書室は先ほどまで居心地よかったにもかかわらず、いまは寂しさしか感じない。長年、ここにある書籍とインクと革のにおいという友人だけで充分だった。それなのにいまは、隣に腰かけるロッティがいなくても満足できる人生に戻れるだろうかと思わずにいられなかった。

19

イーサンとの再会にロッティは興奮した。彼女とアガサはその一週間前にウッドレストから戻っていたが、イーサンは今朝やっとロンドンに戻ったのだ。彼が今週送ってきた手紙によると、領地で仕事があったせいらしい。果たすべき義務がたくさんあるからウッドレストに残るよう、コナーにきつく言われたのだ。ロッティは領地の仕事が滞るのはいやだったが、またイーサンに会えると思うと、自分でもそれほど意識していなかった胸の痛みが解消される気がした。

無蓋馬車に乗るのでダーリンを連れていかなくてすむ一方、イーサンと過ごすあいだも人目を気にしなければならない。ウッドレスト滞在期間、ふたりは夢のような自由を満喫したので、ロンドンでは籠に閉じ込められているような気分だった。イーサンが最後にロッティに触れてから数日しか経っていないのに、もう何年も経った気がする。

ロッティが馬車に乗るのを助けてもらったとき、イーサンの目は称賛に輝いた。新しいドレスを着てきて正解だったと、ロッティはとても満足した。明るい緑色のドレスには縁飾りが施され、木の葉や鳥の刺繍《ししゅう》が入っている。ちょうど昨日マダム・ブーヴィエから届いたばかりだ。

「とてもきれいだよ、お嬢さん。また会えてうれしい」

ロッティは唇を嚙んで彼の口元を見つめた。人前で挨拶するのではなく、ほんの少しでもふたりだけの時間を得られるのなら、なんでも差しだすだろう。「ええ、わたしも会えてうれしいわ。ふたりきりなら……」

「ああ」イーサンはかすれた声で応じ、咳払いをして続けた。「ガンサーの店にアイスを食べに行くんだろう？」

「こんなに寒いのにアイスなんて頭がどうかしていると思われるかもしれないけれど、行きたいの」

ふたりでおしゃれな喫茶店に向かいながら、ロッティはイーサンの横顔を見つめ、その造作をしげしげと観察した。ああ、どれだけ会いたかったことか。ロンドンに戻って以来、図書室での最後のふたりきりの会話を何度も思い返していた。未来への絶望感とともに問題を解決しないまま残してきたのだ。それが心にわだかまりを残していた。

ロッティが話したかった混乱した思いを伝える時間もないほど、店にはあっという間に着いた。たしかにイーサンを味わいたかったが、それよりも、友人としての彼が恋しかった――その声を聞き、笑わせ、領民に対応する彼を目にしたかった。こう言うのがいちばん自然に感じた。「会いたかったわ。手紙をありがとう」

「ぼくも会いたかった。まる一週間、ずっときみのことを考えていたんだ。少し遠まわりしてもいいかな？　ふたりきりで話したいんだ」

ロッティがうなずくと、馬車は二度曲がって公園のほうに引き返した。

イーサンの片側が彼女に押しつけられ、腰と腰が触れた。彼が馬に指示を出すたびにふたりの腕が軽くぶつかったが、どちらもよけなかった。「もうそろそろ期限の一カ月だ。きみが当初の計画どおりにしたいなら、ぼくは自分で言ったとおり身を引き、きみの幸福を祈る」グリーン・パークの長い砂利道で馬を止め、真剣な表情で彼女に向き合う。「だがロッティ、もしきみがぼくとの人生を望むなら、父上に手紙を書いて懇願するつもりだ。笑われてもいいし、拝み倒すのもいとわない。父上に認めさせることはできなくても、きみを幸せにすると説得してみることはできる」

ロッティは葛藤していた。どちらの思いを優先させるべきかわからない。どちらの思いを選んでも、自分自身の一部を失うように感じられた。

一方では、この誇り高いスコットランド人が父に懇願するのを許し、ウッドレストで過ごしたように今後の人生を送りたいと思っている――領地の仕事をし、ふたりが見いだした衝動的な情熱とともに生きるのだ。しかし、それはイーサンにとって正しいことだろうか？　意図的なのか偶然なのかはわからないが、彼は愛という言葉を口にしていない。でも愛のようなものを望んでいることはたしかだ。彼の両親の話を聞いたとき、ふたりが愛情で結ばれていたことがはっきりわかった。イーサンとは育った環境がまったく違うとはいえ、たしかにロッティはイーサンのことを大切に思っている。彼が欲しい。けれども愛しているだろうか？　愛というものを示されずに育ったので、いま自分が抱いている感情が愛かどうか判断するすべがない。

愛という恐るべき概念を脇に置いたとしても、少なくてもイーサンは伴侶との絆《きずな》を得るべきだ。友情と欲情の上に築かれた結婚でも、ふたりが描く未来像の幸福な折衷案になりうるだろう。

しかしあの海辺の家も、ロッティに自由という誘惑の言葉をささやいていた。キスが——たとえたまらない気持ちにさせるものだとしても——自立生活を失うに値するものかどうか確信が持てない。

ロッティの沈黙が長すぎたのだろう、イーサンは馬に声をかけてガンサーの店に向かった。自分の頭の中でさえまとまっていない思いを彼に説明しようとするのは困難だ。しかしイーサンは勇気を出して自分をさらけだしてくれたのだから、返事を聞く権利がある。ロッティは決定的な答えが出せればいいのにと思った。

「あなたを望んでいるのと同時に、思い描いてきた未来も望んでいるの。妥協案があるかもしれないから、それを探しましょう。わたしたちの情熱がしぼんでしまったとしても、平穏に暮らすための共通の関心を見つけられるかもしれないわ。わたしはわたしの領地で、あなたはあなたの領地で暮らすという選択だってできるかもしれない。そうすれば憎しみ合うことなく離れた場所でやっていけるわ。この情熱が消える前に跡継ぎを授かる可能性もあるし」

「現実離れした願望は考え直す必要があるよ、お嬢さん」からかっている口調ではなかった。正直に話したことで、イーサンを傷つけてしまったのだろうか？

「お願い、わかってほしいの。現実的に考えようとしているのよ、イーサン。父とはこの先もずっとつきあっていかなければならないってことを考えたことある？　一度退治すれば二度と会わなくてすむドラゴンじゃないのよ。それも、わたしたちの結婚を父に同意してもらえたと仮定しての話で、同意してもらえる可能性が低いのは、ふたりとも承知しているでしょう？」

馬車がバークレー・スクエア七番と八番に着いた。窓越しに店のシンボルのパイナップルの飾りが見える。イーサンは手綱を膝に置き、ロッティの視線を避けて自分のブーツを見おろした。「これは賭けだ。どんな関係でもそうだが。でも、きみには賭けてみる価値がある。きみが終わらせたいなら、そうすることもできるよ。舞踏会の翌日で一カ月の期限が切れるから」

ロッティは彼の手を握りしめた。「あなたを傷つけたいわけじゃないの。もし結婚して、数年後にあなたがこの契約を不快に思うようになったらどうするの？　あなたの提案を少し考えさせてもらえるかしら？」

「ああ。納得できるまで考えるといい」ふたりの指が一瞬からみ合い、イーサンは手を離して馬を止めるために御者席からおりた。

ロッティが馬車からおりると、チラシが飛んできてブーツに引っかかった。足を振って払おうとする。イーサンの腕につかまり、ブーツとチラシをくっつけている濡れ落ち葉ごとはがそうとした。今度はチラシの端が手袋に張りつき、はがれようとしない。手を振ると余計に張りついた。

「イーサン、はがしてくれない？　このチラシったらわたしに夢中みたい」

彼が濡れたチラシをロッティの手からはがしたとき、ようやく彼女はそこに載っている不鮮明な挿絵に気づいた。祭壇に立つロッティとイーサンの風刺画で、モンタギューとおぼしき男が背後でひざまずき、みじめな顔で彼女の手にすがっている。またもやロッティの私生活が描かれていた。

冷ややかなあきらめの気持ちが腹部に重く居座る。醜聞は続き、それに対抗する手段はないように思われた。ロンドンに滞在するあいだ、自分たちを揶揄する風刺画にずっと悩まされなければいけないのだろうか？　ウェストモーランドにいる父のところまでゴシップが届いていませんようにと素早く祈りを唱え、ロッティは笑ってすませようとした。こんなものに一日を台なしにされたくない。

「まあ、失礼だわ。わたしのお尻ってあんなに大きいかしら？　とりわけ卑劣な画家だからこんな脚色ができるのかしら」イーサンのこわばった表情を見て、ロッティは自分だけがゴシップの標的になっているのではないことを思いだした。仲間がいると、いらだちが幾分やわらぐ。

「いまいましい風刺画はひどくなる一方だな――きみのお尻は完璧だから気にすることない。

それよりぼくの顎の描かれ方を見てくれよ。実際あんなに角張っていたら、髭を剃るときに顎で手を切ってしまう。不親切な画家だ。まあ、モンタギューのみじめな表情はそっくりだが」イーサンは濡れたチラシをぐしゃりと丸め、脇に放った。「もうたくさんだ。アイスの種類は何がご希望かな？　ひとつをふたりで分けてもいい」

「チョコレートにするわ。でも分けないわよ――たとえあのひどい風刺画みたいに、お尻が馬さながらに大きくてもね」ロッティはイーサンの手を借りずに滑りやすい石畳の道をゆっくり進んで店に向かった。「三流紙はすぐに次の標的を見つけるかしら？　もう飽き飽きだわ」

イーサンが急いで追いつくと、店の扉を開けて待った。「嵐はもう少し続くかもしれないな。きみは自分が思っている以上に興味深い存在なんだよ、お姫さま」

イーサンは前を通るロッティにウインクした。ふたりであたたかく、いい香りのする喫茶店に入る。彼は仲間であり友人だ。これから注文するおいしいチョコレートアイス以上に彼女が欲している男性。数分前にもそのことを口にしたが、頭の中でまた繰り返した。妥協案があるのなら、それを探したい。

背骨の付け根あたりをそっと愛撫されるのを感じた。そのかすかな触れ合いだけで、渇望の震えが起こる。こんなにもイーサンに感情をかきたてられるのに、ほかの男性と結婚などできるだろうか。そう考えると吐き気に襲われ、ロッティは腹部をこぶしで押さえた。できない。妥協案を見つけないと。「イーサン、さっきの答えよ。父に手紙を書いて。わたしも書くわ」

「ぼくと結婚すると言っているのかい、シャーロット・ウェントワース？」

彼女は無意識に止めていた息を吐きだした。「ええ、そうよ」

20

ロッティとアガサが借りていたタウンハウスから本宅に戻って一週間が経った。これまでロッティが本宅に滞在するときに使っていた部屋はほとんど変わっていない。リネン類やカーテンなどは新しくなっているものの、レモン系の色調はもとのままだ。居心地よさと、なつかしさを覚えた。窓から料理人のハーブ園とその奥の厩が見おろせるところも以前と同じだ。

バークレー・スクエアもロンドンのほかの地域と同じで窮屈だ。屋敷自体は広くても、隣同士で壁を共有しているか、朝食室の窓から窓へジャムを手渡しできるくらい接近して建てられている。もちろん、借家の窓のすぐ前が巨大な石壁だったことを思えば、ここからの眺めははるかにいい。けれどもロッティは、ミラノのおしゃれな店の陳列窓のようなイーサンを縁取る窓と石壁がむしろなつかしかった。いまはもう自分の弱みをわかっている——半裸の子爵とフレンチレースには、どんな女性もあらがいきれるものではない。

窓の下に視線を落とすと、メイドがハーブ園でせわしなく働き、肩掛けを落ちないよう押さえながら残っていたタイムの小枝を摘んでいる。ロッティがため息をつくと、窓ガラスが曇った。ふと思いつき、〝E＋L〟とふたりのイニシャルを窓ガラスに書いてハートで囲んでみる。くだらない感傷だ。

この一週間で、ロッティとイーサンは父を説得する手紙を細心の注意を払って書きあげた。アガサは婚約を祝う舞踏会の計画にロッティを巻き込み、リネンは白がいいか淡褐色がいいかと真剣に検討させた。舞踏会が終わる頃には白いリネンも淡褐色に変色していないだろうか？　そんな細かいことを気にするのは滑稽だと思いつつも、ロッティはパーティに興奮するのを否めなかった。茶番劇だったはずの婚約が日ごとに現実のように思われてくる。

イーサンは毎朝、約束の時間ぴったりに現れる。一〇月らしい雨模様の暗い日でも、朝の乗馬は欠かせない。馬に乗って外出することだけが、舞踏会の準備に追われるロッティの正気を保つ気晴らしになっていた。

議会はまもなく開会となり、貴族院の男性たちも街に戻ってくるだろう。社交シーズン自体は春まで本格的には始まらないが、メイフェア地区では一家が戻ってきた印として扉にかけるノッカーが日に日に増えていた。

借家から本宅への引っ越しもあったので、ロッティはたった一、二週間の準備期間で大きな舞踏会を催すことになるとは予想していなかった。

考えが甘かった。アガサが中途半端なことをするなどありえないのだ。舞踏会は婚約を祝うだけではなく、いつのまにか仮装パーティになっていた。ふたりの関係が仮のものとして始まったことを思えば皮肉な話だ。

衣装部屋の扉が開き、ダーリンが何メートルものブロケード生地に埋もれるようにして入ってきた。糊のきいたレースのひだ飾りの上からちょこんと頭のてっぺんをのぞかせ、まるでサテンをまとった直立不動の兵士みたいだ。

「前が見えないんじゃない？」ロッティは笑った。「手を貸してあげたいけれど、どこから手をつけていいのかわからないわ」

ダーリンが大声でもごもご返事をしたが、ドレスの山が邪魔して聞き取れない。

ふたりは大量の生地をベッドに放り投げ、同時にほっと息をついた。

「こんなに何層にもなっているスカートを毎日はくなんて想像できますか？　しかも、まだ鬘《かつら》があるんですよ」ダーリンが片眉をあげてロッティをちらりと見た。「近頃は貴婦人のメイドでいるほうがはるかに楽ですね――これ以上は言わないでおきましょう。杖が用意できたら、お嬢さまは見たこともないくらいかわいらしい羊飼い娘になりますよ」

「ばかげて見えることはお互いわかっているでしょう。でも、ありがとう。屋根裏部屋で適当なものが見つかってよかったわ。わたしとアガサおばさまは全然サイズが違うんだもの」

ダーリンが肩をすくめた。「ボディスをきちんとピンで留めて紐で縛れば、身動きする余裕はできますよ。スカートの部分から少しばかり生地を拝借して、必要なところに足しましたけれどね、目立ちはしません。このドレスは五〇年前のものですが、品質が素晴らしいですね。今夜エイムズベリー卿は何をお召しになるんですか？」

「聞いていないのよ、本人にまかせているから。でも彼は機転がきくから大丈夫だと思うわ。

わたしが羊飼い娘の仮装をすると言ったら面白がっていたわよ。でもどんな時代にしろ、このドレスが羊を追うのに最適だっていうなら、これに合う鬘を食べてやるわ。ありえないわよね」

三時間後、ばかばかしいほど高くそびえる鬘をかぶるためにロッティの髪はきつく巻かれていた。頭を素早く動かしたら鬘が落ちることは確実なので、彼女はぶつぶつ文句を言った。

「こんな経験はしたことがないわ、まるで地獄ね」

背後でダーリンが鼻を鳴らして笑い、派手なネックレスをロッティの首の後ろで留めた。

「さあ完成しましたよ。ペンダント部分を胸の谷間で揺らさないようにしてくださいね、エイムズベリー卿が目を離せなくなるでしょうから。お気の毒に。今夜はお嬢さまの首元に釘《くぎ》づけになって、壁にぶち当たるんじゃないですか」

「わたしの衣装全部を合わせた量の生地をまとっているのに、どうしてこんなに胸の谷間を披露することになるのかしら？」

「お嬢さまを際立たせるために、わたしが腕を振るったからですよ。あの方があなたをどんなふうに見るか存じておりますからね。その谷間はお嬢さまの武器でございます。利用しましょう――でも、くしゃみに気をつけてください、乳首が丸見えになってしまいますから」

ダーリンが後ろにさがって仕上がりを称賛の目で見た。

ちょうどそのとき従僕が杖を持ってきた。ドレスの淡青色に合わせて杖も彩色され、舞踏室の飾りつけから拝借した若葉色と白色の花々が巻きつけてある。これで会場の雰囲気にもぴったり合うだろう。大層なことだ。鬘が落ちたらどうすればいい？」

「さあ、おしまいね。鬘が落ちたらどうすれば、化粧室でお待ちして直します。とはいえ、落ちないように気をつけてくださいね」ダーリンがにっこり笑って、ロッテイに部屋から出るよう促した。横に広がるスカート《パニエ》で扉を通るためにロッテイが横歩きをすると、ダーリンはくすくす笑った。

階段の上から見おろす光景は印象的だった。蜜蠟の蠟燭が玄関広間をあたたかく照らし、ロッテイの立っている場所までほのかな蜂蜜の香りが漂っている。調度品にはすべて白い花が飾られていた。アガサはたしかに印象づける方法を心得ている。

玄関広間で頭ひとつ突き抜けて立つイーサンは黒い服に黒い上着を身につけ、見とれてしまうほど絵になっていた。ロッテイはばかみたいに笑いながら階段をおり、婚約者を迎えようとあがってきた彼と途中で対面した。

イーサンは宮廷風のお辞儀をした。「美しい羊飼いの娘さん。思っていたとおり、見目麗しい」

「狼《おおかみ》にしたの？　イーサンったら」

はね返る巻き毛から毛深い灰色の耳が突きでている。ロッテイが髪を切ったとき、頭頂部の刈り込みが甘かったのかもしれない。もしくは、イーサンの巻き毛が本当に手のつけようがないかのどちらかだ。ロッテイはあの最初の夜の記憶——厨房の暖炉の前でオーガズムを与え合った夜のことを思いだし、いまやおなじみとなった腹部にくすぶる欲望に火がついた。イーサンが彼女の衣装をじっくり見つめ、狼のまねをして笑顔を見せると、ドミノマスクの奥の視線が愛撫のように感じられた。ロッティは狼の耳の片方を撫で、それを留めているピンを巻き毛で隠した。

「大きな悪い狼を前にして恐怖に震えるべきかしら？」

「大きな悪い狼はチャンスがあり次第きみを食べてしまうぞ」その目に浮かんだ悪そうな輝きはドミノマスクのせいでほとんど見えない。「ほら、尻尾までつけたんだ」たしかに上着の裾から灰色の毛が揺れている。

最初の招待客がちらほら到着し始めた。ロッティは彼らに目を配りながら、イーサンに手を差しだした。「もっと一緒にいられたらよかったんだけれど」実際、ウッドレストを発ってからは人生でいちばん長い日々だった。特にこの一週間――父の返事を待ちながら、彼女の人生を破滅させた男と結婚しようという正気の沙汰とは思えない計画が本当に実現するのかと考え続けた一週間はとてもつらかった。父が納得しそうにないこの結婚のための策を練りながら、眠れぬ夜を幾晩も過ごしたのだ。イーサンの腕の中で安心したいと思いながら。

イーサンがロッティの手のひらを食べるようにキスをし、物思いにふける彼女を現実に呼び戻した。白い手袋越しに押しつけられた唇の感触に、腕にまで鳥肌が立った。「できるだけ早くふたりきりになれる機会を見つけよう」

客の流れがとぎれず増えている。アガサは女主人として友人に挨拶したり、本人にはそうと気づかれずに彼らをまるで家畜のように舞踏室へと追いやったりと本領を発揮していた。ロッティはイーサンを横に従え、アガサの右腕の役割を果たした。

客の到着がまばらになると、アガサが言った。「エイムズベリー卿、ダンスの先陣を切っていただけるかしら」

「このドレスでちゃんと踊れるか心もとないわ」ロッティは頭を振ったものの、すぐさまそれを後悔した。鬘がぐらぐら揺れたので、落としてしまわないよう硬直する。

「ばかなことを言わないで」アガサが鼻であしらった。「わたしはそのドレスを着て宮廷で踊ったのよ。ロシア人が何人かこのデザインをまねしたんだから。扉を抜けるときは横向きに歩きなさい。頭は揺らさないようにね。考えすぎてはだめよ、大丈夫だから」

ロッティはイーサンの腕を取った。彼は笑いをこらえきれず、腕まで震えている。

「考えすぎるな、というのは最高の助言だな」

ふたりは舞踏室の中央に行き、白い花綱がずっしりと飾られたシャンデリアの下でイーサンがロッティを引き寄せた。「大丈夫だと信じているよ、お姫さま」

そのあだ名を聞いてロッティが舌をぺろりと出すと、部屋じゅうで起こったくすくす笑いが聞こえた。ああ、そうだ。ふたりの交際を見物する者たちがそこらじゅうにいることを忘れていた。彼女は憤慨して小さく息をつき、鬘の重みに負けまいと首をすっと伸ばした。アガサの姿勢がいい理由がいまならよくわかる。

「そのドレスを着て動きまわる任務はうらやましくないが、すごくきれいだよ」イーサンがロッティのウエストに手をまわした。音楽の序奏が流れてくる。

　ロッティは壁際を見まわしながら人々の顔を確認した。

「誰を探しているんだい？」

「モンタギューが紛れ込んでいないかどうか確認しているの。もちろん招待はしていないけれど、あの人のことだからわからないでしょ？　彼ったらこの数日でたまたま三度もこの界《かい》隈《わい》に現れたのよ、信じられる？　この近くに住んでいるわけじゃないのに。でも訪ねてきたりはしなかったわ。わたしたちが屋敷に入れないことは承知しているから。だけどじっと見てくるの。気が滅入るわ」

　音楽に合わせてふたりは踊り始めた。「今夜はカルが見張っているから、モンタギューはぼくたちの夜を邪魔しないよ。あいつが賭博で負った借金をカルとぼくで買い取ったんだ。今日あいつの父親に手紙を書いて、息子の負債を一括払いで返すよう通告した。ダンビー卿はモンタギューを田舎に連れ戻そうとするだろうから、もうこの界隈をうろついてきみにいやがらせをしなくなるはずだ。だがいちおう、あいつが脅威でなくなるまでは大柄な従僕を連れて外出するようにしてほしい。モンタギューが外をうろついていると安心できないからね」

「わかったわ。いちばんたくましい従僕を連れて歩けばいいのね。その策略にどのくらいの費用がかかったのかしら？」

　イーサンのえくぼがちらりと現れた。「男性の前で費用の話をするんじゃない、ってレディ・アガサが言っていなかったかな？」

ロッティは目を細めてイーサンをにらみつけるふりをした。「引きさがるわ、いまのところはね」

ふたりが部屋を一周する頃には、ほかの客たちもダンスに参加していた。イーサンは最高に優雅な踊り手とは言えないが、自信にあふれている。音楽を無視してステップを踏むこともあったけれど、ふたりでターンをこなしつつ、イーサンはロッティをしっかり見つめて、全神経を彼女に注いだ。ロッティはめまいを感じるほどだった。体温があがり、名状しがたい何かで空気が濃密になる。これまで経験したことのない魔法のような何かだった。社交界デビューを夢見ていた子どもの頃、ロッティはその魔法を幼いながらに想像していた。一瞬目を閉じ、イーサンに身をまかせてふたたびくるりとまわった。

招待客たちが踊り、楽団が音楽を奏で、ワインがまわされる。イーサンはロッティに思いきりキスをしたくて、五分でいいからふたりきりになれなければ叫びだしそうだった。いまいましいスカートが横に広がっているので、彼女の横に立つこともできない。しかたなくロッティの手を握り、きらびやかな舞踏室の窓の向こう側にあるバルコニーに出ようと部屋の端に引っ張っていった。アガサは最高の成果をあげ、屋敷は彼との結婚に同意してくれた女性と同じくらい愛らしく仕上がっている。

ガンサーの店に行ったあの日、ロッティはどういうわけかイーサンとの結婚に同意してくれた――しかも公共の場で。とても彼女らしい。イーサンはあの日から愚か者みたいにずっとにやけ笑いが止まらなかった。ロッティは驚きに満ちた女性だ。イーサンの心が彼女のものであることは否定しようがない。完全に彼女のものだ。あの特別な言葉で思いを伝えることができなくても（それを聞いたらロッティは逃げだすだろう）、彼女を愛していることを自覚している。

ともかくイーサンはロッティから結婚の承諾を得ることができた。この自分が。ブリンクリー伯爵家の令嬢、レディ・シャーロット・ウェントワースがスコットランドの元羊飼いとの結婚に同意してくれたなんて信じられない。

ふたりは伯爵に手紙を書いたが、まだ返事はなかった。手紙が配送される距離を考えれば、まだ返事がなくても不思議はない。父親の祝福も得ていないのに婚約を大っぴらに祝うことは運命に挑戦することのように感じられた。手紙を書くとき、ふたりは自分たちの計画をアガサに打ち明けた。彼女の意見は、ふたりの婚約を公のことにしてしまえば、伯爵も追いつめられて結婚に同意するかもしれないから、婚約パーティは予定どおり行いましょうとのことだった。

伯爵の苦々しい表情がイーサンの脳裏をよぎる。年月がイーサンを変えた。もしかすると、年月は伯爵のことも変えたかもしれない。

そうでなければ、今夜はロッティとふたりきりになる最後のチャンスになるかもしれない。明日には返事が到着するだろう――いや、伯爵自身が到着するかもしれない――すべてを終わらせに。起こりうる可能性をどれだけ考えようと、イーサンには懇願する以外の方法はない。それ以外の行動を起こせば、ロッティを唯一の肉親から引き離すことになるかもしれないし、イーサンにはそんなことはできなかった。伯爵が妻の死から立ち直りつつあり、娘との関係を修復するチャンスがあるとすれば、いまは割り込むべきではない。

ロッティに〝すごくきれいだ〟と言ったのは控えめな表現だった。たしかにあの格好で動きまわるのは大変かもしれないが、イーサンは心から気に入った。たとえそれが何エーカーものスカートと小さなボディスから成るものだとしても。

「あなたってわたしをバルコニーに追い込む癖があるのね。気づいている？」笑ったり、からかったりするロッティはイーサンのものなのだ。

「ふたりきりになれるいちばん近い場所だからね。きみにキスしないと頭がどうにかなりそうなんだ」舞踏室の明かりからもっとも離れた隅に連れていかれても、ロッティは抵抗しなかった。

ようやくロッティを抱きしめることができて、イーサンは思わず安堵のため息をついた。

「ずっとこうしたかった」手袋越しに、彼女のうなじのぬくもりを感じる。

「鬘を落とさないでね」ロッティがささやいた。

彼女が上を向くことができないなら、イーサンがかがむしかない。この状況の滑稽さににやりと笑い、目の高さが同じになるまで腰を落としてとうとう唇を重ねた。

ロッティが笑っているときのキスは甘い味がする。親しい間柄でしかわからないその秘密を知っていると思うと、どういった運命のさじ加減かは不明だが、イーサンは自分がその恩恵を受けたことに感謝せずにはいられなかった。しかし、幸福な瞬間を邪魔するように伯爵の顔が脳裏をふたたびよぎる。彼女の両親が愛し合っていたことは社交界ではよく知られていた。ふたりの手紙によって伯爵の気持ちが揺らぐ可能性もあるだろう。イーサンが不安を振り払ってキスに没頭していると、しばらく経ってロッティが身を引いた。

ロッティの軽い吐息が彼の顔にかかる。「イーサン、父がだめだと言ったら?」

どうやら、ふたりとも同じことを考えていたらしい。「同じことを考えていたんだ。きみは計画を立てるのが得意だろう。いい考えはないかい?」

庭の塀の向こう側で夜警が時間を知らせ、街灯の明かりがひとつひとつ揺らめきながらバルコニー沿いに並ぶ木々を抜けて漏れてくる。

ロッティが不安で唇を噛んでいるのを見て、イーサンは一瞬だけ気を取られた。「駆け落ちとか? でも、そんなことをすれば持参金はたぶん望めないだろうし、きっと父も二度と許してくれないわ。だけど、わたしはもう子どもじゃないのに」

イーサンは彼女が噛んでいた唇を親指で撫でた。「きみの肉親は父上しかいないだろう。きみの親子関係を壊したくはない。持参金のことはあきらめるとしても、ウッドレストの収入で生計は立てられる——贅沢はできないが。少なくとも、あと数年は。正直に言うと、ほぼ全財産を醸造所に投資したんだ」

「たしかに父は唯一の肉親よ——アガサおばさまも親族同然だけれど。父を失いたくないとはいえ、これは道理の問題よ。持参金はわ、た、し、の、ものなんだもの。自分のものを渡してもらえないなんて間違っているわ」

イーサンは手すりにもたれてロッティと指をからめた。「何が言いたいんだい？」

「つまり、父は道理をわきまえて、わたしが選んだ相手との結婚を認めるべきだってことよ」声の調子に悔しさがにじみでている。

イーサンはなんとしてでも自分との結婚をロッティに後悔させたくなかった。とはいえ未来は何も決まっていない。何も解決していないうえ、彼女は自分の主張を曲げる気配がない。ロッティの計画に入っている貴重なもの——持参金、自分の領地、逃避できる場所——は彼女の頼みの綱なのだ。それらはふたりを別れさせる要因になるかもしれない。

そのことを口にすると現実になってしまうだろう。不安を表明することになるのだ。つまり最後には、ロッティはイーサンではなく自分の計画を、思い描いていた未来を選ぶことになる。そうなれば、地獄の苦しみが待っている。

イーサンの憂鬱な考えをよそに、バルコニーは幸いにも無人のままで、ロッティは腕の中にいた。ふたりきりになれる最後のチャンスかもしれない。最後に彼女を思う存分に乱れさせたいという性急な衝動が未来への不安をしのいだ。ふたりが一緒になるのを伯爵が阻止するというのなら、せめて胸あたたまる思い出を互いのために残したい。

イーサンの関心が夜気にさらされる彼女の肌に絞られた。「この首筋のせいでぼくの正気もおしまいだ」

ロッティは笑ったが、首筋の敏感な部分に歯を立てられると、笑い声はあえぎ声に変わった。ウッドレストでのたわむれから、彼女がそうされるのが好きなことはわかっている。息を切らすほど感じるのは首の右側だけで、左側ではないということも。

もし結婚がかなえば、イーサンは心遣いのできる夫になるだろう。

夫か。イーサンは肌に唇を這わせたまま笑い、くすぐったがるロッティを堪能した。彼女が柄にもなく少女のように笑ったので、イーサンは自分がそうさせているのだと思うといっそう貴重な体験に感じられた。「あの図書室での夜に、きみがぼくのものをくわえたことが忘れられないんだ。覚えているかい、ぼくがお返しをした翌日のことを？」

ロッティの笑顔を見て、イーサンの頭の中にみだらな考えがいくつも浮かんだ。彼女の両手を自分の両脇に引き寄せ、もたれていた手すりをつかませる。「ここにつかまっていて。放さないでくれよ、支えが必要になるから。それから、鬘を落とさないよう気をつけて」

「えっ？　何？　イーサン、どうするつもり――ちょっと！」

誰かが通りかかっても気づかれないよう狼の尻尾をしまうと、イーサンはスカートの中に潜り込んだ。何層ものひだ飾りが音を消してくれる。こんなことを考えたのは彼が初めてではないだろう。このたぐいのスカートは歩くのに邪魔なだけではなく、お楽しみにはもってこいなのだ。

「い、いまここでというつもりじゃなかったのよ」ロッティのひそひそと非難する声は、なんの問題もなくスカートの層をすり抜けてイーサンの耳にはっきり届いた。しかし言葉とは裏腹にロッティは手すりを放そうとはせず、彼が動きやすいように脚を広げた。イーサンに対する信頼と情欲への探究心のふたつは、彼が気に入っている点だ。

イーサンは笑ってロッティの膝の裏にキスをした。スカートの中は動きまわる空間が充分にある。眺めを堪能できれば申し分ないが、贅沢は言っていられない。暗がりの中、感触だけで探すことができないのなら、そもそも女性のスカートの中に入る意味がないではないか。

イーサンは手袋を外してポケットに入れると、指でロッティを確かめた。まずは膝から探求して上にのぼっていく。ガーターのリボンはシルクだ。片方の結び目にキスをしながら、あらためてこの色を知る機会があればいいのにと思った。はやる気持ちで脚のラインをたどっていく。

唇を這わせて内腿のふっくらした曲線にたどり着くと、ロッティの体が一瞬震えた。しかし――ああ、なんといとしい人だろう――彼女は身を寄せてきた。

イーサンはロッティの脚を広げたまま、割れ目の先端、つぼみが待ち受けている部分にふっと息を吹きかけた。彼女はびくりとしたが、それでも離れなかった。彼はロッティの香りを吸い込み、先へ進む前に三角形の巻き毛に清らかとも言えるキスをした。ああ、どれだけ彼女が恋しかったことか。

とうとうロッティを舌で味わった。独特の味を最後に楽しんでからもう何年も経った気がする。

イーサンはロッティの両脚をつかみ、ヒップと腿の境目に曲げた長い指を添わせた。指先で軽く押したり握ったりして、彼女を刺激する。ダンスをリードするのに似ているが、ワルツよりも親密な動きだ。ダンスフロアでそうであったように、彼女はここでも素晴らしいパートナーだ。

イーサンの手の下で、柔らかく情熱的な体の動きが止まる。

欲望でぼんやりした彼の頭に、女性の声が届いた。もうふたりきりではないのだ。

ロッティの話し声のほうがはっきり聞こえたが、その声音は少しばかりうわずっている。この状況を考えれば当然だろう。腿の後ろを愛撫したのは、彼女がこの状況をうまく切り抜けていると安心させるためでもあるが、その感触が心地よいからでもあった。

「ありがとうございます、ミセス・フィッツウィリアム。エイムズベリー卿もわたしも、今夜来てくださってとても喜んでいるんです」少し間があって、またロッティが言った。「彼を最後に見たときは、ええと、階下《した》に行くところでしたわ」イーサンは笑いをこらえようと唇を嚙んで彼女の脚に顔を押し当て、ふたたび天国を味わおうと少しずつ上方へ唇を這わせた。「でもアガサおばさまのことだから、友人に彼を紹介しているんじゃないかしら。見かけたら、わたしがここで待っているとお伝えください」ロッティの緊張した笑い声はかろうじて疑われないものだ。イーサンは割れ目をゆっくり舐めて味わった。彼女はそんな状況の中で信じられないくらいうまく対応している。

「ええ、とてもすてきな人なんです」ロッティは一歩前に出た――ミセス・フィッツウィリアムからは気づかれない程度だが、イーサンの頭を手すりのほうへ押しのけるには充分な一歩だ。無言の牽制《けんせい》に彼は微笑み、ロッティのヒップをつかむと、舌を平らにして彼女の芯を舐めた。

ミセス・フィッツウィリアムがほかの客と合流したのだろう、ロッティの体がまたされるがままになった。イーサンは濡れた巻き毛に触れ、指を中に侵入させるために入り口を愛撫した。下腹部の柔らかな曲線が震えている。指だけでなく、ほかのものを入れられるのなら、なんでもしただろう。ほんの少し運命が微笑んでくれれば、一生をかけて互いの歓びを見いだしていけるのに。

それこそが最高の人生ではないか。

それとも、この思い出だけを残されて生涯を過ごすことになるのだろうか。ロッティの父親に対する不安が頭をもたげようとしたが、容赦なく押しつぶしてこの瞬間に集中した。彼女がまたイーサンを手すりに押しつける。

ロッティは魅力的な体でイーサンの頭を固定し、彼の舌の動きに合わせて下半身を震わせた。彼女の低いあえぎ声が、イーサンだけのために歌っているかのようだ。甘くほとばしり出たものを、イーサンはのみ込んだ。徐々に舌の力を弱めながら、中央の敏感な芯を避け、花弁と肌の曲線だけをかすめていく。

最後に唇を閉じて割れ目にやさしくキスをした。ロッティのくるぶしからガーターのリボンまでを撫であげ、また撫でおろす。彼女の身震いが静まっていった。

ロッティの脚はなめらかで力強さを感じる。腿の震えがとうとうおさまり、この暗い安息の地の向こう側の静けさが、スカートから出ても大丈夫だと知らせてくれた。イーサンは幅広いパニエから這うように出ると、ずっと彼女の横で手すりにもたれていたかのように立った。ベストを下に引っ張って整え、ブリーチズを盛りあげているものがすぐに落ち着くことを願った。

ロッティは手すりをぎゅっと握っていた。胸元まで赤くなっているのが、近くにひとつだけ置かれたランタンの明かりでもわかる。イーサンは彼女の片方の手を握った。

ロッティは首をかしげて硬直した。鬘が妙な角度に滑ったのだ。「さっきのは……すごかったわ。でも、あなたは満足できなかったでしょう？」

「ぼくのことはどうでもいい。きみを気持ちよくしたかったんだ。ずっとそうすると約束するよ」

ロッティは彼の手を握りしめ、狼の耳をまっすぐに直した。「大きな悪い狼さんね、本当に。あなたがどんなにやさしい人かみんなに知ってほしいわ」

イーサンは歯を見せてにっこり笑った。「食べてしまうぞって言っただろう？」ロッティのかすれた笑い声を聞いていると、胸に居座っていた心配がやわらいだ。

ロッティは爪先立って彼の耳元でささやいた。「招待客が帰ったら、ダーリンに通用口を開けさせるわ。今夜部屋に来てちょうだい、続きをしましょう」彼女の手が引き締まった腿のラインを撫で、かたくなったものに忍び寄る。

イーサンは素早くロッティを見つめた。「ぼくが考えていることをしようと言っているのかい？」

「だって結婚するんですもの、かまわないでしょう？」

イーサンは不安を口にしたくなかった。明日になれば多くのことが崩壊するかもしれない……でも今夜は……ロッティがすべてを差しだしているのだ。バルコニーで、いま与えられた快楽によって肌をつややかに輝かせている彼女の横にいては、とてもノーと言えなかった。

21

窓の外の街灯が通りから厩までを点々と照らし、騒がしい夜を経て、とうとう静けさが訪れようとしていることを示していた。最後の客は一時間前に帰ったが、ロッティの体はバルコニーでの密会のせいで興奮している。オーガズムを迎えて膝はがくがくし、パーティが終わるまでイーサンが意味ありげに笑いかけてくるたびに体が震えた。

ダーリンが鼻歌を歌いながら部屋に入ってきた。「さあ、お嬢さま。何よりも先にその鬘を取ってしまいたいでしょうね」

「もう一生、鬘はかぶりたくないわ」視界をさえぎるスカートはそれだけでも難儀なもので、ロッティはなんとか化粧台の小さな椅子を探し当てた。背後でダーリンがくすくす笑いながらクッション張りの座面を調整し、ロッティの肩をそっと押して座らせた。

「ありがとう、ダーリン。あなたがいなければ何もできないわ」ダーリンが鬘からピンをひとつずつ取り去っているあいだに、ロッティはイヤリングを外した。頭から重たい鬘が取り除かれ、ほっと息をつく。「肩の上方で頭がふわふわ浮いてる感じ」ロッティはネックレスの留め金を外すと、宝石をちりばめたペンダントを撫でた。ダーリンがロッティに立つよう促し、ボディスと何層ものスカートを脱がし始める。

「ちょっと個人的なお願いがあるの。ケント滞在中にフレンチレターを取り寄せるという話をしていたでしょう？　あれを持っている？」

ダーリンが意味深長な笑顔を見せた。「ええ、お嬢さま。ベッド脇のボウルにひとつご用意しておきましょうか？　あの方はどうやって屋敷に忍び込まれるんですか？」

ロッティは母の形見の真珠のイヤリングを賭けてもいいが、頬がピンク色に染まっているだろうと思った。「あなたが通用口から入れてくれるはずだと彼に言ったの」

「あら、では喜んで、ここにご案内しますよ。でも、そのあとはお嬢さまが責任をお持ちください。結んで差しあげるのはお嬢さまにおまかせしますからね」ダーリンはその夜のドレスをたたんでしまいながら、楽しそうに目を輝かせた。

ロッティは何を結ぶのだろうと思ったが、いまはあれこれ質問する気分ではなかった。ペチコートやシュミーズを床に脱ぎ捨て、ピンク色のサテンでできた部屋着を羽織る。視界の片隅でダーリンが小型ボウルに水を入れ、小さな包みを開けてフレンチレターを浸す準備をしていた。あとで使うときに柔らかくなっているはずだ。

ロッティは脱いだものをたたみ、夜の日課を始めた。

「お風呂の準備をしましょうか？」

炉棚の時計で時間を確かめる。「お風呂に入る時間はあるかしら？」きっと入ればほっとするだろう。

ダーリンは肩をすくめ、ロッティのお気に入りとなったレモンのバスオイルを手元に用意した。「子爵が来られたときにお嬢さまが裸で浴槽に浸かっていらっしゃるのを見ても、気にはされないと思いますよ。少しリラックスできるんじゃないですか、神経質な小鳥みたいにそわそわしているようですから」

リラックス方法と誘惑の状況づくりはダーリンにまかせておこう。ロッティは髪を丸めてピンで留めると、暖炉前の浴槽に身を沈めた。目を閉じて深呼吸し、柑橘系の香りで五感を満たす。あたたかい湯のおかげで筋肉がゆるんだ。ひと晩じゅうあの重たい衣装を引きずって歩くのは通常の夜の娯楽とはわけが違って、はるかに肉体的にきつかった。それに鬘の重みで首まで痛い。

木製の扉がさっと開いて絨毯を軽くこする音がして、鍵がカチッと閉まると、ロッティはイーサンの存在を感じ取った。目を閉じたまま、彼の次の行動を待ち構える。彼が近くにいて、今夜どうなるかもわかっている。そう思うと体を興奮が駆けめぐった。

目のそばに蝶のように軽いキスがふわりと舞い降りた。「こんばんは、子爵。背中を流してくださるかしら?」イーサンの低い笑い声を聞いて、ロッティは微笑み、ようやくまぶたを開けた。暖炉の火が反射して彼の目に金色の星がきらめく。彼女は一瞬見つめることしかできなかった。イーサンは美しい。ロッティは濡れた手でイーサンの額に落ちた巻き毛を払い、キスを受けながら彼の顎をくすぐった。

イーサンは身を引いて上着とベスト、シャツを脱ぎ、彼女が本を置きっぱなしにしていた椅子の上に放った。ロッティは彼のことを前から美しいと思っていたが、素肌に反射する光を見ていると〝美しい〟という言葉では表現しきれないと感じた。美しい？　いや、目を見張るほどの麗しさだ。「彫刻にしてもらうべきだわ。ミケランジェロの〝ダヴィデ像〟もあなたと比べられたら形なしよ」

イーサンがいたずらっぽい笑顔をちらりと見せたとき、ロッティは興奮のあまり身震いした。彼は横に膝をついてタオルとバスオイルの瓶を手に取ると、中身をたっぷりタオルに注いだ。「きみの体じゅうにこのオイルを塗りたくりたいとずっと思っていたんだ、知らなかっただろう？　ぼくの夢を」

「まあ、簡単にかなう夢なのね」ロッティは言った。イーサンは彼女の肌にやさしく、だが隅々まであたたかいオイルを塗り込み、長い指で肩と首の緊張をほぐした。彼女は満足げな吐息を漏らした。「すごく気持ちいい。魔法の手ね」思惑どおり、イーサンはその言葉に励まされて探求を続けながら、湯に手を入れて乳房をもてあそんだ。

「いや、この胸のほうが魔法だ。きみの全裸を見るのは初めてだな。さっき言ったことを取り消すよ、こうするのが夢だった」イーサンはそう言いながら乳房の頂をやさしくつまんだ。

これまでは人に見つかるのを恐れて、服は全部脱がずに脇に寄せたり持ちあげたりしていた。ひと晩じゅうともに過ごすのは初めてだから、ロッティはイーサンのすべてを味わうつもりだった。誘惑するように肩越しに生意気な視線を投げかけ、立ちあがって浴槽から出る。イーサンのうっとりとした表情を見て、全身に自信がみなぎった。髪を留めていたピンをひとつずつ外し、浴槽の脇に置かれたボウルに入れていくと、豊満な胸のふくらみが揺れた。イーサンは限界を迎えそうな男が出すしわがれた声で悪態をついた。「十字架にかけられたイエスでも目をむくはず……」

「胸を見たら、自然に冒瀆《ぼうとく》的な言葉を吐くの？」ロッティはタオルで体を拭きながら訊いた。彼の唇の端に軽くキスをしようと身をかがめると、胸が前に揺れた。イーサンはその頂をつかまえて深々と味わうように吸いついた。彼女のウエストに腕をまわし、片方のヒップを手で包み込む。

「これは少しばかり宗教的な体験だからね。きみの容姿はスコットランド男が酔ったときに歌で称えるような美しさだ。全身、曲線でできている。どこからどこまでも。くびれもふくらみも……完璧だ」イーサンは乳房に口づけ、立ちあがりつつ上に向かってキスを浴びせた。舌と歯で貪欲に味わっていると、彼女の鼓動が激しくなった。

一瞬ふたりは見つめ合った。いまみたいに、ずっとイーサンが自分を見つめていてくれたら。非現実的な願望だが、すてきな目標だ。イーサンがとうとう唇にたどり着くと、ロッティは快く迎え入れ、彼を引き寄せて片手を髪に差し入れた。

イーサンはロッティの背中を両手でゆっくり下へとなぞり、ヒップに達すると、その下の腿をぎゅっとつかんだ。ロッティの体を持ちあげ、ベッドに連れていこうと腿を自分の腰に巻きつけると、彼女は思わず吐息をついた。彼が触れた部分に片っ端から鳥肌が立っていく。快感と欲望が歓びとからみ合い、彼女の体を駆け抜けていった。

幸い、イーサンは品格を保とうとも抑制しようともしなかった。というのも、ロッティのほうもそうだったから。バルコニーでスカートの中に入って強烈なクライマックスが訪れるまで舌を這わせた男が、使用人の部屋へ追いつめて熱いキスをしてきた男が欲しい。

イーサンの真剣な表情は、いままで見たことがないくらい官能的だった。どこから触れていいのかわからないが、あらゆる部分に触れたいと言いたげな表情だ。ロッティも彼に触れずにいられなかった——手が届くところならどこでもいい、だがウエストから下はまだ服に覆われていて肌に直接触れることができない。むきだしの肌に生地の摩擦を感じて、興奮を覚えた。「あなただけ服を着ていてずるくない？　肌に触れたいの。気持ちよくしてあげたい」

「きみのほうが有利なんだ。ぼくが服を脱げば、きみの中に入ろうとするのをもう止められなくなる」ベッドの上でイーサンはロッティの足のあいだに膝をつき、指先で彼女の体を愛撫した。肩からさがっていき、胸の頂をくるりと軽く撫でてから、ウエストとヒップにおりていく。

ロッティは顔にかかった巻き毛を吹き飛ばして彼をちらりと見た。「それの何が悪いの？」口元にあのえくぼが浮かぶ。「やられたよ、お嬢さん。きみは最高だ」イーサンは彼女の腿をつかみ、自分の前で脚を広げさせた。へその上から下腹部へと、やさしく唇を這わせていく。ロッティは夢中で目を閉じてその感触を楽しみたかったが、触れたり舐めたりして露骨に至福を味わっているイーサンを見ているだけで情欲を刺激された。

「またお目にかかれたね」イーサンは笑いを含んだ声でささやき、ロッティのひだに舌を割り込ませた。割れ目の先端近くにある敏感な部分を集中的に一定のリズムで押し、やさしく引っ張る。快楽が押し寄せ、彼女はいとも簡単に服従した。

太い指が中に入ってきて曲がり、ロッティ自身もその存在を知らなかった内側のスポットを探し当てると、彼女はうめくようにつぶやいた。「絶対にやめないで」

「偉そうだな」イーサンがからかい、敏感な部分をやさしく刺激しながら前後に抜き差しして、ロッティに彼を迎え入れる準備を整えさせた。興奮の波が一気に押し寄せ、彼女の体は制御不能に陥った。背中をのけぞらせ、彼の舌の動きに合わせてヒップを上下させつつ何度もせつなげな声をあげる。自分でも何を言ったのかわからなかった。絶対にやめないでと命令し、イーサンの名と神の名を口にする。なぜなら、体じゅうを炎に包まれたように感じたからだ。

イーサンはロッティが絶頂から戻ってくるまでやさしく圧力をかけながら、秘められた部分に唇を当ててクライマックスを乗りきった。最後にもう一度舌で刺激してから彼女に覆いかぶさり、満ち足りた表情を浮かべた。目をきらめかせて言う。「ぼくの未来の花嫁は絶頂を迎えるときに悪態をつくんだな」

「そんなことをした？　謝ったほうがいいかしら？」ロッティの体はオーガズムの余韻でぐったりと心地よく力尽きていた。

イーサンは彼女の言葉に応えて素早く激しいキスをした。「船乗りみたいな悪態だった。

その調子だ。ぼくとベッドにいるときは本能に従えばいい。躊躇《ちゅうちょ》してはだめだ」

ロッティはにっこり笑い、彼が左胸の曲線を歯でかすめると、気持ちよさげに喉を鳴らした。「わたしの本能はあなたに裸になれと命じているわ。最後にあなたを味わってからずいぶん経つもの」

「図書室でのあの夜は大昔のことだな。あれ以来ずっときみのことを夢見ている。毎日きみを求めていた」イーサンはロッティにまたがった状態で、彼女にブリーチズのボタンを外させるために動きを止めた。

大きな体から服を一枚一枚はがしていくのは、まるで世界一のプレゼントを開けるみたいだ。彼がブーツとブリーチズを脱ぐと、ベッドの端に腰かけた。

背中と腕のたくましい筋肉の動きに、ロッティは目を奪われた。イーサンの体は彼女とあらゆる面で異なり、その隅々までを探りたくてたまらない。片手で彼を押し倒し、その上に覆いかぶさる。肌と肌を重ね、手を広げてごつごつした部分や平らな部分をまさぐり、彼がはっと息をのむ場所を探した。

イーサンが彼女の両脚をしっかりつかんで自分の腰の両脇に固定し、かたくなったものを芯に押し当てた。「結婚まで待たなくて本当にいいのかい？」

ロッティはベッド脇のボウルに手を伸ばし、フレンチレターを手渡した。「あなたはスコットランド人だもの、ちゃんとした式なんて必要ないでしょう？　母国では握手で婚約が成立するのよね？　ねえ、これのつけ方を教えて」

「スコットランド人は形式張ったことを省略するので知られているからね。でも、いちおう訊いておきたかったんだ」ロッティが下腹部を撫でると、イーサンは喉の奥で音をたてた。シルクのようになめらかでかたい部分はとても刺激的だ。

イーサンがその付け根でフレンチレターのリボンを結ぶと、ロッティはくすくす笑い始めた。ダーリンが結んで差しあげろと言っていたのはこのことだったのかとようやく合点がいく。また鼻を鳴らすような短い笑いが漏れ、あわてて口を押さえた。

イーサンが片眉をあげ、皮肉っぽく言った。「これからすることを怖がっていないなんて、心強いな」

「だって――」ロッティは息を詰まらせた。「あなたの分身《メンバー》が小さな女の子のお下げ髪みたいにリボンで結ばれているのを見て怖がることなんてできないわ」前かがみになってイーサンの胸に顔をうずめ、必死でくすくす笑いをこらえようとした。彼もつられたように笑っているのを頰に感じる。

「どうしても笑いたいなら、〝あなたのメンバー〟じゃなくて、せめてペニスって言ってくれないかな。お茶会で話しているんじゃないんだからね。これはペニスだ」

いま話題になっている部分はかたく準備が整ったままだ。サテンのリボンが結ばれた滑稽さから立ち直ると、ロッティはそれをまた撫で、欲情が燃えあがるのを感じながらイーサンの要求に従った。「あなたのペニスが大好きよ。とてもきれいだわ」かわいいブルーのリボンが巻かれているときは特にきれいだと思ったが、また大笑いしてしまいそうなのでそれは言わないでおいた。

この前もロッティが思ったことを口にするのをイーサンは気に入っていたが、いまも彼女が〝ペニス〟と言うたび、かたくなったものがぴくりと反応した。こんなのは見たことがない。イーサンはロッティに自由に話してほしがった——どうやら淑女らしくないほど好ましいようだ。

ロッティは髪を片方の肩に寄せてふたりを隔離するカーテンにし、自分のひだをイーサンのものに当てて滑らせた。荒い息遣いとともに声が漏れる。「ああ、すごくいい」シルクのようにすべすべしたその感触はもはや未知のものではなかったが、自分の体の反応に驚いた。「図書室で口でしたとき、あなたの乱れ方を見るのが楽しかったわ」イーサンがかたくなった胸の頂を口に含み、うめき声とともに急かしてくる。「絶頂を迎えそうになると、あなたの腿はこわばって震えるのよ。今度のオーガズムはわたしの中で迎えて」

これから壮大な体験をするとばかりに、イーサンは声をあげた。そう、思ったことをなんでも口にするロッティのことが好きなのだ。彼女のヒップをきつく握ったので、明日になればいくつもの小さなあざが残るだろう。力強い手の余韻を彼女はうれしく思うはずだ。その感触に促され、ロッティは体がうずくほど学びたがっているリズムを刻みながらイーサンのものに押し当てた。彼の顔を引き寄せ、すすり泣くような声をあげる。その調子で続けてほしい。できれば永遠に。

「ロッティ、ああ、中に入れたい」イーサンが言った。ふくらんだ先端を彼女の中に入れる。

ふたりは一瞬息をのんだ。

彼を包み込んだ体をリラックスさせ、ロッティは吐息をついた。「いいわ、入れて。満たしてちょうだい」

彼女が身を沈めると、イーサンは声を震わせた。「ちくしょう、最高だ」

それは新しいダンスだった——滑らせるように押したり引いたりを繰り返し、ふたりのうめき声に合わせてベッドのスプリングがきしむまで踊り続ける。イーサンの体からどっと熱が放たれた。ロッティが営みのリズムをつかむと、彼の手がふたたび伸びてきた。イーサンはロッティの髪に差し入れた手を握りしめ、祈りを唱えるように彼女の名を何度も呼んだ。

イーサンはロッティの髪の束を脇にどけ、首筋にかぶりつくようにキスをして、今度は自分が上になった。彼女は快感にわれを忘れ、思考を止めてただ感じている。彼はロッティと指をからめ、彼女の手を頭上に押さえつけて、視線で釘づけにした。ロッティの体内で火花がはじけ、ふたりの体がつながっている部分までしびれが広がったかと思うと、それが風に吹かれる残り火のごとく下腹部に渦巻いた。

言葉にできない感覚。ヴォクソール・ガーデンの花火に匹敵する爆発が体内で起こり、ロッティは息ができないほどだった。

「一緒にいこう。いくときもぼくを見ていて」

イーサンの目を見つめていると、経験したことがないくらい無防備に感じたものの、ロッティはその感覚に身をまかせた。イーサンに追いつめられ、この快楽を経験するには彼を信頼するしかない。ふたりの未来ではこの感覚が――互いの肉体を開発する感覚が――ずっと続くはずだ。ロッティはそう思うと強烈な幸福感に襲われて声をあげた。

互いに畏敬の念のようなものを抱きながら見つめ合い、ロッティは彼を受け止めた。イーサンは彼女の背中を撫でた。イーサンはぐらつく腕で支えながら、彼女の隣に横たわった。彼の胸はロッティの頭をのせるのにあつらえたかのようだった。

イーサンは彼女の背中を撫でた。「もうそろそろこのベッドから出ないといけない。脚がちゃんと動けばいいが」

ロッティはくすっと笑った。「わたしも爪先の感覚がないわ。膝も。膝の感覚がなくなるなんて信じられない」

イーサンがくすくす笑うと、彼女は耳の下に振動を感じた。彼の首筋に鼻をうずめ、香りを吸い込む。満足感で骨までとろけそうになりつつ、背中をあやすようにやさしく撫でられる感覚に身をゆだねた。

「きみにいくら触れても飽きないと思う」

ロッティは眠たげにつぶやいた。「じゃあ、やめないで」

22

翌日の朝刊の下品な見出しにはこうあった。〝ミスター・Mは、元紙人形のお姫さまとマック・ブルートのあいだの子どもは自分の血を引いているかもしれないと警告！〟父が見たらきっと卒中を起こすだろう。昨夜やさしくも情熱的に愛し合ったあとなのに、ゴシップ記事のせいで残酷にも現実に引き戻された。ふたりとも、特にイーサンはこんなばからしい記事を書かれるいわれはない。彼は善良な男性だ。ロッティはうめきながら新聞をテーブルに叩きつけた。それでも飽き足らず、新聞をくしゃくしゃに握ると、床に投げて足で踏みつけた。

紅茶を飲んでいたアガサが顔をあげた。かわいい名付け子は腹を立てなどいない、と言わんばかりの穏やかな表情だ。アガサは問いかけるように片方の眉をあげた。

「ゴシップなんて大嫌い」ロッティは朝食の席に座り直すと、アガサの穏やかさを見習おうとした。紅茶をひと口飲んで言う。「この記事に関わった人すべてが、じめじめと凍りつくような墓地で永遠に苦痛から解放されますように。ほら。気分がよくなってきたわよ」

「すぐに落ち着くわよ。ミスター・モンタギューはいまも人前に姿を見せて、今回の件を精いっぱい長引かせて喜んでいるようだけれど。とはいえ、いくら彼でも、あなたがまっとうな結婚をしてしまえばあきらめるしかないわ。どうにかなるわよ。いまにわかるから」

ロッティは鼻にしわを寄せて、皿の上の卵を奥へ押しやった。どうせ冷たくなっている。名付け親であるアガサはこんな状況でも協力を惜しまずにいてくれる。彼女が味方なら、父を揺さぶるのに役に立つだろう。アガサが悪意に満ちた見出しに冷静な反応を見せた一方、ロッティの正義感から来るいらだちはおさまらなかった。

「今朝は乗馬に行かなかったの？」

「イーサンがすぐに来るはず。遅くまで舞踏会だったから疲れを取りたくて、少し寝ていたの」夜明けの光が窓に差し込むと、彼は部屋からこっそり出ていった。ふたりのにおいが残るあたたかい毛布をロッティに残して。彼女はすぐに枕を抱え、イーサンのにおいをかいだ。

「ところで、昨日のパーティは大成功だったわ。さすがね、おばさま」

「ありがとう。女主人役は他人に合わせようとするのではなくて、社交を楽しむべきなのよ。ねえ、あなたが乗馬から戻ったら、結婚式について相談しない？」

「もう新しい計画を立てたくてしかたないのね？　いいわ。結婚式の計画は今日の午後から始めましょう」幸福感がわきあがったが、ロッティはその気持ちを抑えて紅茶を飲み干した。

「出かけているあいだに父から手紙が届いたら、開けて内容を教えて」

「お父さまもわかってくれるに違いないわ。あなたが子爵との過去を乗り越えたのなら、お父さまがわだかまりを抱えたままでいる理由はないでしょう」

自分の手紙がそんなふうに肯定的に受け止められているよう願いながら、ロッティはアガサの頬にキスをして部屋を出た。階上に帽子を忘れてきたが、イーサンがいつ来てもおかしくない。

残念なことに、屋敷に来たイーサンはどう見ても乗馬をしに来たのではなさそうだった。小さなバッグを斜めにかけ、走るように部屋に入ってきた。

「すまない。出がけに連絡があってつかまった。ウッドレストが火事だ。伝言を書くより街を出る途中で寄るほうが手っ取り早いと思って直接来た」イーサンはロッティを抱き寄せると、激しいキスをした。「行かないと。ぼくは向こうにいるべきだったんだ。コナーには戻ってきてくれとずっと言われていたのに」そう言うと、すごい勢いで部屋を出ていった。彼女は呆然としながらしばらくその場に立ち尽くしていたが、やがていまの説明がのみ込めてきた。ウッドレストが火事？　屋敷なのか領地なのか――そもそもどちらでも同じこと？　イーサンの故郷が火事に見舞われている。

わたしもあとを追うべき？　いいえ、一緒に来てほしかったら、イーサンはそう言うはず。使用人を募って手伝いとして向こうに送るくらいなら、おせっかいにはならないだろう。いつの日かウッドレストの女主人になるとはいえ、いまはそうではないので、この段階で何をすべきなのかよくわからなかった。

「ステムソン！」ロッティは廊下に向かって叫んだ。

秩序の権化とも言うべきステムソンは、すぐに屈強な使用人と馬番を集め、ウッドレストを手伝わせるため送りだした。

これでロッティにできることはなくなった。机の上には目を通すべき手紙が山と積まれている。というのは大げさで、実際には三通だけだ。

いちばん上は、スタンウィック・マナーのロジャーズから送られてきたもので、領地に関する手紙だった。その封筒は昨日のうちに封を切って父からの手紙が入っていないことを確認し、脇によけておいた。いまやっと手紙を最後まで読んだ。驚いたことに、父が領地を管理する力を取り戻しつつあると、ロジャーズは書いていた。父の精神状態が仕事に関われるほど落ち着いているのはうれしかったけれど、もう何年も失望を味わってきた身としては、そう知らされても父がすっかり変わったとは信じきれなかった。

伯爵がスタンウィックを管理する正当な権利を主張するということは、領地経営をあるべき姿に戻すことを意味していた。理屈の上では理解できる。かつての父はスタンウィックをわが子のように愛していた。兄のマイケルと母が亡くなると、人生に対する父の情熱も責任も、ふたりとともに死んでしまった。だからそう、父が何年も放りだしていたとはいえ、借地人や領地に気を配るようになったのは喜ばしい展開だ。ロッティは将来的にはスタンウィックから離れるので、領地の経営とは手を切り、関心をほかに向けられるのは心が浮き立つことのはずだ。実際にそう感じてもいる。ただ、父が関わるかぎり何事も単純にはいかないと思うと、喉につかえを覚えた。

母が亡くなったとき、父はロッティと悲しみを分かち合おうとせず、娘の悲しみに思いを寄せることもなかった。さまざまな意味で、あの日に彼女は家族全員を失ったのだ。古傷の痛みが再発しそうになったが、それにのみ込まれないよう、未来を想像した。この先一〇年、イーサンとともに目覚めることを——彼女の両親が毎日そうしていたように——そしてある日、彼は去っていく。二度と戻ってこない。そんなことは想像もつかないし、そもそも彼と一緒に目覚めたことは一度しかない。

父が現実逃避をしたのも無理はない。とはいえ、ロッティも似たようなものだ。彼女の隠れ家は仕事だった。五年間、太陽がのぼり沈むまで毎日、スタンウィックが彼女の世界だった。

イーサンもウッドレストのことを、まさにこんなふうに思っているに違いない。彼は向こうに着いただろうか？　火事はどれくらいひどいのだろう？　ロッティは炉棚の上に置かれた時計を見やった。まだあと一時間は馬を駆る必要がありそうだ。

緊張感で肩がこわばっている。深呼吸すると、数を数えた。息を吸って、一、二、三。息を吐いて、一、二、三。神経をなだめるためにこれまで何度もしてきたように呼吸しながら、自分の望む将来を思い描いた。

すぐに自分の領地を手に入れられるはずだ。自分の家も。ロッティとイーサンもほかの夫婦のように、領地のために時間を割くのだろうか？　しかし普通は妻が別の領地の管理をしていないから、家族は行動をともにするものだ。解決しなければいけない問題がまたひとつ増えた。

昨夜、イーサンはビール醸造所に多額の投資をしたと言っていた。そこも火事なのだろうか？もし彼がすべてを失ったら？そうなったら、生き抜くにはロッティの持参金が必要になる。再建するためにも。

父からの手紙が早く届けばいいのに。彼女は便箋を広げペンを持つと、ロジャーズに返事を書いた。

インクが乾くのを待つあいだ、ロッティは椅子に座ったまま伸びをして、書き物をしていてこわばった首と、座っているあいだずきずきと圧痛を覚えていた下半身を休ませた。昨夜のすてきな行為は今日になって筋肉痛に変わった。ダンサーに乗れば、この痛みも軽くなるかもしれない。それに、ひづめが芝生を踏んだり、風が顔に当たったりするのを感じるのは、最高のストレス解消になる。ひとりで出かけてはいけない理由はないが、乗馬はイーサンと一緒に行くものになりつつあった。またも気づかないうちに〝わたしたち〟と思い始めていることに、彼女は動揺した。

時計をちらっと見る。イーサンはあと三〇分くらいでウッドレストに着くはずだ。窓の外の天気は特に驚くようなものではない。一〇月下旬の空はどんよりとしているのがつねだ。エズラの走りは安定しているし、イーサンは乗馬がうまい。ロッティが心配すべきことなどない。彼は予定どおりに向こうに着くだろう。そうでなければ。ありがたいことにコナーは優秀な管理人であり家令であり、なんであれイーサンが必要とする役割すべてをきちんとこなすことができる。すでに事態に対処しているだろう。

コナーはロッティのことをなんと呼んでいただろう？　気を散らす存在。彼女は腕組みをして、前腕を指でリズミカルに叩いた。イーサンが発つ前、部屋から出ていきながらこう言った――〝ぼくは向こうにいるべきだったんだ〟と。どういうつもりで口にしたのだろうか？　昨夜はふたりの婚約発表の舞踏会が行われた。彼女の父から連絡が来るまでふたりともロンドンに滞在するということで話はまとまっていた。

それとも、あの言葉は責任感から出たものだったのだろうか――領地が災害に見舞われているときにその場にいなかった罪悪感からか。腕を叩いていた指の速度が遅くなり、やがて止まった。あの言葉は、自分がロッティを優先したために領地の人々を失望させたと察してのもの？　自分たちの関係に気持ちを傾けるあまり、ロッティの両親のように、イーサンを頼りにしている領民をないがしろにしていた？　コナーの手紙には、領地に戻ってビール醸造所の建設を進めてほしい、投資した大規模な事業の現場に立ち会う必要があるということばかり書かれているとイーサンは言っていた。身を裂かれるような思いを実際に味わいながら、それでも彼はロッティを選んだ。何度も何度も。ああ、なぜそのことに気づかなかったのだろう？

領民たちの家がいま燃えているかもしれない――サッチャーのような領民の。家畜にも被害が出ているかもしれないし、今年収穫予定の作物がだめになるかもしれない。もし彼らの領主がロッティを追ってロンドンに来ていなければ、領地の火事を食い止められたかもしれない。もっと早くに火の気に気づけたかもしれない。

血の気が引き、息が詰まった。コナーは警告しようとしていたのに、ロッティは聞く耳を持たなかった。彼女が気にしていたのは、朝食室が気の滅入るような青色だということだけだった。

アガサの声で、悪循環に陥っていた物思いが断ち切られた。「もういいかしら？　マダム・ブーヴィエの予約がまもなくよ。この時間だと、道が混み合っているかもしれないわ」

「仕立て屋？　今日、結婚式の計画を立てる話をしたばかりだと思ってたけれど」イーサンとウッドレストのことが心配で、計画を進める気になどまったくなれない。

「そうね。でも、ドレスなしで結婚式はできないでしょう？　どんなドレスでもいいというわけにもいかないし。あなたのドレスは結婚式の中でもいちばん重要なのよ」

「いちばん重要なのは、花嫁と花婿だと思っていたわ」

こんな言葉ではアガサは止まらなかった。「あなたのドレスは今シーズンのウェディングドレスの流行を決めるのよ。一〇分で出かけましょう。間に合わせてちょうだい」名付け親が出ていったあとも、高級な香水のにおいがかすかに漂っていた。

「ドレスですって。かくして物事は始まる」ため息をつくと、ロッティは焦る気持ちも、イーサンへの心配も、コナーの警告も、父の件も、すべてを無理やり押し殺した。アガサはドレスを欲しがっている、ということは、ドレスを買うことになる。少なくとも、マダム・ブーヴィエが出してくれる紅茶が心を癒《いや》してくれるだろう。

一時間後、ロッティは紅茶よりもっと強い飲みものを求めていた。ふたりは数カ月前にロッティがロンドンに来たときにも通された応接間のようなしつらえの試着室にいた。あのときの彼女は、ごみ箱行きが決定している服を着ていた。今日は、見違えるようにきれいになった女性そのもので、頭のてっぺんから爪先までマダム・ブーヴィエのデザインに包まれていた。彼女のウェディングドレスはきっと芸術品だろう。

「ビーズのついたシフォンを重ねるか、レースのオーバースカート？　どう思う、ロッティ？」

アガサは二枚の布を手にしていた。ロッティの返事を待たずに、すでに選んだ水色のシルクを抱えているマダム・ブーヴィエを振り返った。「シフォンがいいわね。でもビーズじゃなくて真珠にして。レースはちょっとうるさい感じがするわ。やりすぎはよくないでしょう」

レースがロッティより目立ってしまうというなら話し合うべき大問題だが、彼女は口をつぐんでいた。ファッション通なのはアガサであってロッティではない。もしロッティに選択権があるなら、一日じゅうブリーチズ姿で過ごすだろう。正直に言うと、豪華なドレスのおかげできれいに見えるのはうれしかったけれど、作業用の服とブリーチズの動きやすさが恋しかった。いま着ている服で、小川沿いの草地に座るなど想像もできない——木登りをしたり、囲いの中の羊を追いかけたり、そのほか日々の暮らしの中でしていた、いろいろな作業をすることなど。ロッティのブリーチズ姿を見たら、イーサンはどんな反応を見せるだろう。顔を合わせたあと、草の染みがつくことになるのは間違いない。その後はふたりとも、幸せな気分になるだろう。彼女は微笑みながらティーカップに口をつけ、紅茶を飲んだ。

「ドレスは教会だけではなくて、キャンバスにも映えないとね。絶対に真珠だわ」アガサは言った。

「キャンバス？　なんの話をしてるの？」ロッティは小さなビスケットから歯で干しブドウを外して先にかじった。

「もちろん、あなたの結婚式の肖像画のことよ。忘れていたの？　あなたの両親の肖像画を描いた画家にもう手紙で依頼してあるのよ」

結婚式の肖像画。ロッティの母方の一族は先祖代々、花嫁の姿を永遠に残していた。アガサがその伝統を守ろうとしているのはすてきなことだ。

母の肖像画は書斎に飾ってあり、父はいつでも見ることができる。まるで母がキャンバスからいまにも出てきて返事をしてくれるとばかりに、絵に話しかけているのだ。ロッティにしてみれば、あの絵はあまりに母に似すぎている――母が亡くなってから何年も、絵を見るのがつらかった。画家は母の本質をとらえていた。伯爵に対する尽きない愛情が、永遠に若い表情を輝かせていた。

「肖像画にまで口を出すなんてやりすぎだったらごめんなさい。あなたのお母さまならこうしてたと思って。彼女なら、あなたのためになんだってしたでしょう」アガサは瞳を潤ませ、はなをすすり、まばたきして涙をこらえた。「親友として、この結婚式を彼女がしたであろうように取り仕切るのが、わたしの義務であり特権なのよ」

悲しみの破片に深く切りつけられ、ロッティはたじろいだ。娘を紙人形のお姫さまと酷評したイーサンを、母は激しく責めた。きっと母なら、彼と数カ月一緒にいて、その申し訳なさそうな態度を見たら、気持ちをやわらげただろう。いや、そうはならなかったかもしれない。いまロッティは、両親に敵だと宣言された男性との結婚式を計画していることに気がついた。母がいないことがあらためて心に突き刺さる。

ばかみたい、これまでこんなふうに考えたことはなかった。ロッティがヴァージンロードを歩いても、母はその場にいない。感情が高ぶって胸が詰まり、爆発寸前だった。泣きそうで目頭が熱くなる。ひと粒でも涙をこぼしたら、止まらなくなるだろう。現実には、母はイーサンの魅力に屈することもなければ、彼の謝罪を聞くこともなく、彼がどれほど立派な人間になったかを称賛することもない。ひりつくような悲しみのせいで、いやなことから走って逃げだしたくなった。父の返事を待って気をもむことからも、結婚式の計画からも、ひたすら逃げだしたかった。すべての人の生活が以前のとおりに戻ってほしい。

そうなったらイーサンはビール醸造所に気持ちを向けて、領主を頼りにしている人たちのため、現場にとどまっているはずだ。ロッティは頭を振って、その考えを押しやった。

アガサの手を握り、冷静になろうとする。「いろいろ考えてくれてありがとう。真珠とシフォンがいいわ」

23

ロッティの部屋に夜明けが次第に忍び込んできた。まずは、小さく開いた窓から入ってくる小鳥のさえずり。夜中のあいだに新鮮な空気が入るように窓は開けてあった。冷たい空気が頭をすっきりさせてくれればいいと思ったのだ。小鳥の声に続いて、焼きたてのパンのイーストの香りが厨房から漂ってきて、新しい一日が始まった。きっと気持ちのいい一日になるだろう。もうすぐ本格的な冬を迎える。

長く感じられたこの数時間ずっとそうしていたように、ロッティは毛布の端をつかんでいた。あまり眠れなかった。悲しみとはおかしなものだ。予想もしていなかったところにひそんでいて、思ってもいなかった状況で顔を出す。やっとイーサンとベッドをともにして最高の気分でいたのに、火事に対処するため、頭の痛い現実が待つ領地へ戻ると駆け込んできた彼に別れのキスをした。そのあとは、自分たちの結婚が認められなかったらどうしよう、と思いわずらっていた。ウェディングドレスを選びながらすべて問題ないふりをするのが自分の務めだと思っていたのに、いきなり悲しみに襲われた。母は昨日、あの店にいるはずだった。ビーズか真珠かを選んでいるはずだった。こんなことは正しくない。

目尻が涙の跡でこわばっている。涙の筋は枕まで続いていた。感情は液体でできていて、流しきってしまえばまた幸せですっきりした気分になれるとばかりに、ロッティは泣き続けた。それなのに、ただうつろな気持ちになっただけだった。

お母さまもきっと誇りに思っているわね、と昨日何度耳にしただろう？　お母さまも喜んでいるわね、と？　きっと最後には母もイーサンを許しただろう。けれど亡くなるまで、母はイーサンを恨んでいた。その記憶がロッティの心に冷たくのしかかっていた。

扉がかちゃりと小さく音をたて、誰かが寝室に入ってきたことがわかった。ロッティが起きあがると、メイドが驚いて小さく悲鳴をあげた。「ごめんなさい、ベッツィー。驚かせるつもりはなかったの」

ベッツィーはお辞儀をすると、暖炉の火をおこした。「小鳥と一緒に起きたんですね、お嬢さま。まだ階下《した》で朝食をとることはできませんが、ご希望であればミセス・ダーリンに頼んでトレイに用意してもらいますよ」

「ありがとう、でもそんなにおなかはすいていないの。できれば朝食室で紅茶が飲みたいわ。それで充分」ロッティは上掛けをはぎ、床に爪先をつけると身を震わせた。素足には朝の寒さが刺すように感じられる。昨日は気分があがったりさがったりしたので、体に刺激を与えれば落ち着きを取り戻せるかもしれない。

ベッツィーが仕事を進めるあいだに、ロッティは衝立《ついたて》の陰で着替えた。今朝はごてごてしたドレスや乗馬服ではなく、楽な服を頼んだ。かわいそうに、ダンサーは早駆けしたくてそわそわしているだろう。紅茶を飲めば馬に乗る気分になれるかもしれない。

昨夜、イーサンは連絡をよこさなかった。そのことも気にかかる。

ロッティは紅茶を三杯飲むと、少しだけ将来を前向きに考えられるようになった。ステムソンが朝の郵便と一緒に新聞を持ってきた。新聞はあとまわしだ。あと一行でもひどい見出しを目にしたら、気持ちがまいってしまいそうだ。父の印章が封蠟に押された薄い手紙を見て手を止めた。

ロッティは手紙を裏返した。父の激しい殴り書きを見て、これこそ待っていた手紙だと確信した。父の手書きの文字がどんなものだったか忘れかけていた。誰もいない部屋を見まわし、アガサかイーサンがこの場にいて、心の支えになったり、一緒に祝ってくれたりすればいいのにと思った。

イーサンはケントで、領地を守るため戦っている。危険とは離れて、改装されたばかりの朝食室に座っていると、自分が役立たずのお飾りになった気がした。彼にかつて言われたとおり、まるで紙人形のお姫さまだ。

シャーロットへ
おまえはまたもゴシップと憶測の対象になっているようだ。新聞が娘の所業を書き立てているとダンビー卿に教えられた。おまえが正しい縁組を軽蔑していると知らしめようとしているとしか読めない記事だった。それに加えておまえとエイムズベリーからの手紙により、ロンドンでのおまえの時間はわたしがまったく受け入れられない夫候補を見つけることに費やされているため、強制的に介入するしかないと確信を得るに至った。おまえは年を取りすぎていて、結婚を素直に受け入れられないのは明らかなので、わたしは妥協案を用意した。ロジャーズはおまえをしっかり導くと請け合ってくれた。だからわたしはおまえが心から求めるものを譲ることにした――自分で管理できる家と持参金とは別の金だ。ロジャーズは、すでにおまえに書いた手紙のとおりにするとのことだ。もしおまえががさつな男どもを監督したいのなら、そうするといい。わたしが気に入らないことに変わりはないが、例のスコットランド人の成りあがり者との結婚よりは望ましい。エイムズベリーと結婚したいという望みが本気だとしたら――どうしたらそんなことができるのかわたしには想像もつかないが――止めるすべはない。もう大人なのだから。だが持参金を一ペニーたりともエイムズベリーのポケットに入れてやるつもりはない。手短に言えば、エイムズベリーとの婚約を続けるのなら、家族の資産や爵位の支えはないものと覚悟するように。ふたりとも、スタンウィック・マナーで歓迎されることはない。

父は署名をしていなかった。

肺に残っていた空気はすべて、おぼつかない叫びとなって出ていった。こちらからの手紙は娘が親を操ろうとしている戦術だと、父は見なしたのだ。父の持つ偏見と先入観には取りつく島もない。

拒絶されると予想しつつも、祝福されるかもしれないという期待も持っていた。父に判断をゆだねたせいで不意打ちを食らい、事態はいっそう込み入ってしまった。切り捨てられ、家に帰ることは許されない。イーサンを選んだら、自分の家は持てない。一方で、ロッティが望むものすべてがリボンのかかった包みとなって差しだされている。本格的に涙が頬を伝った。窓の外では鳥たちがさえずっていた。

ビール醸造所は基本的に石造りだから、損傷部分を修復すればいい。だが穀物倉は？　古びた木材と編み枝と漆喰でできた倉は一世紀以上も持ちこたえてきたが、火にはかなわない。イーサンは延々と毒づいていたが、コナーがうなずくのをやめてじっと見つめてきたので、言葉を切った。

「もういいか、イーサン？」

「うちの領民のテーブルから食べものを盗んだのが誰であれ」今年収穫した作物だったものが赤く燃え残っているところに、イーサンはつばを吐いた。「犯人を見つけだせ。目にもの見せてくれる」

「何人かを村に聞き込みに行かせているし、従僕もふたり、一軒一軒質問してまわってる。誰かがどこかで何かを見ている。マクドネルは報復する気だ」

「旦那さま、ロンドンから手紙です」使用人が手綱を引いて馬を止まらせ、折りたたまれた紙をイーサンに手渡した。

手書きの文字を見て、イーサンは笑みを浮かべた。ロッティだ。彼がベッドを抜けだしたときのロッティの姿は――早朝の光の中、柔らかそうでピンク色で、いかにも愛されたという姿だった――悲惨な一日の中で明るい光だった。悲惨な日々、と言うべきか。四八時間ほど前、イーサンはロッティに別れのキスをして、ロンドンから馬を走らせた。きっとこの手紙には伯爵からの返事について書かれているのだろう。いずれにしろ、対処しなければならない差し迫った問題がほかにある。伯爵がイエスと言ってくれたなら、ふたりで喜べばいい。ノーという返事なら、あと一、二時間は放っておいても、長い目で見ればたいした差はないだろう。領民たちはいま自分を必要としている。伯爵の件はあとまわしでもいい。イーサンは手紙をポケットに突っ込むと、使用人にうなずいて礼を伝えた。

鼻を刺す煙が日差しをさえぎり、穀物倉の黒く焼け残った梁《はり》が頑丈な建物だった証《あかし》として焦げた姿をさらしている。今夜には、ロッティに現状を伝える手紙を出せるだろう。彼女もここの状況を知っておくべきだ。正体不明の敵の仕業かもしれないが、たぶん、イーサンの生活基盤を攻撃したのはモンタギューの仕業だと最終的には明らかになるだろう。

疲れた目で被害状況を確認しながら、領地に戻ってきて以来ずっと抱えていた怒りをどうにかやり過ごした。あのろくでなし、よくもこの領地に足を踏み入れてくれたものだ。領民を傷つけ、労働の成果を台なしにし、冬のあいだに家畜に与える食糧を危険にさらしただと？　モンタギューには代償を支払わせてやる。ここで受けた被害と釣り合うほど大きな代償などありえないが。頭の奥に引っかかっている懸念は、倹約することで再建費用をどれほど賄えるかということだった。手立ては見つかるだろう。ここを乗り越えれば、逆にこれまで以上に無敵になれるはずだ。

「心配なのは、次に何が起きるかということだ」コナーがつぶやいた。

一理ある。一昨日、職人たちはビール醸造所が破壊されているのを発見した。可燃性のものはすべて焼けてしまった。石の壁は叩き崩され、機材は破壊されていた。村の経済にとって利益となるはずのものが塵芥《じんかい》に帰した。そこでコナーが手紙をよこしたので、イーサンは領地へと戻った。ふたりは現場で一日じゅう、原状回復のために力を尽くした。アガサの家から男たちが到着したときには、助力をありがたく思った。協力してくれる人はできるだけ欲しい。イーサンは昨日はロンドンに戻らず、打開策を求めて村を歩きまわった。

昨夜、寝る支度をしながら、ロッティに手紙を書いて一日のできごとを伝えようと考えていたところ、警鐘が鳴った。火事だ。夏ならば火事は畑への打撃を意味する。けれど一一月になろうというこの時期の火事は、収穫した作物を失って領地は困窮し、領民たちは冬が来たら飢えに苦しむかもしれないということを意味する。そんな苦境に陥らせるつもりはないが、ビール醸造所の計画を犠牲にしてあとまわしにせざるをえないかもしれなかった。

今度こそはモンタギューの思いどおりにはさせない。

「やつらの狙いが、こちらを死ぬほど疲れさせることなら、成功しているのかもしれないな。ぼくは疲れきったよ。おまえは大丈夫なのか？」イーサンはコナーの木の杭の足を見おろした。

コナーはイーサンの心配そうな視線を手で振り払った。「もう一度襲ってきたら、やつらは身の破滅だろうな。あいつらはせいぜいつかまらないよう祈ることだ」

脚のことを口にしないのはいかにもコナーらしいが、イーサンの足や腿の筋肉が悲鳴をあげているのだから、一緒に働いていた仲間がどれくらいの痛みに耐えているのか想像もつかない。「本気で言っているんだ。休憩が必要なら取ってくれ。働きすぎはだめだ。脚の調子が悪くなったらまずいってことはお互いわかっているだろう」

「ぼくは子どもじゃない」コナーは疲れをものともせず、いらだった口調で、イーサンにつきまとっている罪悪感をはねつけた。「ぼくはこの土地を何年も管理してきたし、片脚でちゃんとやってきた。自分の体が何を求めてるか、本人に決めさせたらどうだ？」

「ああ、もちろんだ。ただ、気になっただけだ」

「甘やかそうとするのはやめてくれ。おまえの顔には罪悪感がはっきり表れているが、受け止めるつもりはない。その気になれば、おまえをこの土地に残して別の場所で働くことだってできるからな」コナーは目をぎらつかせた。

「なあ、罪悪感を持たずにいられるわけないだろう？」煙とくすぶる火で熱せられた風がふたりのあいだを吹き抜けた。

コナーは肩をまわすと怒鳴った。「いまここにいるのがぼくにとっていい人生なんだ、わかるか？　必死で働けば、ウッドレストはそれに応えてくれる。軍隊に入っていたよりも、ここにいるほうがいい。だいたい、おまえよりぼくを甘やかそうとするのは、うちの母親くらいだ。ぼくは家には帰れない。でも、おまえは仲間だ。家族だ。だから家族として言う。もしまた脚のことを口にしたら、その立派な尻を泥の中に蹴り飛ばすからな。放っておいてくれ」

コナーの言葉がイーサンの頭の中で繰り返された。軍隊に入っていたよりも、ここにいるほうがいい。「本気で言っているのか？　事故の前に思い描いていた人生よりも、ここでの人生のほうがいいって？」

「当然だ。ばかなことを言うな」失ったものをあらためて確かめてくるイーサンを一蹴し、コナーは頭を振った。「この惨状を片づけるのはかなり大変だろうな」

イーサンが試金石のように抱えていた罪悪感が軽くなっていった。コナーを抱きしめ、脚を失わせたことを許してくれた礼を言いたい――これほどのことを水に流してくれるなんて理解できなかったが。コナーの態度からして、男らしく抱きしめようとしても拒否されるだろう。代わりにイーサンはコナーと同じ方向を向いた。「ああ。時間も労力も必要だ。手伝いがいて助かった」イーサンは力を込めてコナーの肩に手を置き、ぐっと握った。

コナーも同じことをした。「おまえは少し睡眠が必要だろうが、その時間がないのはお互いわかっているよな。使用人たちに声をかけよう。何かわかったかもしれない」

「待ってくれ。あれはなんだ？」イーサンは指さした。

ビール醸造所の残骸から数メートル離れたところに人だかりができている。近づいていくと、拳闘の試合を思わせる興奮が伝わってくる。男たちの怒りの叫びにまじって、即席のリングに倒れている何者かが痛みにうめく声が聞こえた。コナーが怪訝そうな視線をイーサンに向け、ふたりは足を速めた。

人だかりの中心に、手負いの獣のような声をあげている男が倒れていた。投げつけられる石や蹴りから身を守ろうと体を丸めている。

「これはどういうことだ?」イーサンは人々の中に割って入って言った。

領民のひとりが痛めつけられた男を引きずり起こし、殺したばかりの獲物のように掲げた。「おれたちが見つけたんだ。もしうちの子どもや家畜が飢えたら、こいつのせいだ!」男は放火犯をイーサンの足元に放りだした。「おれたちに話したことを話せ」

血まみれの男が顔をあげると、イーサンの怒りは冷水を浴びせられたようにおさまった。突きでた頬骨に黄色い肌、うつろな目には涙が浮かんでいる。ここが破壊されたのが、こんな男のせいだとは、まったく予想もしていなかった。膝から下がないことから、事情はおのずと知れた。「本当なのか? おまえが火をつけたのか? ここの作業場を荒らしたのか?」

男はうなずいた。

「なぜだ? 恨みでもあるのか?」

「紳士が馬車でおれをここに連れてきた。金をくれた」

「その金はいまどこにある?」コナーが首をかしげて尋ねた。この態度には見覚えがある。侵入者を吟味し、情報を手がかりに解決を図るつもりだ。その姿はロッティと重なった。彼女もこうした状況に遭遇したら似たようなことをするだろう。

「食べものを買うよう妻に渡した。子どもたちは腹いっぱいになるまで食ったことがないんだ。誓って言うが、いままでこんなことをしたことはない」痩せたよそ者は顎にぐっと力を込めたが、間違いなく本物の涙が流れた。

「その紳士がどんな男だったか言え」コナーが追及した。

「すらっとしていた。金髪。そいつが歩くと女たちがきゃあきゃあ言うタイプだ」

イーサンはコナーにうなずきかけた。まさにモンタギューだ。カルヴィンは賭博場から売春宿、そしてまた賭博場に戻るまでモンタギューを尾行し、翌日には彼の借用証を持っている男たちに会った。数日前の時点で、イーサンとカルヴィンはモンタギューにとって最大の債権者になった。モンタギューの父親に息子を田舎に呼び戻すよう勧めたのは、彼をロンドンから追い払い、新聞に書き立てられたゴシップを鎮火させるためだ。モンタギューは悪事にどっぷりとはまっているようだ。「おまえはどこから来たんだ？」

「セヴンダイアルズ。紳士は王さまみたいに偉そうに歩いてたよ」

イーサンは男の前にしゃがみ込むと、においをかいだ。ひどく臭いが、酒のにおいはしない。イーサンは立ちあがると、泥だらけの男を見おろした。ぼろぼろの格好で震えている放火犯の上に彼の影が落ちた。この男はいま着ている破れた服しか持っていないに違いない。イーサンは煤にまみれた服を捨てるつもりでいるというのに。イーサンの豊かさと男の窮状との差がくっきりと際立った。

やけになった男は捨て鉢な行動に出るものだ。イーサンは疲れた目を手のひらでこすった。

何日も前からまともに寝ていない。無言のままコナーと目を見交わした。「おまえの名前は？」

「ビリングス。ジョン・ビリングス」男はコナーの木の杭の脚を見てから、自分の膝から下のない脚を見おろした。その視線の重さが、イーサンにも伝わってきた。ある計画が思い浮かぶ。頭の中で筋書きがすっかりできあがると、カチリと音が聞こえそうなくらい、ぴったりとはまった気がした。失った足の代わりに家と仕事を必要としているのはコナーだけではない。

「ミスター・ビリングス、おまえに選ばせてやろう。おまえは卑劣な仕事をするために雇われ、それを実行した。つまり、命令にはきちんと従う男だということだ。ぼくはこのままこの場を去り、おまえの雇い主の計画どおり、ロンドンの家族のもとに戻らせてやることもできる。だがそうなると、ここの男たちがおまえをどこまでも追いかけるだろう」

放火犯の視線は、まわりを取り囲む怒れる男たちに向けられた。

コナーが口を開いた。「あるいは、ぼくがおまえと一緒に馬車で妻子を迎えに行くか。その場合は、おまえは自分が壊したものを再建するためにここへ戻ってくる」

ジョン・ビリングスはコナーとイーサンを見つめたまま凍りついた。「再建？」

「建築の経験はあるか？　それとも火をつけるほうが好きなのか？」コナーは挑むように頭をかしげた。周囲の男たちが押し合いながら近づいてくる。

「軍隊で建築を少しやった」

イーサンはジョンに手を差しだした。ジョンがその手を握ると、引っ張って立ちあがらせた。男はひどく軽かった。イーサンはそのままジョンを引き寄せ、相手が顔をあげると、しっかり目を合わせた。「選べ、ミスター・ビリングス。ロンドンに戻って堕落するか、ここに残って自分の行いを償うか」

ジョンの顔に涙が流れ、泥の筋を残した。「おれに仕事をくれるって？　あんたたちの領主にひどいことをしたのに。穀物倉を燃やした。領主はおれを置いといてくれないよ」

「領主はおれが言ったとおりのことを言うだろうよ」コナーがそう返すと、周囲の男たちから笑いが漏れ、緊張感が破られた。

イーサンはジョンの手を握った。「おまえは、こんなことをしたのは初めてだと言った。それを証明しろ。きびしい道になる。ぼくがここを管理している領主だ。だからおまえはぼくの領民に被害を与えたことになる、ジョン・ビリングス。ぼくはそのことをずっと忘れはしない。領民たちはおまえを憎んでいる。誰もおまえを信用しない。この先に待っているのは苦しい戦いだ。毎日まっとうに働き、まっとうに報酬を得ることを期待している。だがよく聞け――もし裏切ったら、ぼくがこの手でおまえを罰する。狼の群れに投げ込んでもまったく後悔しない」

「おれと妻と子どもが？　屋根のあるところで暮らせるのか？　食べものもある？」

「ああ。今回のような事件を起こさずに働くなら、信用してくれていい」

ジョンは握り合ったふたりの手の上に殴られた頭をのせ、震える息をついたあと、肩を震わせて泣きじゃくった。

一時間後、ジョン・ビリングスは従僕ふたりにつき添われてロンドンに向かった。地元の男たちも渋々ながら、ジョンが戻ってきても殺さないことを受け入れた。今回の妨害のせいで飢えたり、損害を被ったりする人が出ないようにするとイーサンが保証したおかげで、男たちも納得したのだろう。近隣から穀物を購入すると今年の収入は飛ぶだろうが、この先食べていけるようになるため、いまを生き延びるのだ。建築業者に支払う賃金は来年の収穫期まで待ってもらうしかないが、どうにかなるだろう。

イーサンは自分の部屋に戻ると、水差しの水で火に当たった肌を冷ました。氷のかけらが胸へと滑っていき、石鹸を流した。リネンで体を拭くと、洗ってあるシャツを探した。夜から着ていた煙でいぶされたシャツは、ほかの布ににおいが移らないよう、木製の椅子の上に広げてある。新しいベストを身につけたところで、手紙をポケットに入れておいたことを思いだした。

許してください。常識的に考えれば、手紙ではなく顔を見て話すべきことなのですが。わたしの罪の一覧の〝節操がない〟の下に〝臆病〟も付け加えてください。

あなたとは結婚できません。いいえ、これは正確ではありません。

あなたとは結婚しません。

父はわたしたちの結婚を認めず、わたしは父に反抗する気になれませんでした。困っているときに、わたしを守ろうと婚約を申しでてくれてありがとう。ここで婚約を解消するので、もともとの約束どおり、もう助力は不要です。わたしはロンドンにうんざりしていますし、すぐにモンタギューとの醜聞から逃れるつもりです。

あなたが倫理的に負い目を感じる必要はありません。今回の件のきっかけはお互いにわかっているのですから。あなたの過去はきれいです、イーサン。

あなたの幸せを祈っています。

イーサンは膝に力が入らず、ベッドの端で体を支えた。腹を殴られたかのように、視界がにじんでいる。

伯爵が結婚を認めなかった。イーサンとの縁組を、伯爵はまったく迷うことなく拒絶したのだろう。ただ、いろいろな事情を考え合わせると当然のことかもしれない。羊飼いが淑女と結婚することはない。痛手を負った自尊心のせいで若い女性を傷つけた男は、結局その女性とは結ばれない。世の中、そううまくはいかないものだ。

イーサンは頭を手で支えた。荒い息遣いが部屋じゅうに響く。これが心が砕けるということか。うまく言ったものだ。愛する女性が去り、去り際に心の一部を壊して、持ち去っていく。こんなにつらいのも当然だ。自分の一部が永遠にどこかへ、レディ・シャーロットとのキスとともに消えてしまった。この腕の中にいるときだけは感情を抑えなかった、ロッティとともに。

イーサンは手紙を握りつぶして床に投げ、じっと見つめた。腹立ち紛れに手紙を踏みつける。

なんて日だ。いや、なんて一週間だったたんだ。最高に幸せな瞬間と、どん底まで落ちる瞬間を経験し、そのあいだに放火まで起きた。少なくともモンタギューはもうジョン・ビリングスを言いなりにはできない。ジョンは領主本人と話しているとは気づきもしなかったが、それは領主が労働者と同じ格好をしていたせいだ。

煤にまみれた靴跡が絨毯のあちこちをひどく汚している中で、クリーム色の手紙の穢《けが》れのない清らかさが際立っていた。じっと見つめているうちに、靴跡が単なる汚れには思えなくなってきた。

煤にまみれた靴は、領民とともに働き、戦い、苦労した証だ。そうしたのは、自分がこの地の領主だからだ。この地だけではない。どこで寝ようと、汚れた靴でどこに行こうとも、イーサンはエイムズベリー子爵なのだ。

いとこのジェロームとバートルスビー卿が束になってかかってきても、その事実は変えられない。社交界に完全に受け入れてはもらえなくても、イーサンの粗野なやり方を見くだしている商人がいるとしても、かまわない。イーサンは子爵だ。爵位が降ってくるなんて悪運があると陰口を言うやつは、くそくらえだ。

そして子爵は、羊飼いの少年とは違って、おせっかいな女性からおめおめと手を引いたりなどしない。

ロッティを愛している。彼女との結婚を社交界に発表したら、あの巨大なベッドの上で何度だって彼女にそう伝える。「ロッティが関係を終わらせたいと言うなら、面と向かってそう言えばいい。コナー！　誰でもいい——エズラに鞍をつけろ」イーサンは寝室の扉を勢いよく閉めると、途中で足を止め、部屋に戻った。黒く汚れた手で丸めた手紙を床から拾い、汚れは取れないものの、まっすぐに伸ばした。手は震えていたけれど、ロッティからの最後の手紙を丁寧にたたんでポケットにしまった。馬でロンドンへ向かうのは、きしむようなこの体ではつらいだろうが、一日はまだ始まったばかりだ。

24

「お願いだから毒入りだと言って。ひと思いに楽にして」ロッティはひび割れた声で言った。

「やりたくなるから言わないでください。もう半日もぐずぐずしてるじゃないですか。充分ですよね、いいかげんにしてください」ダーリンはティーカップを用意して待った。

「大変！　マダム・ブーヴィエはきっと作業に入っているわ」ロッティはベッドから跳ね起きると、目を隠していたぼさぼさの髪をかき分けた。「ウエディングドレスの注文をキャンセルしなきゃ」両手に顔をうずめ、今日という日が終わればいいのにと思った。何度も読み返したせいで、父の手紙の内容は頭の中にしっかりと刻まれている。ひと晩眠ったあとでも、解決策は見いだせなかった。

だから、終わりにした。

イーサンへの手紙は四回、書き直した。最初に書いた手紙は泣き言だらけで、父の最後通告から自分が決意に至るまでどれほど苦しんだか、いきさつをすべて書き記していた。そこから少しずつ感傷的な部分を削除していき、完成した手紙は簡潔で要領を得たものになっていた。この決心をしてから、彼のやさしい心配りを思い返さないようにしていた。自分の苦悩に対処しているイーサンにロッティの苦しみを押しつけるのは間違っている。彼を信じて結婚を決めたときも時間がかかったので驚くことではないが、結婚をやめると決めるのにも時間がかかった。

使い走りが今朝ウッドレストからの手紙を持ってきたが、ロッティは自分の部屋に引きこもって幽霊から隠れる子どものように上掛けにもぐって体を丸めていた。イーサンが使った枕はまだ彼のにおいがかすかに残っている。彼女は枕を抱きしめて涙で濡らした。

ダーリンがベッドの端に腰をおろした。「これが正しい選択だと思ってます？　お父さまに手紙を送ったっていいんですよ。あるいは、使用人にお父さまをやり込めさせるとか――伯爵はあんな最後通告を送ってきたんですから、それくらいされても当然でしょう。メイドに下着の中に猫の毛を入れさせてみては。わたしにはスタンウィックに住む友人がいるんですよ。伯爵には教育が必要です」

心とは裏腹に、ロッティは涙まじりの笑い声を漏らした。「そんな策略家は必要ないわ。猫の毛を下着に入れるっていうのは独創的だけれど。あなたを怒らせる人がいたら、恐ろしいながらも尊敬するわ」

「石をぶつける方法はひとつじゃないんですよ、お嬢さま。あんな手紙を送ったんですから、伯爵には当然の報いです」

ロッティは気づくと爪をいじっていた。「いやな決断をしなければならなかったけれど、本当のところ、わたしは単に男性を振った女よ。おまけに汚らわしい、性悪女。いわゆる、歯でほどけないものを舌で結ぶところだったのね」

「いったいなんの話です？　誰が言ったんですか？」

「つまり、結婚するところだった、ということ。イーサンがくれた俗語辞典に載っていた言い方よ。まだ〝K〟までしか読んでいないわ」

「ああ、なるほど。そろそろ起きたらどうです。これからどうするか話してください。あなたはいつも計画を立てるでしょう。全部教えてくださいね」ダーリンは上掛けをはいだ。「新鮮な空気が必要ですよ。今日は緑のウールのドレスを着てください。散歩に行きましょうか。そうすれば頰に赤みが戻るでしょう」メイドが服を差しだした。

「いつものことだけれど、あなたの言うとおりね。ありがとう」

今日はひどい一日になるだろうが、将来をやり直すチャンスはある――イーサンと恋に落ちる前にもともと望んでいた将来を。ウェストモーランドに戻る計画を練っていれば、自分の手紙が彼にどんなふうに受け取られたか考えずにすむだろう。慰めにもならないけれど、この痛みをまともに受けるのはきっと自分のほうだ。結局のところ、もしイーサンが愛してくれていたなら、そう伝えたはずだ。だから、彼の怒りや苦しみが長く続くことはないだろう。

最終的に、イーサンはビール醸造所と自分の領民のところに戻るだろう。ロッティもどこかで自分の領民を見つけられるはずだ、彼の腕の中で過ごした一夜を胸に抱きしめたままで。

空気の冷たさで、冬が近づいていることがわかる。落ち葉が地面に広がり、母なる大地がつくりあげた色とりどりの絨毯となっていた。葉が落ちた木の枝が、むきだしの褐色の指を天上へと伸ばしていた。

ダーリンが朝の太陽へと顔を向けた。「今日みたいな日には、お天気に感謝する気になれますね。もうじき、延々と灰色の雨の日が続きますよ」

「風に歯があるみたいに嚙みついてくることを忘れないで。太陽が出ているうちは、せいぜい楽しみましょう」ロッティは小道を外れて、裸木のほうへと草地を歩いていった。しばらく黙ったままだったが、やがて足を止めて頭を振った。

ダーリンがあたりを見まわした。「どうしたんです?」

「馬に乗って来ていた道なの。いつもの習慣でたどってしまったみたいね」涙がこぼれそうだ。本当にばかげた感傷だ。自分で選んだこと、自分で決めたことなのに。たしかに、いい決断とは言えない。楽しい決断でもない。でも、この状況では最善の行動だった。論理的で、確実な選択だった。イーサンはどれほどであれ被った被害を修復しなければならないし、そのためには金がいる。もしロッティがイーサンと結婚したら、持参金はない。金がないなら、代わりに必要になるのはコネだろう。それも彼女には用意できない。父から勘当されたら、ロッティの社交界での影響力はなくなるだろう。知人たちの笑いものになる。持参金がなければ、ロッティは重荷にしかならない。

この決断をすることで、イーサンを解放し、彼が自分の責任に集中できるようにした。そのせいで彼は、結婚相手となる女相続人を見つけなければならないけれど。そう思うと、苦い涙が込みあげてきて、ロッティは気がかりを振り払った。イーサンのために正しいことをしているのだ。

それでもいまのところ、あの手紙では何ももとどおりにはなっていない。たとえ父が意見を変えたとしても、ロッティはすでにイーサンとのあいだにあったものを壊してしまい、直すことはできない。彼の腕の中で眠っていたのに、すべてを終わらせてしまった……そこから戻ることはできない。

「エイムズベリー卿が恋しいんですね」ダーリンが言った。

ロッティはまばたきで涙を追いやると振り返った。「どこを見ても、イーサンとの思い出が目に入るの。これじゃあ頭がおかしくなりそう。故郷に帰らないと。タウンハウスに戻ったら、アガサおばさまに伝えるわ。週末にロンドンを離れれば大丈夫なはずよ。自分の領地でなら、ブリーチズ姿で好きなだけ散歩できるわ。海が見える場所よね。きっとすてきだわ」ロッティは誰に言い聞かせているのかわからなかった——自分自身なのか、ダーリンなのか。

「わたしはどこへでもまいりますよ、パトリックも一緒ならば」思い出の公園から急ぎ足で離れるロッティに遅れないよう、ダーリンは足を速めた。

「パトリックが来たいと言うなら、もちろん大歓迎よ。御者は必要だもの。それに、もっと使用人を雇うまでは、領地に暮らすのはわたしたちふたりきりになるわ。まあ、わからないけれど。とても平穏で静かでしょうね？　もっとひどい事態にならなくてよかったわ」たとえば、ニューゲート監獄とか。あるいはジェームズ・モンタギューとの結婚とか。

もう少しでバークレー・スクエアに着こうというとき、ひづめの音がロッティの物思いを破った。「もっと端に寄りましょう。さっきのブロックから馬車が後ろをついてきているわ。わたしたちが邪魔になっているんじゃないかしら」

「たいていの御者は通り過ぎざまに、こっちのスカートに泥をはねあげていきますけどね」ダーリンが言った。

「ええ、紳士的な御者なんでしょうね。イングランドではあなたの恋人だけがそういう人だと思っていたわ」ダーリンが顔を真っ赤にしたので、ロッティは微笑んだ。こんなにつらい日々のさなかに笑顔になれるのは気分がいい。

馬車はふたりの横まで来ると止まり、扉が開いた。ロッティが驚く暇もなく、大切なメイドが頭を棍棒《こんぼう》で殴られて地面に倒れた。ロッティは恐ろしい光景に硬直しながらも、残忍な暴力が行われているこの状況を把握しようとした。

ふいに力強い腕に背後から腕をつかまれたかと思うと、ひどいにおいのする布を顔に押しつけられた。

そこからは何もわからなくなった。


イーサンは間違いなく、生まれてこの方いちばんばかげた行動に出ていた。これまでは女性に別れたいと言われたら、そうしてきた。だが久しぶりに女性とつきあったせいなのか、この怒りっぽい女性相手だといままでとは勝手が違った。彼女はどういうわけか心の中に入り込み、住み着いた。しかも、ベッドをともにした。これがどうでもいいことか？　イーサンはケープつきの外套を体にきつく巻きつけ、きちんとした服装に着替える時間が取れればよかったのにと思った。クラヴァットをつけていれば、ロッティに説明してもらえる確率があがるかもしれない。取るものも取りあえずウッドレストから馬を走らせてきてしまった。だが、ロッティが伯爵の意志に従って結婚を取りやめたのは、イーサンとは釣り合わないからという理由なら、どんな服を着ていたところで意味はないだろう。

夕方の日差しが帽子をかぶっていないイーサンの頭をあたためていた。彼は汚れたブーツで、秋の終わりの彩りとなる枯れ葉を音をたてて踏みながら、バークレー・スクエアにある堂々としたアガサの屋敷へ続く階段を足音高くあがった。階段脇の木に止まっていた感じの悪い鳥たちにいやな声で迎えられたので、にらみつけてやった。今日はおずおずと真鍮のノッカーを叩いている場合ではない。いまの気分だと、装飾的なその金属を蝶番《ちょうつがい》ごと引きちぎりかねなかったが、頑丈な扉をこぶしで叩いてみると、だいぶ気分が晴れた。

執事はどこだ？　彼の名前はなんと言っただろう？　バークレー・スクエアにいる執事の名前がどうしても思いだせなかった。ドーソンは次の借主に仕えるために借家に残っている。ときどきイーサンは向かいのカルヴィンの家から、ドーソンが仕事をしているのを見かけた。

さらに扉を叩いてから、ノッカーも叩いた。みんなどこへ行った？　従僕やメイドはどうした？　さらに叩こうとしたところで、ようやく何者かがノックに応えた。

「よかった、旦那さま。こんなにすぐ来ていただけて感謝しています。レディ・アガサは取り乱してしまって」執事が言った。

待て、なんだって？　「ぼくを呼びにやっていたのか？　ロッティに何かあったのか？」

「使い走りと会っていないんですか？」執事が尋ねた。

「ロッティからの手紙が今日、ウッドレストに届いた。彼女はここにいないというのか？」

「そうです、旦那さま。それが問題なんです。レディ・シャーロットがいなくなりました。先ほどメイドがひとりで帰ってきたところです。どうやら通りで襲われたようです」

すでに廊下を大股で歩いていたイーサンは振り返って大声で言った。「レディ・アガサはいつもの部屋にいるんだな？　ダーリンも一緒か？」

執事は小走りで追いつきながら、苦しそうにあえいだ。「はい、旦那さま。カーライル卿がついさっき到着したばかりです。いま、あとを追う人員を選んでいたところです」

居間の光景を見ても、イーサンの頭に渦巻いていた最悪の展開が消えることはなかった。ダーリンはソファに座り、冷湿布を頭に当てている。アガサは杖でリズムを刻みながら部屋の中を歩きまわっていた。高齢女性なりに、驚くほど戦う気満々に見える。相手はさぞ怖がることだろう。

カルヴィンはつらそうな顔で立っていた。「あいつがレディ・シャーロットを連れていった、イーサン。モンタギューが彼女をさらったんだ」

これはダンビー侯爵に宛てた手紙に対するモンタギューの反撃だ。最大の債権者である男の婚約者を奪ったのだ。ロッティが女相続人だというのはモンタギューにとって余禄《よろく》のようなものだ。イーサンはダーリンの前に膝をついた。「いいかな？」メイドは冷湿布をどけて、殴られた場所を見せた。すでに血は止まっている。「気を失ったのか？」

「ええ。どれくらい通りに倒れていたのかわからないのですが。気がつくと、馬車はもういなくなっていました」

イーサンは顔を伏せ、押し寄せてくる感情と格闘した。ロッティは昼日中に誘拐された。ダーリンがどれくらい通りの脇の地面に倒れていたのかは誰にもわからない。ロンドンの中でも高級な地区だというのに、女性が殴られて意識を取り戻すまでの長い時間、放置されていた。ロンドンは住民にとってときに危険な場所となり、モンタギューのような悪人にとってときとして都合のいい場所となる。

イーサンは妙案が浮かぶまでは、あれこれ考えすぎないようにした。ロッティがあの卑怯者のなすがままだと考えたところで、なんの役にも立たない。おびえ、パニックに陥っていても何も生みださない。ダーリンのことに意識を集中しよう。「怪我をして大変だったね、ミセス・ダーリン。ロッティを探す手がかりを何か教えてもらえないか？」

カルヴィンが甲高い声で言った。「襲撃されたとき、レディ・シャーロットたちはここから一ブロック離れたところにいたと思われる。おまえが来たときには、時間を計算していたところだった。犯人が彼女をさらってから一時間ほど経っていると思われる」

イーサンはカルヴィンのほうを向いた。「どうしておまえはすでにここにいたんだ？」

「おまえがウッドレストに戻っていると知らなかった使い走りが、ぼくの家に来たんだ。伝言はケントに転送したが、おまえの婚約者が消えたというのに、家でじっとしてはいられなくてね。筋は通る。ここに来たというわけだ」

筋は通る。イーサンはダーリンに尋ねた。「ほかに何か覚えていることは？　何か見ていないか？　モンタギューが手綱を握っていたか、それとも御者がいた？　馬車についてはどうだ？　どんなに細かいことでも重要なんだ」

ダーリンは目を閉じた。記憶を細部まで掘り起こそうとしているようだ。「御者はいました。赤い馬車、明るい黄色の縁取り。大きな黒い車輪に黄色の車止め」

「長距離用の装備だ。二頭立ての二輪馬車ではないんだな？」カルヴィンが見抜いた。

「ええ。長距離用の馬車でした」ダーリンが言った。

「素晴らしい。通りにいる馬車はたいてい黄色だ。馬番たちの目を引くに違いない」イーサンはアガサに顔を向けた。「ご自分の旅行用馬車はもう用意させていますか？」

「ええ。あと一五分で出発できるわ」アガサはダーリンのほうを向いた。「馬車で移動できそう？」

ダーリンは冷湿布を押さえていた手をどけたときにひるんだものの、決意に満ちていた。

「わたしを止められるものなら止めてみてください。あいつらに追いついたら、何発かやり返してやりますよ」

アガサはうなずいた。「結構。そのときに武器が欲しくなったら、わたしの杖を貸すわ」

カルヴィンが言った。「モンタギューはたぶん馬車を借りている。つまり、途中で馬を交換する必要があるから、追いつけるかもしれない」

「彼がお嬢さまをどこへ連れていくつもりかわかりますか?」ダーリンが尋ねた。

「当然、グレトナグリーンでしょう。わざわざさらったということは、理にかなった目的地はそこしかないわ」アガサが言った。

イーサンはカルヴィンと目を見交わした。ほかの可能性もある。結婚ではなく、復讐と破滅を目的とした、もっと名誉を汚すような行為だ。そう思うと、額に冷たい汗がにじんだ。もしあのネズミがロッティの許可なく髪の毛一本でも触れたりしたら……イーサンが自分を傷つけそうなくらい強く握ったこぶしが震えた。目を閉じ、無難なほうの推論を思い描こうとする。恐ろしい筋書きや独創的な折檻《せっかん》を頭から追い払った。計画を立て、決断し、すぐにロッティを救うのだ。

アガサはひとつの点で正しい。もし追跡するなら、どちらの方角を探すか決めなければならない。北に向かったほうがよさそうだ。そして最善の結果を期待しよう。

25

頭の上を馬が走っている。頭がずきずきと脈打っているなんて、それしか論理的に説明がつかない。太陽が顔に当たってあたたかく、まぶたを通して入ってくる光は火かき棒のようにまぶしい。口を覆っているけばだったものは、小動物の死骸だろう――わたしの息は、遠くにいるドラゴンでも殺せるに違いない。けれど、そう、この頭だ。痛みがおさまるまで、頭を肩から取り外して戸棚にしまっておきたい。

ああ、痛む頭と体はまだしっかりとつながっている。馬車がガラガラと石や泥の上を走り、体に一定の振動が伝わってくる。ときおり耐えられないほど大きく揺れて、そのたびに吐き気を催した。

ロッティは目を閉じたまま、痛む頭の中で、さまざまな情報をつなぎ合わせようとした。馬車の中にいるのは間違いないが、馬車に乗った覚えがない。いつ馬車を頼んだのだろう？ダーリンはどこ？

なぜ、そう、なぜ、こんなに頭が痛むのだろう？　片頭痛で倒れた？

息を吸ってみたが、すぐに後悔した。この馬車はひどく臭い。座面にこびりついていた嘔《おう》吐《と》物の酒のにおいと、香水の甘ったるい香りに、胃がせりあがってきて喉が詰まった。ロッティは座席に横になっている。

だから体を起こして座りたくなった。うめき声がこぼれ落ち、それをきっかけに泣き声が漏れた。頭蓋骨から脳が出ないよう頭を支えたかったし、おまけに首までずきずきと痛い。

「眠れる森の美女がお目覚めだ」モンタギューが気楽な様子で正面の座席に座っていた。とてものんきそうだ。ロッティはたじろぎながらも、彼の顔をひっぱたいてにやにや笑いをやめさせたくなった。体を動かしても痛くなくなったら、絶対にやってやる。なぜモンタギューと一緒にいるのだろう？　さらに当然の疑問だけれど、なぜモンタギューとふたりきりなのだろう？

「何があったの？」ひび割れた声は自分のものとは思えなかった。「わたしたちはどこにいるの、ありえない、なんであなたがここにいるの？」

「言葉遣いに気をつけてくれ、奥さま」

「奥さま？」お願い、やめて。ロッティの頭の中で一定のリズムを刻んでいた脈が速くなる。婚約披露の舞踏会で、どこに出かけるときもたくましい従僕を連れて歩くとイーサンと約束した。よりにもよってこんなときに、そのことを思いだした。

モンタギューは肩をすくめた。「まあ、似たようなものだ。スコットランドに着いたら妻になるという考えに慣れるまで、あと数日はある」

誘拐された。ダーリンはどこ？　ああ、どうして思いだせないのだろう？　警報が頭の中で鳴り響き、冷静な思考を一気に乱されそうになった。恐怖を抑えつけ、自制心を取り戻そうとする。

パニックを起こしている場合ではない。いまは逃げだすことが最優先だ。手がかりを得ようと、首を伸ばして外を見た。もうロンドンを離れている――どれくらいのあいだ意識を失っていたのだろう？　窓の外に標識がちらっと見えた。グレートノース・ロードを走っている。モンタギューはいまスコットランドと言った。

「スコットランド？　ああ、なんてこと。グレトナグリーンね？」ロッティは渦巻く吐き気を抑えようと腹に手を置いた。

「いいや、ランバートに向かう。いずれにしろスコットランドはスコットランドだ――ロマンティックにする必要もないからな。誰かしら式をあげてくれるだろう。きみは数時間のあいだ、閉ざされた馬車の中で求婚者と一緒だったというわけだ」

「元求婚者でしょう」ロッティは歯を食いしばった。

「ぼくはきみの父親から結婚の許可をもらっているし、そのことを世間に知らせた。社交界では、ぼくらは結婚したも同然だ。わからないか？　ぼくの勝ちだ」モンタギューは笑いながら、彼女が外を見られないよう窓の日よけをおろした。「頭痛については謝る。きみが行儀よく分別を見せていたら、こんな手段に頼ることもなかったんだが」

「どうして誘拐されたのがわたしのせいになるの？」ふたりともたじろぐほど、ロッティは大声をあげた。

いきなりひっぱたかれた。上下の歯がぶつかり、頭が傾く。一瞬、頬の痛みのせいでほかの不快感が薄らいだ。

モンタギューは手をブリーチズでぬぐい、攻撃的な接触の痕跡を拭き取った。「ぼくは口汚い女と結婚するつもりはない。二度とそんな調子で話しかけるな。淑女らしく振る舞え、そうすればそれなりに扱う」

モンタギューはついにおかしくなってしまった。それも〝ドッティおばさんはちょっとどうかしているの〟といったおかしさではない。違う、彼は精神病院に入院すべきだ。そういうことだ。熱い涙がまつげから落ちそうになったが、その前にぬぐった。

一瞬一瞬が過ぎていくごとに、記憶が戻ってきた――心をかき乱すような細部まですべて。棍棒がダーリンの頭に振りおろされたときの音が、いまになって耳の中で鳴り響いている。襲撃犯はダーリンを地面に捨て置いた。そう思うと、ロッティは吐きそうになった。「わたしのメイドになんてことをしたの？」

「必要なことをしたまでだ。別のメイドを雇ってやるよ。彼女のことはもうどうでもいい。大事なのは、ぼくたちの旅についてルールを決めることだ。スコットランドとの境界に着くまで何度も馬車を止めることになる。だが、きみに騒ぎを起こさせるつもりはない」

ロッティは冷たく笑った。「わたしはあなたの妻でもなければ恋人でもない、頭のおかしい男の捕虜だわ」

「そう言うだろうと思っていた。きみのやりそうなことはわかりきっている。だから夜に馬車を止めるまでは、この中できみを縛りあげておく。できるだけ進むつもりだから、長い一日になると覚悟しておくんだな。旅の終わりにすてきなご褒美が待っているんだから、少しくらい窮屈でも我慢できるだろう？」まるですべてが壮大なゲームかのように、モンタギューはウインクした。緑色のウールのドレスで全身が覆われているというのに、あからさまに彼女の胸元を見つめた。

ロッティは反射的に胸元を手で隠した。「スコットランドに着くまで休憩なしで、ずっとわたしを馬車の中に閉じ込めておくということ？」

「宿屋でバスケットに食べものを補充してもらう。ぼくは怪物じゃない。夜、泊まるときには一緒の部屋を使おう」

いま、寝るときにどうするかを話題にするのはお断りだ。ロッティは目をむいた。「食事以外にも生理的欲求はあるでしょう」

「それはぼくも考えた」モンタギューはそう言うと、取っ手のついた蓋つきの陶器の細長い入れ物を出した。尿瓶《しびん》だ。「ご婦人にはこれも必要だろう」宝玉を捧げるような手つきで、もったいぶって差しだした。ロッティが鼻にしわを寄せると、彼は肩をすくめて、ふたりのあいだの床にそれを置いた。

ロッティは痛む頬をさすりながら計画を練ろうとした。先へ進むごとに事態が悪化している。逃げるチャンスがあるとすれば、止まっているときしかない。その瞬間を狙った計画を立てなければ。さもなければ、捕虜生活の日々が待っている。

ダーリンが生きているのか、助けを求めることができたのか、わからない。アガサはふたりがまだ家に帰らないことを変だと思っているだろうか？　たぶん名付け親はイーサンのもとへ使い走りをやるだろう――結婚を断ったばかりのイーサンを思い、胸が少し痛んだ。

「夜に止まるときに、きみが逃げだそうとするはずだと確信している。だからいまのうちに、わざわざそんなことはするなと言っておく。ぼくたちの悲しい身の上話は、どこの宿屋の主人に語っても興味を持たれるはずだ。わかるだろう、奥さま、ぼくたちは北にある女子修道院へ向かうところなんだ。あそこなら、しょっちゅう起こるヒステリーやつらい精神病の発作のときも、修道女がきみの世話をしてくれる。きみのことを愛しているから精神病院には入れたくないんだよ。すごく悲劇的だろう」

「現代のロミオとジュリエットね」ロッティは嘲笑った。

「当然ながら、厄介な刃物と毒薬は抜きだけどね」

その厄介な刃物とわずかな毒薬と引き換えに、わたしの王国をくれてやるのに（シェイクスピアの戯曲『リチャード三世』の台詞のもじり）。もし男に生まれていたなら、モンタギューに決闘を申し込み、夜明けに銃で撃ってけりをつけるのに。男なら、誘拐を切り抜けることができただろうし、近くの国へ連れ去られることもなかったはずだ。

ロッティが黙りこくっているのを見て、モンタギューは声をあげて笑った。不愉快な笑い声が神経を逆撫でしたが、ロッティは口を開かなかった。馬車の揺れから判断するに、かなり速く進んでいるようだ。速い馬は長く走らせずに別の馬に替える必要がある。次の馬が、背骨の曲がった老いぼれでありますように。

これといった解決策も、脱出計画もいまのところ思いついていない。だがロッティがいつもどおりモンタギューにうんざりするほど延々と自分語りをさせれば、何か役に立つ情報を漏らすかもしれない。

「どうして逃げおおせられると思っているの?」

モンタギューはせせら笑った。「もう逃げおおせているからな。きみが目を覚ますまで、この馬車はとても静かだった。ぼくがその気になれば、旅のあいだじゅう、きみの意識を失わせておくこともできたんだぞ。だからそこに座って、言われたとおりに淑女らしく振る舞え」

「ごめんなさい。誘拐されてグレートノース・ロードへ連れだされるときのきちんとした礼儀作法を家庭教師から教わっていないから。おとなしくて従順ないわゆる妻が欲しいなら、わたしを気絶させておくべきよ」

「そのほうが簡単に希望がかないそうだ。いささか退屈だがね。きみが少しは抵抗したほうが楽しめるんじゃないかと思ってるんだ」モンタギューがにやっと笑うと、捕食者が歯をむきだしにしているところを思わせた。

ロッティは直感的に、彼が本心を語っていると悟った。女性に手をあげ、誘拐するような男は暴行することにためらいなどない。全身を駆け抜けた寒気は外の気温のせいではない。もし意識を失ったままでいたら、自分の身を守るすべがない。どうにかして、彼をぎりぎりのところでとどめつつ、また気絶させられないために、怒らせないようにしなければならない。

「お楽しみは取っておくしかないわね」ロッティはどうにかそっけない態度をつくった。

「ぼくがスコットランドに着くまで待つとでも思っているのか？」モンタギューの笑い声が残酷に響いた。「正当に自分のものである相手とベッドをともにする以外に、この先の数日、夜にすることもないだろう？」

ロッティは純真ぶってまばたきをすると、忍び寄るパニックに気づかないふりをした。

「女性が月のもののときは、男性はいやがると思っていたんだけれど。月の中でも今週を選んで誘拐するなんて、あなたは自分で物事を面倒にしているわ」噂では、彼はギャンブルが下手らしい。この言葉がはったりだと気づかれないことを祈ろう。

モンタギューは笑うのをやめて眉をあげた。「なんだって？」

「今朝、始まったの。いつもものすごく重くて困っているのよ。まず心配なのは、当て布のことね。わたしのドレスやこのすてきなクッションが血まみれになるのを見たいというならともかく、途中の宿屋で布をもらってくれないと。最初の何日かはすぐに布を使いきってしまうのよ」

「ぼくがどうしてその……布を、宿屋で手に入れてこなきゃならないんだ？」もしこの瞬間、彼女に笑う余裕があったなら、モンタギューの顔は滑稽に思えただろう。

「あなたが頼むしかないでしょう。いつもはメイドが用意してくれるんだもの。メイドがいないのは——ああ、そうよね——あなたが彼女を殴って、そのまま死んでもいいとばかりに道端に置いてきたからじゃない」ロッティは敵意を隠そうとはしなかった。すぐに従順になってみせたらかえって疑われるし、先ほど彼に叩かれた頬が痛かった。「あなたにどうにかしてもらわないと。わたしに馬車の中にいるよう強制する以上、あなたがもらってくるしかないでしょう」

モンタギューは気づまりな様子だったが、ロッティは表情を変えず、目をじっと見つめ続けた。嘘をついているとは気取られていないはずだ。「お願いだから、清潔な布だということを確認してね。染みがついているものを使うつもりはないから」モンタギューの顔色が少し悪くなったので、彼女は大いに満足した。うまくいって彼に愛想をつかしてもらえれば、状況はこちらに有利になる。ありがたいことに、女性の生理周期について実用的な知識を持っている男性はめったにいないし、実際の生理に対処できる心構えのある男性はさらに少ない。

馬を替える宿に寄るために、馬車が速度を落とした。まだロンドンからはそれほど離れていないはずだ。もしいま駆けだしたら、もしかすると——。

「そうはうまくいかないよ、奥さま」モンタギューは足元のかばんに手を伸ばすと、ハンカチとロープと長い布を取りだした。ロッティが脱出に成功するかもしれないと考えていたほんの一瞬のあいだに、急に向かってきたモンタギューに腕をひねりあげられ、座席に顔を押しつけられた。

モンタギューは大柄なほうではなく、ロッティは華奢で弱々しいタイプとはほど遠いが、彼はお尻を叩かなければいけない駄々っ子を扱うように、あっさりと彼女を抑えつけた。ロッティは何も見えないまま足を蹴りだしたものの空振りに終わり、身をよじってモンタギューを振り落とそうとした。彼女の叫び声はいまいましいヴェルヴェットのクッションに吸い込まれた。

モンタギューは、怒りっぽい女だとつぶやいて含み笑いを漏らしながら、ロッティの手首と足首を縛った。ハンカチを彼女の口に押し込み、念のためもう一枚で上から縛った。彼女は体を折り曲げられ、手も足も出なくなった。これから串刺しにされて火であぶられる豚のように転がされた。

さるぐつわのせいで叫ぶこともできず、口の中のつばがすべて吸い取られた。泣き声をあげまいとする。つい先ほど、厚かましく当て布を要求していたときの気力がすべて涙となって流れでていった。笑い声が耳をくすぐり、肌がむずがゆくなった。

モンタギューはロッティの頬にキスをすると、すべてがゲームであるかのようにウインクした。彼女の尻を軽く叩いて言う。「すぐに戻る。ここで待っていてくれ。いい子にしているんだよ。騒ぎを起こさなければ、戻ってきたときにほどいてやるかもしれない」

ロッティは無駄とは知りつつも、突き刺すような目でにらみつけ、彼の手から逃れるために身をよじった。

モンタギューは口笛を吹きながら出ていった。口笛だなんて、いいかげんにして。涙が流れたが、さるぐつわで止まった。ロッティはクッションに額をつけ、自分が座る前にこの座席でどんな行為が行われてきたか考えるのを拒否した。波のように押し寄せる敗北感に屈することなく、心をしっかり保とうとする。

きつく縛られているので、手首を動かす余裕はなく、肌がこすれた。この体勢だと肩が引っ張られ、片方のふくらはぎが抗議するように痙攣《けいれん》した。

考えてみると、一時的とはいえ、この怪物との結婚を検討したことがあった。父の書斎にある分厚い本で見たことのある毒虫のように、モンタギューはその美しさで獲物を誘惑する。多くの動物は、まばゆい色とけばけばしい表皮は危険を意味すると承知している。人間の女性は自然界から学ぶべきだ。

馬車の外から低い話し声が聞こえていたので、とらわれていても取り残された感じはしなかった。最後にはきっと誰かが来てくれる。終わりはあるはずだ。正気でいるためには、助けが来てすぐに脱出できる、と信じるしかないのかもしれない。ロッティにできるのは、救助隊が追いつけるようどうにかしてモンタギューの進みを遅らせることだろう。現在の状況を考えると、不可能な目標に思えた。

ただひとつ、確実なことがある――縛られていては逃げだしようがない。つまり、信頼関係を築くか、ロッティがおとなしくしているとモンタギューに信じさせなければならない。

しばらくしてモンタギューが戻ってきた。視線をさげたまま頬を赤くして、小さな袋を彼女のほうに突きだし、座席のそばの床に落とした。

「当て布だ」彼はそう言ったが、さるぐつわをほどこうとはしなかった。

ロッティは頬を座面につけた状態で目を閉じた。どうやったらこの状況から抜けだせるのだろう?

26

イーサンはエズラをこれほど走らせたことはなかった。アガサの馬車は通りのどこか後ろのほうにいるはずだ。隣でカルヴィンが同じ速さで馬を駆っていたが、会話はほとんど交わさなかった。アガサの従者もともに馬を走らせながら、通りにある馬を交換するための宿屋に立ち寄っては、赤い馬車について尋ねていた。目的地はスコットランドだろうとは思っていたものの、ロンドンの外にはイングランドの町が無数にあることを考えずにはいられなかった。

グレトナグリーンというのは道理にかなっている。モンタギューは自分の領地を持っていない。彼の父親の狩猟小屋は北部のどこかだが、イーサンは思いだせなかった。カルヴィンなら知っているだろう。

もしモンタギューの目的がロッティの財産を手に入れることなら、急いで結婚するのがもっとも得策だろう。彼女を狩猟小屋に引きずり込むのは、長期的な目標にかなうとは思えない。

もしモンタギューが、ロッティを暴行すればイーサンが借金返済を思いとどまると思っているなら、やつは自分の敵を知らないということだ。イーサンは決して、あんなけだものにロッティをゆだねたりはしない。たとえ何があったとしてもだ。イーサンは喜んで彼女と結婚するだろう――当人を説き伏せられたとしての話だが。まったく、あの仕切りたがりときたら。

この状況はどう考えてみても、自分とカルヴィンが経済的な陰謀をめぐらしたせいで、モンタギューがこんな行動に走った結果としか思えない。たしかに自分たちは策略をめぐらしたが、モンタギューが切羽つまって誘拐を企てるとは、まったく予想外の成り行きだ。モンタギューを経済的に追い込み、彼の父親に息子をロンドンから引きあげさせるよう説得してもらったせいで、ロッティが傷つく結果になるとは夢にも思わなかった。重要なのは、彼女を守ることのはずだった。

イーサンの横で、カルヴィンが宿を指さした。イーサンは友人に手を振り、自分はこのまま走って次の宿屋に寄ると伝えた。この数日、ほとんど休息を取っていないせいでふたりとも疲れきっており、イーサンは視界の端がぼやけつつある。動くのをやめたとたんに、疲労のあまり倒れるだろう。ロンドンへ急いで戻ったのが、一〇〇年も前に起きたことのように思えた。

次の宿屋が前方に見えてきた。イーサンは近くにいた馬番に手綱を渡すと、エズラの背からおり、荒い息をしている馬の胸をなだめるように撫でた。「新しい馬と情報が欲しい。黄色い縁に黒い車輪の赤い馬車を見なかったか？」

「ああ、少し前に馬を替えてったよ」馬番は言った。

「そいつらはどっちへ行った？　乗客は見たか？」

馬番は目を見開いていたが、やがて地面につばを吐いた。「いくらもらえるのかね？」

イーサンはポケットの中の硬貨を探ると、金額もかまわずに男の手に叩きつけた。「ほら、話せ。何もかもだ」

五分後、カルヴィンに追いつくため通りへと馬で駆けだした。冷たい風が顔を打つ。馬番は女性の乗客については何も知らないと言っていたが、モンタギューの外見の描写は正確で、一〇秒ごとにダンビー侯爵の名前を出すという不愉快な習慣についてまで、すべて話した。モンタギューは控えめとはほど遠い。

それほど頼りになる情報とは言えなかったが、少なくとも正しい方向に進んでいることはわかった。次ののぼり坂を越えると、通りの沈んだ色の中でアガサの従者の黄色い制服が目についた。従者がそこにいるのなら、カルヴィンも一緒だろう。イーサンは励ましの言葉をかけながら馬を駆った。

ロッティが頭の回転の速さを発揮して、いま頃は北への旅を足止めする方法を思いついていることをイーサンは祈った。頑固で意地っ張りな愛する人は、自分の考えをしっかり持っていて、この状況に腹を立てている。そうだ、彼らが到着するときには、モンタギューはずたずたにされているかもしれない。そう思うと、イーサンの口元に数時間ぶりに笑みが浮かんだ。

イーサンが一行に追いつくと、カルヴィンがうなずいた。それから、全員で出発した。

「顔色がよくなったな」

「モンタギューを見たという男を見つけたんだが、ロッティの姿は見ていないそうだ。やつらはだいぶ先を行っていて、こちらの想定より速く進んでいる」

「じゃあ、あいつらはグレトナグリーンに向かっているんだな」カルヴィンは風に負けない大声で言った。

「そうだろうな。でも、ぼくたちが間違っていたら？　やつの父親が北に狩猟小屋を持っていなかったか？　ロッティを連れていくかもしれない」モンタギューが我慢強いたちではないのは、この状況を見ればわかる。

「賭博場で一度、狩猟小屋について話していたな。少し思いだす時間をくれ」カルヴィンが言った。数分のあいだ、ふたりのあいだには激しいひづめの音だけが響いていたが、やがてカルヴィンが言った。「ピーターバラだ――狩猟小屋がピーターバラの近くにある」

「まずはそこを確認しよう。レディ・アガサがすぐ後ろまで来ているはずだ」

ピーターバラ。モンタギューに急いで追いつきたい。疲労のあまり鞍の上でイーサンはバランスを崩したが、どうにか力を振り絞って馬上にとどまった。ロッティを見つけなければ。

彼らが到着する頃には、ピーターバラの家々の屋根に沈みゆく太陽の最後の光が琥珀色と薄紅色の縞《しま》模様を描いていた。アガサの馬車は、この小さな町へ続く分かれ道の手前ですでに追いついていた。

ダンビー侯爵の狩猟小屋は静まり返っていて暗く閉ざされている。私道に落ちたままの姿を保っている色とりどりの枯れ葉は、この小屋にずっと人が来ていないことの証だった。

イーサンはうなだれた。グレートノース・ロードを走ってきたことをののしり、無駄足で失った時間を取り戻すのにどれくらいかかるだろうと計算した。

「確認したほうがいいんじゃないか」カルヴィンが馬をおりて、手綱を木に縛りつけようとしながら言った。ふたりは小屋のまわりを歩いて、鍵のかかっていない扉はないか、人のいる気配はないか確かめた。暗い窓や冷えきった煙突を見て、気分が落ち込んだ。

「厩は空でした。家畜はいません」使用人が報告した。

「わたしは安全なところでひと晩泊まるわ。先ほど通り過ぎた町の宿屋で落ち合いましょう」アガサは馬車の天井を叩いて御者に合図した。「この老骨は柔らかいベッドを求めているの。あなた方もでしょう」

アガサは自分の部屋で食事をとることにし、ほかの面々は宿屋内のいたって健全そうな酒場で食事をした。宿屋は立派なゴシック建築の大聖堂の陰に、キノコがうずくまっているかのように立っている。とはいえ、なかなか悪くない。清潔だし、サービスも文句のつけようがなかった。そもそもいまの状況で、イーサンはえり好みなどするつもりはなかった。料理とまあまあ柔らかくて平らなベッド。それだけで満足して意識を手放せるだろう。

答えの出ない疑問が寝不足の頭から離れなかった。ランタンの明かりがちらつく薄暗い部屋の中にいると、忍び寄る疲労感がいや増した。イーサンは味わいもせずに料理を口に運んだ。

ダーリンが椅子を引いて、どさりと座り込んだ。「レディ・アガサはベッドに入りました。わたしと話したかったとか、エイムズベリー卿？」

「ああ。きみならわからないことを教えてくれるかと思って。わからないことばかりなんだ。きみがすべて話してくれたのはたしかか？」

カルヴィンが割って入った。「話を始める前に。食事はもうすませた？」

ダーリンは首を振った。「メイドは貴族と一緒に食事などしません」彼女の信じられないといった表情を見て、疲れた頭にかかっていたもやが晴れ、イーサンはかすれた声で笑った。

「みんなひどい一日をくぐり抜けた挙句、どこだかわからない場所にいるんだ。礼儀作法はひとまず棚上げだ。きみには食事が必要だから食べてくれ」

イーサンは給仕の女性に合図を送り、もうひとり分の食事を頼んだ。

ダーリンのほうにまた顔を向ける。「さて、質問に戻ろう。この数日間のできごとで、役に立つ情報はあるか？　ロッティは、出かけるときには従僕を連れていくと約束していた。その男はどこだ？」

「従僕は連れていません。お嬢さまがそのつもりだったとは思えません。少なくとも、わたしには何もお伝えになりませんでした。お嬢さまはこの数日、とても混乱していらっしゃいました。泣いてばかりでした。エイムズベリー卿に手紙を書いたとおっしゃっていたので、すべてご存じかと」ダーリンは給仕の女性に笑顔で礼を伝えると、食事を始めた。

「なんの話をしているのかまったくわからないんだが。ぼくもまぜてもらえるかな?」カルヴィンが尋ねた。

イーサンはダーリンを指し示した。この状況について、ロッティのメイドよりも把握できていない気がする。

「ええと、すべてはウェディングドレスから始まりました。お嬢さまとレディ・アガサで仕立て屋に行ったんですが、そのあとから様子がおかしくなりました。夜も眠れていなかったと思います。翌日にはお父上から結婚を許さないという手紙が届きました」

ああ、手紙か。少なくともそのことは知っている。ウェディングドレスと、すべて取りやめようとロッティが決意することがどう関係するのかはわからなかった。とにかく、伯爵の手紙になんと書かれていたのか知りたかった。「その翌日に、すべて終わらせるという手紙をお書きになりました」

カルヴィンははっとイーサンを見た。「なんだって? レディ・シャーロットがすべてを終わらせる? 伯爵がきみを拒絶する理由はなんだ? きみがどうしようもなく彼女を愛していると、伯爵は知らないんじゃないのか?」

イーサンが答える前に、ダーリンが口をぬぐってから言った。「あの、お嬢さまには選択肢はあまり残されていませんでした。伯爵は、あなたと結婚したら一ペニーもやらずに縁を切るとおっしゃり、言うことを聞くしかありませんでした。少なくともそうすれば、結婚持参金も家族との関係も守れます。決心するのは身を切られるようにつらそうでしたが、父親に追いつめられたんです」

縁を切る？　イーサンは椅子の背にもたれると、大きく息を吐いた。いまやっとわかった。ロッティが結婚を取りやめたのも無理はない。そんなにつらい結末が待ち構えているなら、伯爵の言うことを聞かずに結婚するのは大きなリスクを伴うだろう。

「お嬢さまがその結論に納得していたとは思いませんが、立ち直りの早い方ですから。モンタギューが襲ってきたときは、故郷に戻る計画を立てていたところだったんです」ダーリンが言った。

「待ってくれ。レディ・シャーロットはウェストモーランドに帰るつもりだったのか？」カルヴィンが口をはさんだ。イーサンは眉間にしわを寄せた。ロッティはふたりきりで彼に会うこともなく、ロンドンを離れるつもりだったのだ。

「週末には出発する予定でした。まだレディ・アガサにも話していません」ダーリンは言った。

「そのあいだに、モンタギューを見かけたり、今日の事件につながりそうなことを耳にしたりしなかったか？」イーサンが問いつめた。

「すみません。お話ししたことで全部です」ダーリンはフォークをおろし、飲みものを飲み終えた。「ほかにもご質問があれば、喜んでお答えします。でも、今回のことで、わたしもみなさんと同じようにショックを受けているんです」

「ありがとう、ミセス・ダーリン。少し休んでくれ。夜が明けたら出発しないと」彼女が立ちあがるとイーサンも席を立ち、小さく頭をさげた。メイドは戸惑った様子でおやすみなさいと言った。

イーサンが座り直して目の前にあったエールを飲み干すあいだ、カルヴィンは黙っていた。外は本格的に夜のとばりがおり、遅くに到着する客のために明かりをともしている厩のあたりだけが明るく光っている。

大聖堂の塔にある教会の鐘が時を告げた。八、九、一〇。

「ロッティに頼み込むつもりだった」イーサンはカルヴィンに言った。「自分のことだけを考えて馬を走らせていた。自暴自棄になっていたし、なんとしても彼女の気持ちを変えさせるつもりだった。伯爵が娘に勘当をちらつかせていたなんて知らなかったんだ。父親に背を向けろなんて、ロッティに頼めない。唯一の肉親なんだから」

「残念だよ、イーサン。彼女が別れるつもりだったなんて知らなかった」

イーサンはまったく面白くなさそうな笑い声をあげた。「いままでずっと、過去の埋め合わせをしようとしてきた。でもそれは、伯爵のような人物にとってはどうでもよかったんだ。過去に戻ることも、やり直すこともできない」五年間、深酒をすることも女性とつきあうこともなかった。五年間、そんなことをしてはだめだと自分を律してきた。善良な人間にならなければと――自分の軽率な言葉や誤った決断で他人を傷つけない人間に。五年のあいだにコナーからは許してもらった。ゆっくり時間をかけるうちにロッティさえ態度をやわらげた。ベッドをともにしたとはいえ、彼女の心にまでは触れられなかったのだ。

イーサンがいまもっとも憎んでいるのは、伯爵と自分自身だった。

「ああ、そうだな。過去に戻ることはできない。前に進むだけだ。毎朝、目覚めると、いい人間になろうと心に決め、それに従う。自分でどうにかできるのはそこまでだ」カルヴィンは店員に酒が欲しいと合図した。

イーサンは指を二本立て、自分の分も注文した。スコットランド人だというのに、五年間もまったくウイスキーを飲まなかったのだから充分だろう。日々、自制心を失ってしまうのではとおびえながら暮らしていた。だが少しくらいわれを忘れたとしても、自分で立て直せるだろう。

「本気か？」酒が来るとカルヴィンが言った。

グラスの中で琥珀色の酒が明かりを受けてきらめいた。幸先《さいさき》がいい。人生におけるさまざまなできごとと同じく、酒は毒にも薬にもできる。楽しい喜びとするか、自分を甘やかしてその報いを受けるか。ロッティの御者や彼の知るほかの男たちと違って、イーサンはアルコール依存症ではない。だがこの数年、体のために健康的な生活を目指していたわけでもない。自責の念からしていたことだ。しかし本当にそうだろうか？「ああ。結局すべてが、自分がしたことへの恐怖と自己嫌悪に行き着く。もう疲れたよ、カル。とにかく疲れた」

「だから急に、五年間の自己犠牲で充分だと思ったのか？」

イーサンはこぶしの上に頭をのせてグラスを見つめた。「ほかにできることがあるか？本気で言っているんだ。すべてを正すためにできることがあるなら、なんだってやる。逆立ちして国歌だって歌ってみせる」後悔でこわばる喉から、どうにか言葉が吐きだされる。「ぼくはずっとどうしようもないやつだったが、いまはそんな男じゃない。領民の生活はぼくにかかっている、そうだろう？　自分が間違った決断をすることもあると思うと、酔いもさめるよ」自らの心を、自分のものにはならない女性に捧げると決めた決断のように。

カルヴィンは穏やかな表情を変えないままグラスをあげた。「自分たちのできることすべてに」

イーサンはカルヴィンのグラスに自分のグラスの縁をぶつけた。「善良な人間でいることに」

ウイスキーを飲むと、喉が焼けた。もう一杯飲みたいとは思わなかった。

太陽がのぼると、ロッティが期待していたほどすぐには助けが来ないことがはっきりした。ダーリンが誰に通報したにしろ、救助隊とどれくらい距離があるのか計算する方法はない。外に聞き耳を立ててはいたが、一日が過ぎるのが遅く感じられた。でも、ダーリンは元気いっぱいで奔放な、ロッティの味方だ――代わりなど考えられなかった。望みを捨ててはいけない。

誰かが来てくれる。すぐに。

毛布を肩まで引きあげると、腕を枕にして炎を見つめた。狭い部屋には小さなベッドがひとつあるだけだったが、モンタギューと一緒に寝ることは拒否した。あとは洗面器をどうにかのせられる大きさのテーブルがひとつあるだけだ。

今日は最悪の一日だった。モンタギューは宣言どおり、馬を替えるたびにロッティを狩りの獲物であるかのように縛りあげた。つややかなピンク色だった手首は、火明かりで見ると赤くなっている。散歩用のブーツでいくらか守られているとはいえ、足首にも縛られた跡が残っているだろう。一日が終わる頃、モンタギューは充分に脅したので、ロッティはさるぐつわなしでもおとなしくしているだろうと思い始めた。たしかに彼女は騒がなかった。逃げだす方法を考えるのに忙しかったからだ。

モンタギューはふたりの〝悲劇的な〟話を、宿屋の主に硬貨を渡しつつ打ち明けた。ロッティは足元を見つめて、地面が口を開けて自分をのみ込んでくれればいいのにと思っていた。そのあとは従順に彼のあとをついて階段をあがった。この最低男は、寝ているあいだに彼女に枕で窒息死させられないことを幸運の星に感謝するべきだ。

金も、移動手段も、メイドも、身を守るすべもない。ロッティが頼りにできるのは父の名前だけだ。残念なことにブリンクリー伯爵の名前はここまで北に来てしまうと影響力はほとんどないし、伯爵との関係を証明する手立てもない。モンタギューは彼と同じくらい卑劣な何者かに借りた金でふくらんだ財布を持っている。派手な馬車に馬もあり、金払いもいい――どれも彼のものではないはずだ。慎重に様子をうかがった結果、モンタギューにあるのは、服と負債と相当なうぬぼれだけだと結論づけた。厳密には、服は彼のものではないかもしれないが。仕立て屋はつけを払ってもらえていないだろうとロッティは踏んでいた。

暖炉で木が爆ぜる音を、モンタギューのいびきがかき消した。男性は普通いびきをかくものなのだろうか？　ひと晩、一緒に過ごしたとき、イーサンはこんな騒音はたてなかった。いびきが止まった。腹のガスが放出される音が部屋に響いた。またいびきが復活する。

スコットランドへ駆け落ちするのがロマンティックだと、どうして思えるのだろう？　何時間もずっと馬車に揺られてグレートノース・ロードを進み、他人の前で用を足し、こうして夜になったらかたい床の上で、男のおならを聞いている。舞踏会や色っぽい小説では、こんなことに対する心の準備はできなかった。ありがたいことに、ロッティがどうしても用を足したくなって尿瓶を使わなければならなくなると、モンタギューは進んで背を向けたので、彼女は〝汚れた〟当て布を、持ってきてもらった小袋に入れて捨てた。

もちろん、すべては策略だ。モンタギューが手出しをしてくることのないように、この策略を続けなければ。一日は終わったけれど、あと何日か残っている。そのあいだにどうか逃げる機会がめぐってきますように。彼にまた気を失わされないように、おなかが痛いとか、気分が悪いとか、生理痛がひどいとかずっと言い続けることしかできないけれど。

今日はこれまで生きてきた中で——圧倒的に——最悪の一日だった。ロッティはようやく目を閉じることにした。

明日。明日こそ逃げだしてみせる。

27

「強引に連れ去られて駆け落ちなんて、ちょっと芝居みたいだと思わないか？」モンタギューが言った。「まあ、恨むなら、きみの愛するエイムズベリー卿を恨んでくれ。彼のせいで、こちらはこうするしかなくなったんだ」

「イーサンがどう関わっているというの？」

「イーサン、か。彼とカーライル卿は、ぼくの賭博の借金を買い取った。それで、ぼくを破滅させると父を脅したんだ。父は怒って、ぼくに田舎の家に戻ってこいと言いだした。追い打ちをかけるように、ぼくが勘当されたという噂が流れた。先週はあちこちから借金の取り立て屋がやってきて、この紳士たるぼくをまるで一般庶民みたいに責め立てたよ。債務者監獄に行くなんてまっぴらごめんだ」モンタギューは唇をゆがめ、その顔に似合う酷薄な表情を浮かべた。「ぼくが結婚で財産を得られれば、誰もが満足なのさ。きみは都合のいいことに金持ちで、そのうえ、ぼくを破滅させようとしている男はきみにいたくご執心だ。つまり、ぼくの切り札というやつだ」

切り札。借金まみれというくらいだから、モンタギューには縁遠いものだろう。ロッティは彼のしたり顔を見たくなくて、自分の握り合わせた手に視線を落とした。おかしなものだ。これほど下劣な男が美しい外見を保っていられるなんて。それでもあの池のほとりで精いっぱいの抵抗を試みたせいで、彼の鼻は見てわかるくらい曲がり、完璧な顔立ちを損ねている。いい気味だ。自分の肉体的魅力を利用して、うぬぼれで攻撃してきた報いだ。ふたり乗りの馬車に肥大したうぬぼれがおさまる場所はない。

とはいえ、いまはそのうぬぼれを満足させることが肝心だ。モンタギューをいい気分にさせ、勝ったと思わせなくては。ゆうべも彼はロッティが静かに待っていると見ると、最後にはさるぐつわを外した。協力的な人質になったと思わせれば、隙を見て逃げる機会も生まれるかもしれない。

モンタギューの頭に、繊細な模様が描かれた女性用の尿瓶を叩きつけてやりたいのはやまやまだったが、ここは心にもない嘘を相手に信じさせることだ。「はっきりさせましょう。わたし、今週初めにエイムズベリーとの婚約は破棄したの」切実な口調で続ける。「あなたはお金が必要なのよね。わたしには夫が必要なの。でないと完全なる売れ残りになってしまう。結婚しても、別々の生活を送るという手もなくはないわ」

モンタギューは小首をかしげた。「別々の生活とは？」

「跡継ぎはつくらない。必要以上に接触しない。必要なら弁護士を通じて連絡を取る。あなたは、いまの生活をそのまま楽しんで。わたしは領地を切り盛りするわ。領地はかなり遠方だから、あなたはロンドンにとどまって好きなように暮らせばいい」

「ぼくが愛人のひとりかふたり囲うためにきみの金を使っても文句ないと言うのか？」

ロッティは窓の外に目を凝らし、場所を特定する手がかりを探した。「男性としてのそういう欲求をどこで満たそうと気にしないわ。相手がわたしでないかぎり」

「基本的に女なら誰でも歓迎だが、相続するものがないかぎり、どこかの鼻垂れ小僧に自分の名前を継がせるつもりはない。だから、きみには義務を果たしてもらわないとな。跡継ぎは必要だ。とはいえ、きみが言ったのは理想的な結婚生活だと思う」モンタギューが笑った。

「じゃあ、合意したと考えていいな？」

この男の子どもを宿すと考えただけで、喉に苦いものが込みあげた。頭のおかしな男とベッドをともにするなんてぞっとする。ためらったものの、ロッティはうなずいた。モンタギューを油断させて逃げる時間を稼ぐためなら、なんだってするし、なんだって言う覚悟だ。

皮肉なものだ。ロンドンに来た当初に望んでいたすべてを満たす相手が、こんな男だったとは。むなしい勝利だ。ひとつにはイーサンを知って、結婚に対する理想が高くなったということもある。無関心な夫を求めるなんて間違っていると、彼は初めから主張した。ロッティが耳を貸さなかっただけだ。自分を賢いと思い込み、災いに自ら飛び込んだ。それを強さと勘違いしていた。こんな苦境に陥って初めて自分の愚かさに気づくなんて、あまりに情けない。

イーサンの名前を思いだすだけで、痛みが胸を刺した。いずれはこの痛みも消えるのだろうか？　それとも一生、どんな男性と出会ってもあの体の大きな粗削りのスコットランド人を思いだすのか？　ひと晩だけ心ゆくまで愛し合った。あれで充分なはずだった。

だが、充分どころではなかった。

イーサンの腕の中で目覚める朝がもっと欲しかった。彼と同じ香りのする枕が。おなかに置かれた手が。同じ青い目の子どもが。あのとき命が宿ったとしたら、どうなるだろう。フレンチレターは完璧ではない。そうなったら、おそらくイーサンは義務感から結婚を申しでる。そしてロッティは一文無しで、堕《お》ちた評判と子どもを抱えた彼の重荷となるのだ。

どこかの時点で、イーサンへの思いは愛着と友情を超え、未知の領域へ滑り込んだ。いつしか彼なしの将来など想像できなくなっていた。とはいえロッティは現実的なので、イーサンがウッドレストを再建するために資金を必要としていることを知っている。父の不興を買った彼女にはその資金を提供できないことも承知している。つまり、イーサンを解放してあげるのが正しい選択なのだ。立派な選択とも言えるだろう。結局のところ、ウッドレストとそこの住人は自分の胸の痛みよりもはるかに大切だ。

ロッティはいまここで、心にもない嘘を言い、なんとかして誘拐犯から逃れようとしていた。本来なら、自分はあんなふうに簡単につかまったりしない。そもそも父から最後通告を突きつけられたとき、どうして受け入れたのだろう？

ロッティは目の奥がずきずきするのをこらえ、この状況を理性的に分析しようと努めた。財産を捨ててイーサンを取るとして、その価値はあるだろうか？　彼は一度も愛していると言ってくれたことはない。もっともそれを言うなら、彼女も本当の気持ちを告げてはいない。

彼を愛しているのだろうか？　肉体的な欲求だけではなく？　そう考えると怖くならないだろうか？

この問題を感情抜きに考えることは不可能だろう。理性は感情と共存できる。さらに言えば、そのふたつの均衡を保つことこそ、この混乱を整理する唯一の方法だ。

火災に遭ったウッドレストが再建のために莫大な資金を必要とするとしたら、ロッティはイーサンの結婚相手としては最悪だ。けれども、何か手段があるとしたら？　この状況は、領地を管理する者にとって、または意欲のある女性にとって、またとない挑戦の機会でもある。イーサンに不動産と父の分厚い財布を渡すのではなく、思いきって安全圏から足を踏みだし、夫と力を合わせて再建に取り組んだとしたら？　一緒なら、できるかもしれない。それこそかねてからの夢だったはずだ。自らの力で何かをやり遂げることが。

それでは自立した女性とは呼べないかもしれない。ロッティはちらりとモンタギューを見やり、彼との将来を想像しようとした。自立はできる。実際、ロンドンに来たばかりの頃――愚かで偏狭で詳細な計画を思い描いていた頃に望んでいたすべては手に入る。

意図的ではないにしろ、イーサンはそんなすべてを変えてしまった。正直になるなら、ロッティはイーサンから自立したくない。ともに働きたい。からかって〝お姫さま〟と呼ぶときの独特なスコットランド訛りを聞き、その呼び名に顔をしかめるロッティを見たときの、あの明るい笑顔が見たい。

考えてみれば、イーサンといれば夢がかなうのなら、父の最後通告も経済的な問題以外にたいした痛手にはならない。生まれてこの方、父とはあまり親密でなかったし、母が亡くなってからはほとんど関わりがなかった。もちろん父と縁を切ると思うと一抹の悲しさはある。だが、イーサンのいない将来を想像して感じる胸の痛みとは比較にならない。

それなら、新たな計画を立てよう。第一にこの馬車から逃げること。第二に、イーサンを見つけて謝ること。最後に父からの手紙のことをちゃんと説明し、持参金なしでウッドレストを再建する方法を考えだすこと。

窓の外の景色はこの数時間さして変わらない。茶色と緑色ばかりの風景が流れるように過ぎ去っていくばかり。ときおり灰色の石塀が現れる程度だ。昼の日差しがモンタギューの完璧な横顔を照らしている。旅も二日目だというのに、彼はきれいに髭を剃っており、シャツはぱりっとしているし、ブーツもぴかぴかだ。額に乱れた巻き毛が落ちてくることもない。モンタギューは靴下で図書室を歩きまわることはないだろうし、夜遅くに厨房の暖炉の前で女性に髪を切らせることなど想像もできないだろう。

ああ。イーサンに会いたい。

ロッティは詰め物をした壁に頭を預けて目を閉じ、馬車の揺れが体の緊張をほぐしてくれるのを待った。いまできることは何もない。顎が外れるほど大きなあくびをした。「疲れたわ。ひと眠りしてもかまわない、ミスター・モンタギュー？」

「ずいぶん前に約束したはずだ、ぼくをジェームズと呼ぶと。いまは夫婦なんだから、約束は守ってもらわないと困る」

ロッティは目を閉じた。心身ともに疲労の限界だ。「わかったわ、ジェームズ」

ジェームズ、あなたなんて地獄へ落ちればいい。

彼女は気がつくと眠りに落ちていた。

夜になる頃には、モンタギューは期待どおりロッティのロープをほどいた。そして道沿いの、大きなクルミの木の陰に立つ、こぢんまりとした宿屋の前で馬車を止めた。どこからフクロウの鳴き声が聞こえてくる。木の枝が夜空に不気味な輪郭を浮かびあがらせていた。今夜なんとかして逃げだそう。助けが来なかったら、服を盗んで近くの納屋に忍び込み、モンタギューがここを去るまで隠れていてもいい。行き当たりばったりだが、しかたがない。鼓動が速くなるのがわかった。

宿屋に入ると、ロッティは無言でぼんやりと立ち、モンタギューが昨夜と同じ話を繰り返すのを、うつろな表情で聞いていた。彼は明らかにこのつくり話を面白がっている。妻は憐れにも頭が少々おかしくて、これから北のほうにある修道院に連れていかなくてはいけない。神の手に預けるしかないのだ。彼女がもう一度正気を取り戻し、自分のもとに戻ってきてくれることを祈っている――そう言うと、役者顔負けの表情で、胸に手を当ててみせた。

茶番もいいところだ。ロッティは噴きだしそうになった。とりあえず、いまはモンタギューに好きなようにやらせておこう。最後に笑うのはこちらなのだから。

宿屋の女主人――ミセス・ミッチェルはロッティを〝かわいそうな人〟と呼び、あれこれ世話を焼き始めた。不愛想な主人のほうはいい顔をしなかったが、モンタギューの芝居っ気たっぷりの口上が終わる頃には財布が重たくなっていたので、余計なことは訊いてこなかった。

ミセス・ミッチェルに手を引かれて部屋へと案内されながら、ロッティは肩越しにモンタギューに言った。「ビールでも飲んでゆっくりしたら？　わたしはこの親切な女の人に、昨日あなたが調達してくれた、女性があのときに使うもののことを頼んでおきたいの」

モンタギューはむっとした顔をしながらも、酒場に残った。彼は偽りの夫としても失格だ。もっとも比較の対象になるのは、このあいだまで偽りの婚約者だったひとりだけだけれど。

ミセス・ミッチェルはベッドの用意をする一方、メイドに洗面用の水を持ってこさせた。

「女性のあれと言っていましたね。月のものなんですか？」

またとない機会だ。ロッティは手首を持ちあげ、繊細な肌がすりむけて赤いあざになっている箇所を見せた。「助けがいるの。わたしの名前はシャーロット・ウェントワース。階下《した》にいるのは、ジェームズ・モンタギューという男。わたしは誘拐されたの。だから荷物がないのよ。メイドもいないの。あの男がメイドを殴ってわたしを連れ去ったのよ」

ミセス・ミッチェルは半信半疑といった顔だったが、こちらの頭をなだめるように撫でることも、モンタギューを呼びに行くこともなかったので、ロッティは続けた。「ずっと馬車に閉じ込められていたの。手首と足首を縛られて、口にはさるぐつわをされて。信じて、残りの人生を修道院で暮らすつもりなら、トランクやドレスがあるはずでしょう。お願い、ミセス・ミッチェル、わたしを助けて」

女主人はロッティの手首のあざに注意を引かれたようだ。永遠とも思えるあいだその赤いあざを見つめたあとで尋ねた。「どうすればいいんです?」

ロッティは安堵のあまり涙が出そうになった。「ありがとう。いま家族が追いかけてくれているはずなの。いずれ追いつくと思うけれど、それまで、できるかぎり彼を引き止めておきたいの」

「いい考えですね。でも、どうしたら引き止められるでしょう?」ミセス・ミッチェルはすっかり乗り気になったようだ。二日間孤独感にさいなまれていただけに、ロッティはこの女性を抱きしめたくなった。

「近くにハーブ園か薬局はない? アツモリソウと西洋シロヤナギとタチアオイがあれば、都合がいいんだけれど。彼のおなかを刺激して、明日の朝、寝過ごさせればそれでいいわ。深刻な後遺症を与える必要はないの。そうしてやりたい気持ちはあってもね。朝いちばんで出かけられない状態にすれば、それで充分」

「甘くなるようにポピーシロップをまぜましょうか?」女主人が言った。「ええ、必要なものは全部あると思いますよ」

ロッティは小首をかしげた。ミセス・ミッチェルの黒くなった指を見て、スタンウィックで産婆と領地をまわったときの記憶がよみがえった。「それ、前にある黒いクルミからつくった塗料?」

「ええ」ミッチェルは黒くなった指を前掛けの端に隠した。「今日、ワックスにまぜて床を磨いたんです。よく光るんですよ」

「クルミの柔らかい外皮は残っていない?」

ミセス・ミッチェルはうなずいた。「山ほどあります」

「完璧ね。それをつぶしてペースト状にするの。料理にまぜるんだけれど、薬草とポピーシロップをまぶせば、香りでごまかせるわ。でも効果は抜群。彼はしばらくトイレから離れたくなくなるはずよ」

女主人はいたずらっぽく目を輝かせた。「まずは必要なものをそろえてきましょう。それをあの男が食べたらどうなるか、見ものですね」

ミセス・ミッチェルが自ら料理を供するあいだ、ロッティは心の中で、うまくいきますようにと神に祈った。

「長旅のあとですからね、体があたたまるようにビーフシチューをつくりましたよ。香りが強すぎないといいんですけど、ミスター・モンタギュー。隠し味にエールを使うんです。夫はこれが好きでしてね」それぞれの前にシチューの皿を置く。ロッティの皿にはパンをふた切れのせてある。「ミセス・モンタギュー、あなたにはパンを余計に盛っておきました。あれのときはつらいものでしょう? パンを食べるといくらか楽になるはずです」そう言って、退室しながらロッティに向かって片目をつぶってみせた。ふた切れのパンは混ぜ物がないという印なのだろう。しかも余分のパンというおまけつきだ。ありがたい。

ロッティはためらいがちにシチューをひと口すすった。「おいしいわ。パンも最高。小さな宿屋にかぎって、不思議とおいしいパンを出すものね。そう思わない?」落ち着かなくて、つい饒舌になる。

モンタギューはひと口食べ、鼻にしわを寄せた。「どんなエールを使っているのか知らないが、飲めたものじゃなさそうだな」彼は皿を遠くへ押しやろうとしたが、ロッティがその手を止めた。

「ミセス・ミッチェルに気を悪くしてほしくないわ。とても親切な女性だもの。あなたが部屋で食事をしたいと言いだしたときも、文句ひとつ言わなかったし。口に合わないのは残念だけれど、もう少し食べられない?」

モンタギューはため息をついたが、それでもシチューを平らげ、不機嫌な顔でロッティのふた切れ目のパンまで取って食べた。彼女はそれについては何も言わず、とりとめのない会話を続けた。そして待っていた。

ほどなくしてモンタギューの腹がごろごろ鳴りだし、会話が中断された。彼は顔をしかめて腹に手を当てた。「やっぱりだ、あのシチューは悪くなっていたんだな」

ロッティは心配するふりをして眉をひそめた。「そんなことはないと思うけれど。おいしいと思ったわ。わたしはなんともないし」

モンタギューは痛みに顔をゆがめた。ロッティは思わず本気で気の毒になった。ほんの少しだけだが。「まあ、あなた、具合が悪そうよ。トイレを探したほうがいいんじゃないかしら」

モンタギューはさるぐつわとロープが入ったかばんをちらりと見た。部屋を空けるあいだ、人質を縛っておきたいのだろう。ロッティは先手を打ってかばんを取りあげようとしたものの、結局のところ、彼の腹具合が次の行動を決めた。

モンタギューがトイレを目指して飛びだしたのだ。どたどたと階段をおりるブーツの音が、壁にかかった小さな絵を震わせる。部屋の中にもきれいな花模様が描かれたおまるがあるにはあるが、彼としてはこれから起きるであろう事態を他人に見られたくはなかったのだろう。そのまま外に向かった。

ロッティは心の中でモンタギューの虚栄心に感謝しながら、ティーカップに向かって微笑み、ぱちぱちと音をたてて燃える暖炉のあたたかさを楽しんだ。

ミセス・ミッチェルが開いた扉から顔をのぞかせた。「大丈夫ですか、ミセス・モンタギュー？」

「すべて計画どおりよ」女性ふたりは笑みを交わし、そのあとロッティは暖炉の火を見つめながら待った。

穏やかなときは長くは続かなかった。モンタギューが転がるように部屋に入ってきて、ぐったりと壁にもたれかかった。片手を腹部に当ててうめく。「何がどうなったのか、さっぱりわからない」

「少し横になれば、気分がよくなるんじゃないかしら」

モンタギューが情けない声をあげてベッドに横になると、ロッティは幼子にするように上掛けをかけてやった。それから手の届くところ、白い陶器の洗面器の横に水の入ったグラスを置いた。彼が苦しげなうめき声をあげながら目を閉じて壁のほうを向くと、ロッティはおまるを部屋の反対側へ持っていき、カーテンの後ろに隠した。

ふたりはこの宿で長い一夜を過ごすことになりそうだ。

夕闇が迫り、やがてあたりは真っ暗になった。この三〇分ほど、アガサの御者は月明かりと馬車にさげたランタンの明かりだけを頼りに慎重に馬を進めていた。誰も休もうとは言いださなかった。みな、ロッティとモンタギューがどこかでふた晩目の宿を取るつもりであることがわかっていたからだ。

「彼らを見つけました！」

先行していたひとりの叫び声が、ひづめと車輪の単調な響きを貫いた。

イーサンは安堵の息をついた。「よかった」

馬車を止め、笑顔の従僕が馬を横につけるのを待った。「ドンカスターの端にある〈野鳩《のばと》亭〉という宿屋です。ジョージーに馬車を見張らせていますが、彼らはたぶんそこに一泊するつもりでしょう」

一行は宿屋に着くと、あえて静かに事を運ぼうとはしなかった。ただでさえ威圧感のあるイーサンが外套のケープをなびかせ、足音荒く庭を突っ切っていく。芝居じみたまねは好きではないが、モンタギューが見ているなら、びくつかせてやりたかった。「いま厩にある赤い馬車に乗ってきた男女が泊まっているはずだ。どこにいる？」勢いよく扉が開いたと思うと、挨拶も抜きでいきなり問いつめられ、宿屋の主人は目を丸くした。とはいえ、イーサンが硬貨をカウンターに叩きつけると、今度はその硬貨に目が釘づけになった。

小柄でずんぐりした女性が主人の横からひょっこり顔を出し、イーサンに笑いかけた。「まあ、あなたが例の大きな人ですね？　あの女性は奥の客間にいますよ」彼女はカウンターをまわってくると、イーサンを扉のほうへ案内した。「彼女は無事です。あの男を懲らしめたいなら、二階にいますよ。いま頃、死んだほうがましだと思ってるでしょうね」

死んだほうがましだと？　あの男が？　どういうことだ？「ありがとう、だが、男はあとまわしだ」

客間と呼ぶのはいささか無理のある狭い部屋だった。二日間、最悪の事態を想定していたために、イーサンはもはや何があっても受け入れる覚悟でいた。だが、こんな光景は想像もしていなかった。

暖炉には火が燃え、近くに引き寄せたソファをあたたかく照らしている。そのソファにゆったりと座って本を読んでいるのはほかでもない、ロッティだ。イーサンは思わず戸枠に片手をついた。安堵のあまり全身の力が抜けていくようだ。彼女がここにいる、無事でいる。しかも、なんと本を読んでいる。

ロッティは信じられないとばかりに微笑むと、毛布を脇にどけてソファから立ちあがった。

「イーサン！」

互いに駆け寄り、イーサンはロッテイを抱きあげて、その髪に顔をうずめた。彼女が二度と放したくないというようにしがみついてくる。安心感とうれしさで、イーサンのばらばらになった心のかけらがもとどおりになっていくようだ。ロッテイは彼を愛してはいないかもしれない。けれども嫌ってはいない。いまだけはしっかりと彼女を抱きしめよう。なだめるように背中をさすると、ロッテイはイーサンの首にまわした腕に力を込めた。

本当はいけないことだ。ロッテイを抱きしめていたい、放したくないという思いがどれほど強くても、ふたりの関係はすでに過去のものなのだ。彼女はあの手紙の件などなかったかのように、顎の下に頭を滑り込ませてくる。まるでパズルのピースのようにぴたりとはまった。きれいな黒っぽい巻き毛が頭を縁取り、襟足のあたりで三つ編みにまとめられ背中へ垂れている。四八時間近く着たままのドレスはくしゃくしゃだったが、それでもロッテイは誰よりも美しかった。しかし、彼女はイーサンのものではない。彼はゆっくりと、名残り惜しげに自分の首からロッテイの手を引きはがし、一歩さがった。

ロッテイはいささかきまり悪そうに顔から髪を払い、彼の視線を避けて、身なりを整えようとした。「こんなことは経験したことがないから、何が適切なのかよくわからなくて。でも、あなたが来てくれてうれしいわ」

ふたりのあいだの三〇センチあまりの距離が三〇キロにも感じられた。喉のしこりの隙間から声を絞りだすようにして、イーサンは尋ねた。「ぼくが訊くことではないかもしれないが、きみは……彼にその——」

ロッティは足元を見つめたまま答えた。「モンタギューのしたことはどれも許せないけれど、少なくともわたしは無事だし、おかしなことはされてはいないわ」

イーサンの胸に巣くっていた不安の一部が消えた。「あいつはいまどこに？」

「具合が悪くて寝ているわ。わたし、夜が明けたら、ひとりで出発するつもりだったの」

「モンタギューが体調不良だと聞いても、気の毒には思えないな。ただ、気がすむまで殴ってやろうという計画には少々狂いが生じそうだ」

「一日か二日すれば、いつものいやなやつに戻るわ。実は彼にちょっとした薬を盛ったの。ミセス・ミッチェルが協力してくれたおかげ」

「薬を盛った？　なるほど」頭痛がしているときでも、ロッティは笑わせてくれる。「さすがだな。とはいえ、怖かっただろう。よくやった」

ロッティはイーサンの代わりに自分自身に腕を巻きつけた。「わたし……あの、あなたが来てくれるとは思わなかったわ。あんな手紙を送ったあとだったから」

「きみの手紙は読んだよ」イーサンは手袋を指一本ずつ脱ぎながら、ふさわしい言葉を探した。「ぼくは復縁を迫るつもりで来たわけじゃない。終わったことなのはわかっている。ダーリンから、きみは家に帰るつもりだと聞いた。だから、父上のところへきちんと送り届けるよ」伯爵はその機会をとらえ、ロッティの人生にイーサンの存在がどう影響を及ぼすか自説を開陳することだろう。「きみがここにいたと、ほかの人たちにも伝えないと」イーサンは扉へと向かい、彼女ではなく扉の取っ手を見つめて言った。「婚約していようといまいと、必要とされれば、ぼくはいつでもきみのもとに駆けつけるよ、レディ・シャーロット」これからはまた正式な呼び名を使うようにしなくては。もはや、彼女はイーサンのものではないのだから。

28

翌朝、あたりには灰色の霧が重く立ち込めていた。ロッティは、ミセス・ミッチェルにもう一度礼を言い、イーサンとカーライルに合流した。

「モンタギューには見張りをつけてある。最後に確かめたときには、汗をだらだらかいて、いやなにおいを漂わせ、枕によだれを垂らしていたよ。野獣のようないびきをかきながらね」

「男の人ってみんながみんな、眠っているときにああいう音を出すわけではないの？」ふたりがロッティにぎょっとした顔を向ける。「ノーということね。イーサン――いえ、ごめんなさい、エイムズベリー卿、あなた方さえよければ、わたしのほうは出発する用意はできているわ。ダーリンとアガサおばさまはもう馬車の中よ」

イーサンはカーライルに向かって言った。「三日あれば、モンタギューも旅ができるくらいには回復するだろう。そうしたら馬車を呼んでくれ。三日後に落ち合おう」

「わかった。あいつはやたらとスコットランドに行きたがっていたな。こちらにとっても好都合だ」カーライルはにやりとした。

「どこへ連れていくつもり？」こんなときにどうしてそれが気になるのか、ロッティ自身にもよくわからなかった。心配事はほかに山ほどあるのに。ゆうべイーサンにやんわり拒絶されたことが、いまも引っかかっている。終わったことなのはわかっている——そう、自分で終わらせたのだ。

「ソルウェー湾の近くにあるぼくの村へ連れていく。あそこはスコットランドとの境界だ。計画があるんだ。モンタギューが二度と女性に手を触れられないようにしてやるさ」イーサンは剣呑《けんのん》な表情を浮かべた。誰もが恐怖を覚えるような表情だ。ロッティ以外の誰もが。

ゆうべイーサンがあの扉から入ってきたときには、束の間、この世のすべてが正しい場所におさまったように思えた。彼の鼓動を自分のもののように感じ、ここ数日の苦悩が霧散していくのを感じた。彼はひんやりとした空気と煙のにおいがした。

だが、体が離れると、とたんに現実がその醜い顔をのぞかせた。イーサンはロッティのものではない。いまや〝イーサン〟ですらない。彼女自身がしたことのせいだ。

「馬車で待っているわ」結局のところ、ロッティが身を引くのが彼にとっていちばんなのだ。それはわかっていても、心の中ではさまざまな感情が荒れ狂っている。

メイドはアガサの隣に座っていた。ありがたいことに車内は、二日間閉じ込められていた馬車よりもはるかにいいにおいがする。「ダーリン、頭の具合はどう？」

ダーリンは当然ながらロッティの救出に同行すると言い張り、道中が少しでも楽になるようにとアガサにシロヤナギのお茶をつくってもらって飲んだという。

「いちおう肩の上にはのっかってますけど、ひどく痛みます」ダーリンは頭に手を触れ、顔をしかめた。顔色はまだ土気色で、青黒いあざが目立っている。頭の傷はかさぶたになりかけていた。

「なら、さわらないほうがいいわ」アガサがぴしゃりと言った。ここ数日で心労からか痩せたように見える。それでもつねに動じず、頼りになるのがアガサだ。

「そのとおりよ。さわってはだめ。ずっとあなたのことを心配していたの」ロッティは宿屋の玄関を見やった。イーサンの肩が戸口をふさいでいる。彼は足を止めて、上着のボタンを留めているところだった。そして、ロッティの好きなあの巻き毛をかきあげた。

彼が乗り込むと、その重みで馬車が揺れた。空いている席はロッティの横しかない。アガサとダーリンが意味ありげな視線を交わしたところを見ると、偶然ではないようだ。

「どこかでもうひと晩泊まって、明日の夕食前には父上の領地に着くだろう。そうしたら、そこでお別れだ」

乙女を助けに来た英雄は、一刻も早くその乙女を手放したいようだ。もちろん、イーサンを責めることはできない。馬車の中では誰もほとんどしゃべらなかった。沈黙が続けば続くほど、アガサの表情が険しくなった。そのうち名付け親の鋭い視線に耐えられなくなり、ロッティは天候以外の無難な話題を探した。

「煙のにおいがしない？」何も思いつかないので、首を伸ばして窓の外を見ながら訊いてみた。野原に火の気はないし、近くに小屋もない。においのもとはわからなかった。

隣のイーサンが少し体を離した。「原因はぼくだな。屋敷を出てから服を着替えていないんだ。荷物も持ってこなかった。すまない。急いでいたものだから」

最後の皮肉は無視し、ロッティは彼の膝に手を置いた。「ウッドレストはどう？　火事のことは気になっていたの。領民たちは無事だった？」まったく、どうしてもっと前に尋ねなかったのだろう？　イーサンの腿の筋肉がこわばるのがわかり、彼女はやけどでもしたかのようにぱっと手を離した。彼の全身が〝手をどけてくれ〟と叫んでいる。相手の意向は尊重しなくては。触れていたいけれど。ずっと、もっと。

「われらが友人のモンタギューが人を雇ってウッドレストに放火をさせたんだ。きみからの手紙を受け取ったのは、ちょうどその後処理をしているときだった。怪我人はなかったが、建設中の醸造所は修理が必要だし、穀物倉は一年分の収穫もろとも全焼した。ジョン・ビリングスも母屋までは手をつけなかったが」

「その男、逮捕されたんでしょうね」アガサが言った。

「いや、ぼくのところで働くことになりました」イーサンはこわばった笑みを浮かべた。

「ウッドレストをめちゃくちゃにしたんだから、再建に協力してもらわないと。モンタギューは生活に困った男をつかまえ、家族を養えるだけの金をやって、汚れ仕事をやらせたんです」

ロッティは窓台に肘をのせ、手で頭を支えた。世の中にこれほど善良な人がいるものだろうか。「そんな大変なときに、あの手紙を読んだのね。タイミングが悪かったわ、ごめんなさい」

「婚約を破棄されるのに、いいタイミングなんてないさ。それに事情は理解できる」

ふたたび沈黙がおりた。今度は誰も逃れられそうにない重く気まずい沈黙だった。

だが、そのままにしておくアガサではなかった。「モンタギューがあなたの評判を致命的に傷つけたことは、誰もが認めるところだわ。事実は伏せて、こっそりロンドンに戻ることもできなくはないだろうけれど、モンタギューは仲間に馬車を借りているから、そこから話が漏れるかもしれない。あなたはウェストモーランドに帰るのが妥当なんでしょうね。でも、わたしとしては賛成できないわ」

「いずれにしても、家に帰るつもりだったのよ。こういうことにならなくても。結局のところ、わたしには独身でいるのが合っているみたい。夫がいなければ、自分の思い描くとおりの人生を送ることができるもの」隣でイーサンが身をこわばらせるのがわかり、ロッティの胸にかすかな希望が芽生えた。彼女がイーサンのいない将来について語るのを聞きたくないなら、謝罪を受け入れてくれる余地はあるかもしれない。

アガサはぐるりと目をまわした。「何を言っているの。未亡人と売れ残りは大違いよ。あえて独身を選ぶなんて愚か者のすることだわ。ふさわしい相手との結婚は信じられないほどの幸せを約束してくれる。難しいのは、ふさわしい相手を見つけることなの。あなたたちおばかさんはいまのところ、偶然と煮えきらない態度のせいでハッピーエンドから遠ざかるばかりだけれど、伯爵だって、エイムズベリー卿がどれほど深くあなたを思っているか知ったら、考えを変えるかもしれないわよ」

「ロッティが父上との関係を危うくするほどの価値は、ぼくにはありません。自分の領地と財産を持ち、それを自ら管理していくことが、彼女にとっては何より大切なんです」

ロッティはものすごくむっとした。「お金がすべてではないわ。あなたは自分を過小評価しすぎよ」

イーサンはようやく彼女の目を見て言った。「そうかな？　ぼくがそう感じるのは当然だと思うが。きみもわかっているはずだ」

イーサンの青い瞳が痛みを映して深い色を帯びた。羽ばたく鳥の羽や湖に映る影にしか見たことのないような色だ。情熱は彼の瞳をやさしい青灰色にきらめかせる。けれども苦痛は揺らめく深い青だ。こんなこと、知らずにすめばよかったのに。

ダーリンの見開いた目が、何か言ってとロッティに訴えていた。だが、あらゆる言葉が喉でつかえている。感情はもつれ、次第に罪悪感が表面に浮かびあがってくる。イーサンか、父とのもろい関係と持参金か、という選択肢を突きつけられたとき、ロッティは後者を取った。その理由を深く考えることもなく。

イーサンがいま、これまで以上にその持参金を必要としていて、ロッティにはそれを差しだすことができないという事実も、もはや問題ではない。彼がロッティを助けに来る代わりに領地にとどまっていれば、火事の処理も進んでいたはずだという事実も。

何よりも、あの世界をまるごと運べそうなほど広い肩に、ロッティは頭を預けたかった。

耳元で大丈夫だよとささやく、あの低くて深い声を聞きたかった。まずはイーサンの怒りを突き崩し、許しを請うこと。それしかない。

ロッティがイーサンではなく財産を選んだことを揶揄する権利は、彼にはない。口に出してすぐ後悔していた。「すまない、レディ・シャーロット。無礼なことを言った。きみには、きみなりの理由で婚約を破棄する権利がある。謝るよ」

ロッティの眉のあいだに愛らしいしわが寄った。何かを考えている表情だ。かつては、からかうように指でそのしわを伸ばし、彼女の笑みを引きだしたものだった。イーサンは膝の上に置いた手をぎゅっと握った。

アガサは唇をすぼめてふたりを見守っている。その隣のダーリンも無言で座っているが、カルヴィンと宿屋に残りたかったと思っているのは明らかだ。

胸にはさまざまな言葉があふれていたが、イーサンは口をつぐんでいた。できることなら復縁を請いたいと思っている自分がいる。ロッティのことを案じながらグレートノース・ロードをひた走っているときには、あれほど苦しい状況はほかにないと思った。だが違った。馬車で隣り合わせて座り、道路のでこぼこで揺れるたびに肩が触れ合いそうになりながら、彼女を腕に抱くことはできないといういまのこの状況は、まさに地獄だ。ロッティのほうはいつもどおり冷静そのもので、誘拐犯から解放されたばかりとは思えない落ち着きを保っている。ふたりのあいだには見えない境界線があり、違う世界に生きているかのようだ。距離を置かなくてはいけないことがつらい。隣で彼女が身じろぎするのが感じられる。それでも、触れることはできないのだ。

馬車は、馬と従者たちを休ませるためにゆっくりと走っていた。イーサンとしてはもっと速度をあげたかった。エズラは翌朝に宿屋に到着し、いまは馬車と並んで速歩で進んでいる。人の体重がかからないほうが楽なのはわかっているが、馬車をおりて、エズラに乗っていきたかった。

ヨークで止まり、食料や日用品を調達した。郵便局のそばに書店と小さな市場があり、この先の長旅に必要なものはすべてそろえることができた。アガサ、ロッティ、イーサンには読み物、ダーリンには編み針。市場の入り口にある小さな露店で、ダーリンは気に入った毛糸を見つけ、愛嬌を振りまいて安値で手に入れた。いまは膝に毛糸玉をのせ、楽しそうに針を動かしている。何を編んでいるかは想像するしかないが。

一時間もすると、イーサンは体がこわばってきたのを感じ、スコットランドの義賊〝ロブ・ロイ〟の活躍を描いた本から顔をあげた。ロッティもいつのまにか姿勢を崩し、脚を座席にのせて折り曲げ、側面に寄りかかって本を腿に置いている。イーサンは微笑んだ。ウッドレストの図書室の肘掛け椅子で丸くなっていた姿を思いだしたのだ。アガサの客間でもよくそうしてくつろいでいるところを見かけた。いちばん快適な座り方なのだろう。ふとしたはずみに彼女の爪先が腰に当たった。イーサンは何も言わず腰を持ちあげ、自分の腿の下に彼女の足を滑り込ませた。薄いブーツの下で爪先が冷たくなっているのかもしれない。いや、ひょっとしたらロッティのほうも、彼に触れたいと思っているのかもしれない。理由は何にせよ、こうして体の一部でも接していることがうれしかった。本のページを繰りながら、視界の隅でロッティをとらえた。彼女は本に向かって微笑んでいる。

29

　アガサの言葉が旗のようにロッティの心の中で大きくはためいていた。父も考えを変えるかもしれない。モンタギューのしたことをすべて話せば、父は彼との結婚を強いたことを悔い、イーサンを認めてくれるかもしれない。皮肉なことに、モンタギューもひとつはいいことをしてくれたわけだ。だからといって感謝状を贈ろうとは思わないけれど。

　希望はある。父が考え直し、イーサンが謝罪と説明を受け入れ、許してくれるなら。だが、残念ながら狭い馬車の中は、個人的な会話にも、愛の告白にも適した場所とは言えない。

　ロッティは深く考えずにイーサンのほうへ手を伸ばし、手のひらを上向きにして座席のふたりのあいだに置いた。ありがたいことに彼は何も聞かず、ただ、その指に自分の指をからめてくれ、ふたたび窓の外へ目を向けた。彼が手を取ってくれたことで、ロッティの体を希望が駆けめぐった。

　もつれ合う思いに揺れ動く心にとって、イーサンの手は錨《いかり》も同然だ。特別な人とこうしてただ手をからめているだけでこれほどまでに安らぐなんて――ひとつの言葉が頭に浮かんだ。愛。詩人たちが題材にし、愚かな男たちを戦いへと駆り立てた熱情。愛ゆえに、彼らは自分には手の届かない貴婦人の名のもとで死ぬこともいとわなかった。

両親は愛し合っていた。子どもそっちのけで、いつもふたりだけで会話をしていた。愛し合うあまり、池のほとりでピクニックをしようという長年の約束を果たすより、ふたりきりで部屋にこもるほうを選んだ。馬車はスタンウィック・マナーの門をくぐり、私道を進んでいく。まもなく左手の弧を描くなだらかな芝の斜面の向こうに、その池が見えてくるだろう。

ロッティの気持ちはどうあれ、自分とイーサンは、彼女の両親のような関係とはほど遠い。距離を置いてみると、愛という側面からあらためて考えてみると、暗い記憶の中に小さな幸せのつぼみが顔をのぞかせる。母も父も多くの欠点を持ってはいたが、ふたりは愛を知っていた。両親のせいでみじめな子ども時代を送ったとはいえ、自分の判断の誤りを彼らのせいにしてはいけない。責任は自分にある。

昨日のイーサンの非難がいまも胸を刺す。彼よりも財産を取った、と言われた。悲しいことにそれは事実だ。認めなくては。問題は、このあとどうするべきかということ。父に刃向かうこと自体は、いまとなってはさほど怖くない。自分の選んだ人と結婚するため、夕日の中、馬車で屋敷を去っていくのも悪くない気さえする。

やがてスタンウィック・マナーが全貌を現した。華麗さや意外性を追求することのない、どっしりとした落ち着いた線が生みだす建造物。ゴシック調の装飾、曲線、ステンドグラスを多用したウッドレストとは対極をなすつくりだ。

イーサンに事情を説明し、謝罪しなくては。けれども父と会う前には時間を取れそうにない。ロッティはイーサンの手を握った。「お願い、ふたりで話し合わなくてはいけないことがあるのはわかっているわ。でも、最後にもう一度だけわたしを信じて。一緒に父と会ってほしいの。アガサおばさまが言ったように、わたしたちの気持ちを率直に話したら、父も耳を貸してくれるかもしれない」

「そうすべきだわ。遅すぎたくらいよ」アガサがつぶやき、ダーリンはうれしそうに体をはずませたが、ロッティはただ、隣にいる無表情のままの男性をじっと見つめていた。イーサンは小さくうなずき、手を握り返した。

ようやく、馬車がスタンウィック・マナーの巨大な両開きの扉の前で止まった。イーサンが馬車をおりて手を差しだした。

ロッティは胸をときめかせて、その手を取った。長い指に手を包まれると、いつも気持ちが落ち着く。引き寄せられると、煙と汗と土埃のにおいがした。気の毒に、イーサンは彼女より長い時間入浴もできていないのだ。

「さあ、きみの父上に会いに行こう、そのあと、ふたりきりで、あの手紙のことを話し合いたい」

一度ロッティに、きみの頭の中は暗く入り組んだ場所だと言ったことがある。いまも、まさにそのとおりだと思った。その頭の中で何が起きているのか見当もつかない。だが、馬車の中で彼女が手を伸ばしてきたとき、イーサンはその手を取った。あのときは、彼女に触れることができるなら、その機会を逃すなど考えられなかった。

ロッティは一緒に父親に会ってほしいと言った。ふたりの気持ちを率直に伝えたいと。ここ数日のあいだ苦痛しかなかった胸の中に希望の火がともる。ふたり一緒に伯爵に会うことがいい結果につながるのか、そもそも話を聞いてもらえるのかはわからないが。

イーサンはウッドレストに戻ったあと、とりあえず顔と手を洗っただけで、ロッティの手紙を読んだ。着替えたシャツはたちまち体に残る煙のにおいを吸い込んだ。そして二日間、馬車を追って馬でグレートノース・ロードをひた走ったあとでは、とてもではないが、紳士として人前に出られる姿ではなくなっている。着替えがなくては風呂は時間の無駄だし、風呂に入らなくては着替えの服を買うのは金の無駄だ。もちろん法外な金を払えば途中の宿屋で風呂に入ることもできなくはなかったが、そのうち疲れすぎてそれどころではなくなった。まるで浮浪者だ。帽子もかぶっていない。

馬車の扉が開くと、肌の汚れがうずくようだった。こんな状態でふたたび伯爵と顔を合わせることになるとは思いもしなかった。とはいえ、どれほどみっともない格好であっても、ロッティの父親に会い、自分の言いたいことを言う機会ではある。すぐさまつまみだされるのが落ちだろうが。

屋敷の中に足を踏み入れると、イーサンの手を握るロッティの指に力が入った。

ブリンクリー伯爵の書斎は、書斎というものはこうあるべきという手本のような部屋だった。ぱちぱちと火が燃える暖炉のぬくもりが、革やインク、紙の香りを濃密にし、旧友のようにイーサンをあたたかく迎えた。だが、あいにく伯爵本人はあたたかく迎えてくれる様子はない。

「シャーロット？　ここでいったい何をしている？　しかもエイムズベリー卿が一緒とは。ロンドンからここまでの埃を半分運んできたような格好だな。スコットランドでは、こういう訪問が一般的なのか？」

イーサンは頬の内側を噛んで反撃の言葉をのみ込み、ちらりとロッティを見た。彼女がこの場にどう対処するのかと思いながら、精巧な彫刻が施された木製の机の前に大きく脚を広げて立った。

「お父さまの手紙は受け取りました」ロッティが言った。イーサンの中に希望がふつふつとふくらみ始める。もう一度だけわたしを信じてと、彼女は言った。いったいどういう話をするつもりだろう。

「なんだ、わたしの手紙に不明な点でもあったか？　どうして彼を連れてきた？」伯爵は背を向けると、手に持った本を棚に戻した。「何年も前に、きみに対する評価ははっきりとさせたはずだぞ、エイムズベリー卿。きみが結婚の許しを請いに来たのはこれが初めてではないが、わたしの返事は変わらない」

ロッティが眉根を寄せ、イーサンに訊いた。「父はなんの話をしているの？」

「首相暗殺の翌日のことだ。きみを訪ねていくと――」

「わたしは待っていたのよ。でも、あなたは来なかった。ええ、覚えているわ。大昔の話でしょう」

「ロッティ、ぼくは来たんだ。執事がきみではなく父上のもとへぼくを案内した」

ロッティは混乱した顔で、イーサンと父を交互に見つめた。「でもお父さまはわたしが待っていることを知っていたはずよ。あの日、あなたに助けてもらった話をしたもの。暴徒から救いだしてくれたって」

「それで、きみに交際を申し込みに行った。伯爵に断られ、さんざんなことを言われて送り返されたよ」

伯爵は声を荒らげた。「この男はおまえにふさわしくない。娘をどこぞの財産目当ての犬にやるつもりはないぞ」

イーサンは頭を振った。「ぼくを追い払ったのは正しい判断でした」伯爵が意表を突かれた顔をする。「レディ・シャーロットを愛していなかったのですから。彼女のことを、自分が引き継いだ経済的な問題を解決する、手軽で美しい解決方法としか考えていませんでした」

「その決断に対して、わたしに発言権はなかったの、お父さま？」ロッティが口をはさんだが、無視された。

「それできみは、いまは娘にふさわしいと考えているわけか？　何が変わった？　きみの領地はまだ財政的にきびしく、商売に手を出さざるをえないと聞いたが」

「すべて順調で、充分な利益があがっていると言えたらよかったのですが、ミスター・モンタギューの妨害に遭いまして。修復したり、失った分の穀物を冬に備えてどこかから調達したりしなくてはなりません」

ロッティがあとを続けた。「それからモンタギューはわたしを誘拐して、無理やり駆け落ちさせようとしたの。あの男は悪党よ」

「信じられんな。どうしてミスター・モンタギューがそんなまねをしなくてはならないのだ？ 結婚の許しはもらっているのに、駆け落ちする必要などないだろう」伯爵は棚から三冊の本を取って、ようやく机の前に戻った。

「なぜお父さまはあんな男を勧めるの？ わたしの身の安全は考えてくださらないの？ わたしの望みは？」

「おまえの望み？」伯爵は本を机に叩きつけた。その鋭い音に、ロッティがびくりとする。「だから、おまえの望むものをやろうとしているではないか。持参金、海辺の屋敷。望むものはすべて与えた。なんなら、今日にもロジャーズにあの屋敷を売ってやってもいいんだぞ」

「でも、わたしが欲しいのはイーサンなの」

そのひとことが、イーサンにとっては全世界を意味した。もちろん、ふたりで話し合わなくてはいけないことはたくさんある。けれどもいまや希望が、ぽっかりと空いたままだった心の一部を埋めるようにふくらんでいった。

伯爵は噛んで含めるような口調でロッティに言った。「シャーロット、この若者をわたしがどう思っているかは、はっきりと説明したはずだ」

イーサンは姿勢を正し、深く息を吸った。「伯爵。あなたとぼくのあいだに意見の相違があるのは承知しています。それを正す機会があればうれしいですし、あなたがいずれ、ぼくたちの結婚を祝福してくだされればと願っています」

「だめだ。娘にもノーと言った。これが若い世代の悪いところだな。誰も人の話を聞かん」

伯爵は積んでおいた一冊目の本を開き、読み始めた。

イーサンは片手で首の後ろをかき、自分の汚れたブーツを見おろした。結局は最初から負け戦だったということか。おかしくもないのに笑い声を吐きだしながら言った。「あなたは決してぼくを認めないんですね。嫌いなのはスコットランド人全般ですか？　それともぼく個人ですか？」

伯爵がイーサンを鋭くひとにらみした。「貴族の一員であるということ、貴族院に席を持ち、国民を支配する立場にあるということは、大いなる特権だ。爵位を持つ一族の末枝にしがみついているだけで、なれるわけではない。貴族たるにはそのように育てられなくてはならないのだ。社交界で自由に動けるよう、しつけられ、訓練されなくてはならない。同じ階級の者たちと一緒に、それなりの学校に通わなくてはならない。どれも、きみにはできなかったことだ。両親からこういう生活のための教育は受けなかった。きみの祖父がはみだし者だったからな。もっともその兄弟はまともな男で、跡継ぎをきちんと育てた。本来なら、きみは爵位を継ぐはずではなかったのだ」

異論の余地はなかった。「そのとおりです。運命のいたずらでぼくはこういう立場になりました。いまでもたまに不思議に思います」

伯爵はイーサンの服装を手で示した。「身なりも貴族ではないし、人間性も、考え方もとうてい貴族のものではない」

「乱れた服装のことは謝罪します。二日間馬に乗り、そのあと二日間はここに向かって馬車に乗っていたせいです」緊張が手から背へ、肩へと広がった。自分の靴が絨毯につけた乾いた泥に目をやる。たしかに悲惨な格好だ。しかもいま書斎には、馬の尿が乾いたようなにおいがうっすらと漂っている。

「つまりお父さま、イーサンを嫌う根拠は、その俗物的な貴族崇拝にあるとおっしゃっているの？　信じられない。なんて心が狭いのかしら。お父さまが言ったようなことは、わたしにとってはなんの意味もないわ」

「なんの意味もない？　シャーロット、大いに意味があるだろう。どうしてわたしたちがおまえをああも熱心にしつけたと思う？　礼儀作法のレッスン、ダンスのレッスン、歌のレッスン。いまのおまえを見ると、成功したとは言えないが」

しばらくのあいだ、炉棚の上の金時計が時を刻む音だけが沈黙を埋めていた。ロッティはあえて先に沈黙を破った。「そういうことなのね？　お父さまはわたしを前にして、あくまで批判的な態度を崩さないのね？　それがどれだけひとり娘を傷つけようと」

伯爵は冷ややかな暗いまなざしでイーサンを値踏みした。「わたしの判断は変わらない。

彼を取るか、持参金を取るかだ」

ふたりで努力はした。ロッティは罪悪感にさいなまれながら、イーサンのほうを向いた。

「わたしと関わらなかったら、モンタギューもあなたを困らせるようなことはしなかったはずよ。本当にごめんなさい。ほかにも謝らなくてはならないことがたくさんあるわ。わたしたち、持参金なしでもウッドレストの再建ができないかしら？　いまふたりでここを去ったら、わたしは一文無しよ。それでもまだ、わたしを受け入れてくれる？」

イーサンの笑みを見て、ロッティはほっとした。「いくつか予定を変更しなくてはならないかもしれないが、ああ、ぼくたちはやれるさ。力を合わせてウッドレストを再建しよう」

イーサンの口調は揺るぎない自信に満ちていた。ロッティは彼を信じた。ふたりでやっていける。努力して何か新しいものをつくりだすことができる。

父は首をかしげ、イーサンを見た。「金でないなら、何が目的なんだ？」

「ぼくは彼女を愛しています、お金があるかないかで、それは変わりません」

「わたしを愛しているの？　いつから？」ロッティはイーサンを見あげた。自分を根底から揺るがす言葉をこうもさらりと発せられ、理解が追いつかない。

「ロッティ」イーサンはやさしく微笑んだ。「ぼくが義理で結婚を申し込んだと、本当に思っているのかい？」つまり、最初からということ？　その意味することに思い至り、ロッティは息をのんだ。だとすると、すべてが変わってくる。

「ロッテイ？　おまえはエイムズベリー卿を愛しているのか？」父が訊いてきた。

「わたしは……」ロッテイの声が震えた。口を開き、また閉じる。つばをのみ込み、もう一度口を開いたが、声は出てこなかった。

イーサンが一歩さがり、彼女の差しだす手を無視して距離を置いた。ロッテイは頭が混乱し、何ひとつ言葉にならなかった。ただ出会ってからいままでの日々を、この新しい事実というレンズを通して再生するので精いっぱいだった。

イーサンはいつも自分の領地よりも、ふたりの関係を優先してくれた。両親がしたようにもちろん、彼が領民のために尽力していることは知っている。だからそばにいて、ウッドレストが豊かになっていくのを見たい。マクドネルとともに新しい醸造所を成功させたい。

イーサンはロッテイを愛していた。別れの手紙を読んだとき、彼はどんな思いがしただろう。結局この関係において、間違っていたのはいつも彼女のほうだった。記憶の断片がよみがえる。

結婚を承諾したときのイーサンの表情。

あの晩ウッドレストの厨房でロッテイを抱き寄せたときの情熱。

宿屋に着いて、ロッテイを見つけたときの安堵した顔。あのときはすでに婚約が破棄され、ひどく傷ついていたに違いないのに。

イーサンはすべてを置いて、ロッテイを追ってきてくれた。すべて。帽子すらかぶらずに。

トンネルの中で反響する音のように、父の声が遠くから聞こえてきた。「シャーロット、わたしは物事を正そうとしているだけだ。母親が生きていたら、おまえはいま頃もう結婚していただろう。おまえには、この先も自分の人生を歩いてもらいたい。親の面倒を見るのではなく」最後のほうはもう耳に届かなかった。イーサンの顔から目を離せなかったから。

愛は最初からすぐそこにあった。見えていたはずなのに、見ようとしなかった。例によって自分の計画で頭がいっぱいだったから。そしてイーサンを傷つけた。この数カ月間、幾度となく傷つけていたに違いないけれど、この書斎でそれが最高値に達した。

なんて愚かだったのだろう。イーサンは愛してくれただけなのに、彼のもとに放火犯を送り、彼の心を引き裂いてしまった。

「イーサン、ごめんなさい」

30

地面に強く叩きつけられた。ロッティの言葉と同じくらい強く。馬の背から落ち、最後の瞬間に体を丸めることを思いだしたものの、〝うっ〟という叫び声とともに肺から空気が吐きだされ、そのあとは息ができなかった。酸素を求めてあえぎながら灰色の空を見あげていると、最初の大きな雨粒が目に落ちてきた。エズラまでイーサンを放りだした。しかも天は顔に小便をかけてくる。

〝イーサン、ごめんなさい〟ロッティの打ちひしがれた表情は、ふたりの関係の終わりを告げていた。感じられたのはただ、耳に響く鈍い鼓動だけだった。あれ以上あの場にいて続く言葉を聞いて何になる？　だから、イーサンは猟犬にかかとを噛まれたかのごとく駆けだした。

胸の中の壊れたかけらが氷に変わる。エズラはまだ鞍を外していなかったので、厩から出して飛び乗るのは簡単だった。そのまま私道を駆け抜けた。自分とあの家族のあいだにできるかぎり距離を置きたくて、ひた走った。

ポケットの中ではロッティからの手紙――わずかに残る後ろめたさもかき消す手紙が、転がったせいでしわくちゃになっていた。雨が顔の泥を飛び散らせ、やがてエズラのひづめのひとつが視界に入ってきた。

ようやく肺がわずかな空気を取り込んだ。駆け足で走るエズラの背中から無様に転げ落ちたときに取れたらしい、腹帯の留め具が鞍から垂れている。イーサンは体を起こし、うつむいた。雨がうなじを伝いおり、膝を打つ。濡れたせいで服から煙のにおいが立ちのぼった。絶望ににおいがあるとしたら、まさにこれだろう。

ロッティはたったひとつの簡単な質問に答えられなかった。〝彼を愛しているのか〟という。

イーサンはため息をつき、雨に向かって顔をあげた。なんてばかだったのだろう。傷心のばかは懲りずに舞い戻り、もう一度放りだされたわけだ。

エズラが耳に鼻をすり寄せ、干し草のにおいがする息を顔に吹きかけてきた。イーサンはぼんやりと馬の頬をかいてやった。「ああ、そうだな。先へ進もう。そう遠くないところに村があるだろうから」立ちあがるのにも普段の二倍の努力を要した。それでも、悪態をつきながら肩に鞍を担ぎ、手綱を取った。村は何キロも先かもしれないし、ブーツはすでにびしょ濡れだが、あの陰気な屋敷に戻ることは考えられなかった。

「イーサン、足を止めて！」

「そうはいかないよ、お姫さま」彼はつぶやいた。「足を止めてどうしろというんだろうな、エズラ」近づいてくる馬車の音を無視し、鞍を担ぎ直して歩き続けた。

スコットランドが呼んでいる。モンタギューを連れたカルヴィンとそこで会う予定だ。あの悪党を成敗してやる。すかっとするだろう。いまの心境ではそう思えた。

「お願い、馬車に乗って。話し合いましょう」ロッティは伯爵の馬車をイーサンの横につけ、窓から身を乗りだして声をかけた。

無視するのは簡単ではなかったが、イーサンは決然と前を向いて歩き続けた。馬はロッティの声がするほうへ頭を向ける。その声がおやつのひとつかふたつを意味することを知っているからだ。「そっちを見るな、エズラ。勘違いされる」

「ごめんなさい。本当に申し訳なく思っているわ。でも、イエスという前に、少しだけ考える時間が必要だったの」彼女が窓から声を張りあげる。

その言葉を聞いて、イーサンは思わず振り返り、うなるように言った。「少しだけ？　きみはどこまでぼくの忍耐力を試したら気がすむんだ？　まだ時間が必要だったのか？　その問いに答える時間は何カ月もあったはずだ。何カ月も。きみをベッドに誘ったとき、少し考える時間が必要だったか？　一緒に父上に会ってほしいとぼくに頼んだときは？　ところで、きみの父上は相変わらず嫌味な人だな。ぼくはきみを何カ月も前から愛していたのに、きみはあの簡単な問いに答えられなかった」彼はかぶりを振り、エズラを引いてまた歩き始めた。

ロッティは悲鳴ともうめき声ともつかない声をあげた。「そんなに偉そうにわたしを責めないで、イーサン・リドリー。何カ月も前からわたしを愛していた？　ああ、それはすてきね。そんな素晴らしい事実を、あなたは自分の胸にしまっておいたわけね。愛という言葉を聞いたのは、あなたが父に――ええ、たしかにあの人はむかつく人よ――言うのを聞いたのが初めてだもの。その事実を受け入れるのに、少しばかり時間が必要だってしかたがないでしょう？　あと一〇秒待ってくれていたら、わたしも愛している、と言えたのに」

イーサンはふたたび足を止めた。鞍が地面に落ちるにまかせて天を仰ぐ。冷たい雨が顔から泥と涙を洗い流していった。それはそうだ。ロッティが正しいといま認めるのは腹立たしいが、言われてみればそのとおりだ。彼女に自分の気持ちを伝えたことはなかった。

馬車は速度を出してはいなかったが、ロッティが扉を開けて飛びおりたとき、物理の法則によってイーサンに体当たりするしかなかった。彼は倒れそうになりながらも、かろうじて彼女の体を受け止めた。いつも、こうして彼女を受け止める。首を絞めてやりたいと思っているときでさえ。

「動いている馬車から飛びおりるなんて、まともじゃない。怪我をしてもおかしくないんだぞ。何を考えているんだ」

いま、ふたりは向かい合って立っている。ロッティが彼の胸を突いた。馬車は三メートルほど先で止まった。「愛しているわ。計画としてはこうだったの。まずはあなたに謝って、それからふたりでウッドレストを救う方法を考えようって。思惑どおりにはいかなかったわね。馬車ではふたりだけで話ができなかったし、あなたはいきなり、よりによって父の前で、わたしを愛していると言うし。でも、そのとき突然気づいたの。知らないうちに、自分がどれだけあなたを傷つけていたかということに」涙が、雨に流される前に頬を伝った。「あんなにいろいろあったのに、どうしてあなたがずっとわたしを愛していられたのか、わからないわ。どうしていままたここで、わたしの力になろうとしてくれたのかも。でも、お願い、この先もずっとそばにいて。わたしを愛して。わたしも愛している。ふたりのあいだにあるものを本物にしましょう、お願い。後悔はさせないわ。約束する」

傷心と希望というのはありえない組み合わせだ。だが、血の止まらない傷口のように、イーサンからそのふたつがあふれでていた。ロッティは父親と会う前に、彼女を信じてほしいと言った。そして期待を裏切った。イーサンはロッティに背を向け、彼女が子ども時代を送った屋敷の門を見つめた。髪をかきあげ、そのままの姿勢で、彼女が口にしたすべてを思い起こそうとした。

イーサンが頭に両手を置いているので、ロッティはその腕の下に頭をくぐらせるだけで、彼の視線をとらえることができた。「当てさせて。少し考える時間が必要でしょう？」彼女が小さく微笑む。

激しい感情に声帯を締めつけられているのに、イーサンは笑いが込みあげるのを感じた。その不本意ながらゆるんだ口元を、ロッティは指でなぞり、彼の頭を自分のほうへ引き寄せた。

イーサンもいつものような情熱はないながら、進んでキスに応じた。そしてすぐに、何かが違うと気づいた。ロッティは魂を注ぎ込むかのように、自分が引き起こした苦痛を癒し、彼の砕けた心のかけらがあった場所を埋めようとするかのように、唇を押しつけてくる。しばらくすると、唇の合わせ目に舌を差し込んできた。イーサンは口を開いて受け入れた。苦痛と怒りの中から欲求が頭をもたげ、キスがいっそう激しくなる。ロッティの後頭部を支え、彼女が無言で求めるすべてを与えた。欲求と、痛みと、見返りを求めない愛のつらさと、決して静まることのない沸き立つ欲求と、彼女が伝えてくるものへの喜びを。これは別れのキスでも、謝罪のキスでもない。何かを勝ち取るためのキスだ。ふたりのために。

「愛しているわ」ロッティは彼の口元に向かってささやいた。「あなたを傷つけて、ごめんなさい。わたし、そう言おうとしたの。怒っていいのよ。わたしは責められて当然のことをしたんだもの。あなたがどれだけ怒っても、わたしはあなたを愛し続けるから」

ふたりの頰は雨と涙――どちらのせいかはわからない――で濡れていた。「もう一度言ってくれ」

「愛しているわ。このひとことを言うのに長い時間がかかってしまった。本当にごめんなさい」

「本気かい？　今週はお互いにいろいろあった。これ以上の心労はごめんだ」

「もう一度だけわたしを信じてほしいの。虫のいい頼みだということはわかっているわ」ロッティは濡れたまつげに縁取られた瞳でイーサンを見あげた。指でそっと彼の下唇をなぞる。あとに甘いうずきが残った。

「ひとつ、はっきりさせておこう。ぼくはすべてが欲しい。本物の結婚をし、一緒に暮らし、家庭を築き、子どもをつくりたい。今日が木曜の三時だからという理由だけで、きみにキスする権利も欲しい」

彼の胸に引き寄せられると、ロッティは湿った笑い声を漏らした。「今日は木曜日だったかしら？　時間の感覚がないわ」

イーサンの喉のしこりがついに溶け去った。大きく震える息を吐く。「毎日きみの笑い声を聞きたい」

「わたしがあなたを傷つけても？」

先ほどのように？　書斎でのみじめな思いを忘れられるかどうか――ロッティを腕に抱いていると、簡単に結論が出た。「ぼくだってばかじゃない。これからも、さっきのようなことはあるだろう。きみは仕切り屋だし、高飛車なところがある。ぼくは頑固者だ。だが幸い、どちらも二度目の機会があると信じている」イーサンは彼女のほつれた巻き毛を耳にかけ、親指でひと粒の涙をぬぐってやった。

「忠告しておいたほうがいいかもしれないわね。わたしはたぶん、こういうことがあまり上手ではないと思うの。伴侶がいたことがないから。ずっとすべてを引き受けるか、黙って従うかのどちらかだった」

「きみに折れるつもりがあれば、ぼくもきみに合わせて折れるよ」

「年がら年じゅう衝突したら？」

イーサンは声をあげて笑った。三〇分前には想像もできなかったことだ。「ああ、ぼくたちは年じゅう衝突するよ。保証する」

体を熱いものが駆けめぐる。突風の中で舞う鳥もこんなふうに感じているのだろうか。自由で、決して落ちないという自信に満ちて。ロッティはイーサンの首の後ろで指を組み、鼻を彼の顎の下に押しつけた。幸せそうなくすくす笑いを聞いて、イーサンの顔に笑みが広がる。

彼女の腰にまわした手に力を込めた。「ぼくと結婚してくれるかい、ロッティ？　今度は本当に」

「わたしをスコットランドに連れていって。あなたの育った土地で結婚しましょう」

「それは、人類の歴史の中でも最高の計画だな」

エズラがふたりのあいだに鼻面を突っ込んで、ロッティの顔に息を吹きかけた。彼女がまた笑った。「まあ、あなたもスコットランドに行きたいのね？　そうなるとまた馬車の後ろにつなぐことになるけれど、かまわない？」ふたりは指をからませて、待機している馬車へ向かった。「それにモンタギューをどうするかという問題もあるわ。あなたが何を考えているのか知らないけれど、わたしもきちんと見届けたいの」

馬車の中でロッティはごく自然にイーサンの隣の席におさまった。ついにやった。愛している、と彼に告げた。そして、数時間のうちには結婚する。

馬車はときにがくんと沈み、ときに横に揺れた。そのたびにふたりはぶつかったり、体を支え合ったりした。いまは雨に濡れている、ロッティが大好きな巻き毛が指にからまり、ふたりを結びつける。イーサンの香りに包まれると、自分のいるべき場所にいるという感じがした。体の奥からあたたかいものがわきあがる。口づけをするといつもそうなるけれど、いまはそれを抑えようとは思わなかった。

触れられるたびに感じる欲求が、もっと身を寄せろ、もっと深く愛せとけしかけてくる。イーサンの膝に引き寄せられると、ロッティはドレスの生地を腰までめくりあげ、進んで彼にまたがった。満足げなため息が漏れる。歓びの源である脚の付け根がブリーチズのふくらみに当たると、今度はあえぎ声が出た。緊張が高まり、甘いうずきが爪先から脚を駆けあがって内腿へと届く。無我夢中でブリーチズをまさぐり、中のものを解放した。

イーサンはキスを中断し、詰め物をしたヴェルヴェットの内壁に頭をもたせかけてうめいた。「フレンチレターがないんだが」

彼の湿った先端を親指で撫でながら、ロッティは言った。「必要かしら？　数時間早い新婚初夜と思って。スコットランド人はしきたりにこだわらないんじゃなかったの？　今夜には正式に結婚を告知するけれど、ここでひと足先に誓いの儀式をするのよ。あなたとわたしだけで」

イーサンは彼女の耳に鼻を押しつけ、顎に沿ってキスをした。だが、唇に到達する前に身を引いた。「それもまた、最高の計画だな。愛しているよ、シャーロット・ウェントワース。ぼくの心はきみのものだ。ぼくのこの手、名前、愛、庇護、すべてがきみのものだよ。イングランド国教会の祈禱《きとう》書ではどう言うんだ？　わが持てるすべてを汝《なんじ》に与う？」

「わたしも、あなたを愛し続けると誓うわ。愛することが怖くなるときがあっても、逃げないと約束する」ロッティはいま、イーサンの顔の輪郭すべて、表情すべてを記憶に刻みつけたかった。金色のきらめきと燃える情熱が宿る青い瞳をのぞき込むと、言葉がすらすらと口をついて出た。「ほかの人とではうまくいかなかったところも含めて、あなたと向き合うつもりよ。それでも、わたしたちならやっていけると信じている。あなたの友人に、伴侶になるわ。祭壇の前で、あなたに何もかも従うと誓うことはできないけれど。それが嘘になることは、お互いわかっているでしょう？」

イーサンは笑い、彼女を胸に引き寄せた。これほど真剣な場面でも笑えるというのは素晴らしいことだ。

数カ月前、ロッティはウォリックシャーの宿屋で、自分の心を揺さぶる彼の香りを呪った。いま、その香りはわが家を連想させる。愛を。安心を。夢のような瞬間に満ちたあたたかな未来を。

ロッティはくすりと笑った。「やっぱり、イングランド国教会で結婚式をしなくて正解ね。誓いのその部分では、まじめな顔をしていられそうにないもの。でも、ほかは？　あなたを敬い、健康なときも病めるときもあなただけを愛するわ。ほかの人には目もくれない。スコットランド方式では、わたしたち、もう結婚したも同然ね？」

「ああ、同然だ」イーサンはささやき、ふたたび彼女を引き寄せてキスをした。

ロッティはイーサンの下腹部に自らを押し当て、ゆっくりと身を沈めた。彼を受け入れる歓びに、思わずあえぎ声が漏れる。リズミカルな馬車の揺れに合わせて、ふたりは抱き合ったまま動いた。

イーサンはドレスを引きずりおろし、あらわになった胸を手で包んだ。称賛らしき言葉をつぶやきながら、片方の胸を口元に持っていき、先端を激しく吸う。ロッティは目を閉じて頭をのけぞらせ、快感に身をゆだねた。

「ずっと、こうしたかった、イーサン」

イーサンはうめき、今度はもう片方の胸を愛撫し始めた。同時にロッティの腰をつかみ、さらに深く彼女を突いた。「もっと言ってくれ」

「誓いの言葉の続き？　全身全霊で汝を愛する」

「それはぼくの台詞だ。全身全霊で汝を愛する。そのあとは、いま思いだせない。ロッティ、きみがあまりにすてきだから」

キスをしながら、さらに激しく深く交わった。吐く息には雨と快感の味がした。「もう一度言ってくれ」イーサンの熱いまなざしが、ロッティの欲望にさらに火をつける。

彼が望む言葉はわかっている。「愛しているわ」

馬車が大きく揺れ、ふたりの奏でる快感のリズムを加速させていく。

「ぼくの腕の中でばらばらになってほしい」

ロッティの腿に震えが走り、下腹部が痙攣した。ふいにリズムが途絶え、彼女が絶頂に達した。続いてイーサンも、彼女の中で自らを解放した。

終わったあと、イーサンはロッティを抱きしめたまま、その背中を撫でた。手が腕を滑りおり、ふたたびうなじへと向かう。穏やかな、いつくしむような動きで。

ロッティは幸せそうにため息をついて言った。「愛しているわ。ほんの数分前、最中に言ったのはわかっているけれど。あのときは頭がどうにかなっているような状態だったから。ちゃんと伝えられたか自信がなくて」

イーサンは彼女を強く抱きしめ、髪に顔をうずめた。「何度聞いても飽きないよ。魅力的で仕切りたがりのきみの、すべてがいとおしい」片方の胸をぎゅっとつかむ。「当然、これも」

低くごろごろ鳴る音がどこからともなく聞こえた。ふたりは同時にイーサンの腹部に目をやった。彼は照れたように肩をすくめた。

「いいものがあるわ」ロッティはドレスを直すと、向かいの席に置いたバスケットに手を伸ばした。

「きみがつくったのか？」イーサンはバスケットの中身を取りだした。

「まさか。わたしはほとんどパニック状態だったわ。ダーリンとアガサおばさまのおかげよ。ふたりがバスケットを用意して、馬車を出し、祝福してくれたの。少し休んだら、追ってきてくれることになっているわ」ロッティはワインの栓を抜き、金属製のカップをふたつ取りだした。「ふたりがいなかったらどうなっていたかわからないわ」

イーサンは口いっぱいの食べものをのみ込んだ。「レディ・アガサはスコットランドで結婚するという計画をどう思うだろう？　彼女としては華麗なドレスにセント・ジョージ大聖堂、という式が望みだったんじゃないか」

「おばさまはこう言ったわ。自分がその場にいてわたしたちを祝福できるなら、森の中で裸で結婚式をしてもいいって。スコットランドの儀式は自由だそうだから、裸でというのも選択肢のひとつかもしれないわね」

イーサンの笑い声がロッティを足の先まであたためた。「で、ダーリンは？　一緒に来て、向こうにいるあいだに例の御者と結婚するよう勧めなかったのかい？」

ロッティは怒った顔をしてみせた。「わたし、そこまで仕切り屋じゃ――」イーサンがハムをひと切れ彼女の口に押し込んで黙らせた。「いいわ、わかった。ダーリンとパトリックもアガサおばさまと一緒に来ることになっているの」ロッティはハムの隙間から告白した。

「さすがだよ、いとしい人。きみたちレディは、パトリックのこの先の人生についても計画してあるんだろう？」イーサンはワインをあおってからかった。

「当然よ。ふたりはわたしたちと一緒にケント州に住むか、アメリカに渡って馬を育てるの」ロッティはチーズを噛みながらやり返した。

「どちらにしても、ぼくたちにはいつでもふたりを迎え入れる用意はある。ぼくが領地にいるあいだの計画にぴったりなんだ」

ロッティは彼の伸びかけた顎ひげからパンのかけらを払い落とした。「火事の始末をし、犯人をつかまえ、乙女を救いだすあいだに、どんな計画を練っていたの？」

「モンタギューが雇った男はジョン・ビリングスというんだが、彼は妻と子どもを一週間食べさせる金のため、やむなくぼくの領地に火をつけた。元軍人なんだ。戦争で脚を失った。どれだけの数の軍人が、家族を養おうと懸命になりながら、障害のために職を見つけられないでいると思う？　ぼくはウッドレストが、そういう男たちが尊厳を持って働ける場所、セヴンダイアルズや貧民街のような危険な界隈ではなく、安心して子どもを育てられる場所になったらいいと考えているんだ」

ロッティはイーサンの肩に頭をもたせかけた。ドライフルーツをひと口食べ、彼にも分けてあげる。とてつもなく広い心の持ち主である彼らしい計画だ。イーサンが貴族として育てられなかったのは幸いだった。だからこそ、多くの貴族とは違う、よりよい資質を持っているのだろう。

「素晴らしいと思うわ」ロッティは彼の唇に軽くキスをしたものの、甘い感覚が別のものへと高まる前に身を引いた。「わたしを助けるために国を縦断してきてくれて、ありがとう。勇ましかったわ。モンタギューをやっつけてやるって顔で」

「ところが、きみのほうが先にやっつけていた。たいしたものだ」イーサンのえくぼを見ると、ロッティはいつものとおり下腹部がうずくのを感じた。「ぼくはいつだってきみのために駆けつけるさ。邪魔する愚か者はみな、なぎ倒してでもね」彼はロッティの手を放し、髪に手をうずめた。馬車が大きく揺れると、しっかり支えてキスをする。「本当にいいんだね？　教会で大勢の前で結婚式をしなくても？」

「言ったでしょう、アガサおばさまが今夜合流することになっているの。全部計画済みよ」

イーサンはため息をついた。「ぼくのまわりは仕切り屋の女性ばかりだ」

「早く慣れることね、エイムズベリー卿」

エピローグ

ソルウェー湾に注ぐ川や近くの水路は、人や船や沈泥を休むことなく行き来させている。あたりには泥と魚のにおいが満ちていた。

カルヴィンは疲労のせいか気が立っていた。この仕事が終わったら、食事をとろう。それで、いくらか気分もよくなるだろう。空腹だと決まっていらいらする。いまはいらいらが頂点に達していた。

馬車の別の席からくぐもった声がした。

「黙れ」カルヴィンは一喝した。

モンタギューがさるぐつわの上から、無駄に鋭い目でにらみつけてきた。背中では、カルヴィンが後ろ手に縛った手で中指を立て、こちらを侮辱しているに違いない。

だが、これが正義というものだ。カルヴィンは公正な人間だ。モンタギューはレディ・エイムズベリーにしたのと同じ、丁寧な扱いを受けなくてはいけない。

グレトナグリーンでのイーサンとロッティの結婚式は数分で終わった。カルヴィンはちらりと懐中時計を見た。いま頃、愛し合うふたりはベッドの中だろう。賭けてもいい。

アンガスという、イーサンを生まれたときから知っている歯が三本しかない人好きのする男が、扉を開けて馬車に乗り込んできた。ウイスキーとたばこのにおいが車内に漂った。

「そろそろ、このくずを放りだしたほうがいいんじゃないすかね？　におってきてますぜ」

「おまえはまだいい。こちらは長旅だったとだけ言っておこう」ロッティが何を飲ませたのか知らないが、いいにおいのものでないのはたしかだ。

アンガスはカルヴィンを、埠頭《ふとう》のそばにある目的にふさわしく少々いかがわしい酒場に連れていった。物陰になった奥の隅で、ひとりの男が壁に寄りかかって座っている。イーサンと親しくなって数年、カルヴィンは自分の判断基準がいささか偏っていることは認めざるをえないものの、その肩を見るかぎり、男は無法者と言ってよさそうだ。イーサンと同じくがっしりしている一方、品性はまるで感じられない。思っていたより若そうだが、かなり荒っぽい性格と見える。

アンガスは帽子を取った。「ハーロー船長？　ちょっとした問題がありましてね、助けを借りたいんです。カーライル卿、こちらが前に話した紳士でして」

紳士、という紹介はかなり無理がある。海賊、のほうがたぶん正確だ。カルヴィンはその怪しげな船乗りを束の間、観察したあと、女給に合図し、エールのお代わりを頼んだ。女給は思わせぶりにカルヴィンを上から下まで眺め、彼がその手のひらに硬貨をのせると、片目をつぶってみせた。

「彼女からはエール以外のものも受け取れそうだな」ハーローはカルヴィンのほうへ椅子を

押しやりながら言った。

「エールだけで充分だ」カルヴィンは椅子に腰かけ、アンガスが隣に座るのを待って、話し始めた。「きみの時間を無駄にはしたくない、船長。ある男が友人の奥方を誘拐した」

「その男を探しだせと？　おれは人探しはしない」

「頼みたいのはそういうことじゃない。誘拐犯はいま、見張りをつけて店の外に待たせてある。やつにはどこかへ消えてほしい。そこで、きみの協力がいるんだ」

「となると、書類がいるぞ。書類には金がかかる」女給が戻ってきたので、ハーローは言葉を切った。

海賊船長――カルヴィンにはほかの呼び名は思いつかなかった――は女給が飲みものを配りながら豊かな胸をカルヴィンの腕に押しつけるのを見て、にやりと笑った。彼女の意図は明らかだったが、カルヴィンはまるでそそられなかった。ここには仕事で来ている。彼女がふくれっ面で立ち去ると、カルヴィンはまた海賊船長に注意を戻した。「金額を言ってくれ」

「優秀な交渉人とは言えませんな」アンガスがグラスに向かってつぶやいた。

「こちらの条件はただひとつ、あの男の身柄をいますぐ引き受けてくれることだ。あいつを馬車に乗せ、何日もかけて国を縦断してきた。早く手放したい」

「臭くなってきてますしね」アンガスが口をはさんだ。

「重要人物か？」

「名家の出ではある。跡継ぎではない」カルヴィンが答えた。

「なら、話を進めよう。まず、金だ」ハーローは、アンガスが思わず喉を詰まらせるほどの金額を提示した。

それでもモンタギューを永久に追放できるのであれば、払う価値はある。カルヴィンは迷うことなく、硬貨の詰まった巾着袋を船長に渡した。イーサンに訊かれたら、この四分の一ほどの金額ですんだと言おう。

海賊船長は巾着袋をいじくりまわして硬貨が鳴る音を楽しみながら、首をかしげて言った。「あんた、自分の嫁でもない女のためにここまでするとは、いい友だちだな」

「あの男は女性全般にとって脅威なんだ。ぼくにも妹がいる」カルヴィンはグラスを飲み干して立ちあがった。

ハーローがカルヴィンを見て言った。「その妹さんってのに会ってみたいもんだ」

カルヴィンは手で払いのけるような仕草をした。「きみが妹に会うことはないだろう。保証する。さて、仕事にかかろうか」

馬車は厩の庭の、酒場の入り口からいちばん遠い隅に止まっていた。カルヴィンが扉を開けると、御者が愉快よさそうにモンタギューに銃を向けていた。モンタギューはさるぐつわ越しに騒いだが、誰も耳を貸そうとはしなかった。

「あんたの言うとおりだ。いやなにおいがするな」ハーローはうれしそうに続けた。「おまえはいまから、囚人五七八二 - 三九だ。というか、おれが書類を偽造するとそうなる。誘拐の罪だ。それとくそ野郎であり、間違った人間を怒らせた罪だな。言いたいことはあるか？」答えを待たずに続ける。「まあいい、誰も聞きゃあしないから。おまえは国王陛下のご厚意により、オーストラリアの流刑地へと招待された、来い、五七八二－三九」

一八二〇年　六月

舞踏室の真ん中で、若者が不幸にもエマの足を踏むのを見て、イーサンは眉をひそめた。ワルツのステップに合わせてロッティとともにまわりながら、そのカップルをよけ、妻を近くに引き寄せる。あまりに密着したため、ダンスフロアの周囲にいるご婦人方の批判的な視線を集めることになったが。

「気の毒な若者ね。エマにいいところを見せる機会は二度は与えられないでしょうね」

妹はろくな男を好きにならないと、カルヴィンは年じゅう愚痴をこぼしている。向かいに越して以来、イーサンとロッティは毎朝、カルヴィンから妹の求愛者たちの悪口を聞かされていた。

ふたりは社交シーズン中、カルヴィンの向かいのタウンハウスを借りることにしたのだ。イーサンは議会に出席し、貴族としての義務を果たしている。国王が一月に逝去したあと議会が開かれ、政府は皇太子の王位継承の準備に忙しかった。イーサンとロッティもケント州と、エールの出荷準備に入っている醸造所、ロンドンを行き来し、多忙を極めていた。

音楽が、フルートのさえずるような音色とシルクのドレスが揺れる音とともに終わった。

踊っていたカップルはフロアを離れ、次の踊り手に場所を譲った。

イーサンはロッティの手を肘の内側にかけた。「あとどれくらいで帰れると思う？」

「数時間はいると約束したのよ。それにロクスベリー卿がエマに二度目のダンスを申し込んだと知ったら、カルが目を血走らせてあなたを探しに来て、いつもの大騒ぎになるわ、きっと。もっともカルが立ち寄っても、ドーソンがしばらく足止めしてくれると思うけれど」ドーソンが屋敷に残ってくれることになって、ロッティは大喜びだった。しかも昨日、ようやく彼の説得に成功し、社交シーズンが終わったらウッドレストに移ってもらうことになったのだ。

ドーソンとコナーの組み合わせはなかなか面白くなりそうだ。とはいえ、ふたりが共存していく方法を見いだすと、イーサンは確信している。コナーとロッティが互いを認め、尊敬し合う関係に行き着いたように。領民たちが重労働をいとわないロッティに称賛の念を抱くようになるのに、長くはかからなかった。

知り合いに会釈をしながら、イーサンとロッティは飲みものが置かれたテーブルへと向かった。友人たちとおしゃべりに興じていたアガサが振り返り、満面の笑みでふたりを迎えた。

「こんばんは。楽しんでいる？　いいえ、そんなはずはないわね。エイムズベリー卿、絞首台にのせられたような顔をしているわよ。社交界にデビューした女性たちを怖がらせないで。ロッティ、いまでも明日の正午に発つ予定？」

ロッティが名付け親の頬にキスをした。「ええ、おばさま。正午に馬車で迎えに行きます。

コナーがお茶の時間に待っていますから」

アガサが定期的に訪問することも、ロッティがコナーのお気に入りになった理由のひとつだ。コナーはアガサを崇拝しており、恥ずかしげもなく口説いて彼女を困らせている。もっとも彼女のほうも冗談半分に戒めつつ、目をきらめかせているのだが。

というわけで数カ月前、ロッティの父親がウッドレストを訪れたときにアガサが滞在していたのも、まったくの偶然というわけではない。父娘のあいだにはまだわだかまりは残っていたが、時が経てばふたりの関係は修復されるとイーサンは期待していた。実際のところ伯爵は持参金を与えてくれたにもかかわらず、これ以上の資産は必要ないとロッティが断ったのだ。いまのこの屋敷を管理するだけで充分に忙しい。パトリックとダーリンがウッドレストの一画で馬の飼育を始めたからなおさらだ。

ふたりはシャンパンを飲み、舞踏室の人混みを見やった。イーサンが妻のほうを向いて言う。「バルコニーに出て、新鮮な空気を吸わないか?」

ロッティは彼に身を寄せてささやいた。「バルコニーで何を企んでいるか知っているわ。でも、このドレスのスカートでは、あなたはおさまりきらないと思うの。代わりに書斎へ行くのはどう?」彼女が体を押しつけてくると、期待感にイーサンの体はたちまち熱くなった。

彼はひと息にシャンパンを飲み干すと、グラスを脇に置いて手を差しだした。「書斎に行こう、お姫さま。知ってのとおり、ぼくは読書をする女性が大好きだ」

訳者あとがき

ベサニー・ベネットの『復縁は甘くひそやかに(Any Rogue Will Do)』をお届けします。

御者とメイドの三人でロンドンに向かう途中で馬車が横転し、助けを求めて田舎の宿屋に馬で駆けつけたロッティ。たまたまその宿屋に滞在していて救助の指揮をとってくれたのは、彼女が長年田舎の領地に引っ込む原因をつくった因縁の男性、エイムズベリー卿でした。かつて彼はロッティに気のあるそぶりを見せ求愛しておきながら、態度を急変させて〝紙人形のお姫さま〟と彼女を貶めました。見かけばかりで中身がないと揶揄したその言葉はまたたく間に社交界に広まり、ロッティはロンドンを出ていかざるをえなくなったのです。エイムズベリー卿の仕打ちをずっと恨みに思ってきたロッティですが、再会した彼に謝罪されたあとロンドンでも顔を合わせるうちに気持ちが再燃し——。

ロッティもエイムズベリー卿ことイーサンも、出会ったときから相手に惹かれます。でもその頃のふたりははっきり言って未熟で、互いへの気持ちを深め成就させることができませんでした。ベサニー・ベネットの処女作である本書は、ふたりの成長を描いた物語と言えるでしょう。社交界にデビューした頃のロッティは自分の意志を抑え人に合わせるばかりのある意味で模範的な貴族の娘でしたが、父親の代わりに領地を運営するうちに、自分の意見をはっきり主張できる大人の女性になります。一方、イーサンは軽はずみな発言のせいでロッティの将来をめちゃくちゃにしてしまったうえ、友人に大怪我を負わせる事故を起こしてしまったことから、自分を見つめ直し放蕩生活とすっぱり縁を切って、領地の立て直しに邁進するようになりました。こうしてそれぞれが大きく変わって再会するわけですが、互いを思いながらもふたりの関係はなかなかすんなりとはいきません。血筋と生い立ちを重んじるロッティの父親は最初から一貫してイーサンを娘の結婚相手として認めていないうえ、愛のない実利的な結婚をしたいと願うロッティ自身も彼を結婚相手と見なせなかったからです。そんなロッティはかたくなな思い込みを乗り越えてさらにもう一段成長し、最終的にふたりが結ばれるまでの過程を、みなさまにはじっくり楽しんでいただけたらと思います。

酒に酔ったうえでのこととはいえ、つきあっている女性を貶める言葉を吐いていいはずがありません。そんなヒーローは人間的にどうなのかと否定的な気持ちがわいてきますが、彼の生い立ちや爵位を継ぐに至った背景、社交界での立場やロッティの父親にかけられた言葉などを丁寧に描いていくことで、著者はわたしたちを納得させてくれます。武骨ではありますがまっすぐな彼を、みなさんも応援したくなるのではないでしょうか。

著者のベサニー・ベネットはアラスカの小さな漁村で、冷たい水の中で生き抜くすべなど、ロマンスを書くためにはまったく役に立たない技術を習得しながら育ったということで、現在はアメリカ北西部で夫とふたりの子どもとともに暮らしているそうです。処女作である本書はシリーズ化が予定されていて、次作はイーサンの友人であるカルヴィンがヒーロー。ヒロインも本作に登場していますが、こちらはあっと驚く意外な人物です。プロットを読むとなかなか面白そうで、いずれご紹介する機会があることを願っています。

二〇二一年三月

ライムブックス

復縁《ふくえん》は甘《あま》くひそやかに

著　者　ベサニー・ベネット
訳　者　緒川久美子《おがわくみこ》

2021年4月20日　初版第一刷発行

発行人　成瀬雅人
発行所　株式会社原書房
〒160-0022東京都新宿区新宿1-25-13
電話・代表03-3354-0685　http://www.harashobo.co.jp
振替・00150-6-151594
カバーデザイン　松山はるみ
印刷所　中央精版印刷株式会社

落丁・乱丁本はお取替えいたします。
定価は、カバーに表示してあります。
 ISBN978-4-562-06541-7 Printed in Japan